于敏文集

第十卷 小说·风雨入华年（中）

CFP 中国电影出版社
2019 · 北京

编 委 会

第十卷目录

小 说 · 风雨入华年（中）

四四　家庭的大变故改变了人生的道路

每年清明节，李恂都要跟着章婶、麻姑姑、明秀、玲玲她们，一起去章爷爷坟前烧纸和添土。章奶奶有时也由爸爸陪去。清明节以后，李恂每年都要陪伴明秀和玲玲去踏青和赏花。今年的花会起了轩然大波，此后他几乎每天为梅家奔走，前后有一个多月没登章家的门。

所以今天一来，就受到明秀的埋怨："真是人大了心也大了，眼睛里没有姐姐了。花都快落光了，去也没意思了。"

"不去倒好，省得心烦。你不知道打死人了吗？子弹又没长眼睛。"

"我才不怕呐，打死更好。可是真的，那梅小姐怎么样了？"

"她啊，去摸了摸阎王爷的鼻子。阎王爷说，我这里不收身上带窟窿的，回去补好了再来。"

明姐被弟弟逗乐了。"谁听你贫嘴贫舌。清明不出去，端午一定得出去。记住！忘了啊，我不理你了。"

"不敢不敢。"他很庆幸这位憨厚的姐姐原谅他。

可是玲玲却不让他安宁。哥哥就是哥哥，什么大了不大了的。她揪住李恂的袖子，盘问梅倩的事。"哥，那梅小姐什么样？一定很好看，要不人家也不会起歹心。哥，是不是，哥？"

“不错不错，你以后可千万别出大门。”

“为啥?”

“怕人家起歹心啊。”

玲玲噘起嘴唇，笑着捶打哥哥的肩膀。“该死，哥，该死！越大越没正经，不同你好了。坏哥哥!”

李恂开心地笑着，很舒服地挨她的小拳头。

他每次到章家，第一个看到的总是麻姑姑。她心里老是惦记这个侄儿。明知他长大了，不能再像小时候那样在她的裙子边转悠了，可是心里总还是拿他当小孩。而侄儿见了她，也还是像小时候一样，步步不离她的左右。她好像总是在准备着，总是挣起耳朵听那听熟了的脚步声。只要他一进大门，她已经知道了，只要没有放不下的活儿，一定迎出来。侄儿是她的心，是她的安慰。

今天来了，李恂却一直没见麻姑姑的影子。他起先以为她有什么事缠住了，可是和明秀、玲玲说笑了这么久，还没有看见她。他觉得有点奇怪。他问。明秀说麻姑姑身子不大好，到外边静养去了。

这是从来没有的事。她从前也曾病倒在床上，却也没到别处去。他以为是明姐逗他发急，拿他取笑。问玲玲。玲玲也是这么说。

“在哪里，什么地方?”

“不知道。”玲玲眨着眼睛。

“糊涂!”

“你才糊涂呐，哥哥!”她受委屈了。“我问少奶奶，说大人的事小孩别问。谁敢再问啊。哥，你敢，你去问。”

“我当然要问。”他向上屋走去。

“少奶奶上街了，和你妈妈去瑞蚨祥了。”

李恂听了头也不回。他要去问章奶奶。走到外间，听到爸爸在大声说话。他站住了。他不想看见爸爸。听他好像是说公司的事，听了也摸不着头脑，也没有兴趣，抽身要走开，又听章奶奶说：“有那五千大洋，不如放银行里吃利息……”

他回到院子里，明秀和玲玲都不在了。麻姑姑不在，这个家里显得空空荡荡，好像一个人也没有了。把他的心和这个家连在一起的，是麻姑姑，不是别人。他虽然形体上不再揪麻姑姑的衣角了，心理上精神上依然和她形影不离。一种失落感袭上心头。听了明秀和玲玲说的，只可相信麻姑姑到别处去了，却又犯疑，觉得有点蹊跷。他不想再待下去，刚走到中门，正好碰上章婶和妈妈。妈妈却不像过去那样，只要陪章婶去逛大街就喜笑颜开，她低着头，锁着眉头，疲劳不堪的模样。明秀和玲玲抱着大包包小包包跟在后面。

他叫了声婶婶，兜头就问：“麻姑姑呢，她到哪儿去了？”

“看这孩子，长这么高了，还是眨眼都离不开麻姑姑。你让我喘口气好不好。”

妈妈偷偷向他使个眼色，意思是不要他问。他站在中门口，目送她们向上屋走去，然后悄悄溜出了大门。妈妈的眼色使他的疑心更重了。麻姑姑出了什么事？她们是不是有意瞒他？

但是很不幸，家庭的大变故使他没有可能追寻麻姑姑的下落。

父亲破产了。

长时间郁闷的、不阴不晴的天气，正好预示着暴风雨的突然袭来。

正是在李恂发现麻姑姑没影没踪的第三天，早饭过后，他正捆好书籍要到校的时候，一个公司的小伙计送来一封鼓胀胀的信。这个小伙计过去常常被叫来干些零碎事儿，见了人，总是恭恭敬敬地赔上笑脸。今天他板着脸来了，要他坐也不坐，送下信，急急地板着脸走了。

当爸爸的已经醒了，可还没有起床。他每天早晨过足了烟瘾才起身，别人吃中饭的时候他吃早餐，多年习以为常。信封交在他的手里，他打着呵欠拆开，抽出信纸，同时落了一沓子钞票。信很短，他一看，手哆嗦起来，忽然翻身坐起来，全身抖成一团，信纸一扔，一沓钞票拿在手里，用力想撕碎。

“这些混账王八蛋，王八蛋……我要去告他们，我和他们拼命，我去当赤化党……”

李恂和妈妈已经猜到，完了，完了，最可怕，最要命的大祸临头了。李恂把信抢在手里，很快溜了一眼，一时间竟不明白信上说的什么，后来才一点点回想起来。

> ……董事会清查账目，盘点存货，业经查明，由于经营不善，亏损六千余元。长此以往，抑于胡底？经董事会议定，聘请新任经理，业已呈报有关当局审定。阁下措置失当，有负公司同仁之信托。本拟依法追查责任，唯念公司创建之始，多所建树，本与人为善之旨，不拟深究。兹请另谋高就，以展鸿图。附上微资，略表轸念之情，谨请哂纳……

“你看是谁的笔迹？”爸爸已经抖得缩成一团。“吴德仁！这个忘恩负义的王八羔子。他倒戈，他出卖我！我要扒他的皮，抽他的筋……”

可叹他自己已经在抽筋，在痉挛了。现在别的都是小事，保住这一家之主是天字第一号大事。这时唯一有效的镇静剂是鸦片。妈妈急忙从小地坑里取出烟具，点上小香油灯，用战战兢兢的手替他烧第一个烟泡。

李恂看完了信，也气得浑身打颤儿。这信分明是侮辱性的，也的确出自吴德仁的手笔。这与账房先生本人一样圆滚滚的颜体字，是李恂从小认得的。他从地上拾起那一沓钞票，狠狠地要把它撕碎。宁可饿死，也不要这腥气钱。可是妈妈扔下烟枪，抢过来把钞票撸在手里。

“你们爷儿俩还要不要我活啊！我拿什么给你们吃，给你们喝……”妈妈声泪俱下。

爸爸忽然翻身坐起来，下了床，踉踉跄跄地要向门外闯。“我不活了，不活了，我和他们去拼……”

李恂和妈妈急忙拦住他，架着来到床边，让他躺下。精神和筋肉的极度紧张已经使他瘫软了。他卧在那里，紧闭双目，胸部猛烈地起伏。烟管送到他的嘴边，他也不吸，似乎只有奄奄一息了。妈妈让儿子在他的背上和腿上轻轻地捶打，又把烟管送到他的嘴边。

“不管怎么着，也得活下去啊。自己不爱惜，谁爱惜？没有这一口气，和谁去讲理？知道的呢，说俺们是给那些狼心狗肺的挤兑了，不知道的还以为咱们干了什么伤天害理的事。天无绝人之路。这名声总要撕掳清楚。男子汉能屈能伸，此处不养爷，必有养爷处。先把自己折腾坏了，人家不是更称心如意么，不是更要看笑话么……”

经过妈妈好劝歹劝，他噙住了烟管。这第一口烟下去，他也渐渐安静下来。李恂和妈妈也都放心了。妈妈要李恂去给章奶奶送个口信。爸爸不许，说章奶奶早已心里有数。

李恂的祖上是所谓书香门第。小时候听说他的高祖或更高的一辈，在清末做过翰林，这是地方上一个名士，自题书房为“瞻庐”，所以人称瞻庐先生。家乡的老一辈都还知道这个雅号。李恂父亲和人谈到这位光耀门庭的先祖，还是沾沾自得。传到李恂的祖父辈上，家道已经败落了。这位老先生也不失乃祖的遗风，不事生产，唯以书画自娱，整年在各地投亲访友，写条幅，画扇面，以微薄的所得，遨游山川名胜。他曾说最喜欢的两句宋诗是：“时人不识余心乐，将谓偷闲学少年。”至今乡里的老先生们也常常引这位石川先生为知音。到了李恂的父辈，已经不能靠书香的家声糊口，不得不弃书经商，见利忘义了。

第一次欧洲大战的时候，沿海城市很有欣欣向荣的景象。冶铁、铸造、面粉、罐头、纺织、花边、机器制造，各种小工厂和小作坊像春雨后的蘑菇，一个个冒出头来。章家俊的姨妈投资，办起一家船行，有两三只客货轮行驶在近海的各口岸。李子昭到船上管账，这在当时是走红的职业。有一个名叫伍云孚的，也是一个败落人家的子弟，人很伶俐，也很老成持重，给子昭当助手。两个人气味相投，成了恨不能穿一条裤子的好朋友。在所谓世风日下的当年，有一个可以推心置腹的朋友，是天大的好事。青年走红，不免意气扬扬，生出雄心壮志，似乎能把整个地球掂在手里。他们都不甘心为人作嫁，谋划着要自立门庭，从振兴实业中开辟发大财致大富的路。

风和日丽的海，狂风急浪的海，一年两年过去了。伍云孚家里的根基要厚实些，而且亲族中有不少土财主。从土老财身上挤油水，要他们出资开当铺，开钱庄还好说。办什么实业，能实得了吗？他们宁可把钱放在手心里捏出水来，也不轻易干这既不见经传又不见祖训的什么实业。两朋友正像俗话说的："夜晚寻思千条路，白天梆梆卖豆腐。"卖的当然不是豆腐，而是船票。每天白花花的银圆，大叠大叠的钞票从指头上流过，可惜连百分之一也流不进自己的口袋，眼睛熬红了也是白搭。

这年的冬天，轮船在狂风巨浪中触了礁。闷雷一般的撞击声，船身像筛糠一般地颠簸，惊醒正在梦乡的旅客。在这危急时分，人变成了非人，没有人讲人性和人道了。救生艇自然首先落入水手的手里。搏斗，厮杀，叫喊，在大风浪中连上帝也听不见了。小艇上挤满人，疯狂地摇颤着。身强力壮的把体弱的撕扯下去，水手们用小斧子砍断抓住船舷不放开的手。李子昭和伍云孚，一对患难与共的朋友抢上一只小艇。水手们虽然已成了野兽，却没有把斧子砍在同类的头上。他们两个没有斧子，却都有随身携带的长柄刀子。啊，能杀才能生，这小小的武器帮了他们的大忙，他们在船上护住了立足之地，侥幸没有被大浪吞去。

最多只能容纳二十多人的小船，如今挤上了成倍的遇难者。每人随时都有被挤入大浪的危险，所以叫喊和推挤一秒钟也没有停止。不和衷可怎样共济呢。小船在快要驶近岸边的时候不幸翻了。会游水的拼命往岸边挣扎。不会的在浪涛里露几次头，最后大海成了他们的归宿。

两个患难之交确实遇到了患难，仗着年轻力壮，最后都挣扎到海滩上，由于天气很冷，一上岸也都死过去了。当地的渔民救了他们。幸亏渔民是行家，没有立即为他们加温，而是把他们放在冷屋里，一点点灌姜汤，让他们慢慢缓解过来。据后来查明，船上五百多乘客活出来的只有七八个人。

沉船的消息很快传到家乡。船没有了，人呢？生死不明的悬念最熬煎人。那时李恂还只有三四岁，不明白为什么爷爷和伯父天天从外边回来，那么大冷天，脱下帽子还是一头热气；为什么妈妈整天倚在门框上哭个不停，晚上抱他在怀里，还是不停地哭。“妈妈，别哭别哭，我长大了孝顺你……”他也莫明其妙地哭着把头埋在妈妈怀里。这样过了很久很久，直到接到爸爸的亲笔平安家书，一家老少才有了笑容。

两朋友都来到章奶奶家，在南客房里将养了几个月。煮药，送饭，麻姑姑没少为他们操劳。海龙王没有收留他们，他们痛定思痛，再也不敢在风浪里讨生活了。其实想再干也干不成。这时外国的航船，主要是英国的，也有日本的、法国的，又回到中国，在上万里海岸线上乘风破浪。第一次世界大战已经过去几年，洋商经过喘息休整，又卷浪重来了，连最大的中国招商局船行都被压得不死不活。姨奶奶自然没有兴趣再办航务，把钞票扔进浪花里。

伍云孚干实业的心不死，终于从本家的土老财筹得一笔资本，办起一家罐头食品工厂。底子虽然不算厚实，字号却大得惊人：“东方罐头食品股份有限公司”。这一带水产资源很丰富，四乡的畜产品也不少，再加是有名的水果之乡，原料的供应是取之不竭的。不用说，劳动力也是最廉价的。十多架机器，经常雇用二十多个工人，再加水果旺季雇用几十个临时女工，经营了两年，利润颇有可观。两个朋友，一正一副两经理很快成了城市的知名人士。

在方圆数百里内，独一处的生意很容易兴旺发达。可惜好景不长。另有两家罐头工厂的产品投入市场，殊死的竞争开始了。而最难抵抗的还是南方的大食品厂，他们的名气大，名牌多，虽然装在铁罐里的东西未必一定高出多少，但是那装潢，那招贴都更吸引人。如果远来的和尚好念经，远来的名牌商品也同样占了优势。竞争一天天更剧烈，经营也就一天天更惨淡。铁罐在仓库里一层层堆起来，就是说，滞销了。不得不裁减工人，紧缩开支。看来上坡走到头，开始向下坡滑了。亏损年年增加，已经蚀老本了。

伍云孚逃脱了恶浪，却招来缠身的病魔。公司名为有限，也有个董事会，但是从来没有开过会。族祖族伯当年被伍云孚缠不过，拿出几个钱，赚了呢，赔现成得些许红利；赔了呢，也只好认晦气。当伍云孚病得奄奄一息的时候，一再求告当副经理的李子昭，好歹把公司维持下去，似乎人可以死去，办实业的心可不能死去。子昭也是一身病痛，为了一时的解救，跟干娘学会了吸鸦片，和人未老心先衰的干娘对烟灯，喷云吐雾之际，为她读读《三国演义》、《水浒传》、《红楼梦》之类，不啻是世上的神仙。

副经理成了正经理，一心想继承好友的遗志。伍氏的宗族没有兴趣为亡灵再输资本，也不再关心公司的命运。子昭从干娘手中挖出五六千元，给公司换了血。他派人到外地，特别偏远的城镇去推销，居然打开了生路。公司的门前，依然是赫赫的“东方”招牌，一个从来没有存在的董事会依然在工商部门注着册。这是李子昭精明一生中的极大疏忽。他本来应当办转让手续的，不明白当时的所谓法律不能生人，却能置人于死地。也许是他不忍心抹去亡友的遗迹吧？他如果一直兢兢业业亲手经营下去，后果也许会不同。无奈鸦片消磨了他的意志，而陪着青年时代如花似玉，如今也还颇有风韵的干娘，也正可以消除许多烦恼。自从城市开始拉锯战，进进出出的军头都伸出如来佛的手掌，任是孙悟空也逃不出那五根肉柱。

从商会派下来的款项，不是按公司现在实有的资本，而是按原来注册的资本。这就苦了。已经是大半个秃子，怎经得起这梳一次篦一次的搜刮。

老董事们在世的已经不多了，家道也多半破落了。谁能想到，当时立的户头有好多不是人名，而是户头名，什么“伍庆余堂”、“伍积善堂”、“伍洪禧堂”等等。因为户主是未亡人，而女人是没有正式名字的。这样，董事们的年轻一代自然有了继承权。既然已经破落，也就不再装门面，他们倒不是为了实业，而是看中公司所在的那块地皮。随着城市的发达，地价已经涨了十倍、几十倍。不必说见利忘义，损人利己已经成了天经地义。他们和地方上的势力一勾结，又有一个吴德仁投靠过去，他们摸清了公司的底细，一步一步的作战方略都筹划妥当，随着时局的变化，一会儿松一会儿紧，一直到吴德仁内定为副经理，乐哈哈腆着肚子，在八行书上得心应手地驰骋颜体字的时候，李子昭还蒙在鼓里。附来的一百元，你说是袍泽之情，你说是孔明气周瑜的把戏，那就悉听尊便。

一连三天，李子昭除了吸鸦片，水米都不打牙，只是时时发出呓语般的咒骂。妈妈要去请医生，他断然阻止了，有什么回春妙手能医得这不是病的致命症候。李恂见他瘦得像一根柴棍，伛偻着身子卧在床上，像一张废弃无用的弓，第一次对他有了同情心。他究竟不是坏人。不是他吞吃了别人，而是别人吞吃了他。他虽然瘦骨嶙峋，但是眼睛一向有神；声音虽然有些嗄哑，但是洪亮，这几天一下子衰老了许多。眼睛眍䁖了，长长的脸皱皱巴巴像个丝瓜。李恂现在相信伍子胥过昭关，一夜愁白了头的故事。他三天都没有去上学，寸步不离左右。所有亲戚朋友都还不知道这个精明的人一败涂地。

第四天一早，舅舅来了。

四五　向何处去？路在何处？

舅舅并不是第一个知道姐夫破产的人。继那封侮辱性的来信之后，第二天的报纸上登出一则消息，字里行间颇有调侃意味。

> ……据闻久享盛名的东方食品公司，业已整顿改组。经理某某，为一瘾君子，日夜与其义母共伴烟灯，吞云吐雾，不理正事，致使公司亏损累累，有如秋木凋零，故已被解职。该公司董事会拟扩大投资，重振旗鼓，业已聘任吴某为常务副经理，力求于短期内开创新局，以使枯木再春云云……

舅舅是头一天见到报纸，次日一早就赶来的。他知道姐夫已经一败涂地，无可挽回，那么姐姐这一家以后怎么办，他不能不操心。他没有拿报纸给子昭看，怕他受不了这刺激。据他猜度，这则消息很可能出自吴某的手笔，无非是落井投石，必欲置之死地而后快的意思。“子昭，子昭，你养了个安禄山，那么重用，那么信任，没有任何防范。他投靠人家，加官进禄，不演渔阳起兵才怪呐。”这是他心里的话。

李子昭见了妻弟，第一次唏唏嘘嘘泣不成声了：“我怎么见人，我有何面目见人……”

舅舅好像胸有成竹，接着外甥送上的水烟袋，点起火，呼噜噜吸了几口，慢条斯理地说：“我不是个人吗？你不是见了吗？你愿意见谁就见，不见就不见。”

“吴德仁害我，害我……我恨不能扒他的皮，忘恩负义的王八羔子……”

“哎，这年头，这就说不得了。冯玉祥没倒吴佩孚的戈吗？吴佩孚没倒段祺瑞的戈吗？你那么相信这个姓吴的，公司的事你一推六二五，都推给他。养虎遗患，不怕你怪我，也只好说是咎由自取。”

妈妈乘舅舅来的机会，很快煮了一小碗银丝挂面，捧了来。“三天都没吃东西了。光靠那一口烟，能活下去吗？你劝劝他，让他吃饭。”

舅舅不说什么，放下水烟袋，就床上扶姐夫坐起来，把小碗送到他面前。子昭用颤颤抖抖的手接了，喝了一口汤。妈妈长舒了一口气。

“还是那句老话：留得青山在，不怕没柴烧。”舅舅又吸起水烟。“我要是楚霸王啊，才不自刎乌江呐。没面目见江东父老，他不见，不想办法东山再起，刘邦可不就去见了吗？”

父亲吃下一小碗挂面，妈妈放心了，紧锁了三天的眉毛舒展了一些。她要儿子来到外间，和他商量为舅舅买办黄酒、小菜之类。他一来，杂面条是少不了的。

李恂一出院门，迎面碰见干姐姐李安娣。安娣看看周围没人。小声说：“你看见报纸了吗？”

“什么报纸？”

安娣正换上一身春装，宽袖窄裉天蓝色偏襟衫，石青色百褶裙。她有搽粉的习惯，步步散出粉香。李恂见她有些神秘的模样，很觉得奇怪。安娣没有说别的，重新开了刚刚锁好的院门，让他来到屋里，拿一张报纸给他。这时李伯父和伯母都分头服侍洋人去了。李恂看着看着，脸涨红了，气变粗了，啪一声把报纸拍在桌子上。

“岂有此理！……”他心里堵得一时说不出话来。

“报纸我是昨晚上才看见的。我也还没敢告诉我爸爸妈妈。今天早上，我刚要到你家去，看见你舅舅来了，怕去了不方便，又退了回来。你爸爸现在怎么样？”

“能活下来就不错。”他的话里不免带着哭音。

“风声，我是早就听见了。这几年市面上流言蜚语不多的是吗？虽说是干爸干妈待我很好，我也不敢贸然去问。不论真的假的，不都让老人家心烦吗？没想到真出了事。”

“本来以为能拖一阵子的，来得突然。”

“哎，是啊是啊……你怎么样，上学还是没问题吧？姐姐最放心不下的是你。”

听了这话，李恂才第一次认真想到他的学业问题。离毕业还有一个多学期了。能念完吗？他自己也拿不准。“是啊是啊，这学还能上吗？”他沉吟不语，眼睛发潮了。

“你别愁，怎么着也得上学。”安娣说着，又和干弟弟出了院门，重又上了锁。两个人一起来到街上。“你别愁，一人一把米，也能烧一锅饭，不是吗？”

安娣的话安慰了他，温暖了他。

安娣和他约好，晚上一定来看干爸爸，和他分手了。

李恂买了所有要买的，回家的时候，妈妈正在厨房里忙着午饭。他没有把报纸的事告诉妈妈，当然也不想让爸爸知道。

父亲经过舅舅的劝说、开导，精神上又活过来。李恂为他们送茶水的时候，听他们正讲到章奶奶。爸爸说她谋虑得深。他原来想求她再拿出几千元钱，把公司维持下去。章奶奶没有同意，说再拿上一万元也脱不出人家撒下的网。光有钱，没有势力，没有后台，是斗不过人家的。结果不出她所料。李恂曾在章奶奶房门外，听她说五千元不如吃利息，这时才明白这话是什么意思。

“你还是打起精神，养好身子再说。”舅舅已经和爸爸对面躺着，就小灯上吸鸦片。“人家李三才怎么样？三起三落，现在不是又起来了吗？什么命不命？还不是人定胜天。就是讲天命，不也说是天助自助者吗？宗约瑟，你是知道的……”

“哦，是啊。”爸爸接上说：“听说这个人变得挺怪，整天在海上打鱼。究竟怎么样了？”

舅舅放下烟枪，笑吟吟地坐起来，用茶水漱漱口。“他呀，打鱼是不假，不打鱼早一命呜呼了。”

“是吗？”

“怎么不是。当初他怂恿哥哥一起变卖了祖田，开进出口行，赔了个精精光，差不离要卖老婆孩子。这你是知道的。他差不点命丧黄泉，整天整夜合不上眼。打鱼救了他。那是再好不过的治神经病的药。怎么样，不是又发起来了吗？人是好人，和我交情也不错，可是生意上那个抠门啊，我的货发到他那里，他真是鸡蛋里也挑出骨头。人家是行家，眼力精，你又不能不服。现在啊，光他从英国进口的丝光棉线一项，一年少说也挣个一万二万的，出口的花边、发网、茧绸、绣花等等还不算。他是有点怪，可是怪挡不住他发财。”

人在极度悲痛的时候会麻木自己，在极度失望的时候也会生出希望。杜恩仁宽了姐夫的心，此外当然不会有别的结果。两个人商议，妈妈也在敲边鼓。如果这一时期不愿见人，索性躲出去。族侄不是来信讲过吗？不妨到他那里散散心。正是春暖花开的时节，何必关在家里生闷气。要是税局里有闲缺，也不妨帮侄儿干点事。

舅舅吃完午饭，走了。晚上李安娣果然来了。她不提也不问干爸的事，像平日一样地说说笑笑。据她听说，警备司令要换人，可能市党部和市长也长不了。这些年这些人像走马灯似地换来换去，换汤不换药，早已引不起人们的兴趣。但是这消息引起李子昭的注意。他盘根问底，李安娣却又讲不清楚。在时局的再一次动荡中，有没有可能把失去的再捞回来？安娣走后，已经九点多了。他非要儿子陪他到章奶奶家不可。他的事干娘还不知道，应当告诉她。而且，啊！也许还有什么机运能使这跌倒的人爬起来吗？妈妈死也不肯让他出门。他从床上站起来的时候，眼前忽然冒金星，又只好倒在床上。

李恂一向不关心父亲的事业。除了嫌和怕，他对父亲没有别的感情。他恨死了那像鬼火一样的鸦片烟灯，恨死了那像懒狗一样弯着身子吸烟的姿势。他曾想象，如果他当大总统，第一件事就是下令，把大烟鬼统统抓起来，逼他们戒烟。戒不了，好！格杀勿论。林则徐虎门销烟的历史他知道。八九十年过去了，中国竟然没出第二个林则徐。父亲的经历他从来不问，只是听爸爸在朋友面前自吹自擂，沿海码头多么开眼界，那些奇闻逸事；怎样沉了船；怎么从冰海里脱险，把保存下来的长柄刀子，当年搏斗的武器，拿出来当众展览；怎样创办起食品公司；怎样买来的机器别人开不了，他一上手机器就活了；怎样和同行竞争，如果不是因为好朋友的死，公司是不会赔本的；又是怎样把事业从死里救活等等。所有这些过五关斩六将，有时是整部戏，有时是折子戏，一遍一遍，翻来覆去，特别是过足烟瘾的时候，讲得绘声绘色。李恂听得耳朵里都起茧了，可是他不完全相信。如果一角钱一支的毛笔说成三角，那么他讲的这一切不也要打七折八扣吗？

他从来没有想，父亲的事业会影响他的学业。今天经安娣一提，成了压在他心头的第一件大事。他从来不关心家里的生计，爸爸妈妈是否有点积蓄，他一点也不清楚。一家一把米？去！这饭宁可不吃，靠别人过生活的生活不是人的生活。

他从来都很有自信，在任何情况下他的学业都不会受影响。所有的同班同学，不讲别的，功课上都不在他的眼下。这些年来，只要一坐在自己书桌前面，他立刻能专心一意，任何杂念都不能扰乱他。可是今天夜里办不到了。摊开在面前的书是一片空白。他很喜欢世界地理，这是海外贸易专业的重要课程之一。从美国运来的这大本书有很精美的插图，其中有各地的自然景物，也有与航海，与工业和科技有关的各国各地的历史名人。他心里烦闷的时候常常看它当消遣。今晚上连这本书也失灵了。他的眼前出现的总是父亲那不死不活的模样。这三天，妈妈显然消瘦了不少，看她的眼皮浮肿，他猜想她偷偷地擦眼抹泪。他不喜欢妈妈跟章婶去逛商店，装阔气，他可是很爱妈妈的。现在他想起小时和妈妈说的："妈妈，别哭，等我长大了养活你。"而今如果家无贮粮，他怎样养活妈妈？眼泪模糊了他的眼睛。

一直到下半夜他都不能入睡。也许从今以后，他要以失眠度过漫漫长夜吗？他悄悄来到院子里。妈妈屋里是黑的。他们折腾了几天，如今总算休息了。

静极了。没有风。仰首长空，夜天没有一丝云影。他又一次看见这么密密麻麻，似乎挤得要掉下来的星星。海声传来，阵阵浪花好像撞击在他的心上。

"我的路在哪，我的路在哪儿？……"

问天天不语，答案何处寻？

四六　把悲痛装在盒子里，并且用牙齿咬紧它

有谁在青少年时代经历过家业败落的吗？

受到最大伤害的是李恂的自尊心。如果自尊心是人的天性，这天性是很难泯没的。学校，他还是上，可是走在街上总低着头，似乎人们向他投来的都是嘲笑的眼光。他很怕碰见同学，更怕他们问这问那，远远见了，总是闪过一边，有时迎面碰上，也说有急事，快快走开。

青天白日旗插住了，可是他不再相信民权、民生一类的空话。他把三民主义的书统统撕碎，扔进了垃圾箱。他向这个世界要什么呢？很少。食足果腹，衣足蔽体，够了。甚至更苦也不怕。现在他的学业有中断的危险，这他倒不在意。那些关于进口出口的专业知识，什么簿记学科、航运学科，还有当西崽所要求的打字、速记等等，他已经一概没有兴趣。父亲破产，这个事实他是清楚的。敌不过那些乡绅势力，这一点也不觉得奇怪。但这一切为什么会是这样，而不是别样？为什么冥冥中好像有一种力量专门在捉弄人？月姐、梅倩、湘文、冬月，这些人不都是受捉弄吗？这个世界上，他不明白而应当弄明白的事太多了。他到哪里去找答案？正是在这一点上，世界向他闭上了漆黑冰冷的大门。这个世界应当毁灭！

饭桌上一天天更清淡了。精米变成了糙米，白面粉变成了黑面

粉。往常都有粮店、肉店、油店、蔬菜店按时送货上门，年节时候按账折又一起付钱，现在没有了。蔬菜里油也少了，鱼肉也稀罕了，摆上饭桌的常常只有咸菜和切开的咸鸭蛋。父亲仍然离不了鸦片，此外又添上了酒，这酒帮他浇了几多愁，只有鬼知道。妈妈不免时常叨叨咕咕，唉声叹气，真是人愈穷而气愈胜，爸爸听了常常瞪眼睛拍桌子。李恂不介入，小吵，他不理，大吵，他躲出去。可是躲到哪里呢？

章家他不愿去。章婶一直对他很好，也表示要资助他继续求学。这情分，他感激，可是他不领。他已经不是坐在她的膝前，和她就“孙庞斗智”、“赤壁鏖兵”、“薛礼救驾”、“醉打山门”这些真的假的故事谈天说地的孩子了。如果从前他对于章婶是一种孩子气的依恋，现在他从心里和她疏远了。从人们的闲言闲语里，更是从他自己的眼睛和心里，他觉得章婶很有心机，对别人小气而对这异性的侄儿大方，他不敢相信这好心真的那么好。

对章奶奶，他一向是敬而远之。爸爸常常在人面前，夸他的干娘多么机敏，多么心里有数，能杀伐决断，李恂看见的却只是整天躺在那里吸烟的半老太太。除了日常的请安问好，他和她没有多少话可说的。

明姐很看重他，这他知道。她常说除了弟弟、麻姑姑、小玲玲，她没有别的亲人。知道李家破产以后，见了弟弟，她眼睛里总是泪蒙蒙的，不知道说什么才能宽他的心。这无言的真情很是感人，可是李恂偏偏怕看见她。

小玲玲对他比过去更亲热了三分，更是哥啊哥不离口，更常常到哥哥家，帮李妈妈干家务活。什么破产、败落，她一概不理会，眼前还有吃有穿，有什么好愁的。她见哥哥两眼直直的，紧闭的嘴唇难得笑一下，她可怎么办呢？多叫他几声哥哥，多帮他操劳操劳，她能办到的只有这些。李恂还是一样地喜欢这个小妹妹，也明白她的心情，不过听她那么一声声叫哥哥，心里却也很烦。

他唯一愿见的是贞月，和她对面相坐，即使一言不发，从她的眼光里他也得到安慰，可是他也很少去。月姐要他什么事都不要放在心上，还是一心念书。她要把所有的首饰都变卖，包括金耳环在内，少说也足可供他一两年的学费。他对月姐是另一种感情，别人的帮助他不接受，月姐的心可以接受。但是他不能。她已经够痛苦的了，人面前有说有笑，没事人似的，那么要强，谁能测量她心里的苦水有多么深。不能帮助她，反而为她添上负担，不，他宁可断掉两条腿，也决不能使她的一根毫毛受损害。

一个性格内向的人现在变得更加内向了。他要用自己一个人的肩膀试试地球的压力，要么死去，要么生存。他厌恶人们脸上的笑。你是真笑还是假笑？当今之世，有什么值得高兴的？欢愉是浮浅的，痛苦才是深刻的。

期中考试的时候，他从一向保持的第一位退居第三位。其实他照常用功，只是看错了题。同学们用奇怪的眼光看他，他装作什么都没看见。天狗听了一些人的议论，气不忿地告诉他，要他期终考试的时候加把劲，把那些幸灾乐祸的打下去。

期末考试的时候，他的成绩仍然是全班第一。可是和平时的分数一平均，牛耳朵被别人抓去了。眼见银牌牌第一次挂在别人胸前，他既不羡慕，也不为自己懊恨。这些事他都看淡了。

在暑期的几十天里，他最亲近的是大海。他常常失眠，压抑着的心一天比一天更收缩。他的脸变成三角形，眍瞜着两个大眼睛，整天不说一句话，脸上没有一丝笑意。他好像一条出了水的鱼，窒息了，干瘪了，只有回到海里才能苏醒。他每天一早就离开家。经过洋人别墅区的时候，那茸茸的草坪，那白碎石小径，那婆娑的柳丝，那洋娃娃和卷毛小狗，都引不起他的注意。那些洋兵船，那些水上飞机和汽艇，那卷起雪堆似的浪花的冲浪者，也都引不起他的注意。他游水，泅水，从跳板上一劲地往下扎猛子。沉沉沉，沉到海底，凉极了。银色的鱼擦身边急逃了，在水纹状的沙底搅起浮动的细沙。由于水的折射而变了形的石头，随着浮动的水草好像不停地在跳动。他躺在沙滩上，滚烫的沙子埋在身上。稍带盐味的海风吹入鼻孔，暖苏苏的，使人迷醉。是啊，迷醉。世上使人迷醉的不独是酒。

他平平地躺在沙滩上，向上凝视着亮蓝的天空。清轻上浮者为天。他所有的重浊之物已经被热沙蒸发了，和天上的蔚蓝融为一体了。形形色色的太阳伞，这里那里像彩色的大蘑菇，眯眼一看，成了奇形怪状的图案。高高低低的笑声。中国话和洋话。横横竖竖裸露的人体。沙滩上长串的脚印。孩子们的沙城。浪花，一层层白色的泡沫。渔帆儿闪着白光，一点两点。海鸥从高空俯冲下来，没入浪花里，又扶摇直上。

所有人世的欢乐都与他隔了一个世界。他的心闭在躯壳里，灵魂闭在心里，宁死，也决不敞开心门，让别人看见。

他要到什么地方去，路上为什么这么黑呀？脚下一会儿是泥泞，一会儿是累累碰脚的碎石头。要过山洞，这山洞可是真窄真矮啊。头也抬不起，腰也伸不直，身子夹在两边的墙壁里，用力挤呀挤呀，一步步吃力地向前，但是洞里弯弯曲曲，好像没有尽头。前边好像有人声，但是听不真切，也不见人影。啊，那不是一丝丝光亮吗？好啊！快了，快了，用力啊。水淋淋一身大汗……

可是他飞起来了。张开双臂，像划水一样展翅在空中，多惬意啊。为什么总是飞不高？用力划动双臂，也还是只能飞过楼顶。呼喊着的一大群孩子仰面向天，跟着他的影子在地上追赶。他们的长竹竿竖起来了。戳呀，戳呀，想把他戳下来。啊，你们休想！飞啊，飞啊，高起来了，高起来了。啊，怎么又往下落？不，不，得高飞！他拼命地划动双臂，但是向上乱戳的竹竿快要戳到他了。啊，真的戳到了。他落下，落下……

类似的噩梦反反复复，天天夜里陪伴着他。半夜或下半夜，他常常悄悄地起来，到小院里吹风。爸爸在家里养了一阵子，仍然整天泡在章奶奶家，还是不过半夜不回来。他忽然热衷于相面，时常在饭桌上，当着毫无反应的妻子和儿子，讲他的奇遇。“这个山人是专走官宦人家，高门大户的。要不是知道我是章家的亲戚，才不理我呢。他两眼一瞅，什么不说，先叫我脱下帽子，摸我的天灵盖。‘唔，你二十几岁上有过杀身之祸。你是木命，水生木。你是从水上脱灾消难的……’你听他说的多么准。说我有二十年的好运，在羊年上不是大病就是大破财，招了小人，这是一劫。说我囟门有晦气，必得拔顶的时候才得转运……你们看，看，我顶门上的头发是不是稀多了……”

妈妈有时一声不吭，有时随声附和一句两句。李恂却连看也不看一眼，一声也不吭。他对爸爸的一点同情心又渐渐消失了，开始有点恨他。这个自视精明别人也以为精明的人，现在不是谋划什么正经事，还是整天沉迷在鸦片烟雾和空想里。儿子的学业他从来不问，儿子就学和失学的门槛就在眼前，这一步怎么迈，他也全不在心上。

李恂从噩梦里醒来，一身冷汗。他来到院子里，听那日夜不息，夜里更加扰人的海声。妈妈屋子里还亮着灯。他知道爸爸还没有回来。他走到妈妈屋里，看见她坐在床边，在为那种出口商品的亚麻台布锁边。这种手工活是从商行领来的，按打付工钱，一打是十二张。妈妈正专心致志地穿针引线，或者想心事出神，竟没听见儿子来到眼前。这样的活儿工钱很少，缝一打还不够爸爸一个烟泡钱呢。他劝妈妈不要做了，因为无济于事。妈妈说做一点是一点，挣几个零用钱回来也好。同情妈妈和恨爸爸的心情同时糅合在他的心中。这些日子，妈妈显见得苍老消瘦了许多。

妈妈熬夜，干这种手工活，他是今天才看见的。她从什么时候起揽的这种手工，他不清楚。慈母手中线，针针线线都是为了出口行的发财。这些台布运到外国，又不知铺在什么发财人家的餐桌上。妈妈那低眉凝目，针针线线的模样从此一直压在他的心上。这更增加他对爸爸的不满。一种想法油然而生，他应当离开这个家，找个什么生路，养活妈妈，让她从这针针线线里解脱出来。也许出洋，去找大表兄？或者到南方，去找章叔想办法？现在的李恂已经不是以往的李恂，他是破产者之子。人家会用怎样的眼光从上面往下看他？

正当他在院子里转磨磨的时候，爸爸回来了。见了他，第一句就是申斥的口吻："这么晚了，你怎么还不睡？""奇怪，你不也是这么晚才回来吗？只许州官放火啊……"他心里嘀咕，可是没有吭声。

"明天一早你到章奶奶那里，她找你有事。天一亮就去，别晚了。"

李恂想，是不是为了继续上学的事呢？

"章奶奶叫我去干什么？"

"你去了不就知道了吗？她吩咐你干什么，你就干什么。"

爸爸进屋去了。他也进了屋，熄了灯，仍然不能入睡。听爸爸的口气，不像是关于他上学的事。章奶奶会吩咐他干什么呢？他猜不出。

章奶奶从来没有叫他干过什么事。现在，为什么……

四七　没想到死了的还活在人世

为他开门的是明秀。

“奶奶等你了，快去吧。”

“叫我什么事？”

“不知道。”

他很觉得奇怪。奶奶一向是日上三竿都不起床，从来没有这么早过。一定有什么重要的事吧？当他向中门走的时候，明秀在他身后说：“小声点，别惊醒别人。”这更奇怪，这个家里还有什么别人？他模模糊糊想到，这个别人也许是指章婶说的。

他轻步来到奶奶屋里。奶奶已经穿好衣服，坐在床头。这也是很少见的。他问了好。奶奶要他坐在床边的方凳上，拉了他的手，抚摸着，可是又放开了。大概她也觉得人大了，不好像抚弄小孩子一样的了。

奶奶长叹一声：“你爸爸的事就那样了。人不和狗斗。他们是狼，是吃人不吐骨头的。你上学的事，好说，用不着担心。”

他点头听着，没说什么。

“你想不想你麻姑姑？”

他一听就跳起来：“麻姑姑？她在哪儿？”

“小声，小声，别叫人听见。”奶奶满眼含泪，转身从枕头底下抽出一张折着的纸，放在他的手里。他打开，上面没头没脑地写着一个地址。这地方他知道，离市区很远，可是从来没有去过。

“你照纸上写的就能找到。”奶奶说着，又从枕头下面抽出一个纸包包。“这是四十元钱，你送给麻姑姑。奶奶行动不方便，也不好到那地方去。你爸爸去也不方便。前几个月，都是你爸爸打发小伙计去。如今没有小伙计了，靠得住的只有你……”

“麻姑姑怎么样？她究竟是为什么……”

“这你不必问。你趁一早没人看见，快去快回。她的事她会告诉你，你去了就知道。”

李恂把纸条和钱包包都收在裤袋里，塞塞紧，站起来。

送他出大门的还是明秀。

“是什么事？”她问。

“我顾不上，等以后回答你。”

他一出大门就撒开了大步。

悲怆和喜悦一股脑涌上他的心头。麻姑姑离开家，住这么远，离市区二三十里，不定是个什么破破落落的地方。章奶奶这么神神秘秘地送钱给她，还那么怕别人知道。要不是出了什么大事，犯得着这样吗？纸条写的地址他已经记住：“三十里堡，夏店村后街，路北，从东往西第五门。”连个街道名和门牌号都没有，不是荒村野甸是什么。但是麻姑姑还活着，好好坏坏还活着。啊！多好呀！还活着。他原以为她遭了什么不幸，说不定不在人世了。大人怕他难受，故意不告诉他。这几个月为了家庭的变故，一脑门又尽想的是自己的事，这个像母亲一样的姑姑竟然没放在心上。真该死，该死！现在她活着，这比什么都强。世界上只要麻姑姑活一天，妈妈活一天，月姐活一天，他一定得好好地活下去。他要是有个好歹，最难活下去的是这三个人。

这样想着，他加快了脚步，快箭一般地往前奔。市区落在他的身后了。一个苹果园出现在他的眼前。累累的青苹果挂满了树枝。

在路旁的果林里，有一个戴草帽的人手执长柄小刀，在寻挖树上的害虫。李恂问路。这人说还远呐，过一个沙岗才是。沙岗很难走，脚踩上细软的沙又很难拔出来，比走二十里地更累人。过了沙岗，大路没有了，只有坑坑洼洼的土路。大车压下了很深的沟沟坎坎，骡马粪散出冲鼻子的臭气。他终于走进一个破落的小村子，多半是茅草屋，低矮得像棚子。村口几个光屁股小孩告诉他，这就是夏店村。麻姑姑怎么住到这种地方来了？真的苦了她了。泪水模糊了他的视线。从城里来的这个少爷很惹眼，孩子们一直跟在他的身后，小声地叽喳着。他在后街上找到一个土墙院，刚要叫人打听，忽然有一个人从破木板门里跑出来，蓬乱的头发，黑里透黄的脸，大眼睛。

啊，麻姑姑！可这怎么是麻姑姑？

他向前。她也向前。四只手紧握在一起。他看她。她也看他。看见了，啊，看见了。多么熟悉，又多么陌生。姑侄两个都满眼含泪，一时都说不出话来。这个朝思暮想的侄儿更长高了，可是更瘦了，两个眼窝眍瞜得那么深。麻姑姑虽然还是有点胖，可是脸色憔悴，额上添了皱纹。蓝布褂子的衣襟上一个一个油圈儿。

“姑姑，你好……”一句话被涌上的唏嘘堵住了。

“我好，好，姑姑什么时候都好。有你，姑姑能不好吗？来，快进屋。”她强忍住眼泪，装出笑脸。

李恂进门的时候不能不低一下头。两间小土屋，外间是锅灶，里间有土炕，炕上铺的芦席，靠后墙有一张破木桌和一张长凳，纸窗上只有作文纸那么小的一方玻璃。麻姑姑就是听见脚步声，从这里看见他的。

“姑姑，我一直不知道你在这里，人家不告诉我。要是知道，我早来了。”他说着，掏出钱包包，放在麻姑姑手里。“奶奶光叫我送这个来，别的什么也没说。”

“这我清楚。我也不愿意你知道。你念书比什么都要紧，不能为姑姑分心。我啊，不知梦见你多少次。和梦里一模一样，就是高了，为什么这么瘦？没闹病？”

麻姑爱抚的眼光一直留在他的身上。这是从五六岁就揪着她的衣服角长大的，那时候他不见姑姑饭也不肯吃。他和她淘了多少气，发起牛脾气的时候用小拳头捶打她，拿头在她的怀里乱滚乱揉搓，搂着她的脖子，拿毛茸茸的头发扫她的脸。越是调皮，她越是疼爱得不得了。如今长这么高了，比姑姑高了一大头，出落得这么洒脱，眉眼这么秀气，可是姑姑走了，没福气天天看见你了。姑姑做了对不起你的事，姑姑不能不告诉你。姑姑的苦水不倒给你往哪倒啊。可是怎么有脸和你说？你知道了还能瞧得起姑姑吗？

她问他爸爸的事，侄儿简单地讲了一下。她听着连连点头叹气。她说早就料到会有这一天，哪里有干事业的人天天吸大烟，不理正事，把个公司扔在别人手里，现在说也无济于事了。

正当姑侄亲热地交谈的时候，从门外来了两个老太太，跟着又来了三个小媳妇和一个大姑娘。村里来了这么一个斯文人物，怎能不像看猴一样地看个够呢。

“这就是他大姑天天不离嘴的侄儿啊。怪不得，要是我有这个福气啊……”

“做你的美梦吧。看人家一表人才，一眼就知道是有出息的。”

“他大姑你不用愁。有这么好的侄儿，怕什么？”

“我活了大半辈子，还从来没见过这么有精神的后生……”

她们一来，李恂急忙站起来，问好，让坐。这么许多眼珠子直盯着他，上下端详，再加这七嘴八舌，闹得他笑也不是，说也不是，心里直发窘，脸上也发热了。特别那留着额发的姑娘，从人背后探头，两眼死盯住他，好像要把他钻个透。请她们进来坐，都不肯，只堵在门口，有几个小孩子也在人空里凑热闹。

“哎，瞧人家多有礼貌。哪里像俺们这里的，见了人伸胳臂撂腿的。”

问他十几岁，姑姑替他回答了。这又引起一阵嗡嗡议论声。

“这哪像个十六七的孩子。俺们大人也没这么懂事的。”

“可不，他大姑说人家是念洋书的。”

“什么洋书不洋书，天下只有一个理，不孝敬长辈，念什么书不是白搭……”

李恂心里着急，可人家都是好意，不好露出不耐烦的模样。麻姑姑呢，听人家夸她的侄儿，拿他当她的嫡亲侄儿，心里美滋滋的，是从来没有的快乐。只好让人家看个够，说个够就是了。

大娘和大嫂们去了以后，麻姑姑急忙做午饭。有什么招待侄儿，哎，只有煮面条和炒鸡蛋。吃完，已经过了晌午，李恂必得往回走了。麻姑姑送他一直过了沙岗，在苹果林里就地坐下，趁着休息，把她离家前后的情形一五一十但是不无含蓄地告诉了他。说到伤心的地方，她竭力忍住刺痛心窝的呜咽。

“姑姑对不起你，对不起奶奶。要不是为了奶奶，为了你——我想着总有一天见着你们——我早不活了。姑姑还有什么脸，还有什么用。不能天天照看你们，还得你们为我操心，这么老远……”

李恂紧紧拉住姑姑的手，像小时候一样头靠在她的肩膀上。“姑姑，你谁也没有对不起。是他们对不起你，欺负你。那些老脑筋，老眼光，你一概不用上心。我知道了地方，一定常来看你。谁再敢欺负你，谁敢伤害你一根毫毛，我泼上命和他拼……”

他泣不成声了。麻姑姑也泣不成声了。苹果林外面就是大路，他们怕人看见，都急忙擦干了泪水。

麻姑姑告诉他，村里人待她都很好。起初看她举止行动不像乡下人，而且单身一人，不免有些奇怪。后来知道了嫂子容不下她，老妈妈只好让她暂时住到外边，等嫂子跟哥哥去南方的时候，再接她回家。她农忙时节帮人家打水烧饭，平时帮她们剪剪裁裁，缝缝补补。现在都对她很好，很同情她。说向来都是小姑给嫂子气受，没听说嫂子欺负小姑的，可见这小姑是个老实憨厚的。生活苦点她不觉得怎么样，只求心里舒坦就好。

太阳有点偏了。麻姑姑不能不催他上路。他走出十多步，姑姑又叫住他。

“你答应姑姑，一定别为我分心。人只有一个十多岁的时候，千万别糊弄过去。”说完又催他快走。

他走一程，回头看，麻姑姑还站在那里。他又急忙跑回来：“姑姑，你也答应我，头抬得高高的，谁也不怕。我星期天一定再来……”

他又往回走了很远。再回头，麻姑姑还站在那里，向他连连摆手，意思是要他快走。他转身，抹掉眼上的泪花，撒开了大步。

麻姑姑站在当地，远远看着侄儿的身影消失了，这才抱着沉甸甸的心回到村里。她把奶奶送来的钱收藏好，晚饭没有吃，早早地上了炕。天黑了。人声、牛声、狗声，都没有了。村里静下来。这里离海滩不远，村里人常常趁退潮去赶海，从细沙滩里挖出青蛤、蛏子之类，在礁石上也能敲到牡蛎。麻姑姑也和村民一起去过，她是用不息地劳作打发一天天难熬的日子。刚来的时候，很不习惯这硬邦邦的土炕，这处处漏风的墙，这粗粝的饭食，但她吃苦耐劳的天性，她心地豁达的天性使她习惯了这一切。后来和老少妇女厮混熟了，诚朴的心碰上诚朴的心，她觉得这里也就是她安身立命的地方。

她当然没有把实情告诉人家，这只能紧紧地锁在她的心里。欢乐的记忆是短暂的，痛苦的记忆却是长久的。她常常夜里瞪着双眼，向上看着什么也看不见的黑暗，眼角噙着泪珠，竭力推开袭上心头的往事。往事如烟吗？不！往事好像放大了的清清楚楚的照片。今天看见盼了多半年的侄儿，为他的长大她高兴极了，为他家庭的败落也难过极了。多么懂事，多么贴心的侄儿，像亲生的儿子一样。啊，儿子，她亲生的儿子在哪儿？……

大半年之前，最可怕，最没脸见人的事终于落在她的身上。她怀孕了。起初她以为是病，一天天证明是身子里多了一个生命，种种征候使她相信无疑了。一种极矛盾的心情日夜纠缠得她不得安宁。经过那一个夜晚，她恨一切男人。世上没有男人，她一辈子干干净净，无忧无虑有多好。可是身子里的小东西一天天更扰乱她了。保住这个小生命，她一辈子有了倚靠，不再向人世要什么了。可是这怎么行呢？私孩子，私孩子的妈妈，多么难听，多么难堪。她用布条紧紧地勒自己的腹部。这外力反而引起内力的反抗。她吞酸，作呕，腰痛，心神不宁。因为她身体肥胖，一时还看不出什么变化。她偷偷地跳高，用桌子角挤自己，没有一点效果。两条命只能留一条，但是如果将来真的生下儿子，妈妈死掉，谁会养活这私孩子？送给育婴堂？育婴堂的小孩她见过，那么皮包骨头，不如死掉。

两三个月的时候，她穿上肥大的衣服，谁也看不出来。只有少奶奶眼尖，看这个胖大丫头一向欢天喜地地干活，一碗一碗地吃不够，忽然眉头锁起来了，时常恹恹地推开饭碗。她以为她病了，要她去看医生。后来她渐渐起了疑心。证实她的疑心的首先是麻姑姑的眼睛，要是注视她，她的目光马上躲开。没有亏心事的人不会有这躲躲闪闪的眼光。她干了什么亏心事呢？丁玉玫锥子似的眼睛一钻探，事情也就料到了七八分。这么个黑胖丫头，谁能看上，和她共享风流呢？这个家里整年的除了李子昭，没有别的男人。不像。他不敢，她更不敢。那么是二少爷？金少爷？外边那些如花似玉的美人胚子还玩不过来呢。难道吃腻了鸡鸭鱼肉要拿窝窝头换口味？她倒宁愿是这样。只要她抓到把柄，对不起！你老太太护着吗？也对不起！倒好！明媒正娶的，整年整月的中国药、外国药，这么多年肚子空瘪瘪的。你偷鸡摸狗的倒碰一指头就是一个。怎样才能吐出这一口不平之气！

麻姑姑起先经常碰上二少奶奶锥子似的眼睛，后来是旁敲侧击的话：“哟，我的胖妹子，你走路可留心脚底下呀。”“怎么比从前少吃一碗？为老太太你也得努力加餐。”等等不一。到了四个月头上，麻姑姑躲在中门外的影壁后面，恶心得连连吐酸水。这是平日谁都不到的地方，哪里想到有心人正拿眼睛跟踪着她。

“呀，你这是怎么了？”少奶奶走上前来，帮助捶背。“叫你去看医生，你就是不听。我说句笑话，你别见怪，怎么倒好像是有了喜……”

麻姑姑脸涨得通红，转脸狠狠地挖了她一眼，一句话没说，扭头回了她的东厢房，拿一条枕巾捂在脸上。“你的心可真毒啊，你这断子绝孙的！我敬你怕你，为你当牛当马，哪一点对不起你，你这么拿我当眼中钉。就算我一步走错，你也不该踩在脚底呀。我死了于你有什么好处……”这个憨厚的人第一次对丁玉玫起了忌恨之心。她心里明白，再瞒是瞒不过去了。怎么办，怎么办？要是没有老太太，我一条命值什么。与其等她下毒手，还不及自己趁早……

她思前想后，偷偷哭了大半夜。听听少奶奶屋里没有了动静，李恂的父亲也走了，小玲玲关好街门，也回对面屋睡下了。她悄没声地来到院子里，看老太太屋里还亮着灯。她轻轻来到上屋，进了老太太的屋子。老太太正在烟灯上烧大烟泡儿。她走到养母跟前，双膝跪下，揪着自己的前襟，泣不成声。

老太太吃惊了，一翻身坐起来，诧异的眼光盯着她。“怎么了，你这是怎么的……”

麻姑姑一面啜泣，一面把前前后后的事都说了。

“妈妈，我对不起你。你放我走吧。我到哪里两只手也能养活自己。我死了也不值什么，一死是两条人命……”她伏在地上。

老太太下了床，拉养女起来。这个从小跟在身边的丫头十多年小心谨慎，不辞劳苦，从来不忘自己的身份，从来不错走一步。确实是姓金的王八羔子害了她。颇有杀伐决断的老太太忍住心里的绞痛，没有掉泪。这时候她必得当机立断，想出办法。她对养女说，事已至此，也不怪她，要她放心，别再露馅儿。就算少奶奶点破了，她又还没有真凭实据，有婆婆在，谅她也还不敢干出破格的事。

麻姑姑原以为老太太会气得浑身打颤，会狠狠地骂她，没想到这样体谅她，真是来世变牛变马也报答不了的恩情。她不知道老太太是怕逼紧了出人命，那就怕张扬也不免张扬出去。她当然舍不得这么贴心的丫头，可是灾难临头，有什么万全之策？

这一夜，义母义女二人都没有合眼。老太太翻来覆去地想，别人都好说，最难缠的是儿媳妇，又要使她不服也得服，又要挡住她的狠心狠肠。

麻姑姑自然也没有睡，她处在极紧张不安的悬念中。

第二天章奶奶把事情告诉了干儿子。干儿当初的想望落空了。他想讨胖丫头当二房的心思向干娘暗示过，聪明的干娘装着什么都不明白。谁打这个她一时一刻离不开的人的主意，都是痴心妄想。干儿也知道干娘的心思。且等过三五年，人大到不能留的时候再说。他从干娘的眼风里知道事儿未必不成。现在，他这个破产之人当然是不能要的了，虽然这是救这丫头的最好办法。他以为三十六计，走为上计，先远远地找个地方送出去，每月给她送生活费，就说是死了丈夫，回了娘家，嫂嫂容不下，暂且躲一躲。乡下人忙吃还忙不上呢，谁有闲工夫进城打听虚实。也只有这一条没有办法中的办法了。

到了晚上，章奶奶催干儿早走了，又要麻姑姑叫明秀和玲玲早休息。到了半夜，她叫了玉玫来到自己屋里，让她在茶几旁边坐下，劈头就问："麻姑的事你知道了？"

这先发制人倒使丁玉玫吃了一惊。"不知道呀，什么事？"

"我不说你也猜得到。那个该死的姓金的作孽。多少苦命的姑娘糟践不够，偏要来糟践这个人人嫌的。家俊什么人不好结交，单单结交这人面兽心小流氓。等他回来，我饶不了他。要是再把这不三不四的拉来家，还不如把当娘的赶出家门。"

当婆婆的想拿儿子压媳妇，媳妇可也不弱。“妈妈，论理我不该说。姓金的干的，也不好怪在家俊身上，不是吗？”

“你说的是，我是气糊涂了。事已至此，你说该怎么办，咱们商量一下。”

媳妇明白这是婆婆的触角，有来有去嘛。“妈妈看怎么办好就怎么办。只要不败坏家声。”

啊，家声，这可真是个大题目。“说的是，我看怎么买来的还怎么卖出去。”婆婆说着，眼睛盯住媳妇，看她有什么反应。

“你可真会兜圈子。”不过这是媳妇心里的话。嘴上说出来的却是：“哎，咱们家有买人的份，哪有卖人的份？”

“你不知道，我这两年是一年不如一年了。有这个丫头在身边，什么事都省了你操劳。她去了，这个家里里外外不得指靠你一个人吗？”

这说到丁玉玫心里去了。只要胖丫头手里的钥匙转到她的手里，她对于这个多余的人是可以网开一面的。

这不是婆媳的谈话，这是两个异姓女人的舌头和眼光的交战，谁胜谁败且不说。两个人终于商量定了，先送出去再说。为麻姑姑找地方，送她出走，当然是李子昭一手操办的。焦虑不安，过度的悲伤，从安适的环境换到艰苦的地方，损伤了胎儿。他过早地出世了，还没有睁眼看看这世界，小小的心就停止了跳动……

这些过程，这些细节，麻姑姑不知回想了多少遍。为悲痛流的眼泪也会干的。不用一分钟她能把往事从头到尾温习一遍。她不再流泪了。为了亲爱的侄儿，她更要咬紧牙关忍受一切，好好活下去。

四八　人样子很多，可是照什么样子做人？

舅舅又来了。

他这一次来，是专为外甥的事。暑期快过完了，外甥的学还上不上，他没有一定之见，得先听听姐夫、姐姐、外甥的心意，才好帮着打谱。

这学还上不上呢？妈妈和爸爸拧着劲儿。按妈的意思，省吃俭用，变卖一切，她做手工，也要儿子上学。她心里的一句话不好明说出来，把那大烟戒了，不什么都有了吗？在她的心眼里，上洋学和金饭碗连在一起。爸爸呢？这种女人之见只引起他嗤鼻子。他就没上过洋学堂，还不是算也会、写也会，跑过码头、办过工厂，至亲好友，谁不知他是个能人。“能？能还不是败了？”这是妈妈眼睛里的话，嘴可是不敢说的。妈妈是一向信服爸爸的。他大难不死，后来又白手起家，给这么一个人当老婆，她脸上满有风光。现在可不同了，丈夫指望不上，她指望儿子了。

李恂呢？他恨爸爸，不是因为他破了产。他恨他的自私，也恨他的自作聪明，似乎只有他的道才是康庄的道。他原来也是巴望念到毕业的，虽然不情愿接受无论什么人的接济。他很不愿再依靠爸爸生活。他第一步先要自立，能站住脚，再负担起妈妈和麻姑姑的生活。

舅舅进门的时候，太阳的余光已经退出屋角。他已经用过晚饭，只给他奉上水烟袋和清茶就行了。他穿的白细夏布衫子，青礼服呢浅口千层底鞋子，拿一把象牙骨的大折扇，踱着方方正正的步子，一切符合一个正派生意人的标准。他是这个家庭的智多星，是妈妈的贴心人。他一脸的自信，铺在他方步前面的路是稳稳当当的路。他一向关心这个家庭，败落了，他更关心姐姐，舅舅当然也关心外甥的前途。

他坐在花架旁的藤椅上，喷出水烟："恂儿这学，是上，是不上，打的什么谱儿？"

"不上多可惜呀，都快毕业了。"妈妈说，跟着一声长叹，意思是上也有难处。

爸爸嗤鼻子了。他坐在房门口的马架上，拱起肩膀，打着呵欠，显然上了烟瘾。"这学，我看算了吧。供不出洋状元喽。"

"这事得叫外甥自己说说。"

李恂咬住牙关，在爸爸面前他一句也不想说。

但是爸爸替他说了："我看呐，找个事，早干早出息。宋喜多怎么样？他爸爸一对箩筐进的城，一口破锅是全部家产。他本人呢？斗大的字识不得半篮子。十五岁上到德仁洋行当小跑，二十五岁上跳出来，自己掌柜，三十五岁上发大了。全城男女老少，谁不知道这个宋……"他刚说到这个字，正好张口打一个大呵欠，眼泪都出来了。

"得，他那些见不得人的事你怎么不说？"妈妈插进来。

"黑猫白猫，逮住耗子就是猫。"

舅舅喷出一口烟："他不抱住洋人的腿，能有今天？"

"谁有本事谁抱嘛。我现在很想抱，到哪里找这条腿？"

"行了行了。你过你的烟瘾去好不好？"妈妈打断他。"让他们爷儿俩好好谈谈。"

天黑下来。晚香玉散出幽香，这是过去富足日子的一点余韵。

街声静了。海声传来。妈妈进屋去照顾爸爸。室内射出的灯光拂弄着花影。

舅舅拉起长篇了："说起这宋喜子——喜子是他的小名，倒不妨说说。民国十年到十二年间，洋人蔫了。刚刚打完世界大战，他能不蔫吗？德仁洋行的鬼子要回国，姓宋的七拼八凑弄钱顶了盘子。这钱是怎么凑的，说法就多了，还有说他拿老婆、妹子换的呐。那一阵，大胆的都红了眼，存银子的挖出来，有田的卖田，也有合股的，也有独挑的。兴旺了好一阵子。你看大马路、二马路、三马路，还有海边上的洋楼，都是那一阵子盖起来的。都想是天道转了，该中国人交鸿运了。不错，交了几年好运，发了不少人家。宋喜子就是那时候发大了的。没过几年，洋鬼子一个一个又回来了。你再鬼，能鬼过人家？中国人尽顾了自己打自己，哪一年安闲过？越打越穷，越打越乱。人家呢？人家可在休养生息，人回来了，跟着，兵船也来了。这不……"舅舅指指天上，正有兵船的探照灯射向天空，像闪光的长剑劈开黑暗，扫来挥去。

舅舅吸烟，喝茶，嘴唇放在茶杯边，呷出丝丝的响声。"还是说你的事吧。不论上学也好，做事也好，不受苦中苦，难为人上人啊。那个宋喜多，说他是大善人，说他是王八羔子，谁爱说啥说啥，人家是从苦里熬出来的。服侍洋人的有的是，为什么独独他能抱住人家的腿？他不偷懒耍滑，能看眉眼高低，没白没黑地拼命干。人家洋人能看不见吗？再一层，他人机灵，很快学会了外国话。洋人有什么事，能不第一个找他吗？……"

李恂装出洗耳恭听的样子，心里却说："可真是个十足的洋奴点心。"

"……塞翁失马，焉知非福。你爸爸坏了事，要是他从今以后，不那么吊儿郎当的不理正事，也许有重整旗鼓的一天。再能，没有机会也是枉然。姓宋的就是碰上了好机会。你也不小了，该自己拿主意了。我像你那么大，早……"

这李恂清楚。舅舅不但自己说了多少遍，妈妈爸爸也说了无数次，好像磨坏了的老唱片，一出声只觉得刺耳。幸喜他只开了个头，马上煞住了。

“我这一次是专为你来的。一年之计在于春，一生之计在于今。你是上学，行，舅舅再紧，也能匀出几个学费……”

“啊，不，舅舅。”李恂急忙接口说：“学，我不想上了。”为了掩饰自己的出言失礼，急忙为舅舅倒茶水。

“这就怪了。我出钱，又不要你还。你舅妈也不小气，她也愿意你上学。”

“这我都知道，舅舅。念了书，早早晚晚，不还是得在社会上做事吗？我想我还是自食其力，做工，吃饭……”

舅舅咯咯地笑了两声：“谁给你工做？谁给你饭吃？那么容易？念了大学，闲在家里的还少吗？睁眼看看是个什么年头嘛。百业凋零。吃饭？窝窝头从天上掉下来？……”

父亲过了烟瘾，又和妈妈出来了，让舅舅屋里坐，舅舅说外面凉快。

“……不上学，也行。”舅舅继续他的话：“你可知道，世上没有卖后悔药的啊。”

“我不后悔，舅舅，决不后悔。我想了好多天了。在这个学校毕业的，凡是找到好差事的，都是靠校长，靠当老师的牧师介绍。要是不信教，不在他们身边转，不登门求教——求什么教，帮着干杂活罢咧。我不信教，又不会那么低三下四……”

“什么低三下四？”爸爸过了瘾，有精神了，“能屈能伸大丈夫。韩信还在人家裤裆底下钻过呐。”

舅舅又咯咯笑了两声：“不翻这陈芝麻烂谷子，还是听外甥说。”

在爸爸面前，李恂又不想多说什么了。

“这么说，你主意拿定了？”

“定了。”

“真的？”

“真的。”

“这好，算他有点出息。”这是李恂活了十七年，爸爸当他的面，当着别人，第一次夸奖他。不过，还只是“有点出息”。

舅舅吸着水烟，沉吟了一会儿。“好吧，你们父母子三人都在，我丑话说到前头。这一步迈出去，是踩进了银坑坑还是个泥窝窝，可是说不准。”

“你这话不就见外了？”爸爸说。

“是条龙，泥窝窝也能飞起来；是个虫，银坑坑也喂不活。”妈妈说。

舅舅长叹了一声：“人世艰难啊，人情薄如纸啊。宜未雨而绸缪，勿临渴而掘井，这不是朱子治家格言里的话吗？我问你，恂儿，你写英文信，打打字，和船行、海关、银行打打交道，还行吧？”

爸爸替他回答了：“他学的就是这个。别瞅他没嘴葫芦似的，不通人情世故，书念得还可以。”

“每学期都拿回一个银牌牌。”妈妈又补一句。

“我知道，知道。”舅舅又笑了。“孩子是好孩子，不这样，我还不为他操心呐。宗约瑟人是有点怪，可是个好人，和我的交情也还可以。他提到过，需要一个洋账房的帮手。简简单单的例行买卖信，他自己能对付，复杂一点的就不行了，得先写出中文，拿去找那个老掉牙的提摩太翻译。他们是教友，可是商业的秘密又不能明说，很不方便。我明儿一早就去他那里，他大概不至于驳我的面子。他要是请一个正式的‘大写’，一个月得上百元钱。恂儿还小，要是能帮他顶起来，一年连‘插花’算上，拿他个四百、五百的，也不错了。这样两方面合适。不过先别做美梦，定了音才算数。”

当时开进出口商行的，经营的方式是土洋结合。一般都有两个账房。一个是中国账房，有管账先生，流水账、分类账、成本账，都是老式的，新式的簿记还没有通行。一个是洋账房，叫账房，可是不管账，只办与海外贸易有关的信函，以及与银行、保险行、海关、船行有关的事务。所谓“大写”也就是专司这一类业务的秘书。

舅舅走的时候，李恂送他出门。东山脚下还没有路灯，长年的雨水冲得山坡上沟沟洼洼的，借着繁星的光，李恂扶着舅舅慢慢走下坡地，过了石桥，来到马路上。不在爸爸面前，他的舌头活泼多了。他告诉舅舅，他本来不是不想继续求学，他知道舅舅会资助他。他说了妈妈夜里干手工活的事，爸爸那口烟一时也戒不了，没有进项，靠妈妈十个指头不是长久之计。舅舅听到这里，沉吟了半晌。外甥的孝心打动了他，他相信这孩子出来做事不会打他的脸。他说他一定和宗约瑟好好商议一下，他要是不留，也可以求他介绍别的地方，因为进出口行业里他的熟人多。

李恂一面和舅舅谈着，一直送他到马路的十字路口。他回来的时候上了坡地，面前升起昏黄的清冷的光，上弦月刚刚从东山头露一个弯弯角。快到中秋了，夜气袭人。秋虫奏出让人心忙的音乐。他不由得站定，向海上望去。东山脚下正铺开一条金色的浮浮荡荡的光带。外国兵船已经开走了一些，海上不像半个月前那么闹闹嚷嚷了。在迷迷濛濛的夜雾中，挡浪坝上的指航灯像一个红绒球。

决心是下定了，可是前面是怎样的路？人生的转变关头，对于他，也许来得太早了。他多么渴望求学，注定是不行了。他和唐旻都不甘心办商务，唐旻远走高飞了，他却只好自投罗网。他多么向往北平。那些有名的大学的门是什么样的？今生今世，休想进大学的门了。从小就向往着长大啊，长大啊，谁说他小都使他厌烦。如今真的大了，要走向社会了。他要做一个什么样的人？

像爸爸那样的人，他不做。但是很显然，爸爸认为自己是人样子或人模子，想要儿子照这个模样做人。章叔叔、姓金的，还有学校的校长、老师，他们大概也认为自己是人样子。舅舅呢？从今晚的谈话看，他也自认为是人样子。人家叫他小诸葛也罢，智多星也罢，他是一步一步很平稳地走过来的。他没有大起，就是说发大财，也没有大落，看着那些一会儿红得发紫，一会儿像枯黄叶子飘落下来的人，最为自得的正是这一点。正如他最喜欢的一副春联：“忠厚留有余地步，和平养无限天机。”他常常自夸的正是这有余地步，这好像是他进可攻退可守永保阵地的秘诀。

舅舅确实是一个厚道人。不吃亏，也不让别人吃亏。公平交易是他经商的准则，也是他做人的准则。不让人吃亏，等于是自己的便宜。从他手里发出的出口货和土产是有信誉的。他常常讲机会，机会不是从天上降下来的，你四面八方都理顺了，机会不定啥辰光就来了。他从前问过外甥：“你信教吗？”“不信。”“那么人家闭眼祷告的时候，你干什么？”“他闭他的，我睁我的啊。”舅舅摇摇头，认为这不合适。舅舅不信教，可是有不少教友的朋友，其中大多数是有商务来往的。他告诉外甥，他不信教，有时也跟朋友进教堂，做礼拜，他们合掌，他也合掌，他们闭眼祷告，他不会祷告，但是闭眼还不会吗？入乡随俗嘛。舅舅帮助人，也都是诚心帮助。舅舅要资助他求学，他相信不是说说而已。做生意哪有不争的，哪有不求利的？舅舅的争寓于不争之中，利寓于不损人利己之中。他究竟有多大家业，李恂不清楚。他从小看到的是，舅舅从来没有穿奢华的衣服，别人过年都是绸袍缎褂的，他却总是日常的打扮，干干净净。商人有几个不是花天酒地的，舅舅从来只喝一壶黄酒，从来不要大鸡大鱼。他的好名声常常为他造成好机会。舅舅不是圆滑而是圆通，不是世故而是从俗，不是心机多端而是很有心计，是当今之世难得的好人。看来舅舅也是要用自己的模子来铸造他。那么做舅舅这样的人吗？决不！

那么要做怎样的人？他说不出。

他想起洪老师，又想起阮令之。他敬爱洪老师，不过关于他还知道的太少。阮令之？不！他对阮令之的印象虽然改变了，但是总觉他，哎，怎么说呢？他还摸不透。

一个高个青年的影子蓦地出现在他的眼前。在司令部门前，大声讲出枪杀梅倩的凶手的是他。面对着明晃晃的刺刀和黑洞洞的枪口，敢于讲出真情的是个了不起的人物。可是他在哪里？究竟是失踪了呢，还是被害了呢？不管他是死是活，这样的人才算得是一个真正的人。

四九　关于人生宗旨的答问

李恂第一天走向社会的印象是新鲜的，又是杂乱无章的，又是哭笑不得的。

舅舅带他去见了宗约瑟，讲定了，可以立即上班。

李恂离开宗约瑟的商行以后，先回家告诉了妈妈。章家是不能不去的，但是自从见了麻姑姑，他恨透了章婶。如果说他从小到大，对章婶都很依恋，现在这种感情完全没有了。他告诉了章奶奶，爸爸也在。他们听了都很高兴，尤其是爸爸，正如他说的："这就对了。"出于礼貌，他不得不到章婶屋里像蜻蜓点水似地扎了一头。

贞月听他说了，苦笑着点点头，不置可否，只用惋叹的眼光看他。他心里明白，月姐是不赞成他这一步的。也许还因为他不接受她的资助，她更有无法排遣的惆怅。姨妈是无可无不可。湘文也有些惋叹的意味，这显然是受了贞月的影响。

告诉了所有应当告诉的，李恂急忙回了家。他应当有所准备。

学生生活，告别了！怀着凄凉的决心走出这一步，他应当怎样准备呢？

他想应当先把自己的生活环境改变一下。他住的两间是隔成内外间的。外间于年节时摆摆供桌之类，只是应景。父亲相信孔夫子，也不言鬼神之事。破产之后，忽然相信佛教了，在外间设了香案，请来一尊南海观音的瓷雕像。这雕像和庙里的塑像很不一样，倒是很像当时颇负盛名的画家的仕女模样，那姣好的面容很引起人的怜爱，却不使人敬畏。也许观音本来应当如此。父母从来不上香，也不膜拜，使这发如髹漆、唇若含丹的美人儿冷落在那里。只有李恂进门时冷漠地看她一眼。

他把历年所有的学校教科书都捆扎起来，表示结束了人生一个阶段。又把当前急用的英文商业尺牍、牛津字典等等重新插了架，包括从章叔的书柜里取来的书。他把这些应用的书放在一个书架上，把另一些书，像正在读的《罪与罚》，以及《沙宁》《七个被绞死的人》《世界史纲》《中国哲学史大纲》《基督教之基础》等等，放在另一个书架上。这个分类只有他自己明白，一边是糊口用书，一边则是他要探究人生的用书。他没有忘记几年前和唐旻的争论。人生不是梦，那么人生究竟是什么？当初他对这一争论兴趣不大，但现实生活却使他又想起了这一问题。

他把里外两间重新清扫了，然后坐在书桌前，抱起头来。他想簿记、速记一类的应用技术，他都不行。海外贸易的基本知识虽然学了一些，但是没有用过。舅舅早说了，洋书本上那些东西，都是照外国的情况写的，和中国的不一样，还都得从头学起。至于书翰文牍一类，他觉得还能应付一气。

他本来是按章叔的模样想象进出口商人的。一定是西装笔挺，油其头而革其履。见到宗约瑟的第一眼，又经舅舅介绍，确实无误的时候，他大为惊奇。竟然比土老儿还土。这时刚刚上午九时，南房正投下很大的阴影。宗约瑟在阴影里，光着上身，黑布裤挽起裤腿，赤脚趿着布鞋，正坐在小马杌上，拱起肩膀补渔网。特别触目的是他刚刚剃光了头，像个大青梨。见了舅舅和他，好像见了极熟的人，没有半句客套，只含笑点点头，站起来走了几步，推开一扇弹簧铁纱门，让他们进去，他也随后跟进来。屋里的地上，也摊开渔网，渔网的赤褐色和他背部的赤褐色一样。他让客人坐在有藤垫的椅子上，他自己仍然坐在渔网前面，拿梭子比量着。李恂只觉得这个怪人的眼光在自己身上溜了一下，眼色和善，自然也很陌生。

“恩仁老兄，你恩在何处，仁在何处？你昨儿的一批货颜色不正，破损也多，不是老交情，我要收回订货单。看下一批怎么样，要是还拿次货充好货，你自己照量着吧。”

“你言过了吧。”

“不信？你到现场听听工人的骂声。一天补不出两捆网子。”

他们把他扔在一边，讲起生意来。他知道他们讲的是关于发网。这种网子一打十二个，十二打为一捆。一个十三四的男孩送来茶水，又退了出去。

李恂不能插嘴，只可傻愣愣地听着，一面打量这个房间。看来这就是洋账房，不是极可靠的人，不会在这里接待。前墙是三窗一门，后墙是四个窗子，可见是四间屋子通开的。靠后室有两张大写字台，是带拉盖的，办完公可以拉下盖子锁上。每张写字台旁有一张小桌，上面是打字机。靠西墙有两个大书柜，玻璃门里有烫金字的洋装书。又有两个细高的文件柜，一层一层有十多个抽斗，是存来往信件的。抽斗上都嵌着卡片，每张上都有几个英文的大写字母，这是来往商号的字头。南窗下还有一台打字机和一架水印拷贝机。啊，这就是他要揭开人生新一页的地方。

听见鸽子的咕咕声。他很纳罕，这位宗先生不光打鱼，还养鸽子。他从纱门向外探望，看见一群鸽子飞落到院子里，又向天空飞去。有一个小姑娘站在通内院的门旁，在莳弄花草，时时向这边瞥一眼。墙上爬满大叶子和大黄花，枝蔓上垂下长长的丝瓜。屋里暗，院子里亮，所以她看不清这边，里面看她可看得清清楚楚。挂满绿叶的整面墙是向南的，东升的阳光只照到它的一半。姑娘的身子也正好一半在阴处，一半在亮处。她剪得很短的头发，天蓝色的布旗袍紧束着她苗条的身影。内院深处有女声叫“姐姐?”姑娘顺口应一声，摇头把垂到前额的头发向后一甩，面孔正好照在阳光里。李恂习惯见了女孩，总不自觉要与贞月比。这个女孩高些，面色比表姐的红润得多，眉毛也是细细的，只是眉梢儿向上扬起。内院又喊了一声。她急忙两手扑拉一下，快步走入内院门，不见了。他猜这是宗先生的女儿，叫她的是她的妹妹。他不清楚宗家人是否与商行同在一处。

他很尴尬地坐冷板凳，听两个生意人的生意经，半懂不懂。

舅舅终于站起来："让你费心了。这孩子还老成，请你严加管教，像自己的子侄一样。"

"好说好说。"宗约瑟从地下拿起一件布短褂，披在肩上，送舅舅出去，很快又回来，又扯下短褂，仍然坐在马扎上，拉起渔网。李恂暗暗掂掇，难道还要等这怪人补完了网，才能和他搭腔吗？

宗约瑟把摊在地上的网理顺，拿起梭子，又和善地看他一眼。

"书怎么不念了？"

"念不起了。"

宗约瑟轻轻一笑："不念也好。一面干，一面学，更好。我就没见过大学的门板是什么样，你看，还不是干起来了。上帝的意旨，人只能顺从。"这时他才上下打量这个小青年，似乎要把他认认清楚。

"你人生的宗旨是什么？"

"做工，吃饭。"李恂回答得很干脆。

"哦哦，"宗约瑟又轻轻地一笑，"你信仰（他的眼睛向上一看）吗？"

"说不好。"

"你上的不是教会学校吗？"

"是。"

"不是有神学课？"

"有，是必修课。"

“那么你是无神论者？”

“说不上。”

“你不信他们那一套也好。神学搬上课堂，是亵渎。圣经挂嘴上，也是亵渎。没有敬畏之心，没有虔诚之心，什么都是白搭。神在天国，也在这里（他把一只手按在胸口）。好吧，咱们先讲地上的事。我刚刚要回墨尔本奥勃朗公司一封信，你帮我写好吗？”

李恂想这大概是要测试他。宗先生要他坐在写字台前，让他先看台子上买主的信。这信是催货并要求削价的，理由是据知同类货别家已经减价。宗先生口授大意：这一次必须按订单之价，削价的事以后考虑。因近来银价下跌，价格一般可削百分之五。希望交易不悖于互相信任。此后价格应随金镑的涨落有所变动，双方对此应取得谅解。有几个专用的商品名词他不知是什么相应的外文，先空下了。

宗约瑟看了信，沉吟了一下：“行，可以，商业尺牍无非是这么一肚子。”有几句话他以为口气应当改得和缓一些，太直了不合乎书信来往的习惯。“削价碍难同意”改成“本次按订单维持原价，新的价目表即将寄出。”他说：“眼下金价看涨，银价看跌，出口货免不了要削价，但是甜头不能让他们一次吃足，得吊着他们的胃口。洋商都很抠门，你一眨眼皮都会吃亏。”他要李恂改好，打字，交给他签字。

李恂往打字机上放信纸的时候，看见印就的信头是：“寰球进出口贸易公司”，不禁暗暗好笑。门脸不大，口气可不小。是不是办洋务都得吹着点呢？他打完字，请先生签名。宗先生离开网堆，伸伸腰，坐在写字台前。李恂看他签的是约瑟·赫·宗。他猜不出这“赫”是什么名字的字头。正当李恂装好信，用火漆封口的时候，宗先生又坐下补渔网。

“好吧，年轻人，咱们定了。英国人说‘in’，在内，入内，这个字很有意思。你要‘in’，在内，而不是在外。在内，入内，你干上三年，能出息成一把好手。商场如战场，打的是不流血的战争。我这里一星期要按订单发货了，奥勃朗为什么忽然要削价？又不知是谁给他去信，想撬我的行。这些人是恶灵，总想在要害处咬你一口，或者把你吞掉。怎样和他们交手，你书本上学过吗？没有吧。和银行办理外汇的手续你懂吗？”

“多少懂一点，书上学的大概也不顶用。”

宗约瑟点头微笑，一面穿着梭子。“懂一点就不愁两点三点。我看你有些灵性。”他长叹一声：“可是灵光在前，你看不见；向你伸手，你不感觉；谆谆告诫，你听不见。灵根受了蒙蔽。好吧，先不说这些……”

他按了铃。进来的是刚才送茶的小杂役。宗约瑟把信交给他，要他投邮，又要他引着李恂，看看账房孙先生，再到工厂现场看看。

出了纱门，李恂问小杂役叫什么。他笑嘻嘻地说：大家都叫他小六子。他们先到了中国账房。孙先生见了李恂，急忙站起来，赔笑让座。其实李恂和舅舅进门的时候，看见这个人正坐在长长的柜台里面写字。他见了来客，总站起来含笑弯腰，行礼如仪。管账先生看来三十岁左右，黄面皮，高腮骨，细眼睛里的黑眼珠很有神。初次见面，不外几句客套话。他告诉小六子，这位李先生是管洋账房的，刚来，什么都不熟，送茶送水得勤快些。

没有等级观念，也不喜欢等级的李恂，看这小六子活泼伶俐，一下子和他熟了。他跟他走过前院，走入一个院墙的门，就是那个女孩刚刚进去过的。这里其实是中院。正有一大群鸽子在院子里展翅奔走，争着啄食高粱米。一个女孩站在鸽群当中，一手抱一个筐筐，一手向周围撒米。这不是先前那一个，矮些，一条独辫，因她弯腰喂食，正落在胸前。她看见有人走来，猛地直起腰，大声说：“远点远点……”她的脸木木然，但是眼仁含着笑意。李恂想这一定是妹妹。

李恂看明白了。这是三进的院落，每个院子里都有十多间房子。最前列的一排房子是中国账房和洋账房，大概还有分门别类收货的地方。他听见有唱圣诗的女声。奇怪，不是星期天还有人做礼拜吗？及至走入工厂的门，才看见两个年轻的女传教士，用支架挂起耶稣受难图，正在宣讲福音。在这几间屋子通开的现场里，一排排工作台的两边都坐满女工。他们正在检视、修补各种形状、各种颜色的发网。宣讲的只管讲，女工们可不听，一面干活一面喁喁地交头接耳。李恂一进屋，觉得上百只眼睛像乱箭射在他的身上，差一点闭过气去，很想转身退出去。一个耳熟的声音叫他。一个女工从工作台前站起来。啊，是大婶朱芸娘。在这陌生面孔的海里，不太熟的人也就成了熟人。当她听说这后生来这里工作，她高兴得满脸堆笑，问他为什么好久不到她那里。在这种情况下，传教的女士也不讲了，也加入了眼睛的行列。李恂后来才知道，宗先生很不喜欢这些女传教士，倒不是担心她们影响女工干活，而是从根上反对她们的教义。他每次见了她们，只是不理，也不驱赶，有时嗤一鼻子。传教士即使受到白眼，仍然每星期来两次，来了就唱，唱完就讲，讲完就走。打听宗先生不在家，她们总要多留一会儿，和女工们唠唠家常。这可受到孙先生的干涉，因为影响女工的工作。不受人尊重，还时常受到冷眼和斥责，却虔诚地感化世人，拉他们进入天国，这毅力颇可令人心折。李恂看了发网现场，又看了花边和绣品现场。花边不用修补，只要按一定的尺寸量好，按一定的规格折摺好，装上商标标签，然后按一定的数量打包，装箱，然后外运。绣花品可是也要检查，若有污点，用药水洗掉，污点多的则用水洗。这个现场很热，因为有十多个工人正用熨斗在熨平那洗过晒干的台布之类。

在这些作坊里，妈妈们、姐妹们、妻子们，都在急速地动着纤纤的手指。这肉机不是铁机，却也训练成一种超视觉的速度。你看那些小钩和针针在她们手里那么飞动，简直会以为有魔法附在身上。出品上都标有“手工制造”的字样。在机器大兴的世界上，人们反而崇尚手工，而我们也以手工自豪。有些活可以领回家去做。家庭劳动是非常自由的，可以自由地干到下半夜或通宵达旦。李恂看见妈妈干的正是这自由的劳动。

然后小六子又引他进入最后面的院落。触目的是很奇特的景象。院子里拉开一根根很长的粗铁丝，上面挂了一缕缕五颜六色的头发。正在这些铁丝绳下，放了五六口大缸，里面是不同的染色的水。有一个扎着围裙的人正在大缸之间走动，挓挲开两只染色的手。这人大约四十开外，一脸皱巴巴的纹路，远远地看见李恂，好像见了熟人，笑眯眯向他点头，眼睛眯成缝。小六子介绍这是大先生。李恂猜想，一定是宗约瑟的哥哥。

“昨儿晚上就听说你要来，好呀。骑上英国驴，（English，即英语，谐音为英国驴）走遍全世界啊。”他一见如故，讲起他的染发事业，兴致那么高，使李恂不懂也得频频点头，没兴趣也得装成听得津津有味。大先生在围裙上擦擦手，从衣服里掏摸出一张纸，给李恂看。这是一张关于染料的英文说明书。他要李恂帮他讲讲清楚。李恂浏览一遍，其中有几个化学名词他不懂，只得如实地说了，答应帮他查查。

“好好，很好。”大先生很满意，“知之为知之，不知为不知。没有一个人是全知全能的上帝。”

李恂怕他又问信不信教，急忙拿话岔开，问他头发是怎么染的。这正是大先生的本行，或者他自认为的本行。他滔滔不绝地讲起来，讲得嘴角满是泡沫。从头发的漂白到染色，有多少种，怎样配合染料，特别强调，所有这些都是他各处拜师求教，自己学来的，没有花一文学费。

“爸呀，你还有完没完，也不管人家有事没事。”

李恂转脸，看见是刚才莳弄花草的姑娘走上前来。哦，原来他是大先生的女儿。姑娘的确很俏丽，站在近前，才看清楚她那尖尖的眉梢，尖尖的眼角，尖尖的鼻头。这使她显出英辣之气，却又使人觉得性情也是很尖利的。她尖尖的眼光扎在李恂的脸上，使他很局促。

“哦，对不起，耽误你半天。”大先生显得有些过分的客气。李恂不知道他见了他认为有学问的人，总有点儿自卑感。他心里还是一个没有进过学门的农民。“你还要到哪儿，请便。咱们改日再谈。”

小六子替李恂回答了：“还得见见宗师母。”

听见哗哗的流水声。原来在内院的深处，有一架机井。有一个中年妇女正在压水。

“妈呀，爸爸不许你多动，你怎么老是不停手。”在这中年妇女身边的小姑娘说。这正是在中院喂鸽子的女孩。

“不停手？这手是干啥的？别听你爸爸那本经。不见花都干了吗？”

小六子急忙跑过去：“宗师母，我本要压水的，宗先生叫我有事。”他说着，转身向李恂招手。

李恂急忙走上几步，经小六子介绍，认识了这位宗师母，向她问了好。小姑娘见李恂走来，低下头走开了，显见得怯见生人，不像他的堂姐那么大胆地正面盯人。

“你妈妈和爸爸好吗？你爸爸我见过，几年以前了。他的事俺们听说了。别愁。人活着，哪有不绊跟头的。你来，我听说了。你十几？”

“十七。”

“比俺们培真大三岁。你啊，在这里像在家一样。有功夫多歇一会儿，别累着。有什么洗洗涮涮的，拿来给我。”

这是李恂第一天听到的最亲热的口吻，看见的最亲切的眼光，又是多么平等的眼光。她的一片真心使他一下子从心里和她接近了。

他回到办公室的时候，宗先生不在了，渔网也不见了。写字台上给他留下一张字条，要他今天早些回家，明天算正式上班。要是有事，晚两天上班也行。小六子给他送来茶水，告诉他宗先生这一去，得明天一早才回来。他和两三个渔友合租了一条船，常常带了干粮和水，在船上过夜，天蒙蒙亮的时候下网。

“能打到鱼？”

“不一定。有时候天天有鱼，多的时候十多条，少的时候一两条、三四条。你等着吃鲜鱼吧。那味儿可和市上买的不一样。鲜啊！你要是有事求他，趁他多打了鱼的时候最好。打不到鱼的时候，你最好离他远点。他呀，我看他和什么人都不亲，就是和海亲，和鱼亲。”

这话逗得李恂笑了。原来不管到哪里，都有有趣的、让人开心的事。东家不在面前，这小家伙是一个多嘴舌。从他的嘴里，不出三十分钟，李恂已经知道了宗家的一切。那个小姑娘刚刚念完小学，父亲就不让她上学了，说是学校里那些本本，不念不糊涂，愈念愈糊涂。她的堂姐叫宗向真，叔叔也不许她上学，可是她不听，隔门隔户，不听也只好由她不听。她很不喜欢叔叔，常常背后挑他的刺儿。最后又小声叮嘱他，账房孙先生的话不要全信。这人很滑，宗先生在，他拼命干；不在，他溜溜达达，还常常到现场去，和女工闲扯。可是为了讨好东家，工钱一分一厘都抠得紧。女工没有不骂他的，当然只敢偷偷地骂。孙先生最怕朱芸娘，不知道为什么，是不是有什么把柄抓在她手里。

纱门开了，从外面探进一个花白头，手里提一个菜篮子。

“啊，小六子，我说你到哪儿了？这里是你待的地方？”

“没看见我有事吗？”

花白头这才看见李恂，笑着点点头，又向小六子说：“快来帮我洗菜。”

“你先去，我就来。”小六子看他走了，哼了一声。“什么都找我。要是宗师母生了小孩，八成还得叫我洗尿片呐。你瞧那个厨师傅，可能吹呐，说他在御厨里干过，光豆腐就能做出七八十样。他炒的菜可也是好吃。”

小多嘴舌走了，办公室里只剩下李恂一个。他检视了三架打字机，都是名牌。他最喜欢的是那架“来明顿”，打起来轻便。然后坐在没有放什么信件的写字台前，双手支腮，沉思起来。生活，人生之路就要从这写字台，从打字机，从这空荡荡的屋子开始吗？书柜里的皮脊烫金书引起他的注意，原来是原版的神学书，有十多厚本，作者名纽顿。他抽出一本，随意翻翻。从这书的崭新整洁，可见从来没有人翻过。大概宗先生迷上打鱼，把买来的神学书冷落了。也许他不同意这位神学家的观点？既然明天才正式上班，那就早点走吧。他想先把工作谈定的事告诉姨妈、月姐、章奶奶、明秀她们，然后回家。麻姑姑那里太远了，只好等星期天了。

当他走出商行门口的时候，不由得回头看看。顶着寰球进出口公司大名的这商家，门口却不挂招牌，也没有任何标记。哪一家海外贸易商行不修起洋气的大门脸，挂上金光闪闪的铜招牌呢？宗先生这个怪人，这又是什么怪主意。

现在他坐在自己的书桌前，抱着头回想这一天的印象。陌生的人，陌生的环境，陌生的路。且走下去再看吧。他觉得自己已经分成了两半，一半是去做工，吃饭，另一半呢？求学求知的欲望在折磨着他。世界上的一切他都不清楚，只有一点是清楚的，他决不甘心一生消磨在写字台和打字机之间。他要给上海、北京的书店去信，求他们寄书目来，也给几个大学去信，求他们寄章程和科目表来。他决心不依赖任何人，自己打开一条求知的路。他要爱一种事业的话，就要泼上命地爱。可惜他现在还没有找到这个事业。他觉得自己好像一块胶泥，什么都不成型，正有一只不可知的神秘莫测的手在捏搓他。他终于会成型吧？现在可还没有，远着呐！他茫茫的两眼看向未来，正像站在山头，看海上那变幻的云气和隐显的霞光。

五〇　圣洁的灵魂最怕魔鬼

宗约瑟和宗约翰是两弟兄。原来哥哥叫石根，弟弟叫玉根。后来进了城，信了耶稣教。石根改名约翰，玉根改名约瑟。

在宗约翰身上，是实用和浪漫、聪明和愚笨、平板的面貌和善良的心地的奇怪的结合。他在农村念了三年私塾，进城学了几句洋话，又生吞一点化学和物理的知识。他从来不重男轻女。既然圣母玛丽亚是女的，他极爱的妈妈是女的，而生男生女都是上帝的意旨，他从来不抱怨没有接续香火的儿子。他相信女人是依附于男人的，“女人是男人的骨中骨，肉中肉”。夏娃就是上帝从亚当身上抽一根肋骨，和上泥土造成的。夏娃活泼、调皮、聪明，要不，她怎么第一个和化身为蛇的魔鬼打交道，吃了智慧果，而且引诱亚当也吃了，两个人同时犯了罪，被天父赶出了乐园呢？他的女儿本名云婷，改为向真，就是要她一生向着主耶稣。向着神的真理。她活泼、聪明又有点调皮，活脱是个夏娃。

按神的意旨，他是一家之主，可惜没有多少发言权。十年之前，他听从了弟弟玉根，卖掉全部田产，到城里合股办进出口商行，赔光了。他的妻子本来不赞成卖地。她比丈夫更实在，以为最可靠的是田地，盗不走，烧不坏，打不烂。丈夫定了，她只有服从，掉了几天眼泪。哪垅地里没有她的脚印？卖田，好比卖她的肉。她只用愤恨的眼光说了一句：“还不如把我卖了。”丈夫和小叔进城，她决意留在老家。金窝窝、银窝窝，不如她的土窝窝。但是她要丈夫带走云婷，妈妈希望她的独女变成一个有学问有本事的人。丈夫劝她入教，她不置可否。每次吃饭，丈夫闭眼祷告，她也闭眼，监督女儿也闭眼，因为她调皮，常常睁眼抓东西吃。她亲手养鸡下的蛋，种的蔬菜，丈夫说是上帝所赐。她嘴上毫无异议，可是心里万万不同意。你什么都不种试试！

进出口行倒了，约翰也病倒了。还是妻子有远见，不在老家留个根，病倒了到何处存身？妻子细心地服侍了半年，约翰活过来了。她还没学会说感谢主的恩典，只说谢天谢地。后来乡下不平安了，也分不清是匪是兵，一过去，屋里的田里的一扫光，她只好搬入城市，每天弯腰操劳家务，哀怨的眼光刺在丈夫的脸上。约翰深深觉得对不起妻子和女儿，对于家务不敢行使家长的权力。

向真总有一肚子不平之气。当年败是一起败，现在叔叔兴旺发达了，却眼看着哥哥受穷。她常常在爸爸面前说叔叔的坏话。当初的祖产虽说是分了家，要不是叔叔撺掇，能一股脑卖出去吗？能赔个精精光吗？叔叔现在家里兴旺了，不错，是他本事大，交了好运。可是当初，他不是拿祖产打的根基，学的本领吗？哼，忘了本！又不是要他平分红利，只不过要他拿出几个钱，帮哥哥办起一个门脸，开一片小杂货店都不肯。还说哥哥老实，在这奸诈的世界上做不成生意。好，不开店也行。就这么一个同胞哥哥，养起来能破费多少。又说了：“汗流满面才得糊口。”这是上帝把亚当夏娃赶出乐园的时候说的。哥哥给他干活，当奴隶，他倒是不推辞了。这不，这金黄的、浅黄的、深棕的、浅棕的、赭红的，天天给他染头发，双手变成了黑爪子。

因为嫉恨叔叔，向真也不喜欢培真。都姓一个姓，原本是一家的，为什么你那么有福，我这么倒霉。自从培真休了学，被拘在家里，向真倒和她好起来了，常常形影不离。堂妹比堂姐小两岁，不像堂姐那么活泼开朗和口齿伶俐。她是木讷的、内向的，大眼睛看见的都引起她的兴趣，可是不明白为什么是这样而不是别样。向真甚至怀疑，叔叔要培真休学在家，和自己不是没有关系。本来两姐妹的学费都是由叔叔出，她不只为了求学，也为了赌气，所以继续上学校，学费当然是自家出了。这，妈妈是同意的。

约翰听女儿唠叨，脸上常常没有反应。心里呢？人生于世，鸡鸭鱼肉是一个饱，淡茶粗饭也是一个饱。鸡鸭鱼肉天天吃，不觉香了；淡茶粗饭天天吃，不觉苦了。亲兄奶弟，有什么好竞争的？上帝这么安排，顺着就是了。“富人进入天国，比骆驼穿过针眼还难。”但愿弟弟不要富得进不了天国才好。宗教的外衣盖住他乐天安命的习性。染头发嘛，正好自得其乐。他买了许多化学课本，到处搜求有关染色的技术。他迷上了染色，正如弟弟迷上了打鱼，都是自得其乐。外面人传说两兄弟都是怪物，一个泡在染缸里，一个泡在海水里。

他自以为自己有兴趣的，别人也一定有兴趣。不管见了什么人，他都娓娓不倦地讲他的得失成败。碰到他认为有学问的人，总要提出问题，求人指教。他真正是学而不厌。至于弟弟对他怎样，他全不介意。弟弟手上有多少财富，他不知道，也不想知道。世上本来有走运的，有倒霉的。五个指头还不一般齐呐。有一些风言风语吹到他的耳内，有说约瑟趁十万的，有说二十万的，其实都是没有根据的猜测。也有说他约翰是不穷装穷，其实是个地老鼠，洞里藏满了，地面上一粒粮食也没有。哎，人嘴两张皮，由他们去咧咧就是了。

李恂得到约翰的好感，正是因为输上两个耳朵，耐着性子听完他那本染色经，不但听了，而且夸他干得对、干得好。中国人不自己动手，不得花大钱请洋技师吗？这非凡的评价使约翰那宽宽、平平、满下巴胡子茬的脸笑出一朵花。老天真看得出来，这个小青年说的是真心话。他一下子很喜欢他了，从他又一下子想到向真。要是她……

哎，想到哪儿去了！当爸爸的自己也觉得好笑。刚刚见了一面，刚刚谈了一会儿，怎么就想到这上头去了。可是，是啊，论学问，女儿是配不上人家，可是论相貌，论灵性儿，配得上是绰绰有余的。向真这孩子绝对不会一见面就有什么想头的。这丫头从鸡蛋里也能挑出骨头，嘻嘻。这老天真倒真的替女儿一见钟情了。

正当李恂满世界奔走，向章家、郑家报信的时候，向真正和培真一起在剪裁婴儿服装。这是为培真还没出世的弟弟准备的。其实产期还早着呐。宗约瑟两口儿盼子心切，虽然信耶稣，也信“不孝有三，无后为大”的古训。向真嫌婶婶手笨，做不出个样来。婶婶却也佩服侄女的心灵手巧。

向真把一块布铺在培真的床上，抬头想想，拿剪刀在布上划了几道印痕，动手就裁。培真看她这么手快，很担心她裁坏，可是一句也不敢说。

“哎，你刚才看见那个人了吗？”向真低头动着剪刀。

“哪个人呀？”

向真瞄了她一眼。“今天那个新来的啊。”

“看见了，噢，没看见。”

向真瞪了他一眼。“什么话！怎么看见了又没看见。”

“我知道新来一个人，可是怎么好直着眼看人家啊。”

“傻子，他又不是个魔鬼。”

“要真的是魔鬼，我倒真想好好看看。”

“你看吧，小心点，他就是个魔鬼。”

“净胡说。还不认得人家，就先骂人家。”

“他不信教，不是魔鬼是什么。”

“你怎么知道？”

“哼，什么事瞒得了我？”

“那你知道他是怎么回事？”培真不服。

“家里败落了，上不起学了，来做工了。”

“这我早听爸爸和妈妈说了。”

“你看他怎么样？”

培真脸上微微一红。“看你问的，我怎么知道。”

“我可知道。”

“你说。”

“我看啊，像个泥胎，像块木头，像个没嘴葫芦。”

培真笑了。姐姐可真会打趣人呐。

“不信？”向真翻她一眼。“他一来我就看见了。我从院墙那里向纱门里瞅一眼，见他直撅撅坐在那里，一动也不敢动。”

宗师母打开布门帘，来到女儿屋里。“我听你们嘻嘻哈哈，两姐妹什么事那么乐？”

培真盯了姐姐一眼，很怕她说出刚才的话。姑娘家背后议论一个生男人，多不好啊。

“俺们两个想着，小时候也都穿过这样的小衣服，像个布娃娃，多好玩。”

“要真是个布娃娃还好呐。”宗师母乐了。“培真不足月，小时候什么病没闹过。主耶稣保佑她活下来了。”

这位宗师母娘家姓江，是真正贫农的女儿。她和丈夫一样，是虔诚的基督徒。和丈夫不同的是，她不反对别人信佛、信道。干吗管别人心里信什么呀。她大概是一个天生的三教同源论者。她敬畏丈夫甚于上帝，是百依百顺的。过门十多年，只有这个女孩，没有为丈夫生一个传宗接代的，她深深觉得对不起丈夫。不幸一胎胎怀了，一胎胎流产。女工们看这位东家太太总是小心翼翼地走路，往往捧着肚子，常常拿这作笑谈的材料。

她还不满四十岁，已经有点发福，她也相信是自己有罪，所以受到无子的惩罚。她常常祷告到深夜，集中于一点：求神保佑她这一次安安稳稳生一个儿子。愈是虔诚，心里愈是惴惴不安。但是她天性乐观，从来没有愁眉苦脸。人们见她心地那么善良，对待女工像对待平等的姐妹一样，从来不摆东家太太的架子，也都希望她早生贵子。她从小受苦惯了，如今成了富商的妻子，还是没有忘本。不敢走动，却又不停地操劳。她和女儿的衣服、鞋子都是家制的。后院的机井是她主张修的，这比自来水省钱。院子里除了种花，更多的是种了丝瓜、葫芦、扁豆、向日葵，一切都还保留了自给自足的习惯。女儿上学心强，她是同意的，只和丈夫讲了一次，碰了钉子，再也不敢提了。她暗暗资助向真一些费用，又给她钱，要她为培真买些中学课本，抽空教教妹妹。虽然瞒着丈夫，相信上帝不会惩罚，因为这是好事。

一个十三四岁的小姑娘，天天、月月、年年关在家里，培真倒一点也不觉得孤独和寂寞。除了堂姐，她有的是伴儿。鸽子是她的伴儿。一大群鸽子她一个个起了名字。她常常把它们一个一个托在手掌上，仔细观察它们不同的记号。鸽子飞上蓝天，她也一起飞上了蓝天。鸽子咕咕叫，她听着是和她交谈。从天井看上去的天够大的了。到了晚上，星星也是她的伴儿。她常常觉得奇怪，上帝创造世界的时候，为什么那么不经心，撒得满天星乱糟糟的。要是整齐一点，像花边，像绣花台布那样有多好啊。爸爸只想养她到一定年龄，嫁出去完事，只要她不出这四堵墙，她的一切他都不管，所以培真在家里的天地是自由的。爸爸严格要求她读经，也严格要求她饭前祷告，睡前祷告，至于女儿心里怎么想的，他不管，所以培真的心也是自由的。爸爸认为人不应当妆饰，妆饰是亵渎神灵，也不许她剪短发，只许梳长辫，可是不许扎红头绳。培真从小没有打扮自己的愿望，这大概是受了妈妈的影响，所以爸爸的限制也没有使她觉得不自由。不过常年不出大门，很少见阳光，她的脸上白白的没有血色，倒很像一个修女。向真可不同。她巧于装扮，自己剪裁缝制的衣服常常在同学中引起惊叹，只是到叔叔家不敢穿，不得不换上蓝布褂子。

培真活了这么大，没有经历欢乐，也没有经历痛苦。她的心像没有风的湖面，平平如镜，不起涟漪。愈是平静的水面愈容易给微风吹起波纹。头天晚上，她不经意地听爸爸和妈妈说，杜恩仁介绍他的外甥来当助手，说他父亲破了产，念不起书了。她听了心里没有任何反应。不念书就不念，她自己不就是不念吗？平平淡淡来了一个人，竟然引起姐姐那么多话，她实在吃惊。还说人家是木头、魔鬼？正是向真的话给她心里吹起皱纹。一个没留下印象的人在她的回想中倒有了印象。他高高的，有些瘦削，头发很厚，有一缕落下来盖在额头上。啊，破产！破产是什么意思？这么不大的一个人就得出来挣饭吃，是很值得同情的。他走动起来很爽利嘛，哪里是木头。满清秀的一个人，怎么会是魔鬼？

人按人的样子制造上帝，培真可是用自己对上帝的虔诚在制造人，当然是想象中的人而不是现实的人。她看见的都是好人，都是上帝的子民。她没有看恶人恶事的眼睛。她心里唱的只是圣诗，是颂圣的诗，更是她自己的圣洁的诗。

新来的这个人是来了，来定了，以后会天天看见他，也不能像姐姐那样直着眼睛看人家啊。要是有这么一个哥哥倒不错。哎，这想到哪儿去了？多可笑！哥哥，这一辈子是不会有了。她更殷切地盼望未来的弟弟。他会是什么样呢？像爸爸还是像妈妈？为了这一点，她和向真有过不少次争论。向真说保不准还是女孩，她这样说是带着对叔叔的嫉恨心。培真却坚信是男孩。爸爸天天祷告，妈妈成大半夜的祷告，她也天天祷告。上帝一定会赐福的。

“我们在天的父，愿尊你的名为圣，愿你的旨意行在地上，如同行在天上。愿你的光降临……”

上帝能不听见吗？

五一　不结果子的树要统统砍倒、烧掉

商行有三进院落，可是只有一道门通街。原来后院还有一道通街的门，为了安全，常年不开。前面通街的门里，是长长的柜台，这是日常收货、验货的地方，柜台里面就是账房。这道门是男工女工们上下班必经之地。账房先生每天早晨早饭之后，第一课是站在柜台后面，拿眼睛品评一个个走进门的女工。女工们都低头，很快走过这个危险地带。孙先生有家口在乡下，每年过年回去一次。在常年的独身生活中，他唯一享受到的是眼睛的艳福。他在女工群里有两个外号：黄鱼干和死羊眼。雅是不雅，可是很贴切。

李恂第一天正式上班，一进门看见账房先生那直勾勾的眼神，很觉得好笑。出于礼貌，不能不和他打招呼。孙先生满脸赔笑，请他到写字间去。

小六子正在写字间里清扫。“宗先生天傍亮才回来，好运气，打了不少鱼，你来看。”

李恂跟小六子来到中院。在一个大瓷盆里，有八九条鱼，都有一尺多长，发出闪闪的银光。海鱼一出水就死了。老厨师正笑嘻嘻地拿秤钩挂起一条鱼。“嗬，二斤六两。这一共至少有三十多斤。等着吧，今儿犒劳你们。”

李恂一个人回到写字间，坐在写字台前，挓挲着手不知干什么

好。他想宗先生夜里打鱼，现在一定还在睡觉。听见鸽子咕咕叫和扑拉翅子的声响，他从纱门向外探望。还是昨天那个小姑娘，抱一个笸箩在怀里，正抓起米粒，撒在地上。他不经意地来到门边，隔着纱门向外看。鸽子在抢食，有的飞起来又落下，有的飞到小姑娘的手上和肩膀上。这是一幅绝妙的动中有静的图画。小姑娘正仰面向天，她的面容清清楚楚地呈现在晨光里，前额宽宽的，被疏疏的额发覆盖了，眼睛在天光下微微眯起，微微张开嘴唇。向她宠爱的鸽群笑着，露出又小又整齐的牙齿。她低头的时候，忽然瞥见沙门里有人，于是一翻笸箩，把高粱米撒光，转身向中院门走去。

李恂在写字台前坐下，想看看带来的书，可是定不下心，又站起来，走到文件柜前，按英文字母的顺序拉开一个个抽斗。原来往来信件最多的是以“W”打头的信函存档。一家是“温斯顿父子公司”，地址在英格兰的诺定昂，这是一家专门经营棉纺的工厂。翻翻信函的内容，多半是关于漂白丝光棉线的交易。他不明白，中国不是没有棉线，为什么巴巴从万里之外的英国买这玩意儿。另一家是“麦耶尔进出口公司”，在澳大利亚的墨尔本。信函讲的都是关于发网、花边、茧绸制品，以及绣花品的买卖。所有这些信件，从语言文字上看，都没有什么深奥，也可以说很浅豁，但是其中关于交易条件和价格的讨价还价，有不少他似懂非懂。他很有自信，不懂的他很快能学会，至于语言文字，按他现在的水平足能应付一气。

在这办公室里，有两种是他昨天没有注意到的。这是两个有如乐谱架的斜面木架，一个上面放着韦氏大字典，另一个上面是一本巨书，足有半尺厚。这书他从来没有见过，引起了他的好奇心。书名是“凯利与瓦什”，怪呀这是什么书？翻开看看，原来是全世界五大洲所有商埠的行名录，里面分门别类，注明经营范围和详细通讯地址。他翻到中国的部分，“寰球进出口贸易公司”之名赫然在目。他有点吃惊，又有点好笑。洋人可真会用心思，出点子，调查工作也真到家，这是惊人的。可笑的是宗先生不挂招牌的商家也居然入册。转念一想，这可笑的也正是可惊的。商行无大小，都被搜罗进去了。他对于这本大书有了兴趣，不是因为那些五花八门的行名，而是因为全世界每一地区，每一商埠，里面都有明细的地图。他一向喜欢在地图上周游世界。

直到十点多，宗先生才进办公室。他仍然是布褂子敞着前怀，裤脚挽起来，趿着布鞋。可能因为打到了鱼，脸上喜气洋洋的。他晒得那么乌黑，牙齿显得特别白。李恂站起来迎着他。

“坐，坐。”宗先生自己先坐在椅子上。“你早来了，好好。怎么样，照我昨儿说的，in，在内，你能行吗？”

“行，当然。”

“好，不用着急。一口喂不出一个胖娃娃，不是吗？里里外外，你先熟悉一下。今天下午，他们要去提货，是进口的英国棉线……”

“为什么棉线还要进口？”李恂插问。

“人家的东西好呀，中国人做不出来呀。等货运回来，你看看就明白了。”

接下来宗先生大发了一阵感慨和议论。什么人最高尚？生意人。将本求利，公平交易。在买卖人里，做外国生意的最好。睁眼看看，中国人的钱都给外国人赚去了。银行，船行，电报局，保险行，铁路，邮局，绝大部分在他们手里。这还不算，还有那些输入的机器呀，纺织品呀，药品呀，中国人打中国人的枪炮子弹呀等等。拿咱们寄出的信来说，贴的是中国邮票，其中十之八九的邮价要给人家。中国没有外洋航船，海底电线也都是人家的。有啥法子？

“这两年我老想，怎么样从外国人手里多捞几个钱回来。金价一年年上涨，银价一年年下跌，进口出口都不好做。大铺排是不敢，小来小去的试试还可以。你先拟一封推销函，附上新价目表和几种样品，我说的是花边和发网两种。”

李恂听得很有兴味，因为都很新鲜，是闻所未闻的。“推销函往哪里寄？”他问。

“有全世界的行名录。”

“哦，那不是像往大海里投石子吗？”

宗先生哑笑一声：“大海里有大船，也有小船。现在和美国和英国都做不成出口生意。他们都在咱们这里办行。中国能出口的东西本来少得可怜，他们连这么一点东西也不放过。竞争不过他们。只有澳大利亚和新西兰可以挤一点进去。”

“信寄出去，人家不理怎么办？”

“有一句老话，不是说投石问路吗？寄一百封出去，能有一封回信，就是大胜利。谈一百笔生意，做成一笔，也是大胜利。以前只有我一个人，我也不想张罗。现在你来了，很好。愿上帝保佑。《马太福音》里说：‘凡不结果子的树，就砍下来，丢在火里。’树要结果子，人呢？干咱们这一行，就该想法多赚洋人的钱。”

他打开写字台的盖子，从小抽斗里拿出一叠纸，是草拟的新价目表。上面列的都是银价，必须按当前的外汇比率，换算成金镑。他问李恂是否懂得换算的方法。李恂点头。宗先生交付了三件事：一、换算价目，然后打字，复印；二、拟好推销信；三、通知孙先生，要他安排人准备货品的小样。

“就这样吧。这些事你一星期干不完。临时有什么事，咱们再说。我在院子里晒网，晚上还要出海。”

“宗先生，你整夜在海上，身子能顶得住吗？”

宗约瑟又哑声一笑：“你正好说反了。我是靠打鱼救活自己的。”他看见李恂疑问的眼光，又说：“你大概听说过，我打过败仗，赔光了。我整夜整夜不能合眼。我祷告，求主的灵光降在我身上，指引我看明白自己的过错。我不该铺排得那么大。风刮来的时候，先刮倒的是大树，小草刮弯腰，不会连根拔起，风一过它又直立起来。”

“哦，我明白了，所以现在连招牌也不挂。”

“那倒不是因为这个。”宗先生已经站起来，听他这么说，又坐下。“我一直没有想出一个合适的。”

“不是寰球进出口公司吗？”

“那印在信纸信封上，印在所有对外的文件上，都行；挂在门口，太大，太招摇了。这几年打来打去，旗子换了好几茬儿，商会方面派款就派不到这里，派一点也不多。一来是对外的，他们摸不清头尾，不敢胡来；二来我没挂招牌。国内的交易往来我只用‘宗记’。我看不挂也好，少了许多麻烦。”

宗先生出了办公室以后，李恂来到账房，向孙先生转告了宗先生的吩咐。他从账房出来，看见宗先生正一心一意地把渔网一点点扯开，晒在地上。他的女儿在帮忙。父女二人都没有抬眼。李恂也就回了写字间。他拿价目表摊开在写字台上，他不会珠算，只能笔算。他很吃惊地发现自己失去了原有的宁静，一时间很难集中注意力。看来这位宗先生满信靠他，很温和，什么都说，没有避讳，这也许是因为舅舅的缘故。这位先生的确很怪，但是他考虑实际利益的时候很精明，一点也不怪。

开中饭的时候，他第一次认识了商行的全班人马。十多个人，坐了两张方桌。还没有就座的时候，所有的眼珠子都落到桌面上了。不愧厨师的夸口，用鲜鱼做的大小盘碟摆满桌子。诱人的香味还在院子里就闻见了。李恂和宗先生、孙先生等坐在一张方桌上。这是他生平第一次在陌生人面前用餐。

宗先生低下头，闭上眼睛。大家也都低了头，闭上眼睛。李恂也只能学样儿，心里不免好笑。他想起舅舅的话：“入乡随俗嘛。”这话现在用上了。据他所知，这种饭前祷告只是每人静悄悄地说几句，然后说声“阿门”就完。宗先生的祷告却很不一样。他拿一只手支着低下的额头，大声说出他的祷词，说得很长，从天父的仁慈一直说到恩赐这么丰盛的美味佳肴。李恂出于好奇心，微微眯起眼睛，窥视周围的人。他发现孙先生，还有另外两三个，上眼皮微微动着，眯着的视线正落在桌面上。啊，他们准备一睁眼就向大盘小盘进攻。

孙昌家听说李恂要到海关和码头上去看看，决意亲自出马。从宗先生对这个新来的小青年的态度，这个机灵人已经看出他是受信任的。他自己虽然管账，成百上千的钱都要从他笔尖下面过。真正掌握商行命脉的可是在洋账房。宗先生肚里的机关，他摸不透。摸不清东家的底细，就难于巩固自己的地位。他因为沾了半个洋字，在家乡成了知名人物。通过这个小青年，那就容易多了。他相信这个未经世事的学生不难落在他的掌心里。

他们必须先到英国人办的汇丰银行，结算这一批进口货的货价和应付的一切用费，取得载纸即提货单。这是全市历史最久、资本最雄厚的银行。美国的花旗银行、法国的东方汇理银行，都还竞争不过他。从三十年代初，中国银行也承揽海外贸易的汇兑业务，可惜还没有树立声誉。中国人不相信中国银行，正如不相信中国银圆而相信金镑和美元一样。

一切进入李恂视线的都是新奇的。这么大的办公室，这么多的办事人员，没有一丝嘈杂声，好像一架上足了润滑油的机器，只有忙碌的打字声，好像机器的有节奏的转动。这里的雇员大部分是中国人。英国人担任的则是从科长到行长的职务。洋人付给中国人的工薪只等于洋雇员的二分之一、四分之一或更低，中国人却把这种职位看成光荣的金饭碗。使李恂觉得好玩的是中国人都洋化了，穿的不用说是西装，脸色也都变得白皙滋润了。看，一双双在写字台上忙着的手，也都是那么白皙、娇嫩。大部分是年轻人，只有站在斜面高写字台前的是一个秃了顶的。看那一本本摊开在他面前的大簿册，知道他是会计师。啊哈，他在那里站了多少年，有多少千万金镑从他的笔下流过去，他的头发是怎样一根根给时间磨光的。

他完全没有注意手续是怎样办的，直到孙先生把所有单据送到他的面前。啊，这么多！这一叠大小不一、颜色不一的文件里包括原订单的副本、发货单、向银行的委托书、保险单、载纸等等。

“你知道有几种单据要背面签字吗？”

李恂点头。

“那好，你签字吧。”

李恂惊奇地瞪起眼睛：“我怎么可以签背书？宗先生又没有委托我。”

孙昌家微微一笑：“委托书在此。”他从文件包里取出一张八行书，其中用宗先生的名义委托李恂代签，盖的公章是中英文合璧的“寰球进出口公司”。这真好像变戏法。李恂觉得好玩，也觉得奇怪。

“行吗？”

“有啥不行。洋鬼子好对付，中国二鬼子难缠。有这张委托书也能堵住他们的嘴。”

洋鬼子好对付，中国二鬼子难缠的话，李恂在海关得到了证实。这里手续其实很简单，按税则缴纳应缴的税款就完事。出口一般是免税或低税，进口税重些。但是海关实权掌握在洋人手中，进口税实际起不了“保护关税”的作用。从英国进口的棉线，税率是很低的。孙先生早已按税则税率算好了，带来了应缴税款的支票，经关员核对无误就行了。正当李恂看着一个穿制服的关员在摇计算机的时候，忽然有人用力捅一下他的脊背。他回头，见是一个瘦高个，太阳穴上青筋一条条。这人伸出食指，指指李恂的头。

李恂被捅得生痛，心里明白在这里不可发作。他诧异地看着这个怒目而视的人，不明白是什么意思。他摇摇头。

“帽子，拿下帽子！”这人说完，回头走开，一面嘟囔着：“傻瓜！”

原来虽然快到中秋，中午还是很热，李恂戴的是平顶硬草帽。他生平没有受过这样的侮辱，不由得满心气恼。他压下向这个人的后脑猛攻一拳的冲动，只得拿下草帽。

在去码头堆栈的路上，李恂一直克制着愤怒，闷声不语。狗仗人势，可恨，仗洋人之势，更更可恨！他心里诅咒着这个洋奴才。孙先生看在眼里，问他。他说了。

孙昌家摇头微笑：“这算什么。在人房檐下，不低头行吗？这口气啊，咽下去，消化了拉倒。以后和海关打交道的日子多着呐，可不敢得罪他们。得罪了，他们挑鼻子挑眼，把载纸压下，白吃亏。”

李恂知道孙先生是好意，可是这话没有起灭火的作用，反而火上加了油。处处受屈辱，处处弯腰低头，在自己的国家，这就是人生吗？到了码头，眼前的景象他看见了，又没有看见。那堆得山样的箱子和麻袋，那停靠在码头边的一艘艘轮船，那绕着桅杆翻飞上下的海鸟，那腰折成两半，背扛大箱子，颤颤巍巍走过跳板的苦力，都只是色彩和线条乱纷纷的、一闪而过的图形。这一切都是真实的又是虚幻的。

提取的货物原来是三只大木箱。箱板上的大黑字是受货人的地址。箱子是从诺定昂起运，火车送到利物浦，再由“兰烟囱”远洋航船经大西洋、地中海，过苏伊士运河，经印度洋，过马六甲，到太平洋的香港，再由“太古”轮船运来的。每转一次口岸，木箱上都有标记。李恂暗暗计算，这三箱棉线的货价、保险费、运输费、银行汇兑，所有的钱都落入洋人之手。钱付出去，还得处处装笑脸，赔小心。啊，生活！啊，人生！啊，中国人！

提货的手续办完，自有搬运行的苦力装车、拉车。孙先生一行人刚刚到家门，箱子也就送到了。

木箱搬运到院子里，还没有启封，柜台前面已经有说说笑笑的人，等着取货。这闹嚷嚷是生意兴隆的景象。李恂暂时忘记了满心的不痛快，怀着好奇心，站在木箱旁边，看着工人剪开铁箍，撬开箱板，里面是一层层防水纸，打开，看见一个个用麻绳捆扎的牛皮纸包，打开包包，才是棉线。李恂不能不点头赞叹，心里叫好。人家是怎么制造的？雪白，闪光，没有一丝棉花的绒毛。每包四十扎线，每扎扭成麻花形，有小茶杯口那么粗。握在手里，沙沙棱棱，发出微微的清脆的摩擦声。他后来才明白，凡是闪光的花边和别的种种编织物，不用丝线却用这种棉线，因为丝线经水会变色，而这棉线是永不变色的。你不服吗？你做出来试试。

那些说说笑笑兴兴头头的取货人被孙先生的几句话泼了一头冷水。宗老板不在家。来货须经他过目验收，合乎标准和规格了，才能发售。如果箱里渗水或者货物受损，就得向保险公司索赔，还得和厂家办交涉。这事只能宗先生说了算，别人没权处理。这是一。由于金价上涨，银价下跌，货价不能不相应地提高。提多少，已经核算过了，但是也得老板来拍板。这是二。

乘兴而来的人只好败兴而去。

宗先生不到第二天凌晨是回不来的，等着就是了。李恂下班回家，走在路上的时候，不停地咂摸宗先生的“in”字。“在内”，“入内”，“进入”，很好！他要在这个环境内，入到这个行当内，进入这样的人群内，一天天，一月月，一年年。这就是生活，这就是人生？

五二　生平第一次所得怎样开销

当李恂把第一个月的工资交给妈妈的时候，他心里说："拿去吧，买米，买油，买酱醋茶，还有大烟。我是你们的血中血，肉中肉。我用青春年华的血肉换来的，我在向你们还债。"他心里同时照见妈妈喜悦含泪的眼光，他的心收紧了。不管多么违背自己的夙愿，总可以免除妈妈深夜的操劳。妈妈哪里知道，一个月来儿子在拼命地干，整天不离开写字台和打字机，指尖都被打字机的键盘磨痛了。他唯一散心的是隔着纱门看鸽子啄食。圣经上说，圣灵从天上落下来的时候像鸽子一样。为什么单单像鸽子，他不明白。小姑娘已经不再避他了。他从小六子嘴里知道，她原来叫宗云婉，现在叫宗培真，念完小学父亲就不许她再念了。是不是这个教民也奉行"女子无才便是德"的古训呢？看她总是低着头，说话细声细气，走路也悄没声的，他想她一定被管束得很严。他不由得满心同情这个小姐妹。

他终于有了一个和她交谈的机会。这机会是一只受伤的鸽子造成的。

这是在他上班七八天之后。他正在打价目表，忽听得小姑娘尖声地惨叫。他急忙来到院子里，看见宗培真仰面向天，举起双臂挥动着，大声地号叫。正有一只鹰向高空盘旋而去。一只乱扑着翅子的鸽子落在院子里。小姑娘扑上去，双手捧起它来，放在胸口，嘤嘤地哭了。李恂来到她的身边，就她的手里看看鸽子。鸽子折断一只翅膀，红眼睛惊吓地瞪着，好像在说：“完了，我完了。”

他连声安慰培真，掏出手绢，撕成一条条，给鸽子绑扎好。他的好心和热心很使培真感动。她第一次抬头看他，喃喃地说：

“你救了它，你救了它……”李恂第一次看清她的面容。他在教科书里见过圣玛丽亚的插图，是拉斐尔的名作。他吃惊地发现小姑娘的眼睛，那温良柔和的眼神（这眼神由于担心鸽子而有些灰暗），那面部的轮廓，都有几分相似，只是她那宽宽平滑的额上有一缕乌丝覆盖着。

第二天下午，他正翻阅行名录，听见院子里两个女孩在小声地争吵。他站起来，隔纱门望出去，看看培真和姐姐都站在院墙下面。培真双手捧着那只受伤的鸽子，唏唏嘘嘘地流下泪水，啊，鸽子死了！

“死一只鸽子，你擦眼抹泪。死个人，你该怎么办？”

“那要看死的是什么人。”

“要是我死了呢？”

“胡说，你不会死。”

“那可也不一定。好吧，我不和你胡扯。你把它埋在丝瓜地里，当肥料。”

“不嘛，我偏不。”

“那你还要为它修坟？”

“我就是要修坟。”

“真可笑！”

“你没有心肝。”

“好，你有心肝，可惜没有头脑。”向真说了，大声嗤一鼻子。

李恂拉开纱门，来到院子里。

向真先看见他，高兴地向他招手：“来来，你来给评评。”

李悔来到她们跟前，看见培真手里的鸽子。

“你说，俺们这位小姐要给鸽子修坟，你说滑稽不滑稽？”

“不，不滑稽，一点也不。”

两种不同的眼光同时投到他的脸上，一种是感激的，另一种是恼怒的。

“我看你也是……”向真要说“没有头脑”，可是卡住了。

“你们看过《红楼梦》这本书吗？”李悔话一出口，马上觉得说错了。这样的书怎能到这个禁闭的“天国”。

培真摇头。

“听说过，没看过。怎么样？”向真问。

“书里有一个姓林的姑娘，还给落花修坟呐。鸽子为什么不能修坟？”

向真语塞。既然书上有的，显然不是他撒谎。要强的姑娘脸红了，狠狠地挖了这讨嫌的学生一眼，哼着鼻子向中院走去。

培真的眼睛可是放光了。她捧着死鸽子，走到花丛里。一个土坑坑挖成了。鸽子下葬了，葬在月季花丛中，小姑娘双手合十，闭眼，嘴里吐出虔诚的祈祷，声音比微风还低，但是上帝当然听见了。她说了“阿门”，睁开眼睛。好心的人已经不在了。她向纱门投去感激却又有点惆怅的眼神。

这天午饭以后，李悔阅读一本刚刚邮来的杂志。这是一本学术理论刊物，里面正展开关于中国社会史的论争。他很有兴味，但是好多地方都不懂，好像读天书。读自己的书，是他自订的午间休息的作业。因为不懂，更激起他涉猎群书的欲望。窗子上什么人敲了几下。

“喂，有学问的，请出来一下好吗？”是向真。

李悔来到外面，碰见的是冷冷的挑战的眼光。

“我问你，你说的那本书，你有吗？”

“啊，有。”

“借给我看看，好吗？”

“这……”

“怎么？”

“这样的书，你爸爸能让你看？”

“我爸爸不管我，我爸爸管不了我，我不用他管。”

听着这连珠弹，李恂不由得笑了。宗向真的眼角更往上挑，眼光更冷了。

“有啥好笑？”

“哦，你别误会，我是笑我自己。”

“笑啥？”

“笑啊，我的耳朵眼太细，你那么飞快地一个字一个字挤不进去。”

冷冷的眼光变温和了。向真也矜持地一笑：“多亏你这个念大书的，奚落人还拐着弯儿。”

“不过我那一部让我看破了。等我从表姐那里帮你借好吗？”

“表姐，你有一个表姐？”向真的脸上微微一红，自己也觉得这问的太不在理了。

“我有姑表姐，有舅表姐，在城里这个是姨表姐。”

“噢，她在哪儿念书？”

“不念了。”

“出嫁了？”向真脸上又一红。这也太打破砂锅问到底了。

李恂轻轻一笑：“还小呐，比我大不了一年。”

原来他们俩一样大啊。向真的脸更红了。为了掩饰自己，她急忙说：“破的我不怕，我急着要看。”

“那好，明天带来。”

“不不，别带到这里来。”

“怕叔叔看见？”

向真点头。这个人心眼儿可真灵呐。她那温和的眼光变成含笑的带点羞涩的眼光了。“我爸爸求你一件事，行吗？”

“你得先说啊。凡是我能办到的……”

“一定能办到……”

“说呀。”

“求你抽一点时间，帮我补习一下英文。”

这真好玩。明明是她求，却说爸爸求。这就又要爸爸管她了。李恂连忙点头答应，说什么时间都行，听她的安排。向真歪头一转眼珠，问他今儿晚上行不行。李恂同意了。向真告诉他，她家就在前街上，从西往东，第四个门就是，又求他同时带书来。他也同意了。姑娘那温和的眼光变成得意的感激的眼光，转身向后院去了。爸爸曾在她和妈妈面前，极力夸赞这个新来的人，看来爸爸的眼力真不错。

李恂回家用过晚饭，带上《红楼梦》，天黑才来到向真家。宗约翰和别人家合住一个院子。他家住的是南房。他像捧凤凰一样，笑呵呵地捧着李恂进了里间，让他坐在木凳上。他们刚刚用过晚饭。向真正在洗碗，见了他，急忙挓挲着湿手跟进来，一面在围裙上擦着。李恂不免有点吃惊地发现，宗家两姐妹都很像他们的妈妈。向真很高兴地接了李恂递给她的一个纸包包，知道里面是她要的书。她很喜欢这个人的细心，没有把书面露在外面。宗师母的面容显得有点憔悴，可是眼神和向真一样的清亮和尖利。她没有参与他们的交谈，只在一边把这小后生端详了个够。

“那是什么书？”约翰问。

向真抢着回答：“反正是有用的书，你别管。”

“你听听，你听听，我不用管。我啥时候管过你。请你别见笑，一辈子只这么个女孩，叫我惯的啊，皇帝老子帽子上的珍珠她也敢揪下来。”

“爸呀，人家是来给我补习功课，你净讲那些没用的！”

女儿的懿旨一下，当爸爸的向当妈妈的使个眼色，一起退到外屋去了。

初中的英文课本很浅。李恂让向真读了一节课文。她的发音准确，音调也好听。看看她练习本上的造句，有些错误是很自然，也是很可笑的，都成了中国式的英语。按文法，冠词只有三个字，可是中国人一年两年也难于掌握好，更不要说那些变化多端的动词时态，那是中国的语言习惯里完全没有的。不到一小时，他已经明白了向真遇到的坎坎。他同她讲定，课文她自己可以复习，他为她指点一下文法和句子的结构，每星期一次可以了。

这个家里也正如商行里那个后院，摆下大大小小的缸，挂满各种颜色的头发。门窗虽然都开着，冲鼻子的还是染料的气味。大概他们闻习惯，不觉得了。

李恂告别的时候，向真只让爸爸妈妈送到院门口，她要自己送他到胡同口。

“先生，我求你一件事。”她贴近他的身边，小声说。

“你不要叫我先生。”

“不，我爱叫啥就叫啥，你别管。我求你别告诉我叔叔，行吗？”

“当然当然，我明白，没有必要。”

这个人可真懂得体贴人呐。她又说：“也不告诉我妹妹，好吗？”说了，觉得不好意思，急忙补上一句：“我自己会告诉她。”

她多么愿意和他走一会儿啊，可是不能。她不像她的爸爸，一下子就想到这呀那呀。这个天真无邪但是身上带点刺儿的女孩只觉得这人不像那些愣头青。他在人面前彬彬有礼，真心地待人，热心地帮助人。她这独养女从小孤零零长大，有一个堂妹，可惜她不开窍儿，简直像块木头。她多么希望有一个知心知意的姐妹兄弟，不幸一个也没有。爸爸穷下来，她嘴上说“冻死迎风站，饿死不折腰”，心里却总有没法排除的自卑感。这个新来的一点也不另眼看人，只这一点就使她相信这是可以信靠的人，可惜他不是一个女的。哎！

送到路口，不好再送了。告别以后，她站在电灯柱的阴影里，目送李恂的背影，直到他消失在远处。

在一个月里，李恂上上下下里里外外都熟了。宗先生除了上午向他交代应当办的，别的一概不管。李恂原来以为他会劝他信教，可是没有。宗先生也没有劝孙先生和别的职员入教。行里订了一份日报，人们只溜一眼大标题，看看社会新闻，其中不少是桃色事件和谋杀案之类。只是从九月下旬，蒋介石和冯玉祥、阎锡山在陇海路上大战，双方都动用了几十万大军，看架势要大杀大砍一阵子，演一出1930年的全武行，这才引起大家的注意。宗先生特别关心，很怕战争蔓延开，闹得不能好好做生意。这不是前几年地方上的小规模拉锯，而是全世界注目的大内战。一般人的心理，要看报纸又不相信报纸。“该未必会是这样吧？”但是战争的消息一天天的传来，不能不引起人们的不安。议论战局的人多了，可是说也奇怪，谁都没有一定的倾向性。如果一定说有，那就是对于双方都骂。这些年头，风云变幻太多了。人们读了无数的上台和下野和声讨某某的通电，结果这些电文除了招来骂声，任何别的作用都没有。那样辞藻华丽的四六句、对仗句和排比句，在人们心目中都是屁话。

战局也惊动了一向不关心时局的宗先生，他每次饭前祷告词里有了新内容，他求告上帝，保佑平安。

眼前的生活是平安的、平静的，有如风平浪静的海面，只有像叹息一样的细浪声，和延伸开来的花边一般的浪花。一天天像流水一样地过去。当李恂听孙先生问他，他当月的工薪是支出来还是留在账上，他才悚然一惊。啊，一个月了。他当然要支出来，为了博到妈妈的展眉一笑。

妈妈果然展眉了。她的意思，第一次工薪是件大事，得给至亲好友买点糖果、甜食之类，表表心意。李恂心里明白，什么表表心意，无非是想夸示一番，别瞧俺们败落了，可是儿子起来了。他不便说穿，为了让妈妈高兴，答应了。

他给章奶奶和章婶送来甜食。为了麻姑姑，他恨章婶，碍于情面，只得捏着鼻子到她面前晃了一下。章婶夸赞了几句，说早就看他是有出息的。话是真心话，他却丝毫不领情。他送给明秀和玲玲的是细麻纱手绢。玲玲喜笑颜开，自然是哥哥不离口，告诉他，现在奶奶的事都归她管，又得意地拿出章婶送给她的衣服和鞋子。李恂嘴上不好说什么，心里却掂掇：心计多端的章少奶奶八成要把玲玲收为心腹。且等着瞧吧。

姨妈家乱腾腾的景象使他惊奇。正有泥瓦匠在院子的东墙下砌一间小屋子。整个院子里都是泥脚印和乱七八糟一堆堆的砖瓦。姨妈坐在杏树下的藤椅里，见了多日不见的外甥，喜欢得什么似的，提高嗓门向屋里喊贞月。

贞月来到院子里，头上包着头巾，双手沾满灰尘。见了表弟，两眼顿时亮了。“啊，真少见。好像胖了一点。妈，你说是不是？妈，你告诉弟弟了吗？”

“他刚进门。没来得及。你说吧。”

“什么事？”李恂问。

“大喜事。”贞月说着，两个指头从衣袋里捏出一个洋信封。李恂一见就猜到是大表哥来的。这信她随身带着，可见多么宝贵。

“呐，你自己看吧。”

李恂接在手里，抽出信纸，很快地溜了一眼。信很简单，说在外日久，思念故土，准备就绪，拟回国省亲。若国内事有可为，将不再远涉重洋，以致骨肉分离，互相牵念等等。这当然是大喜事。勿怪乎大兴土木，是为了大哥的归来做准备。他很觉得奇怪的是。关于洋表嫂，信上只字未提，也许月姐会知道。在姨妈面前，他不想问。他带给姨妈的是她最爱吃的芝麻片，带给月姐的是一部《词源》。他知道月姐不喜欢甜食之类，要是买衣料花多了钱，她会责备他。只可送书给她，月姐果然很高兴地接在手里。他带给湘文的是细毛线手套，可是不知为什么家里这么忙乱，她却不在。

“湘文姐姐呢?”

贞月向他使个眼色。他猜想是和大哥的来信有关，不再问了。

“这《词源》我正用得着，好极了。你得帮我包个书皮。现在就包，好吗?”

姨妈也搭言了：“你姐姐见了书像见了宝贝。你好多天不来，姐儿俩好好说说话吧。我在这里坐，挺好，不用管我。”

贞月不是要他包书皮，是借故要他到自己屋里来。她让弟弟坐在平日坐的书桌前，先仔仔细细地端详他。“真的好像胖了。”

“嗯，差不多天天吃鲜鱼。厨师傅的手艺可好呐。”他说着，把提着的小包包放在桌上。

贞月告诉他：“大哥的信湘文看了，什么都没说。当天晚上，她把自己的衣服行李整理好，告诉妈妈，说要去看看姑姑。妈妈当然明白为什么，我也明白。信上没讲外国女人的事，也没问湘文一句。她当然又失望又伤心。我陪她流了半晚上的泪，可也拿不出个章程。能强留人家吗?大哥回来，拿人家往哪里摆?在家这些日子，照顾妈妈比我都上心。妈妈难得这么一个不是女儿的女儿，心里难过也不好向人家露出来，已经太对不起这么好的姑娘了。我呢，也难得这么个比亲姐妹还亲的姐妹……”

月姐说到这里，声音唏嘘了，急忙拿手绢抹去泪水。

“她一去不复返了吗?”李恂也觉得十分惆怅。

“不，她来，差不多天天来看妈妈。过一会儿还会来。”

李恂从包包里掏出细毛线手套，是送给湘文的，要贞月转交。贞月接在手里，忍不住一阵心酸。男人都能像表弟这么看重人体贴人有多好。

“你想着她，好极了。礼轻情义重，对她是很大的安慰。噢，对了，你说鲜鱼，俺们今天犒劳工人，你别走好吗?”

李恂指着提包，说还要给麻姑姑送东西。

“噢，还一直没得便问你，这麻姑姑是怎么回事？”

李恂简略地讲了麻姑姑的前前后后，贞月一面听一面不住地叹气。“哎，都说红颜薄命，不红颜的也薄命。这个世界不变，天下的女人都薄命就是了。”

“月姐，你可不薄命。”

贞月苦笑一声。“还要怎么薄命？”

“有姨妈，有大哥，还有我，你就不是薄命。”

贞月看他那天真的眼神，那庄重的语气，不禁从心底笑出声来。“好好，有这个弟弟，姐姐上刀山也不是薄命。”

她要李恂走的时候，在姨妈跟前坐一会儿，拉几句家常，不愿听也听她几句儿女经。姨妈天天想他，盼他。

李恂离开之前，果然拿个小马扎，在姨妈的藤椅边坐下，像小时候那样，拿头在姨妈的肩头蹭着。这动作比千言万语更使姨妈愉快。她那不断线的儿女经一缠，李恂简直没法脱身。幸亏贞月救了他，说弟弟还要走远路。

麻姑姑不在家。邻居告诉他，她到果园做短工去了。李恂赶到果园，凭妇女们的嬉笑说话声，在果实压弯了枝条的果林深处找到了姑姑。和姑姑在一起的，有老太太，有中年妇女，也有小姑娘。来了这么一个文静的书生，像投枪一样的眼睛都射来了。她们每人胸前，都挂一个筐子，里面是早熟的红玉苹果。都住了手，贪婪地听着姑侄的对话。

当麻姑姑脸上笑出了花，把衣料展开，拉在身上比试着的时候，周围是一片赞叹声和议论声。有这么好的侄儿孝敬姑姑，为果园和村里妇女提供至少三天磨舌头的资料。

好侄儿的确体贴姑姑的心。当一套天蓝色斜纹布衣服上身的时候，姑姑脸上会大放光彩，耳朵会灌满羡慕的、惊奇的、夸赞的种种啧啧、哎哎、啊啊声。

五三　波摇金影月上东山时的秋渔

古人有秋猎。宗先生每年总要有一次秋渔。这不是和他的渔友，而是和他的家人，加上商行里自愿参加的人。也不是乘船出海，而是在海边的浅水里，绝没有灭顶的危险。从小喜欢海的李恂自然不会放过这个机会。

晚饭之后，黄昏时分，一行人出发了。总指挥自然是宗约瑟。在他的麾下的是大先生父女，宗夫人母女，孙先生和小六子，还有两个伙计。李恂是新兵，新奇感增加了他的兴趣和勇气。为了胎儿的安全，宗先生本来不许宗师母出来，但是长年累月关在院子里的夏娃巴不得吹吹海风。她和女儿被指定为留守，守护将要捕上来的鱼。下海的每人左臂肘弯里挎一个竹篮子，左手提一盏马灯，右手提一个捞网。这武器是一根三尺长、小酒盅口粗的木棍，一端用粗铁丝圈成一尺半直径的圆圈，再结上略呈兜形的网。用它来捞海豚，俗名鱼廷鲅。这种鱼有致命的毒液，内行人切去头尾，剥掉含毒的鱼皮和内脏，留下雪白细嫩的鱼肉，用任何烹调法都是和大虾一样的美味。

大海是有性格的。它时而狂怒咆哮，时而静静地沉睡，时而低低地叹息和轻声细语。海是有气味的。它向人们散出时而浓烈，时而清淡的盐味和海藻味，带着微微的潮气。海是有色彩的。它时而蔚蓝，时而淡灰或深灰，时而浓黑。但是大海没有经常统一的色调。一片白云，一片乌云，一片带着霞光的云，都会在海面上投下他们的影子。夏天有濛濛细雨的早晨，在山脚下的近海处，在平平如镜的水面上，你会惊奇地看到淡绿色，好像初春时节那蒙蒙茸茸的草原。

太阳的余光早已消失在灰蒙蒙的云里。现在，海是平静的、灰色的。东边，海和天连接在一起，没有界线，只是苍苍茫茫的一片混沌。大概正如《创世记》里说的："当初，世界无光，渊面黑暗……"现在夏娃的子孙们正在享受这上帝创造的夜色。的确奇妙！苍茫的黑暗吞没了宇宙的时候，海也完全安息了。外国的兵船早已离开，各种肤色的女人和红红绿绿的霓虹灯也没有了，不再有探照灯的长剑刺破夜空，横冲直撞的汽艇也不再惊扰海的胸膛，只有远处海岛上和挡浪坝的指航灯眏着眼睛，好像点缀在无边的黑绒上的红宝石。

人们脱下外衣，扔给留守，挽起裤腿，直到大腿根，准备投入战斗。在夜色的掩护下，即使在宗先生面前，人们也都变成平等而自由的。说笑声一直没有停止，连平常不言不语的宗培真也话多了。她只许妈妈坐在细沙滩上观战，不许随便行动。她把人们脱下的外衣都叠叠整齐，恪守留守的职责。平时活跃的宗向真这时更加无拘无束，她自认为是行家，检查了每个人的捞网，包括宗约翰的，对每一个都挑出点毛病。唯一不在她的权力约束之内的是宗约瑟。她自告奋勇，担任了李恂的技术指导，既然是指导，当然先要训话。

"呐，提马灯的手放在篮子的右侧，不能高，也不能低，高了照不见海底，低了溅上海水也看不见。往前走的时候，脚不要抬高，要细步轻放，要是扰动了海水，鱼就惊跑了。鱼廷鲅见了灯光，伏在沙底上不动。你不能从尾巴那面下捞网，要兜头一捞，要眼疾手快，不然它就溜了……"

李恂毕恭毕敬地听着，一面在想：这说的如果不是百分之百的废话，至少也有百分之五十。她那清脆爽朗的女高音倒是比语言内容更好听。

人们一个一个下海了，相互间拉开几十步的距离，免得互相影响。大先生的话匣子传给了女儿，况且他一向是不声不响干活的，只是颇有所感地听着女儿和李恂的唠叨。宗先生是和大海难解难分的，这时候他谁也不干涉，给他们完全的自由，只一个人专心致志地用马灯探视海底。这种鱼廷鲅确实像向真说的，见了灯光就伏在海底那起棱的沙滩上不动。但是它很警觉，只要有一点动静，它的身子一动，扬起细沙的迷阵作掩护，眨眼间没影没踪了。约瑟唱圣诗的男中音蛮不错，而且满含感情，他一面细步向前，一面哼着："今有一日，我心沉重，求告耶稣，救我灵魂，嗯嗯嗯……"声音很低，好像轻声叹息的浪花。

李恂也下海了，在指导的训令下，不离她的左右。海水已经很凉，一脚下去，好像全身泡在冷水里，不过很快也就习惯了。他非常熟悉海，好像熟悉妈妈的面容，但是现在，海变得陌生了。他熟悉的海是喧嚣欢腾的，是浪花飞溅的，是波摇金光的，是咆哮恣肆的，总之，是阳刚之美。他很少领略海的阴柔之美，像今夜，像此刻。即使在向真严格监督之下，他也不能不展目四望。海岛外面已经是神秘的混沌一体，深邃莫测。东山，也就是有炮台的那个半岛，白天是那么青青翠翠，现在只是一抹深灰色的影子，显得远在天边了。远方的星星已经落在海里。天河分外明亮，低低的了，似乎一跳一伸手就能摸到它。没有风也没有浪，细细的浪花舐着沙滩，好像喁喁絮语。凉气从脚底传到全身，清爽极了。夜气和盐气沁入肺腑，清爽极了。

他在指导的指示下，和她相距大约十步。

"捞到了没有？"走在最前头的宗先生回头问。

"捞到了，捞到了……"几个欢乐的声音同时答。

"多吗？多吗？"传来培真的喊声。

“不少，不少，你等着吧。”

捞到了的却没有自许为内行的宗向真，自然也没有李恂。

他虽然是生手，却不甘落后。他瞪大眼睛，看人马灯照出的海底光圈。他小心翼翼，一步一步地向前。啊，有了有了，这不就是它吗？在光圈里有个椭圆形的物体伏在沙滩上，一动不动，好像睡着了。他按照指示，轻轻把兜网深入水底，很快地一捞，起了一阵沙雾。他急忙提起网，一看却是空的。

“捞到了吗？”向真已经看到他的动作。

“溜了。”

向真开心地笑了。“那么斯文，它不溜才怪呐。”不怪她吹嘘，说话间她连连捞上两个。

“你来，你看。”

李恂急忙来到她身边，向篮子里看看。在马灯黄盈盈的光里，两个黑色的海豚躺在那里，在咯吱咯吱咬牙。这鱼不像别的鱼那样一离水就翻腾挣扎，它很有沉着镇定的风度，只是气得膨胀了肚皮，同时用切齿来发泄怨恨。它的头和凸出的眼睛都有点像蛙类，生命力也特强，离水还能活很久。

“你先别走开，”指导又下命令，“先看看我怎么捞的。你一点也不能惊动它。灯光照在它身上的时候，千万别晃动。瞅准了，下狠心一捞就是一个。你越是怕它溜，它溜得才快呐。噢对了，这鱼廷鲅鱼英文是什么？”

“啊，你可把我考住了，没学过。”

“能查到吗？”

“大概能查到。”

“为什么不说一定能？”

“英国字和咱们的很不一样。中国字凡是鱼类，多半有一个鱼字偏旁，自然好查。他们是一种鱼一个字。比如，鳖鱼叫‘卡得’，鲸鱼叫‘惠勒’，鲨鱼叫‘沙尔克’等等。鱼的通名都是‘费什’。

你看，连打头的字母都不一样。”

“妈呀，麻烦死人喽。”

李恂笑了：“怕麻烦就别学。”

“谁说的！你不想教我是不是？我没拿学费是不是？”

在水波荡漾的灯影里，李恂见她眼珠向这边挖了一下，更加开心地笑了：“只要你学，我奉陪到底。哦，鱼鱼鱼！”

向真急忙下网，捞上来的是带着一丝海草的空兜兜。她急得把篮子里的鱼猛颠一下，已经安静了的海豚又恼恨地咬起牙来。小六子从后面追上来，要看看他们捕了多少。向真的篮子里有三条，李恂的篮子是空的。小六子拿自己的篮子向他们夸示，里面已经有十多条。

“我的大小姐，用舌头捞不上鱼来，哈哈哈……”他说完，急忙向一边逃，知道向真不会轻宥他。向真果然转身，用渔网扬起水花，溅了他一身。

舌头确实捞不上鱼来。向真只得让舌头暂时休息，指示李恂离开十多步，赶紧找鱼下网。大先生、宗先生，还有一个伙计，已经捞满筐子。他们上岸，来到留守处，把鱼倒在沙滩上。鱼群发出集体的抗议，齐声磨起牙齿。

守候在岸上的母女二人坐着不动，都有些冷了。幸亏有大家脱下的上衣，正好披在身上。宗师母说鱼捞得不少了，早些回家吧。宗先生不肯，说今天鱼厚，正捞得起劲，还没有尽兴呐。大先生也附和弟弟，这个老天真巴不得捞个通宵才好。这丰厚的收获唤起了他童年的记忆。那时候，他每次赶海，都是丰收而归，篮子里满满是蛤蚌、牡蛎、蛏子之类。这几年不知为什么，海好像穷了不少。人穷了海也穷，难道上帝……不，上帝是仁慈的。人这么互相嫉恨，这么互相刻薄，互相残杀，上帝是不是借穷海向人显示惩戒呢？像今夜这么富的海，几年不见了。上帝所赐，能不尽情攫取吗？

李恂已经捞到了六条。真是从未经历过的畅快。这清凉带咸味的空气，这繁星闪闪的夜天，这波平如镜的海水，可以入画，也可以入诗。可惜他既不能画，也不能诗。要是阮先生和洪老师在就好了。他们一个作画，一个题诗，一定会是出色的作品。可惜月姐、梅倩她们都不在。她们是出不来的，两家老人一定不能同意。人生一世，能经历这么一个诗情画意盎然的夜晚，也不枉此一生。他已经熟练了，有把握了，凡是马灯照到的，他一个也没让它溜掉。他惊奇地发现，海水在黑夜里是有光的。每当他的网兜扰动水面的时候，波纹里有蓝色电花一般的光点闪闪地跳动，跳动，直到消失在无边黑暗的大海里。而从网上滴下的水点则是一串串闪光的银珠。

正当他专心探望着海底的时候，忽然在他面前的波纹里浮动起金色的光斑，他回头。在东山脚的后面，朦朦胧胧的金色染上山头。在山脚下的海面上，铺开一条渐远渐宽的漂动着橙金色的路。半个下弦月上来了。海面亮了些，但是迷濛濛的水汽更浓了，所以还是看不远。月色清冷，带着淡淡的晕环，使一切景物更显得幽远和神奇。

向真已经捞满一篮子，淌着水急步来到李恂身边，探头看看他的篮子，还只有半篮。

“啊，好，不少不少，走，上去倒下。”

“我还没捞满啊。”

“你别管，你听我的。”

老诚的李恂虽然不愿冒功，却又不得不听从指导的指挥。他们来到留守处，把鱼倒在大堆里。夜色里谁也不知是满筐还是半筐。鱼已经有一大堆了，切齿之声会惊动夜游的神灵。

“啊呀，这么多啊，”向真说，“可怎么往回拿？篮子也盛不了啊。怎么还不收兵？”

“爸爸说今儿晚上鱼厚。”培真说。

“他就是贪多。婶婶，你说呢？”

“哎，由他吧。我坐久了，都有点困了。”

“你可千万别打瞌睡，婶婶，要受凉的，你起来活动活动好。培真，你别死守在这里啊，你和妈妈一起活动活动。听话，啊。走，再去捞一篮子。”她又向新兵下令。

看来这位指导颇有指挥欲，李恂只有服从。他们又走进海水里。响起闷嗡嗡的汽笛声，一艘轮船快要进港。在颤颤动动的海气里，看不清船身，只看见上下三排朦胧的灯光向前慢慢地移动。

“喂，汽船是不是‘斯梯木勃特’?”

“是，也可叫‘斯梯木尔’，叫‘斯梯木什普’，定期的航船也可以叫‘兰奈尔’。大船、小船、木船、独木舟也都有不同的名字。多着呐。”

“真麻烦死人。我得去买一本字典。”

“我有好几本。有一本简明的，够你现在用。我带给你好了。”

“那我真得谢谢你，省得我街上去奔。我啊，我看我索性背字典。”

李恂被这位姑娘的学习热情所打动，笑着摇摇头：“没听说过，这不是办法。”

“为什么?”

“字典上总有三五万字，好多字是用不着的。中国字三千就够用，外国字要多些。日常用啊，七八千也足够了。”

“妈呀，要那么多?那怎么能记住?”

“反复记忆，常用，就能记住。”

“你记住多少?”

“说不上。”

“一万，两万?”

“说不上。最多也不过七八千。”

“啊唷唷，你可真有学问啊。”

这个活泼、天真、又带点稚气的姑娘把李恂逗笑了。他说他只不过入了个门，还是个半吊子，离有学问还远着呐。

向真一撇嘴，说他客气，不实在，接着又问他网是什么。

“一般的网都叫‘奈特’。”

“一般的网我知道，我问的是这带把的。”

“没学过。也许可以叫‘罕得勒奈特’。”

鱼的确很多。他们两人时远时近，一面断断续续地说着，一面下网。一会儿向真捞满一篮子，走过来看看。李恂还只有半篮子。向真很得意，笑嘻嘻地说秀才天生是秀才，当不成渔民。她要他把半篮子交给她，他则把一满篮先送上岸去。李恂不肯。

“哎，你这实心没眼的，你不好说我要你先送回去的吗？”说完，把满篮往李恂怀里一推，又接过他的半篮子。幸亏李恂接得快，鱼没有翻到水里去。

“喂，快去快回。听见吗？”向真在后面高声喊。

李恂挎着满篮子鱼，淌着海水，吃力地踩着细软的沙底。浪花已经从低吟变成了喧哗。风从东山那边吹来。半月更高了。海面上的粼粼金光跳动起来，好像有万千的鱼儿在攒动。他刚走出海水，听见培真在呼喊，带着惊慌的音调。

“爸爸，爸爸，快回来！妈妈不好……”她连续地高声喊叫。

李恂急忙跑过去，顾不上篮子里的鱼，把篮子往沙滩上一扔，急忙跑到宗师母跟前。她全身缩成一团，捧着肚子，大声地呻吟着。月光照得清清楚楚，她已经滚得头发散乱，惊恐的眼睛向星空望着，嘴唇微微翕动。她在祈祷，但是听不清说的什么。培真正在妈妈身边，面向大海，大声催促人们快回来。

海里的人都急忙上岸，奔回来。

向真和培真想合力扶宗师母回来。大先生叫她们不要乱动。

宗约瑟连连地叹气：“怪我，怪我，大意了，大意了。”

“不怪你，是我自己愿意出来走走。”宗师母呻吟地说。

“怎么样，你觉得怎么样？”宗先生跪倒在妻子身边，扶起她的头。

“主保佑我，主保佑我……”

在大家都惊慌失措的当儿，只有孙先生镇定自若。他要一个伙计快去叫人力车或马车。车子不能在沙滩上走，他要大家一齐动手，把宗师母轻轻抬到就近的堤岸边，又要小六子留下守着鱼，等安顿好了回来接他。他自己要跑步去找一向为宗师母看病的大夫。为了宗家，孙先生一向不遗余力。自从李恂来了以后，他见宗先生器重这个小年轻的，还不是因为人家懂几句洋话么，会在账本上磨笔尖的人有的是，他不能不加倍小心，保住这个受人羡慕的饭碗。

宗师母发作了一阵，渐渐平复了些。一辆人力车载着她往回走。人们护卫在车旁和车后。李恂留恋着海滨夜色，走在最后面。他想起向真的悄悄话：“他就是贪！”宗先生不是自己也说过么，上帝因为他的贪多惩罚了他。那么今儿晚上，他贪多捞鱼，是不是因此受到了惩罚呢？他祷告的时候又会有许多新词了吧。

李恂回家的时候已经十点多。月亮的半个脸正向窗子里窥探。虽然出了宗师母胎动的插曲，他可是生平第一次经历了一个奇妙的夜晚。他很想把历历在目的印象化成诗，可惜他没有诗才。向真这泼辣的小女孩多有意思。求知的欲望那么高，看来却很难有深造的机会。命苦，但是达观和乐观，在奋发图强。这大概是很可贵的性格。这许多奇特的印象统统告诉月姐才好呐。

五四　冬月受虚惊，五人斗歹徒

李恂下了班，没顾上吃晚饭，就来到姨妈家。他要把奇妙的夜海捕鱼告诉月姐。今天一早上班的时候，孙先生告诉他，宗师母什么大事也没有，医生诊断她是神经性的阵痛。这位流产几次的夫人越担心胎儿，胎儿越要和妈妈捣乱。当李恂来到写字间的时候，小六子又小声神秘地说，宗先生夜里不住地祷告，天快亮的时候，宗师母平稳下来，他才回后院休息去了。

只有姨妈一个人在家，贞月到梅倩家去了。他不好意思立刻离开，倒是姨妈催他到姐姐那里。据姨妈说，是梅倩请贞月去的，似乎有什么紧急的事。

多灾多难的梅家又出了什么事？

他急步向梅家走来，还离得老远，听见有提琴声和唱歌声从石墙院里传出来。啊，这不是很乐吗？他放心了。他想一定是姨妈多心。

贞月和梅倩果然是很快乐。梅倩拉提琴，贞月小声地唱。见了他，两人都停下来，上下端详他。她们都好多天不见他了。

“梅姐，”贞月说，“你瞧我这个弟弟像不像办洋务的先生？”

“像，没法再像了。”

李恂那浓密的头发从偏旁分开，有一小缕落在眉梢上，穿的是深灰色哔叽夹衣，西式裤，黑皮鞋。这些日子生活安定，除了办公，就是读书，很少晒太阳，本来白皙的皮色现在更显得细嫩，的确很像那些通体清爽，不沾泥土风霜的洋行办事员。他的脸上微微一红，腼腆地笑着，一时不知怎么答对。看她们两人像往常一样，在石墙院的深处，隔着茶几对坐在藤椅上，拉的拉，唱的唱，不像有什么事儿，他也不便询问。

“你们怎么不拉不唱了？我来，把你们的兴致冲跑了？”

“没有的话。”梅倩站起来。李恂第一次见她穿这么惹眼的衣服，深紫色的丝绒夹旗袍，踩着一双绣花拖鞋。“贞月，咱们应当罚他，对不对？”

“对，不错，该罚！”贞月懒洋洋地歪在藤椅上，含笑向上看定他，微微眯起眼睛，因为夕阳的余光正落在她的脸上。也许是由于霞光的映照，她的面色红润，显得健康多了。

“啊哟哟，欲加之罪，何患无辞。”李恂说。

“这样说啊，更得加倍处罚。”梅倩故作深文。“约好了的，你为什么忘了？”

“冤哉枉也。两位小姐的事，我死也不敢忘啊。”他装得诚惶诚恐。“武则天也没有不宣布罪状就砍人的。”

“说种树，你忘到爪哇国去了吧？”

“哎，我当是什么。种树，哪有秋天种树的？”

“要是我们种了呢？你认不认罚？”

“好，认罚，罚什么都行。”

梅倩和贞月引他来到房子的后面。这里的空场比房前还大得多。原来的葡萄架还立在那里，葡萄当然早枯死了，藤萝架和花栏也都倾倒了，看来这原先是一个很好的园圃。虽然还说不上是败井颓垣，却也早已荒废。正是在这废园里，有十多株新栽的小树，当然都还是光秃秃的枝条。

李恂哑声笑了：“瞎子点灯白费蜡，再不就是皇历改了。”

“早知道你会这么说。”贞月向他撇撇嘴唇：“还是请你的亲姐姐给你讲一课吧。”

梅倩告诉他，她查了父亲的书，秋天种果树是可以的。只是过冬的时候要加意保护，不要冻伤了根，这就要在树干下部多多培土，树干缠上草绳。次年过了清明，再扒开土，施肥和浇水。

“你认罚，很好，明年开春你来扒土。”

丁冬月送茶，见他们不在，把茶盘托到这里来了。李恂拿了茶杯，这才想起还没吃饭，肚子里正咕咕叫。他问有什么吃的。梅倩听了，责怪他装客气，不早说。

“我一来就挨杀威棒，倒好，怪起我来了。”

冬月急忙跑回去，眨眼工夫，用一个大托盘送来了冬菜包、月饼、蛋糕之类，如果不够十个人，至少够五个人吃的。李恂发出惊叹，两位姐姐也都笑了。

“你一个人尽情享用吧。我们早偏过了。”

李恂一面大嚼，一面说，“本想到姨妈家吃晚饭，姨妈说梅姐叫了月姐来，好像有什么急事。有什么急事？我看你们乐呵呵，挺好啊。”

“急事是没有，大事也没有，小事嘛，倒有一点，等你吃完了慢慢说。”梅倩说着，要冬月去换热茶。太阳的余光已经消失，白茫茫的天空分外宁静，隐隐约约显出最早的星星。有了些凉意。梅倩说回屋子，贞月和李恂都不同意。特别是李恂，在屋子里关了一整天，很喜欢在这幽静的院子里，在秋高气爽的天宇下多坐一会儿。他们又回到藤椅上。

冬月每次见了李恂，总有点依依不舍，愿意在他们旁边多站一会儿，听他们闲谈，一面悄悄地把眼光落在李恂身上。李恂早已感觉到这一点，知道她的好意，每每拿眼光回报她的时候，她又很快地避开。她那种依依恋恋很有点像小玲玲，却又很不同。玲玲的依恋是天真的，带黏性的，有时黏得人腻烦。冬月则不然，她的依恋保持着距离，有几分畏畏葸葸，眼光总好像在问：你不讨厌我多待一会儿吗？

梅倩说的小事正好是与冬月有关的。

五六天之前，冬月到小菜场买菜，回来的时候觉得有人盯她的梢。她起先以为是小流氓，赶快躲开也就完了。不想她快走，后面的也快走；她慢走，后面的也慢走。仗着身体瘦小，她挤在一堆堆人空子里，看见那个人还在东张西望。冬月不认得这人，恍惚是在夹竹桃齐家见过的，可是记不准了。看他一身肥膘，像个卖肉的。她怕这人是姓齐的支使出来的。冬月从人丛里出来，急忙往家奔的时候，又看见那人远远地跟在后面。多亏他那一身膘，当然赶不上腿脚灵便的冬月。冬月进了铁门，又开小门缝向外探视。那个大肥脑袋还老远地左转右转，似乎没有看清楚冬月进的是哪一个门。以前冬月每次出门买水果什么的，梅倩都是要她改装一下，嘴上捂个口罩。后来以为一直没出什么事，而且菜场、小店都很近，也就大意了。昨天晚上，天刚刚黑下来，冬月慌慌张张跑进梅倩的屋子，脸吓得蜡黄，身子打颤儿，说墙头上好像有个人头。梅倩极力安慰她，让她镇静。这么高的墙，墙头上又插满玻璃碎片，一定是她自惊自吓，很可能是看花了眼，错把树影当成人影。

李恂听到这里，一句话差不点冲口而出：

“我们就在墙头上窥探过。”他当然不好意思说。即使现在这么熟了，说了也会脸红。他问冬月现在还害不害怕。冬月说怕，要是叫姓齐的捉回去命也难保。

“既然这样，先移到我家住些日子。东山坞比你这里更僻静些。”

冬月当然是愿意的，但是不好说出口，只两眼看定梅倩。

“我看不必。你说呢，贞月？”

“还是这里好，深宅大院，那些人大概还不敢闯进来。只是这些日子先别出去，看看有什么动静再说。”

“是啊。”梅倩拉起冬月的手，要她坐在旁边的凳子上，又对李恂和贞月说：“我问冬月，你小时候讨饭怕不怕？她说怕，怕什么？怕狗。后来呢？后来啊，越怕，狗越上。后来拿一根棍子，狗龇牙乱叫，就往它的嘴上捅，它就夹起尾巴跑了。我说我是什么都不怕。给你一根棍子，还有劈柴的长把斧子。有狗，你就打他的狗头。有跳大海的勇气，难道没有打狗的勇气。说起来，恂弟你帮我们弄一条狗好吗？多少钱都行。要凶猛的，可是不咬人的，要夜里不打盹，可是不要汪汪叫不够的，那会吵得爸爸不得安宁。”

贞月和李恂同时笑了。

“狗不难找，要这样条件的只好请上帝做一条。”贞月说。

李恂接上说：“普通的狗没有，天狗倒是有一条。”

“什么？天狗？哪来的？”贞月和梅倩同时问。

李恂告诉她们，这是一个同学的外号。乡下老财的少爷，不好好念书，整天地玩乐。人倒满热心，肯为别人出力。又讲了梅倩住院的时候，天狗是怎样帮他混入医院大门的。三位姑娘很有兴味地听着。

“你说要狗，我忽然想起他来。”

“难道请他来守大门？他倒是不会随便咬人，也不能汪汪乱叫。”梅倩诙谐地说。

李恂说这人正事不成，鬼点子倒多，交往也广。可以求他给物色一只训练得最好的狗。

自从退学，李恂一次也没到学校去。很怕见人，怕人家问长问短的心理始终压抑着他。现在有了工作，干得也出色，而且学到的比在学校更扎实，更实际。你们毕了业还不定怎样呐。他是昂着头走入学校大门，走入学生宿舍的。本地的学生统统走读，外地的则统统住校。这时已经九点多，天完全黑了，宿舍的灯光从树丛里撒下斑斑的光点。他进了天狗的房间。没有天狗，只有同屋的一个学生在灯下自习，回头见了他，高兴地跳起来。

“啊，是你，怎么这么晚才来？你这家伙，离开学校就没有影了。天狗说你和表姐到月宫里去了。”

“他狗嘴里没有象牙，可是他哪儿去了，这么晚还不回来？”

“他屁股是尖的，能坐住吗？”

“是不是找人谈情说爱去了？”

“他啊，到哥德温家去了，八成是想找个洋丈人。”

“哥德温的夏丽奥还小啊。”

“小？小不会长大吗？你怎么样？你不念了，同学们都觉得可惜。现在考第一的有，真正学得出色的可没有。”

这个学生也是个用功的，本名古靳同，同学们偏要写成古今同。他觉得蛮别致，也就认可了。

正说着，天狗回来了。中咖啡色的西装，红领带，油光的分头，说洋也洋，说土也土。见了李恂，二话不说，走来照肩膀就是一拳头。

“你这个过河拆桥的，用不着我了，也不上门了。”

“谁说不上门，这不是专诚拜见来了吗？”

“一定又是要我效犬马之劳吧？”

“蒙对了，谁叫你是狗来着。”

天狗一龇牙，乐了。

他们为了不影响别人的学习，双双来到宿舍外边的林荫道上。天空阴沉，没有灯光，树影朦胧深邃，在微风里沙沙响着。李恂把冬月碰到的事儿说了。

照天狗的意思，弄到一条狗不难，再好的狗也抵不过几个肉包子，那可疑的家伙嗅到了点什么，爪子不会缩回去，得想一个一劳永逸的办法。天狗的确有鬼点子，他和李恂很快谋虑好一个计划。

次日擦黑的时候，有五个人影集拢在斜坡路的上坡处，距梅家的黑铁门大约百十来步。这地方原来有一家小药店，因为距市区太远，生意清淡，终于赔本关门，至今门上还贴着封条。药店门前有一个小小的廊厦，支撑廊顶的是几根方石柱，正好成为隐蔽物。远处的市声渐渐静下来。秋虫忙乱地唧唧。哪个小青年不好动，好奇，好胜，好冒险？何况梅家和梅倩的事是尽人皆知的。现成的侠肝义胆有的是，所以天狗很容易组成一支义勇军，自任总指挥。

他们隐身在廊厦的阴影里，等了大约一个小时，没有什么动静。这一带白天人都不多，更不要说这凉习习的秋夜。用功的古今同很可惜这时间，埋怨天狗异想天开，没事找事，拉人出来陪他玩儿。他的话动摇了军心。李恂说要怪应当怪他，不怪天狗，求大家再耐心等半小时。

半小时过去，还是没有动静。正当大家要撤退的时候，却听见了脚步声，大家警觉起来，瞪起眼睛望过去。天狗要大家憋住，千万不能出声，听他的命令。

从下坡路来了三个人影，打头的一步一踹，显然是个胖块头；另外两个一高一矮，步子轻捷，看来是年轻的。他们走了一段，停下来东张西望，小声地交头接耳，不知说些什么，又往前走。现在走得快多了。

天狗又严厉地警告大家，一定不出声，等着看清楚他们究竟要干什么，然后出其不意，攻其无备。他要李恂和古今同对付那高个，要王家声和李梦庚进攻矮子，他自己包打胖子。他以为那家伙块头虽大，一定笨手笨脚，一个人足能对付得了。

三个鬼鬼祟祟的影子终于走到梅家门前，身子贴在门上，大概是听里面的动静。忽然响起两声啾啾的怪叫，很像是猫头鹰的叫声。

天狗悄悄地向同学们做一个手势，他自己打头，悄没声贴着药房的墙壁向下坡移动。这里有一丛丛比人身还高的蓬蒿，正好隐蔽。现在看得更清楚了。三个身影离开铁门，来到门旁的墙下，仰头向上打量，又响起两声猫头鹰叫。已经可以断定，他们发出这怪声，意思是吓唬墙里的人，使他们不敢出来到院子里。那么他们究竟想怎样？目的是什么？

三个人向墙头探望了一会儿，又咬了一阵耳朵。瘦高个脱下上衣，这时胖子忽然就地蹲下，只见矮的扶着高个，踩上胖墩墩的肩膀，胖子吃力地站起来。高个已经攀到墙头，拿外衣往墙头的碎玻璃一蒙，两手扒住墙头，伸长脖子向里打探。

“上！”司令下了命令。

“抓强盗啊！”五员猛将同时飞扑过去。

胖子一慌，肩膀上的人滚下来，跌在地上，急忙爬起来，想溜。一阵扫堂腿把他扫倒在地，接着有几只手抓住他。李恂小时打架用的腿上功夫今天发挥出威力。矮的手脚灵便，扭头往下坡没命地跑。王家声和李梦庚紧紧追下去。

天狗亮起手电筒，照在胖子的脸上，胖子一面用手遮脸，一面躲闪着想跑。不幸他已经溜不掉了。天狗一面用电筒正射他的眼睛，一面向他的裤裆猛踢了一脚，胖子一声惨叫，双手捧着肚子蹲下去。天狗就势从背后掐住他的脖子。嗬，好厚的肉呐！

李恂和古今同跑来，每人手里提一片破衬衣。原来那家伙用了金蝉脱壳计，让两人揪住衣服，他却脱出身子，光着膀儿跑了。王家声和李梦庚也喘着粗气跑回来。那矮子趁夜色不知龟缩到哪里去了。

“跑了不要紧。擒贼先擒王，有这一个，都跑不了。”

五个包围一个，自然是绝对优势，他们用破衬衣把他反剪了。

“揪着他的头发，抬起他的头，我给他拍照。”天狗把手电筒交给李恂，要他直射胖脸。胖子手不自由了，脖子也不自由了，只能闭上眼睛。天狗重重地打他两记耳光，叫他睁开眼皮。在电光的直射下，要睁开眼皮可得特别的功夫咧。天狗果然从上衣口袋里掏出一个黑匣子照着胖脸按了一下。“咔嚓！”

踢呀，打呀，掏呀，一身胖肉颇有抵抗力。拍照，胖子吓破了胆，夜黑，再加电筒一照，他看不清面前是什么人，既然拍照，可见来头不小。他匍匐在地，磕头有声。“老总，老总，行行好，宥了我，小子再不敢了。”

天狗照他尊贵的下部踹一脚。“你说什么？”

“噢，长官，长官，宥了我。”

“谁指使你来的，来干什么，招认清楚，放你一条狗命。”李恂严厉地说着，也在这人的柔软的下部施展一下皮鞋的威力。“要是不说，摸摸你有几个脑壳。”

胖子连连磕头，说是上头派下来的。要他们打探清楚，这家院里有几进屋子，有几口人，常来常往的是哪些人，养没养狗，院墙有没有后门等等。

“打探的怎样？说！”

“这不一开头就叫长官逮住了吗？”

“指使你来的是谁？说！”

“长官，我不敢说啊，说了没命啊。”

“不说，照样没命。”天狗用力掏他的脖子。

“我说，说，是个叫铁五的，这是外号，真名字小的不知道。长官，行行好，把照片赏给我吧。”

李恂又猛踢他的屁股。“什么铁五，胡说，上边还有人……”

“一层层下来，上边的我可说不上。长官，行好吧……”

天狗又连连猛卡他的脖子。

“长官，我要是有半句假话，天诛地灭，实在是不知道。”

李恂气得又猛踢他的下部。“你说，不说今儿就宰了你。有没有夹竹桃的什么人？”

胖子急忙在地上碰头，一身胖肉哆嗦起来。“那是大把头，总把头，俺们小沙弥见也见不上。长官水清见底，高抬贵手吧。我家里还有八十岁的老娘。”

这可真像武侠小说里的词儿，李恂差一点笑出声来，竭力忍住。“听着，今天是大水冲了龙王庙。你小子放聪明点，今后这里方圆三里之内，不许你们的臭脚丫子来弄脏。这里是我们的地界。明告诉你，夹竹桃那狗东西，要是再敢放肆，我叫他的脑壳开花。”

“不敢，长官，不敢，照片赏下来吧，那是我的命啊。”

“少啰唆！”天狗在他的脖子上猛卡一下。

“来，把他的狗眼摘掉一个，留下一个给他照路。”

胖子吓得魂都飞了，瘫在地上，只知连连碰头哀告，天狗把破衬衣从他的手上扯下来，照他的下部猛蹬一皮鞋。“滚，快滚！”

胖子向前爬了十多步，然后挣扎起来，没命地向下坡路跑去。一团黑影隐没在远处，呼哧呼哧声也渐渐消失了。

五个人同时开怀大笑。

“等等，再听听。”李恂制止大家。

静极了。只有欢乐的秋虫声，隐隐传来的海潮声，远处散散落落的狗叫声。

李恂高兴地在天狗的肩膀上猛击一掌，打得天狗一龇牙。“有你的真有你的。怎么想到的拍照？”

“哎，别提。我一按，才知道胶卷到头了，忘了换新的。”

“正好，谁要看他的狗脸。”古今同说。

他们一出戏演得很开心，都在回味自己的角色，一时还不愿意散台。

最得意的自然是天狗。“喂，李秀才，梅家小姐怎样谢我？”

“风萧萧兮易水寒，自古没听说侠客要报酬的。”

“不要她金，不要她银，只要她梅小姐见上一面。”

“对着，对，这要求不过分。”古今同、王家声、李梦庚同声说。

“我不能替她答应啊。”

“那你为什么能代替她请神仙啊？”

“对呀，着呀，请神容易送神难啊。”李梦庚说。

神仙们不肯让步。李恂说请他们吃大罗天也不行，只得答应向梅倩讲讲。

神仙们飘飘然了。五只胳臂勾住五个脖子，并排地向下坡路轻快地走着。

“这下子天下太平了。”

“至多能有三个月的太平。”李恂说。

“为什么?”李梦庚问。

“这些狗崽子不会死心的。他们要下毒手的不是梅倩，是丁冬月。”

“不错，重赏之下必有勇夫。”古今同说。

“怎么来怎么斗呗。”王家声说。

李恂沉吟：“这出戏怕不灵喽。”

“不怕，天狗有狗宝，鬼点子可多咧。”

五五　拜见“洛神”的愿望不幸落空

两天之后，贞月听了李恂的夜里捉鬼，笑得岔了气，直不起腰。像这么开心地笑，是很少有的。姨妈听见，来到女儿屋里，问她为什么笑得这么欢。李恂只得又讲了一遍。为了讨姨妈高兴，不免稍稍加了点佐料。姨妈也笑出了眼泪。

李恂是在姨妈家用的晚饭。饭后，姐弟两人要到梅家，让梅倩也开怀敞笑一番。出门的时候，正好碰上湘文进门。李恂好多天没见她，见了，不能不有礼貌地回答她不少问题，自然都是关于他自己的。湘文怀里抱一个大包袱，显然带来了手工活。

姐弟两人在路上的时候，贞月告诉他，大哥又来信了，说正在洽谈一大笔生意，短期内不能成行。关于洋太太，仍然一字未提，当然也没有一句涉及湘文。信像电文一样简短，很难据以判断什么。湘文因为他一时还不归国，就又回来与妈妈同住。妈妈这两天特别舒心，总是笑不离嘴。

李恂对月姐说，打鬼的人还要酬谢。贞月以为当然应该酬谢，及至听了要和梅倩见面，她犯愁了。一是这样不伦不类的要求不好启齿，二是厚着脸皮说了，梅倩一定不会同意，这样使两方面都尴尬。有什么万全之法？一时想不好。

梅倩听了五义士的冒险，也笑得前仰后合的。冬月正送茶来。

听到天狗拍照，其实是空的，那个胖子竟然吓得磕响头，笑得失了手，把茶盘和茶统统翻在地上。茶盘是雕漆的，自然无恙。可惜几个细瓷茶杯都碎了。冬月羞红了脸，另外三个可是齐声大笑。

“值得，值得。”梅倩连连说。

冬月急忙把碎片拾在茶盘里，转身跑了，很快拿来了拖布。

李恂是第一次进梅倩的屋子。这简朴和整洁使他惊奇，竟然和贞月的一般无二。只是房间大得多，床榻则是设在里间。有十多盆各色的菊花摆在窗前和茶几前，有的正盛开，有的含苞待放。这些大花盆是月姐的屋子放不下的。墙壁上没有任何装饰，只挂了镶在镜架里的一张放大照片，是梅倩自己，看来是十岁左右拍的，和现在的她很不一样，竟是胖胖的圆脸小女孩。

冬月又送茶来。梅倩要她去陪妈妈，有事再叫她。

“人家出了力，要酬谢的。”李恂试探着说，一面向贞月使眼色，意思是请她敲边鼓。

“行行，当然得酬谢。怎么谢法，说了没有？”

“说是说了，不过……”

“什么不过？”

贞月接上：“无才无貌的子建要拜见洛神。”

梅倩脸上微微一红，知道贞月故意打趣。她收了笑，半晌沉吟不语。

“见就见，还怕见几个洋秀才不成？也不怕见了，他们在外边瞎三话四。全城为我闹嚷嚷的，还少吗？可是在哪里见？不好请来家。妈妈倒没什么，说明白了，她会欢迎人家。爸爸见了怕不好，会以为又有什么麻烦闯进门来，又没法和他讲清楚，说不定犯疑犯病。刚刚好了些，这是万万不行的……”

李恂讲了同学们的考虑，那些狗东西决不会善罢甘休。是不是先下手，向警察报案呢？不行。那些江湖行帮哪一门不和警察局互相勾结，报案反而暴露了自己行动的诡秘，对冬月更不利。再三商量的结果，是先静观一阵子。至于酬谢，最好是找一个清静人少的日子，梅倩到山顶去赏秋景。事先约好四个同学，在大庙里等着。偶然邂逅，介绍一下，打个招呼，敷衍一下算完。反正大庙离家也不远，这方案似乎是最可行的。

“伸头一刀，缩头一刀，就这样吧。”梅倩长吁一声：“但是洛神需要你们两个金童玉女侍奉。”

李恂抢先说：“这个自然。”

贞月可沉下了脸：“你凭什么代表我讲话！我凭什么要见那些洋秀才？我凭什么去向他们抛头露面？”

李恂知道造次了，惹月姐生气了。可不是么，怎么好拉扯上月姐。

“那，那，对不起，我想得不周到，我错了。”

贞月见他涨了个大红脸，心里又不忍，又不好示弱。幸亏梅倩打破了僵局：“这与恂弟有什么关系？是我请你啊。给面子嘛，是仁义，不给嘛，是公道。”

所谓请将不如激将，贞月心里当然明白。她展眉一笑：“好吧，我这表弟也学时髦，向我倒戈了。你们两个打伙儿攻我一个，我不投降行吗？我除了舍命陪君子，没路可走了。”

李恂宽心地笑了。

梅倩喟然长叹：“但愿来世不再生为女儿身。”

李恂把这事儿传给天狗他们。天狗第一个高兴地跳了三尺高。从这天起，他就默默地盘算，穿什么西装，打什么领带，穿什么皮鞋，梳什么发式。要说他有什么企图，也不见得，无事而又好事，有一个显示自己的机会也尽可以陶醉了。

到了约定的时间，李恂早早来到姨妈家，和贞月立刻赶到梅家。三个人草草吃了些点心，一起离开了石墙院。

梅倩穿上了好久不穿的玄青色旗袍，领下绾一枚红珊瑚的胸针，也没有认真地梳头，长长的发辫上扎了一个黑缎带的蝴蝶结。

天生的丽质不需要装扮，这朴素的衣着反而映衬出绰约的风姿。贞月是一向不装扮的，还是日常的浅驼色夹旗袍，把发辫盘在头上成为一个发环。她的额发全部梳上去了，明显地看出她微微凸出的前额。李恂从前和她开玩笑说，凡是这样额头的都是才女。苏小妹就是这样，所以哥哥嘲戏她说："未出庭前三五步，额头先到画堂前。"贞月也反唇相讥，说苏学士满脸胡子，所以苏小妹说他"口角几回无觅处，忽闻毛里有声传。"当今他这洋学士却嘴巴上光秃秃的。

三个人沿上坡慢慢走着。太阳已经落山，红色的霞光映上山头和庙宇，那轮廓分外明显。农历的初一、十五，上庙进香的人很多。沿路摆满食品摊和杂货摊，叫卖吵嚷之声刮耳。现在不是烧香的日子，再加天快黑了，山路两边一个摊贩都没有。幽静极了，只有归巢的鸟雀在呼唤同伴。

他们迈过山门的高门槛，庙里的泥塑都是从小看熟了的。没人烧香，也没有游人，竟是一座空庙。那四大天王、韦驮、弥勒佛、文殊、普贤，都十分寂寞地伫立在莲台上，只有如来佛面前的海灯放出荧荧的光。没有香烟缭绕，没有烛光摇曳，正如灵山失去云雾，一点神秘的气氛都没有了。他们穿过空空的大殿，来到后院，正有两个老和尚在清扫游廊，见了三个气度不凡的洋学生，不知是什么人家的少爷小姐，急忙退到廊外，把干干净净的游廊让给他们。

很少出门的贞月和梅倩来到这清幽的所在，而且视野这么辽阔，都喜上眉梢，望着渺渺的大海长长地舒气。

"只知道庙里乱哄哄，闹嚷嚷，想不到这么幽静。"梅倩叹赏不已。

贞月也大发感慨："这地方离家这么近，好比是咱们的后花园，竟然没有好好领略过。原来大海远观比近玩更显出气势，才真正看出茫茫无边，海天一色。你们看，那挡浪坝里的木船像玩具一样摆在那儿，多好玩。”

一个老和尚用茶盘捧来三杯茶，恭恭敬敬地放在栏杆的横木上。“不成敬意，一杯淡茶请润一润。”

他们知道这茶是不好意思白吃的，每人从口袋里掏出零钱，凑成一元，放在茶盘里。老和尚千恩万谢地去了。

天色渐渐暗下来，大海变得郁郁漾漾，在海天相接处升起灰吞吞的云雾，不见人影，也没有一丝声息。李恂很气愤，以为是天狗玩忘了。他们又耐着性子等了二三十分钟，再待下去，不但自己觉得好笑，也怕和尚起什么疑心，只好出了庙门，慢慢往下走，希望也许能碰上他们。山路上连鬼影子也没有一个。李恂气得火冒三丈，心里把天狗骂上千遍。戏弄别人，他无权过问，竟然戏弄到梅倩头上，实在是十恶不赦。

贞月怕妈妈不放心，走到岔路口就和梅倩告别，要李恂送梅倩回去，她则一个人回家。

李恂送梅倩到门口，告别了，转身就往学校奔。气呼呼听了天狗的解说，气也平了，怒也消了。

天狗很不幸，白忙了一气，却没有拜见洛神的福气。他们夜间外出的事，不知怎的被学监知道了，怀疑他们非赌即娼，于是严厉地查问他们。四个人不得不违反上帝的十诫之一，胡编了一个故事，说晚饭后一起去山下散步，走得远了些。狄安国忽然腹痛，痛得就地打滚，怕他是急性阑尾炎，急忙架着他到附近的药店，那里有一个挂牌的西医。检查的结果，说是急性肠炎，打了针，给了药片，好久好久，才止了痛，所以回校晚了。学监能相信，还有一个重要原因。狄安国固然是有名的浪荡公子，但是另外三个一向是规规矩矩的好学生。经过这一曲折，王家声和李梦庚死也不肯跟天狗出来了。天狗大败兴，只好夹起尾巴。

李恂来到石墙院，向梅倩讲述这一切的时候，本来以为她会喜笑颜开，不料她却默默地沉思不语。

“人家出了力，又吃了巴豆，这可怎么好。”她终于说。

李恂摸不清她的思路，无言答对，只怔怔地看着她。

梅倩已经脱下她的黑旗袍，换上她的日常的绛紫色夹衣，刚刚拢过头，匀过脸，灯下更显得庄重而柔和。这异姓的姐弟还从来没有在这么晚的时候，这么亲近地对面相坐。

“嗯，你怎么不说话?”梅倩扬起眉毛。

“我在想天狗这人。”

“想他什么?”

“想不透。他吊儿郎当，可是不干什么坏事。家里有那么多钱，本来可以深造，他可偏偏不好好读书。为别人的事，他倒很热心，不计较得失利害，很有为朋友两肋插刀那么一股子劲。实在不明白他人生的目的是什么。”

这话很触动梅倩。她苦笑一声：“人生的目的，好大的题目。我也说不清自己人生的目的是什么。咱们先别管别人。你能不能告诉姐姐，你的人生目的是什么。”

这倒把李恂问住了。他自认为是有一个人生目的的，要讲，却又一下子讲不出来。宗约瑟问他人生宗旨的时候，他说了做工吃饭，那只是一时敷衍之词。

“你问我，我也讲不清楚。我倒可以先说说，什么不是我的目的。我不想发财，不想当官，不想占山为王，我没有什么野心。近来有些人在争论中国社会史和中国社会性质的问题，我很有兴趣，可惜知道的太少，谁是谁非我并不清楚。我底子太薄，这使我很苦恼。我什么都想多知道一点，可是为了糊口，我没有更多的时间读书，这也使我很苦恼。做一个学者，一个哲人？我也不敢有这个雄心。照现在这样一天一天混下去，我又不甘心。我究竟要干什么，出路在哪，我不知道，这也使我苦恼……”

听到这里，梅倩笑了：“再也想不到，你年纪轻轻，倒有这么多的苦恼。这么说，你是在无边的苦海里探查光明的彼岸喽。”

这话也引起李恂的一声苦笑。

丁冬月打断他们的谈话，给他们送来两小碗莲子粥。梅倩问她爸爸睡了没有。冬月说大伯睡了，伯母躺在床上，还在灯下看闲书。她要退出去，梅倩要她留下。冬月巴不得一声，急忙去拿了小马扎和编织的毛线，屏气息声地听着他们。

“梅姐，你放心，不管怎样，我反正变不成一个坏人。”

“这我百分之百地相信。你呀，要你变坏我看很不容易。我大概也不会变坏。小时候跟爸爸走了不少地方，小学就转了几次校。那时我很想做一个女徐霞客，走遍名山大川，探幽寻胜。徐霞客的游记写得很简捷，也有文采，只是太干巴了，缺少情趣。他记的都是自然风貌，人文和民俗方面没有留下多少痕迹。说了不怕你笑话，我小小的心里有一个大野心，想写一本大游记，自然景物，历史文物，风俗民情，古今的英雄豪杰，文人墨客，都包纳进来。”说到这里，她深沉地摇摇头，长嘘一声，让李恂吃点心，自己也拿起小碗。

李恂听得眼珠发亮了。她这么风骨潇洒，飘逸不凡，和这个奇妙的想法十分合拍。“梅姐，你这个理想一定能实现。”

“你可真是天真。”梅倩又发出一声苦笑，“你看我病父老母，真正的是阿爷无大儿，木兰无长兄，就算我插上翅膀，我能飞得了吗？要说苦恼，我一点也不比你少。咱们是不是同病相怜？”

李恂深沉地点点头。眨眼之间。他所有最亲近的人一个个在脑子里一闪。她们有哪一个不是一肚子苦水？妈妈、姨妈、贞月、麻姑姑、珊珊、明秀、林湘文，哪一个不是心泡在苦水里？就连这个丁冬月，小小的人儿便零落风尘，这一次麻烦不正是由她引起的吗？想到这里，他引颈长叹一声，竟好像一个饱经沧桑的老头子。

这么一声叹息倒把梅倩招笑了：“十多岁的人儿，竟也做司马牛之叹……”

“生而为人，生而为中国人，真是不如无生！”

“好了，好了，对不起，全是我招的。换个题目好吗？你干了这么久的洋先生，所见所闻，让姐姐也开开眼界不好？”

李恂断断续续，讲了宗家两个怪物，迷打鱼的弟弟和迷染色的哥哥，讲了整天抱着肚子提心吊胆的宗师母，讲了他在银行和船行的见闻，也讲了在海关受到的屈辱。当他讲到跟他学英文的宗向真，梅倩不自觉地脸上微微一热。

“这个小姑娘这么爽利聪明，倒是满可爱。”

“太浮躁了点。”

“哎，你怎么看人？泼辣的你说浮躁，憨厚的你说迟钝，谨饬的你说木讷，调皮的你说刁钻。世上哪里有一个完人？”

“有。”

“谁？”

“梅姐和月姐。”

梅倩的心灵深处一震，眼仁儿放光，可是脸红了。“我要罚你。”

“为啥？”

“当面恭维人，这算什么？”

“我是真心话。”李恂正正地看进梅倩的眼睛。

在这比她小两岁的男孩子面前，她第一次觉得神思有些慌乱。从他那板板正正的脸色，那略带稚气的执拗的眼神，她当然知道他说的是真话。一种无可名状的酸味和苦味涌上心头，她的眼睛雾蒙蒙的了。她虽然很愿意，但是不敢再谈下去了。她很可能在这个异姓的弟弟面前克制不住，她会掉泪。一个少女酝积了多年的苦水会一泄而关不住闸门。她看看手表。

“啊，不知不觉，十点过十分了。”

李恂怅怅地站起来。

梅倩和冬月送他到门口。

“梅姐，我真不愿意走。”

“不走也行。有的是屋子给你住，我和冬月帮你整顿一下。”

冬月拉住他的手。“别走了，大哥，别走了。这么晚，叫人多不放心。”

“没事，我怕妈妈不放心，等我。”

“对，走吧！”梅倩像哄小孩那样柔声说：“路上小心。下一次先告诉妈妈，就留下。对了，眼下就是中秋，拉上贞月她们，在我这里赏月。咱们以茶代酒，痛饮一宵，长谈一宵。”

李恂去了。梅倩和冬月关好铁门，听李恂的脚步声消失了，才回到卧室。

梅倩关了灯，侧卧在床上，两眼直直地望着染满窗子的上弦月色。一夕谈搅动了她早已平静或者是麻木了的心。人生目的，人生目的，是啊，是啊。她有目的吗？有，可是难于说清楚。没有吗？不，她不是醉生梦死的人。但是现在，不是醉生梦死又是什么？在九百六十万平方公里的土地上，这像棺材一样的小屋是她的天下。在四万万同胞中间，她日常所见除了父母，只有两三个朋友。与其窒息而死，不如死在大风大浪里，那倒痛快。今天晚上，她和这异姓弟弟更相知了，好像两人之间多了一点什么。一阵呜咽涌上喉头，她强咽下去，她要狂歌当哭，可是在这里，在老母病父跟前，能吗？

她不期然想起李恂讲的宗向真，听来很明显，这个活泼爽利的姑娘对李恂很有好感。她的人生目的是什么？是不是旨在为自己挑一个如意郎？又想到好朋友贞月。她知道表姐弟两人从小一起长大，思想感情是心心相印的。她和贞月也剖心沥胆谈过许多，也可以说是心心相印的。她知道贞月看表弟甚于自己的生命，但是男女之间的私情一点也没有。她也清清楚楚感受到李恂对自己的依恋，今天的话就是证据。她也深深依恋这异性弟弟。那么他……突如其来的心潮使她脸热了，心跳了。这种心潮是不规则的，是来时汹涌退时缓慢的。

五六　赏月不成只好听秋雨

阳历虽然通行，在人们的日常生活中，阴历仍占优势。商务活动也是一样。中秋节前，大小商家都加倍地忙，要结账、清账，该收的收，该支的支，是一年中的大段落。进出口商行虽然是和洋人打交道，经营上也还是土洋结合，对内则是以土为主。一年过去大半，老板们大致可以预测本年度的收益，或者喜上眉头，或者忧心忡忡，当然是因人而异。职员和伙计们都眼巴巴等待一席丰盛的节宴，中上的商家还会在戏院里包场。一时间戏院的海报，有什么剧目，什么名角登台，成为人们的话题。随着月饼的上市，人们的脸似乎也圆了不少，喜气多了些。

往年，李恂都是在章奶奶家过节。小时候，总是和明秀、玲玲围着供桌转，等着撤下来的冰牙的西瓜。人一年年大了，节日的诱惑力一年年小了。今年因为麻姑姑不在，他早已下决心不登章家的门。他把天狗的事告诉月姐，同时说了梅倩赏月的心意。贞月也动了兴致。两人商量好了带什么节日的礼品去。

这些日子，宗约瑟的晚祷里大大增加了感恩的话。他已经预见今年会大发财源。天父保佑，他在外汇上做的手脚给他带来额外的利润。金银的比价虽然时有起伏，金涨银跌却是总的趋势。这样，每次发出货物，两三个月以后，货到口岸，买方向委托的银行付款，领取提货单据。银行收了金价，汇到中国，那么很明显，卖方按时价会收到更多的银圆。至于从英国进口的棉线，宗先生按时价向银行订下数千磅，两三个月以后货到了，付款则用比时价低得多的银数。这样不费吹灰之力，一出一进，每次交易无形之中可以多得上千元或数千元。上帝的恩典，怎能不虔诚地感谢。他的脸比以往更温和了，笑声更多了，步履更轻快了，捕鱼更起劲了。唯一使他灵魂不安的是还没有降生的儿子。他相信上帝的仁慈，一定会是个儿子。无奈这小家伙很不体贴乃父的苦心，不断地在妈妈的身子里捣乱，闹得全家心神不宁。

忙的只管忙，李恂这些日子可是比较清闲。他已经向欧洲和澳洲发出两百多封推销信，其中都附有主要商品的小样。回信的极少，只陆续得到几封探询性的。有一封从索菲亚的来信，宗先生看了，觉得奇怪，因为一向和这个国家没有往来。他说和十个犹太人打交道，也不和一个保加利亚人来往，他们比犹太人更老谋深算。这话是否有根据，李恂自然不清楚。

他开始觉得，职业训练有一定的好处。因为海关、银行、船行等等都掌握在洋人手中，中国人打交道不能不按洋规矩办事。按李恂的接触，洋人办事的效率很高，要求也很严格。有一次他在发货单据上打错一个字，银行就打来电话，要求派人去订正。

工作了这些日子，他不但上下里外都熟了，和羞羞怯怯、少言少语的宗培真也熟了。熟了，才知道她是内向的，是内秀的。向真说她糊涂，其实她很精细。每次她喂鸽子，李恂总是从门窗向外探视，后来就常常到院子里，仰面蓝天，看那些飞旋在高空的云片儿似的鸽子。刚来的时候，很厌烦鸽子的咕咕叫，听习惯了倒觉得是美妙的鸟语。最使培真恼恨的是一只野猫，对它防不胜防，时不时有鸽子给它叼去。

她那恬静善良的面容，那覆盖着宽宽前额的短发，那温柔而深邃的眼神，那行动的轻柔，都使她像一个天生的修女。当她静静地瞅着鸽子啄食的时候，她的大眼睛会长时间的一眨也不眨。一年四季，罩在她身上的是蓝布衫子。她身上唯一被父亲允许的色彩是长辫的红辫梢。她生活上没有任何奢望，对于色彩大概也是如此，春夏之间，满院的姹紫嫣红不是够多的了吗？

她相信圣经上的一切，很懂得爱。这爱，是耶稣爱子民的那种爱。耶稣降生到人世间，教导门徒，传授福音，这是爱。他为拯救世人的灵魂，自己宁可戴上荆棘冠，被钉在十字架上，为子民赎罪，这是爱。她比妈妈更温顺。妈妈有时讲粮食是地里长出来的，她怕极了，以为这是亵渎了上帝，晚祷的时候一定为妈妈祈求主的宽恕。

她不止一次听见爸爸和妈妈谈到这个新来的。爸爸夸他很有灵性，什么事一点就通，很可惜他不信教。哎，他的灵魂，他的灵魂，她比爸爸更为他惋惜。他为什么不信呢？是什么魔鬼蒙住了他的眼睛？她自信若是和他在一起多讲讲，他一定能改邪归正。她是羞怯的，也是勇敢的，她期待着有这么一天。她知道自己不像向真那么能说，但是她以为言辞的力量远不及真诚。上帝听见的不是花言巧语，他听见的是真诚的心里发出的呼喊。

这个机会不久也就有了。她埋葬了一只鸽子以后，恨死那只野猫，声言要为鸽子报仇。他说有办法逮住这只猫，好玩的小六子一劲地撺掇他。有一天工人散工之后，中院里静下来。李恂叫小六子抓住一只鸽子，拴住脚，扣在一个大铁锅里。锅边支一根小木棍，木棍上拴一条长绳子。这样，人拉住长绳的另一端，埋伏起来。过了许久，一只肥大的花猫来了。它很精明，决不莽撞，先是远远地伏在地上，前后左右地窥探，好久好久，啊，没有一丝动静，只有鸽子在哀泣地咕咕。花猫放心了，身子一弓就扑到铁锅边。它可是决不上当，只是忍不住地咪了一声。它绕铁锅转了几圈，向里面探爪子，探头，身子可是决不进去。鸽子吓得不住地扑拉翅子。花猫最后以为侦察工作可以结束了，美味可以到口了。它的头轻轻探进一点，又出来，这样重复几次以后，才像箭一样地钻进去。小六子急忙一拉绳子，哐当一声，铁锅落地。

他们跑上去，把铁锅掀开一道缝隙。花猫恐慌地叫着，探出一只爪子，用力在地上抓挠。小六子正好用绳子拴牢这只爪子。

花猫被倒吊起来，培真高兴得拍手："打死它，打死它！"小六子的棍子落在猫身上。这猫很凶，虎起眼睛，在被打得荡荡悠悠中呜呜地狂叫。十多棍子下去，它不叫了，身子的扭曲挣扎也停止了，头无力地垂下来。培真急忙跑上来，抓住小六子的胳臂。

"别打了，别打了，放下来，放下来。"她掉泪了。

"不不，说好了的，猫皮我做手闷子。"

"别别，我给你织毛线的，双线，厚的。你要什么颜色？"

小六子不听，挣出胳臂，举起棍子。

李恂走上一步，夺了木棍，扔到一边去，动手解开绳子，放下花猫。这猫横卧在地上，白毛肚子猛烈地起伏。过了好一会儿，它苏醒了，竭力用四脚撑起身子，撑不动，又倒下。又过了一会儿，它探起头，惊恐的眼睛四下探探，忽然立起来，拖着身子向墙根下的水口走去。

培真长舒了一口气，用感激的眼光看看李恂。

这人心眼儿多好，多么仁慈。他怎么能不相信福音？不，他一定会相信的。一个人的灵魂能不能得救，这可是一件大事。这么一个好人，怎么能眼看他受神的诅咒。她暗暗下了决心，要勇敢地担起担子，挽救这个罪人。

从这以后，培真到前院来的次数多了。她常常多磨蹭一会儿，希望有和李恂交谈的机会。机会是有的，可惜她太胆怯，很难打开有如千斤闸门的嘴唇。

有一天，她拿一只鸽子喂食的时候，发现它的翅膀上有血痕，不知它是怎样受的伤，也许是顽皮娃娃用弹弓打的。正好李恂从办公室出来，她问他有没有布条。他掏出手绢，撕下一条，帮她把鸽子的伤处包扎好。两个人的头那么近，她甚至于闻到他头发的气息。她想说话，可是心里有些慌乱，想过多少遍的话一时都忘了。

“你为什么不在鸽子身上系鸽铃？”李恂问她。“那他们飞起来的时候才好听呐。”

“我怕爸爸不让。”

“这他也管？”

“管，什么都管，不，我也分不清他管什么，不管什么。他对我很少说是，老是说不。这也不，那也不。”

听着她的低声细语，李恂不由得笑出声来。他自己的爸爸不也正好是这样吗？长这么大，只有第一次拿工薪回家去，才看见他的笑脸，说了声：“啊，给的不少，不少。”明明是夸赞，却还少不了一个‘不’字。大概当爸爸的天职就是说不。他和这个小女孩不由得心灵上接近了许多。

“我爸爸也老是对我说不。”

“是吗？是真的？”她第一次抬眼正正地看他。

“真的。”

其实不用他说，她从他那秀气的眼睛里看出来了。她轻轻地叹一口气，好像是说，既然当爸爸的都是这样，一定是神的安排，没什么可抱怨的。

“照我看呀，你先把铃儿拴上。你爸爸说不，你再拿下来。他要是不说不，不等于说是了吗？”

培真的眼睛大放光明：“好，很好，可是我没有铃啊。”

“我帮你找来。”

她那庄重的脸上笑出花来了。一高兴，竟然把灵魂的事忘了，可见世上有时候灵魂也不那么重要。但是很快又有了机会。隔一天，铃来了，一共五个。李恂不敢多买，怕铃声多了引起宗先生的厌烦。铃儿系在鸽子的腿上了。五双白色的翅子飞向蓝天，一串铃声有如山溪的流水。

大眼睛闪出异样的光彩，培真仰天看着看着，忽然转脸正面看定李恂。

“鸽子有灵魂吗？”

“没有。”

“人呢，有没有？”

“也有，也没有。”

“这不是自己打嘴巴吗？”

“世上自己打嘴巴的事可多呐。”

“你说说。”

“你又要打死花猫，又放了它，是不是自己打嘴巴？”

“我可怜它。”

“那么给它咬死的鸽子呢？你可怜不可怜？”

一句话把培真问住了。她眼皮扑扇扑扇，思量了一会儿才说：“我都可怜。”

“要是老虎咬死人呢？是不是捉住它，打个半死，又放了它？”

“猫是猫，虎是虎啊。”

培真又语塞了。但是经过这么一来一去，她原来怯生生的心放开了，终于说出了压在心上好多天的问题：“那你说说，人为什么又有灵魂，又没有灵魂？”

“说有，是说人和动物不一样，有思想感情，有七情六欲，这就是灵魂……”

“那么死了呢？”不等李恂说完，培真急切地问。这才是至关紧要的问题。

“人死如灯灭，有什么灵魂？”

“人和灯怎么能一样？”

“这不过是个比喻。耶稣不是说过吗？天国好像人撒了好种在田里。天国好像面酵。天国好像宝贝藏在地里。天国又好像买卖人寻找好珠子。天国又好像网撒在海里。怎么有这么多的天国？不都是比喻吗?”

哟，真真看不透，他圣经还背得蛮熟呐。她哪里知道，这个新来的神学课也是满分。

“你可知道这样两句话：‘未闻刀没而刃存，岂容形亡而神在’?”

培真摇头，表示不懂。

李恂为她做了解释。他没有读过范缜的《神灭论》，这两句是从一位学者的论文里借来的。

培真心里打颤了。看，魔鬼能把一个人引诱到什么地步。

“那么你是不相信人有灵魂，灵魂要进天国的喽?”

李恂看她那么严肃地盯住自己，问得这么认真，眼神似乎还带着求告的意味，很不想伤害她的感情。“我呀，你什么时候拿灵魂给我瞅瞅，打开天国之门给我看看，我不就相信了吗?”

他万万没有想到，这带有调侃意味的话刺伤了小姑娘虔诚的心。她那发亮的眼睛暗了，眼仁儿忽然变得雾蒙蒙的。她低下头，不再说什么，把笸箩里的高粱米一撒，转身很快向后院走去。

李恂很后悔，何必和一个天真的小姑娘谈这么玄妙的问题，他其实也没有充足的理由来证明灵魂是一定为无。连一些有名的科学家都还信上帝呐，何况一个小女孩，何况她还有一个虔诚的基督徒的父亲。

此后有好几天，培真到前院喂鸽子的时候，不再往办公室这边看了。李恂也不敢贸然出去和她交谈。这僵局终于给向真打破了。她和妹妹一起玩鸽子，知道叔叔不在家，就来敲办公室的窗子。

“喂，先生，出来一下好吗?”

李恂当然乐于从命。

“听说鸽铃是你拴上的?”

“不是我一个人。”李恂说着，向培真瞥了一眼。她正低垂着眼皮，一个一个数那啄食的鸽子，显然是掩饰心里的不安。她也有点后悔，几天不理这么一个好心眼的，太过分了。

向真盯着李恂："太少了。要是天上一片铃声，有远有近，好像混声合唱，有多好呀。"

"我怕宗先生不喜欢。"

"不，我告诉你，叔叔一定喜欢。你们不知道他，我知道。他喜欢音乐。你没听他说吗？他最佩服德国人，'乐药药'是世界上最好的。乐就是音乐，药就是治病的药品，第三个字是指火药。"

这倒有意思得很。悦人的，治人的，杀人的，统统受到称赞，这可真是自打嘴巴。李恂这么想着，一面也很佩服向真的灵敏。他答应再买二三十个小铃铛，又问培真是否同意。培真的眼神又大放光明，可见是同意的，可是她说："要是爸爸说不呢？"

"你往我身上推。"向真说："反正我也不想讨他的欢心。"

李恂也帮腔："大不了取下来完事。"

"就说的是。"向真肯定。"怕三怕四，什么事也干不成。对了，这个星期天该给我补课了，你来吗？"

"来，一定。"

"补课？补什么课？"培真觉得奇怪。

"补习英语啊。"

"噢，我怎么不知道？"

"哎哟，我的小公主，我什么事还得向殿下禀报呀。"

培真没话可答，只脸上微微一红。她嫉妒姐姐？不，纯正的心里根本还没有这种情绪。她知道姐姐是不怎么相信耶稣的，因而直觉地想到，要挽救这个人的灵魂又多了一道难关。但是当然，她并不灰心，她是坚定的。她也清楚地看到自己的弱点，福音书读得不及人家熟。她下决心要多读几遍。

人们盼了许多天的中秋节终于到了。行里丰盛的午餐是有的，但是没有酒。宗先生禁酒，别人自然也一起禁酒。世人常说的，"酒色财气"四个字，他一个字也不沾。他的财是上帝所赐，自然与世人的财大不相同。

八月十五这天，天不亮就落下淅淅沥沥的秋雨。山峦和大海都隐蔽在灰蒙蒙的云雾里。后来雨停了，天空却还是乌云密布。没有风。看来赏月是落空了。李恂不死心，下午来到姨妈家，带上买下的月饼、糖果、水果之类，和贞月一起来访梅倩。

梅倩十分愉快地接待他们，陪他们一起看了爸爸妈妈。梅先生现在神志清醒多了，见了一辈小儿女，也很高兴，想多谈谈可是舌头还是不好打弯，只能用快乐的眼神示意。

然后他们来到客堂间。嗬，房里摆满盛开的菊花，阵阵清香袭人。冬月不但早已把屋子打扫得纤尘不染，也把一应的食品摆满一圆桌。她当然很高兴有这种聚会，又可以听到很爱听的谈话。

“哎，看来月亮赏不成了，咱们赏心好了。”梅倩请姐弟二人就座。

“月亮说不定还会赏光的。”贞月说，“起一阵风就好了，云驰月动更好看。”

李恂不在乎有没有月亮。两位异姓的姐姐就都是月亮。不知为什么，梅倩偏要在节日穿黑丝绒旗袍。她的长辫在脑后盘成一个圆髻，圆髻上绾了一个自编的小白菊花环。好像她只应当这么装扮，才更显出飘逸不凡的风姿。贞月一反常态，倒是穿起新制的藕色起花缎旗袍。她那一向苍白的脸色这么一映照，显得红润润的更有生气。

丁冬月一面安排座位，捧来茶盘，一面不住地端详他们三个。她一向自卑的心理更深了一层。门第不要说，相貌不要说，学问就更不要说了。看着看着，她忽然不由自主地冒出一句：“你们三个真像是亲姐妹。”

这话贞月听了不觉得怎样，这样说她和李恂的太多了。梅倩听了却有莫名的苦味涌上心头。说是这么说，她哪能比得上人家两姐弟那么从小亲密无间，她只是一只孤雁。

冬月这话可正碰上李恂的心坎。“小冬月，你也是亲姐妹一样。”

“不，先生，我哪里配啊。”

在满心喜悦中，李恂故意把脸一沉：“你怎么了？为什么又叫先生？再叫我不理你了。”

“哦，好好，我叫大哥，大哥。”冬月当然从心底里高兴这么叫的。

“这就对了，来，大哥赏你一个大苹果。”

他们一面吃水果和点心，一面山南海北地谈着。冬月一次一次出去看天，回来说：“该死的月亮就是不出来！”梅倩和贞月小声地唱起来，因为怕惊动梅先生。她们不会唱流行歌曲，唱的都还是小时候唱过的。这些歌又总是伴着童年的记忆，而童年总是无拘无束的，欢乐的。那时是扯开嗓门尽情地呼喊，而现在……她们唱了一半，唱不下去了。

梅倩深深地叹息一声：“宇宙也不广大，乾坤也不朗朗。唱歌都不能大声地尽情地唱，不如不唱。”

“这岂不是说，有生如此，不如不生？”贞月也感慨地说。

“不错，若不是母老父病，我早就……”

冬月打断她：“别说了，小姐，别说了，我知道你要说什么。”

“说什么？”

“我不说”。

梅倩苦笑一声：“你想错了。我要说，要不是这个家绊住我，我要去遨游天下。”

“咱们想到一块去了。”贞月接上，“我的处境和你不是一样吗……”

李恂也接上：“好了好了，我本想今儿晚上，借如水的月光洗洗你们的惆怅，想不到佳节不佳，引起你们的感慨。与其这样，咱们索性聋子点炮仗，散了吧。”

他送贞月回家，也很快回了自己的家。

梅倩做好睡前的准备，可是没有睡。她歪在小沙发上看一会儿《桃花扇》。她很喜欢那一套《哀江南》的曲子。“山松野草带花桃，猛抬头秣陵重到……”她如果出游，一定先到金陵，亲眼凭吊那亡国后的荒凉遗迹，领略一番龙盘虎踞的山川形胜。雄壮瑰丽的大自然，变幻莫测的人世沧桑，自古如此。然后到苏杭一带，顺便看看年迈的姑妈。爸爸只有这一个姐姐，一瘫一老，都没法远行。

沙沙地起了风。一片月影掠过窗子。

梅倩放下书，轻步来到院子里。皎月已经冲出了云围。灰色的云，白色的云，镶着明亮的金边的云，果然是“碧天如水夜云轻”。她觉得有人悄悄来到身边，知道是冬月。一只小手握起她的手。

“梅姐姐，我看你半天了。你又在作诗是不是?”

“唏，我哪里会作诗，不过偶尔胡诌一句半句。可不要告诉别人，啊!”

“嗯呐。”

“没有一个年轻的姑娘不会作诗。”

“我就不会。”

“不，你会。你心里天天在作诗，不过没有唱出来，没有写出来。”

她告诉冬月，一肚子学问的人不一定作出好诗，倒是野老村女，心有所感，真情流露，能出口成章。三千年前一本诗集，里面收了不少这样的诗，一直流传到今天。有些大文学家的诗，凡是真情流露的就好，装模作样，咬文嚼字的就不好。他教了冬月一首：“床前明月光，疑是地上霜”，又教了一首“今夜鄜州月，闺中只独看”，教三遍冬月就朗朗成诵了。在这冷落的清秋节，这使梅倩精神为之一爽。

这时贞月也在她家的院子里。她先出来，湘文也相继出来。都是活泼泼的少女，都应当求学深造，可现在都是落寞的孤魂。你说她们是锁在小院里也行，说是锁在大千世界里也行，反正都是有翅难展。两位不正名分的姑嫂早已倾诉了那么多，早已灵犀相通。因为夜凉，她们紧紧地依偎在一起，默默地望着云驰月移，各自想着自己的心事。贞月听妈妈说，吕家的儿子已经病重，朝不保夕了。两家的父亲都已经过世，铸成的大错至今还有影响。她很怕病人死去，吕家再来找麻烦。她恨透了这件事，可是想到父辈的知交，如今断子绝孙是那一家的极大不幸，究竟还是值得同情的。压在心头的悲苦她没有向任何人讲，当然也没有告诉表弟。为了糊口，他不得不寄人篱下，已经够伤脑筋的了。她决不愿让他看见自己心上的阴影。

湘文有家归不得，如今以名分不定之身栖居在人家，若不是天性刚强，早已被自己的苦水淹没了。幸亏贞月待她像亲姐妹，而且心地清明如见底的山泉。她深深爱着贞月，正所谓人生得一知己足矣，她由此而有了一种移情的心理状态。如果妹妹这么好，同胞的哥哥能错得了，能出格吗？人家既然不想要她，她也决不低声下气地巴结人家。没有一个情投意合的人，她是宁死也不要出嫁。前些日子听说郑贞明要回国，她决意搬出去，但是对于这个家，对于像亲妈妈一样的郑母和亲姐妹一样的贞月，她都十分留恋，所以听说郑兄暂时还回不来，又搬了回来。人生如飘萍，她日后飘到哪里去？

她们俩依偎着，互相感觉到对方的体热，默默地坐了很久。外貌的平静掩盖着心里的波澜。

唯一宁静的是李恂。他在灯下翻阅两份图书目录，这是两家书店新寄来的。可买的书不少，眼前他只能买自认为急需的。他抄了书名，写了信，准备明天寄出去。这一阵子，人们见了他，又都说他瘦了。瘦吧，疲劳吧！他需要知道和懂得的太多太多了，只要有一口气，他决不能让两个肩膀端一个空空洞洞的脑瓜。

五七　未嫁的嫂嫂动摇了小姑一世不嫁的心

每年一交腊月，一过腊八，章奶奶家就开始忙年。要采办种种年货，穿戴的、食用的、祭祖的等等。再就是香烛、爆竹、年画之类。这些东西一向由李子昭包办，也很好办。从公司叫来两个伙计，开一张单子给他们，不多几天，一应俱全。过了腊月十五，更是人仰马翻，首当其冲的当然是麻姑姑。她挽起袖子，率领明秀、玲玲、再加上请来帮忙的两三妇女，剪裁棉衣，清扫屋宇，擦洗祭器。李恂六七岁的时候，总是在人空子里蹦蹦跳跳，东戳一下，西捅一下。大人越不许动的偏要去碰碰，惹得人家大呼小叫，他觉得特别好玩。后来长大一些，不那么讨人嫌了，可是没有他前跳后蹦，大人们，特别是麻姑姑，不免又觉得冷落。过日子嘛，过的就是这个人，特别是小孩。听说以往每年祭灶，章奶奶总要向灶王爷祷告："上天言好事，下天多带吵吵儿。"

谁曾想吵吵儿没有添一个，人丁倒一年年少了。大儿子常年云游在外，二儿子一向过年不回来。麻姑姑去了，不管少奶奶怎样撑持，家里可是少了一根梁柱。能够为这个家筹划一切的干儿也去了。他应族侄的邀请，到渔岛去帮忙，已经有三个月了。原说年前回来，但是一直不见他的影子。李恂是早已打定主意，今年决不到章奶奶家过年。他不想再见章婶那笑里藏刀的脸，尽管这刀不是对着他的。

信洋教的宗先生也不能完全摆脱旧风。祖也不祭，供也不上，年货可是不能一概不办。妻子和女儿各做一件新棉衣，只要颜色对路，他不干涉。鞭炮年画之类则是一概禁止。至于吃酒玩牌之类，更是他视为触犯十诫的。像李恂小时候过的那又热闹、又欢乐、又妙趣横生的年，培真听都没有听说过。

中国人办的海外贸易商行，对外用阳历，对内仍然习用阴历。到了年关结账的日子，宗先生禁不住满脸生辉，收益比他预期的还多得多。腊月二十三过后的一天，他让所有的人员都来到办公室，要大家都坐下，实际上只有孙先生、李恂，还有两个大伙计坐了，其他都还是站着。宗先生不坐椅子，却坐在平日补渔网的小凳上，手里翻弄着一本厚厚的中国老式账册，却并不看它。这是每年一度分“花红”的例会。所谓“花红”或称“插花”，是老板从总的利润中提出一小部分，按心里的标准分给每个人。这种“花红”有时超过每人全年月薪的总和，甚至可以超过二倍、三倍，有时低于，也有时只是应景的寥寥无几，都视全年的总赢利而定。这样，主动权始终掌握在老板手中。按说，这是喜庆的日子，但是人们都呆呆地绷着脸，紧张地期待着听自己的份额，特别那些年纪大些，拖家带口的，数额的大小与全家的欢笑声成正比，真是非同小可。

宗先生习惯于慢条斯理地讲话。他不是牧师，而且痛恨那些牧师，他的话音却总是带一点拖腔，一种抚慰人的调子。像往年一样，他回顾了全年的经营情况，指明失策的地方，也讲讲明年的打算。李恂听着宗约瑟从天国讲到人世，慨叹一番国内的兵灾和天灾，庆幸神的恩典，在这大乱之年居然比往年得到更多的赐予，说明大家辛苦了一年，但是获利最多的还是由于汇率的差价；一面打量每个人的面孔，或长或圆的脸面，或大或细的眼睛，都在洗耳恭听，同时也都心不在焉。好比看戏，都耐着性子看开场的垫脚戏，什么《钓金龟》《乌盆记》《探阴山》之类，专等梅兰芳出场，可是等老了他也不出来。其实李恂自己也同样在期待。钱多点，妈妈脸上笑出来的皱纹也会多些。梅兰芳终于亮相了。人们的眼睛忽然大放光明，脸上绷紧的肌肉松开了，嘴唇咧开了。出乎大家的预期，宗先生分给每人的“花红”大大超过每个人全年工资的总数。这可是人生中的大喜事，欢笑和感谢之情画在每个人的脸上。每个家庭注定能过一个欢乐的年，每个人在本家族中的身价会提高许多，也会吸引许多羡慕的眼光。

一种矛盾的情绪袭上李恂的心头。一向反对拜金主义的他这时也因为金钱而心里发暖。他已经在盘算，除了给母亲，他已经有可能更好地赡顾麻姑姑了。

皆大欢喜，都感受到宗先生的慷慨。谁也不知道，宗先生向上帝的感恩是双重的。发财之外，还添了一个儿子。宗师母虽然小心在意地捧着肚子，胎药不知服下了多少，到头来还是早产了。不足月的婴儿很小、很弱，他的啼哭声在全家听来却像是颂圣歌。这是一件轰动的大事，在三重院落的天下。产后的几天里，也成了所有女工谈论的题目。李恂当然不会想到，他多得的“花红”是这婴儿的哭声呼唤来的。

这年冬天特别冷。腊月下旬一连下了几天大雪。雪花像崩裂的冰山一样从天空压下来，有不少电线杆被摧倒，马路上堆起了小山一样的积雪。办公室的后窗满是冰花，吹口气呵开一小片，向外眺望，看见黑色的大海里有无数滚滚的怪兽发狂地嘶吼，翻滚，追逐，互相碰击，喷出崩雪一样的泡沫，从天边一直到岸边。呼啸的强风扬起雪粉，弥漫宇宙，也钻入人们的鼻孔和领口。每天夜里都有冻死的乞儿。他们抢先占领烤红薯炉周围的地盘，从炉火的余烬得到些许暖意。下半夜最冷的时候，最弱的率先离开人世，带着石头一样硬的躯体和红绋绋的脸色。

“花红”果然催开了妈妈脸上的花。在这个严寒的季节，她比穿重裘更觉得心里温暖。儿子一向是把所得统统交给妈妈，自己分文不留，用的时候再向妈妈要。这使妈妈心里暖上加暖。这么高了，可还是绕膝的儿郎一样，还有比这更烘暖妈妈的心的吗？她在人面前夸儿子的时候，这一点又最能引起妈妈们的赞叹。这世道，有几个儿子是这样孝敬妈妈的。这时候她喜在心里，笑在脸上，女人家一生一世，还有比这更风光的吗？自从家庭败落，她的心上灰冷了，脸上灰暗了。自从儿子按月把工薪放在她的手里，她在人面前又能挺直脖子了。“你们瞧不起吗？请看！老子不济，儿子打幺！”一个无比欢乐的年就在眼前，只等丈夫回来。可是外出的人没有影子，也没有音信，平安家书已经断了将近两个月了。她心里有些不安，因为离新年还只有几天。人已经败到底了，还能有什么更倒霉的事？章家二少奶奶和她开玩笑：“那边有三多：鱼虾、美女、栀子花。大哥给美女迷住了。”呔，她才不相信呢。上五十的人了，又加一败涂地，别说没有这个心，就是有，哪个姐儿能瞅得上？“你可知道，口袋里有钱票子，八十的老头子和十八的小伙子一样迷人。”唉，等着就是了。人只要有一口气，还有不恋家的吗？

按商界不成文的规矩，凡是账房先生、一流的大伙计，过年都可以请假回乡，和家人团聚一个月。这是就远地之人说的。这位管账先生的家在一百八十里开外的大山区。没有交通车辆，只可步行，两头不见太阳，最快也得两天多。据小六子对李恂说，孙先生是摸黑动身的，出门的时候哼着京戏，可见是满心欢畅。今年雪大，恐怕三天还不一定到家。

家？家是什么？在李恂的心目中，家和枷是同音字，和牢房差不多是同义语。他分到数百元红利的事，很快在亲友中传开了。那些赞誉之词，不管听来是真诚的或是虚饰的，那些羡慕的眼光，不管是含有敬服意味或是嫉妒意味的，都使他觉得俗不可耐。他带着章奶奶的钱和自己的钱给麻姑姑的时候，第一次觉得她也有点俗气。从她那亲爱加抚慰的话音里，他听到了阿谀的音调。麻姑姑的小屋有一半埋在雪里。坐在热炕上，还觉得四面透风，寒气刺骨。

她正在受苦受难。同情心压倒一切，他原谅了她。麻姑姑怕路上难走，留他住一夜，他听从了。

那摇摇曳曳的油灯光，那刺鼻子的渍菜味，那时起时伏的狗叫，他第一次体验了乡村的荒凉和贫穷。麻姑姑一沾枕头就打起鼾来，时断时续，和外面的风声在比赛高低。深夜读书是李恂的习惯，这么早就躺下，他无论如何不能入睡。身下是热炕，身上是麻姑姑压上的两条厚棉被，他不但不冷，反而燥出了一身汗。熄灯之后，雪光映上窗纸，白唰唰有如清冷的月色。这就是生活，这就是人生吗？果真是“几家欢乐几家愁”！他从小依恋的这位姑姑，如今落到这步田地。冷不怕，穷不怕，苦不怕。她那种逆来顺受、乐天安命的精神使他心里打寒颤。有什么办法改变她的处境吗？没有，一点也没有。

关于他的“交运”，在他所有熟识的人之间，只有贞月一个置之淡然。姨妈自然早已听过妹妹夸儿子，她也真心诚意夸了外甥。两姐妹各有一肚子心事，即使讲的是善事也要赔上一掬泪水。贞月当然早已听妈妈说了。李恂来的时候，她听妈妈夸他，他脸上有礼貌地笑着，可是眉头皱起来。贞月明白他的心情，知道他最大的痛苦是陷身在市侩中间而没法逃脱，所以不但只字不提什么花红，也不问他商行里的事。李恂告诉贞月，大年初一，为了礼貌，他不能不给章奶奶拜个年，可是一定不留下，完了就来姨妈家。贞月当然赞成，说梅倩一定会来的，来了就留下她。古人煮酒论英雄，今人也不妨烹茶谈古今。湘文一定会去给她的姑妈拜年。姑妈一定会留她。如果她穷得三根筋挑一个头，那婆娘才不会理她呐。如今湘文靠一双手，口袋里存了几个钱，穿戴得有头有脸的，她不狗颠屁股捧着才怪呐。

“有一件不大不小的事，我不想告诉你，又觉得不好瞒着你。”

这种吞吞吐吐的口吻是贞月一向没有的。

“事无不可对人言嘛。”李恂反而急于知道。

“你听完就忘掉好了。吕家的儿子前几天死了。”

“啊，可……”他要说“可好了”，而且差点笑出来，可是看见月姐悲戚的脸色，紧忙打住了。“你可怜他吗？”

“他没什么可怜，病成那样，早一天晚一天罢了。我同情的是姓吕的一家人。”她说着，拿手绢擦含泪的眼睛。“这一家绝后了。你可知道，照他们的头脑，断了香烟比全家破产更可怕，更悲惨。好，就说到这里，以后不提了。”

她告诉表弟，原来她很怕吕家为丧事来求告，要冲喜的媳妇再去守一次灵。这一次妈妈很硬气，一口回绝了，说当初为了救人一命才勉强答应了那件荒唐事，如今再来找麻烦，不论是经众人，经官府，都不能答应。吕家软求不成，硬求又没有势力，只得作罢。

贞月说完，长吁了一声。她从来是自由的，但是心里总结一个疙瘩。现在一心无碍，通体自由了，但是心里却又觉得空洞和落寞。表弟已经成年了。照他眉宇之间那股子英气，他盯在姐姐脸上那诚挚的全心贯注的眼神，谈论世事那种不屑的神气，那微微上翘的嘴角和冷嘲的调子，处处都显示出刚正不阿的性格。人世间除了这个弟弟，没有另一个能泡在自己心血里的人。不管他多么不情愿，他总是在干着男人的事业。自己呢，年复一年伴着病母空守闺门。如果从前她下过决心，不论长辈怎样对待，她宁可一生不嫁人也不想亲上结亲的事，现在这决心有点儿动摇了。不是她自己动摇，是湘文的耳边风使她动摇了。

两个少女共卧的时候，湘文不止一次向贞月絮叨。她认识的所有的男孩子，没有一个比得上李恂的。难得的真诚、厚道、刻苦好学，模样和风度也是百里挑一的。更难得的是从小耳鬓厮磨，知心知底。贞月合上双目，装作不听，有时假意说她唠叨得烦人，有时就用手捂她的嘴。

“你看他那么好，那么喜欢他，你嫁给他好了。我当媒人，怎么样？”

爽心爽口的湘文毫不示弱："我啊，要不是比他大三几岁，要不是个半文盲，只要他同意，我嫁。"

"我也比他大啊。"

"大多少？不过几个月，实说是同岁。你当我看不出来啊，两个人都好成一个人了。一句话把那层窗户纸捅破不结了。你不好意思说，我说。"

"你要变成疯婆子是不是？"

"对，我发疯才好呢，还不是世道逼的。你拿锥子试试，我的脸皮扎也扎不透。不这么着，我这个不明不白的人能活下去吗？"

贞月虽然假装没事人，其实湘文句句都打中她心里最隐秘的地方。她心里明白，如果她轻轻抛出一个红线头，李恂会立刻抓住不放。如果他抛，她也会是一样。她也同样地明明白白，弟弟不会抛的。他不是不敢，是不忍。他太看重姐姐了，深深的爱里包含某种敬畏的成分，他那直观的深深的眼光说得比语言更透彻。她的一根发丝他都怕损伤，更不要说别的，他把姐姐神圣化了。这岂不是说，两个人太亲近了，互相了解得太深了，反而疏远了。看来，爱需要一定的盲目性，婚姻本来是人生的冒险，没有一定的盲目性，也就不会有任何冒险行动。

她虽然假装睡了，静静地不动，其实心里正翻江倒海。湘文也静静地卧在那里，似乎睡着了。贞月知道，她正悄悄地在抹泪。为了湘文，她有时恨大哥，转念一想，又觉得恨得没有道理。大哥和她的命运其实毫不相干。那么怪谁？为什么阴差阳错，造成这么许多人的不幸。

正当姐弟两人谈着怎样过元旦，林湘文回来了。一掀花布棉门帘，看见两姐弟谈兴正浓，满脸堆笑地瞅瞅这个，瞧瞧那个。

"李先生，恭喜发财……"湘文一面说笑，一面用双手揉搓冻得通红的脸腮。她那眉毛上的霜花一时化成细细的水珠。大红毛围巾披在她的肩上，剪裁得十分可身的靛青色棉旗袍衬托出胸部的曲线。她和贞月一样俏丽，可是两人又各有特色。如果贞月是高洁的美，是超俗的，湘文则是秀媚的，入世的。

李恂知道她是好意地说笑，急忙站起来让座，也笑着说：“大家发财，财源茂盛。”

湘文不坐，侧身靠门边站着。贞月问她姑妈留她过年了吗？

“你想想，她能不留吗？十张一元的纸票子，买得她身子轻了好几十斤，长脸变成了圆脸，眼睛笑成两条缝儿。见人就夸我，说我多能干，多么孝敬老的。嘿，说得我站也不是，坐也不是。我说贞月妹妹病了，我得赶回来服侍她。”

“好呀，我和你无冤无仇，大年下咒我！”贞月假装沉下脸，可是绷不住，又扑哧一声笑了。

“我不说你能知道吗？你一向不忌讳这些，谁不知道。”

“反正我得罚你。”

“好，我认罚，说吧。”

“不能便宜了她，是不是？”贞月向李恂一眨眼睛：“到元旦这天再说，我倒要试试你的脸皮厚不厚。”

“好，成，我等着。你们姐弟俩好好谈吧，我去照顾妈妈。李先生，你忙得累得都瘦了，是不是又通夜念书？”

李恂脸上一红，嘻嘻地正要开口，贞月代他回答了：“他呀，整夜倒不会，大半夜是免不了。你别说他，说也没用，当面好好，过后耳边风。”她说着，含笑扫了弟弟一眼，眼风是柔情地斥责，是爱怜。

天黑以后，李恂才踩着吱吱响的积雪，回到家里。一进门，妈妈满面春风地递给他一封特厚的信，是“李子昭平安家书”。

李恂拆开信，刚看了几行就失惊地叫了一声：“啊！”妈妈喜笑的脸立刻阴了，急切地问是什么事。李恂自知太冒失了，不该让妈妈担心。

“啊，是这么回事。”他竭力装出笑容。

“什么事，什么事？”

“在渔岛碰到一个本家，非留下他过年不可，大概元宵节前后能回来。”

“啊，是这样。还有啥？怎么写了那么多？”

“你别急啊，等我看完了讲给你听。”

这封平安家书远不是平安的。

五八　倒运时喝口凉水也砬牙

父亲的平安家书是这样写的：

字示恂儿悉。父自来海岛，已有二书示你。也接你两信，知家中平安，甚慰。腊月十五之后，本拟启程言旋。不料渔民结伙抗税，其势汹汹，大有酿成暴乱之概。渔民生活，本极贫困。日日与风浪搏斗，葬身鱼腹者颇不乏人。今年严寒，较往年尤甚，港汊内多有结冰者。三九天出海，网大头鱼又须驶入深海，危险较往年尤甚。虽冒生命危险，而所获则锐减。先是，已有渔民之头目，前来税局请求减税。父与汝族兄计议，应向省主管部门报告，酌量有所减缓，以示安抚，唯恐下民于无可奈何时铤而走险。历来暴民滋事，多因官府措置不当，激起民变，小则涂炭地方，大则祸乱全国，往事不可不鉴。

此地沿海渔民，多有类乎青洪帮之结社。遇有急事，锣声一震，顷刻间一村咸集。倘有大急事，鸡毛信一传，数村或十数村之人半日即可聚齐。奈省方不体下情，以年关银根吃紧为由，不允所请。汝兄亦不能不为自身谋，冀于最短时期内先收回买官之本，唯恐时局有变，失官损资。

斯时下村收税之员丁，已有受辱受殴者，此后若不三五结伴，则不敢远行。为安全计，汝兄与县警局接洽，并宴请其局长等，请求保护。警方因未得实利，虽云派武装警察，实则只出一告示，警告渔民，倘不于年关前完纳税银，必依法拘捕严惩云云。

此后数日，平静无事，但前来缴税者则绝无一人。腊月二十四日平明，突闻锣声大震。父恐有变，急与汝兄及税局人员着衣而起。室外脚步杂沓声，喧哗声由远而近，势如急雨。猛烈之敲门声大作，声言要税局长出门答话。汝兄及我辈急开门出，于薄明中见有数百渔民，手持渔叉、棍棒、铁锹之属，渔妇则持菜刀、铁勺之类，已将税局包围。父暗自掂掇，幸武装之县警未至，否则以十数人当此狂怒之数百暴民，我辈齑粉类。

汝兄此时，若以善言抚息众怒，或可得片刻之相安，再徐图后计。不料他仍以官腔出之，将责任一概推之省方。渔民大怒，高喊现官不如现管，若不明言免去冬季之税，必放火烧税局，杀税吏。即有数十人拥上，将我辈反缚。亦有十数渔妇，持菜刀及铁勺在父等胸前摇动，声言若不允所请，即开膛剖心，尸抛大海。狂叫嘶吼之声如惊涛骇浪，令人失魂落魄。

据后来得知，七八年前，确有屠戮税吏，或捆缚四肢，生生投入大海之事。兵丁警察，凡来弹压者，亦均未得善终。故前省督握权数年，未敢向此地派一兵一卒。惜汝兄急于前来就任，未能摸清过去之底细。

父于此时，已知生还无望。思及一生遭际，如沉船、破产等事，何命运乖戾之若斯，不禁仰天高呼："我李子昭生平不欺天，不欺人，从无伤风败俗之事，不意上苍不谅，今日丧生于此，天乎，天乎！"

暴民阵中，忽有一人排众而出，手持渔叉，年约五十余，发须已斑，急趋至父身前。父意此身已非我有，闭目待戳而已。忽闻其人大吼曰："你说啥？你姓啥名啥？祖先啥地方？"父意其问必有因，乃一一作答。此人忽转身向众高呼："有了宗亲了，咱们不动刀兵了，大家后退几步，等我办交涉。交涉不成，再武力解决不晚。"

此后该人即命为我松绑。告以税局长亦同宗之人，即亦得释。父心稍宽，见此人颜色稍霁，以为性命可保，一场大祸或可消弭。父与汝兄请他室内议事，他即随入。此人世代渔民，现为十数渔村之帮会头目。汝兄此时已不敢有所抗辩，只得允准全部免去今冬之税，他事俟后再议。李头目出至门外，高声宣布交涉结果。渔众声言，所允若不兑现，必再聚众前来。而后陆续散去。所缚之税丁亦皆得释。

李头目颇有江湖义气，勇猛有如武松，心实爽快不下李逵。当晚即邀我及汝兄至其家，置酒言欢。细论宗支，长我一辈，呼之为叔，更觉亲密。谈及身世及渔民困苦艰难之状，不能不为之改容。闻我沉船不死，以为必有祖宗阴德，故为神明所庇护，日后必有大造化云云。汝兄亦尽力表示亲近，诉说得官之不易。窥其用意，似拟利用宗族关系，劝告渔民，稍有缴纳，亦可稍补其亏空。挽父从中斡旋，父不好推脱，心中实不敢再犯众怒。稍一不慎，再生事端，将一发而不可收拾。官逼民反，不能不反，此之谓也。

此地虽好，民风亦淳厚，但波诡云谲，实不敢久留。本拟即刻言归，李头目挽留在此过年，诚意难却，而汝兄亦不愿我匆匆离去，故父约于元宵节后，始可脱身……

李恂看着信，不由得出了一身冷汗。险啊！波浪已经平息，自然可以放心。他只轻描淡写地向妈妈说了出事的经过，反而添枝加叶，把渔民头目大夸了一番。一种新的矛盾心情又在扰乱他。他全部的同情都在渔民方面，但是父亲如果被他们杀害，他会怎样呢？

会不会把这些受欺压受盘剥的人视为仇敌？他很不赞成父亲再作税局勾当，不管所得多少，都是昧心钱。他对父亲的同情却也多了几分。真正像俗话说的："人倒运的时候，喝口凉水也砭牙。"

往年过年，多半是他和妈妈在家守岁。父亲过半夜才从章奶奶家回来，然后天刚放亮又出去，向各亲友家拜年。小时候他是和父亲一起出去，自从他入了洋学堂，发誓不再磕头以后，父亲强不过他，虽然生气，也只好由他去了。父亲的来信打消了他过年的兴致。除夕他陪妈妈吃过夜餐，很早就睡了。

新年的一早，他想先到章家和唐旻家应个景，然后到姨妈家去。章奶奶因为过年，破例早起来了。李恂见她虽然穿着一新，可是显得老了许多。她给了李恂一个红纸包，要他得便送给麻姑姑。他只说了父亲元宵节后回来，遇险的事则一字不提。

章婶比往年穿扮得更阔绰，更整齐，起花缎的旗袍，不知什么时候烫的头发蓬蓬松松地披在双肩，脸上淡淡地施了脂粉。李恂见她的时候，她正在东厢屋里，向玲玲和明秀安排午饭的菜单，预计有几家亲戚要留饭的，李恂的妈妈自然也包括在内。她见了侄儿，还是和往常一样地亲热，要他留下，别走了。李恂虽然明白她的亲热是真的，但是为了麻姑姑心里一直恨她。这个里外都玲珑的人却看不出侄儿心里的变化，见他虽然恭恭敬敬地请安问好，脸上可是生生冷冷的，只当他长大了，又能做事挣钱，因而显得有些客气，却不知这个侄儿已经割断了和她的纽带。她越表现得亲热，他就越觉得她虚伪。

这东屋一如往年，窗上有纸花，墙上有花花绿绿的年画。没有麻姑姑，没有珊珊，屋子里的红火更使他心里阴冷。玲玲的眼珠一直在哥哥身上滚动，更爱他了，心里不知已经叫了多少次哥哥。明秀也是一直惦念这个弟弟，很盼他能留下，得便儿和他谈谈心。

李恂以探望同学的父亲为理由，脱身出来了。在唐家，唐父很热情地接待他，可是掩不住心里的凄凉。这么久了，唐旻只来过一次家信，说可能和朋友一起到南方演戏。不好好读书，却和戏子们混在一起，其父焉能不心里痛楚。舞台明星、电影明星、歌唱明星等等称号，统统在他心里挂不上号。他求李恂再去信好好劝劝儿子，还是早早回家是上策。李恂只随口应和着。如果真的南下了，连他的地址都没有，怎样写信？况且，再好的朋友也不能干涉人家的爱好和志愿，更何况唐旻一直不回信，很可能和什么女人搅在一起，把家亲和朋友一起抛到爪哇国去了。

像今年过年这样落寞，这样凄凄楚楚，在李恂还是生平第一次。这种心绪只有到了姨妈家才好些。贞月、湘文正陪着姨妈玩纸牌。三个人面含笑容，倒还有些年下的气氛。姨妈见了他，且不看牌，要他在身边坐下，问他爸爸回来没有。爸爸的信李恂是带在身上的，想给月姐看看。他很不愿破坏这一家难得的欢乐气氛，所以一个字也没提，只说半个月之后能回来。姨妈接着就向他抱怨，两个女孩都不听话，过年也不好好装扮一下。

在李恂看来，两位姐姐实在无可非议。她们都穿的是新华达呢旗袍，外加混色毛线的短外罩，既淡雅，又大方，只是没有浓妆艳抹。在姨妈面前，他不好替两位姐姐辩解，只说了两句旧诗："若将西湖比西子，淡妆浓抹总相宜。"。

湘文瞥了他一眼："你拿西施比你姐姐可以，我可是不敢当。"

"谁比来？我才不拿她比你们呐。"李恂笑嘻嘻地说："西施多难看啊。"

"你又学时髦，作翻案文章。"贞月笑着向他一撇嘴唇。

"不是翻案，是定案。她又黄又瘦，皱着眉头，弯腰捧着心口，有什么好看。而且，谁敢靠近她……"

"为什么？"姨妈当真了，关切地问。

"妈呀，你别听他胡说。"贞月瞥弟弟一眼。

"怎么是胡说，我有医学上的根据。"李恂装得一本正经。"她满口是黄牙，而且有口臭。"

“胡说胡说!”贞月和湘文同声说，一面嘻嘻地笑。

李恂一脸正经。“她请你们当辩护士了吗？我怎么是胡说？她老闹胃病，消化不好，能不口臭吗？那时候又没有牙刷牙膏，她能不满口黄牙吗?”

说得连姨妈都笑了。“这孩子，真会编，真会编。”

“哪一部历史不是编出来的？陈涉坐了王位，他受穷时候的朋友来看他，出门说：‘伙颐，涉之为王沉沉者!’司马迁连口声都写出来了，他听见了吗?”

“啊哟，湘文姐。”贞月假装失声地叫：“咱们以后离他远着点。当面姐姐姐姐，嘴甜着呐，背后不定怎么编排咱们呐。”

正当一家人说笑的时候，冬月来了，提一篮子水果。“啊哟，你们这里欢欢乐乐，是这么个世界。俺们那里冷冷清清，是另一个世界。”

她向大家说了拜年的吉利话。她见了李恂，眼睛不由得发亮，不好意思却又忍不住拿眼珠溜在他身上。

妈妈指着篮子说：“冬月，你家小姐太见外，我生气了。你怎么拿来的怎么拿回去好了。”

冬月知道老人家是说着玩的。“郑妈妈，梅姐的罪过我领了，你该打该罚都行。你舍得吗?”

一句话把姨妈招笑了，伸手拉了冬月，揽在怀里。“我的好闺女，让我看你胖些了没有。”她说着，一面捏捏冬月的脸腮。

“我傻吃傻睡，能不胖些吗?”

冬月说梅倩让带信来，她打点好爸爸妈妈就来拜年。贞月要冬月带信回去，这里等着她。李恂自告奋勇，说去给梅伯伯和伯母拜年，就手催梅倩快来。

冬月默默走在李恂身边，满胸腔的话一句也说不出。李恂一直拿她当小女孩。她虽然比他只小两岁，因为又瘦又矮，好像只有十二三岁。他问她近来碰到什么可疑的人了没有，一面不避嫌隙地拉起她的手，好像牵着一个小妹妹。她的心跳起来，高兴里带点羞怯，一面紧紧依偎在他身边走着，一面告诉他，她很少上街，就近买菜也很小心在意。

梅先生似乎有不小起色。也许因为过年，妻子和女儿着意为他修饰了一番。梅倩用抚爱的眼光接待了异姓的弟弟。她还是日常的衣着，在她，即使日常的装束也有与众不同的风姿。看来她健康得多了，脸上红绯绯的。李恂暗自思量，当初若是见她这样，唐旻该不会叫她白玉兰而是叫红杜鹃了。她知道李恂会来拜年，故意多留了一会儿。她愿意和他单独坐一会儿，问问他的近况。

她让他来到客堂间。这里的圆桌上早已摆满种种年下的食品。规矩是有两种干果决不可少：大枣象征红运，花生则名曰长生果。唯独不能有栗子，因为“栗”同“离”是同音。冬月送茶来，转身要走，被梅倩留下了。这正是小姑娘求之不得的。

梅倩问他的近况。淡淡的语音，其实是深深的关切。

“你看我这个当姐姐的见了你，应当先说恭喜发财。听说你发了财。”

李恂明知她说着玩的，却禁不住皱了一下眉头。“真奇怪，这么一点点事传得这么快。我要是成了百万富翁，不知他们会怎么样。”

“这才好呢。我可以先沾沾光，伸手向你要三千五千的，巴黎、伦敦逛逛，开开眼界多好啊。”

“要是我变成穷光蛋呢？”

“我第一个向你吐口水。世道如此，概莫能外嘛。”梅倩开心爽朗地笑着，站起来。“咱们该走了，你表姐该骂我迟到了。”

“等等，梅姐，我有一封信，没有敢给贞月看。姨妈在旁边，知道了不好。我愿意你看看，听听你的想法。”

他把父亲的平安家书给了梅倩。梅倩听了他没头没脑的话，还以为有什么女孩子给他写信呢。她重又坐下，很快地看信，不免时时发出惊叹。看完了信，还给李恂，低头在思量，半晌没有开口。

“还是劝伯父早早回来吧。”

“不用劝，一定回来。我看他早吓破了胆。”

“是啊，真险，真是千钧一发，也真可以说是吉人天相。哎，可惜我不会写小说。真是一篇绝妙的小说材料。”

“这件事，梅姐，你怎么看？”

“我啊……先告诉姐姐你怎么想的，好吗？”

“我完全同情那些渔民，恨透了那些收税的。那不是在渔民身上敲骨吸髓吗？可是如果我父亲被杀害了，我会怎么样呢？我实在想不出。”

“没发生的事，何苦去想它。”

“是啊，我们需要一个能者多劳的社会，可现在是能者多取的社会，而且是不义地多取。”

“究竟谁是真正的能者，你说？是那些抢地盘，刮地皮的吗？还是那些风里浪里打鱼的，赤日炎炎下种地的？我爸爸算不算个能者？从年轻时做梦都是蚕桑。三四千年前，中国就会养蚕缫丝了，是世界第一。老人家做梦都想中国变成蚕桑大国，在全球称雄。到头来怎样？命差点没保住。活下来了，如今也只是个半死人。一生壮志，付之流水。啊，咱们得快走了，真的要挨贞月骂了。”

冬月一直在旁边愣愣地听着，觉得很有意思，可又不太懂。她送梅倩和李恂出了大门，心也跟出来了。可是她不能不关上大门，退回来，讲好她留在家里照看先生和太太的。人家欢欢乐乐地过年，她自己呢？她不敢奢望更好的生活。可是压不下此时的孤独和凄凉。两颗热泪落在她的脸腮上，她很快地抹去，过年掉泪是不吉利的。

李恂和梅倩还没走了几步，远远看见贞月急急地来了。梅倩碰一下李恂的胳臂：“你看，贞月来问罪了……”两个人急步迎上去。

贞月来到跟前。“是不是伯父……”

“伯父好好的。”李恂急忙说。

贞月果然眉毛一立，两手叉腰，装出不胜气愤的模样。“好啊，梅姐，俺们等的头发都白了！原来就说要罚你，现在更要加倍地罚。”

“好吧，加一倍，两倍，三倍，我都领了。”

“还有你！”贞月又向李恂虎起眼睛，“说是来催梅姐，倒好……”

“我和梅姐一起认罚。”李恂开心地笑着，一左一右挽起两位姐姐的胳臂，走出了胡同口。

红红绿绿的男男女女正熙熙攘攘地上山下山。各种玩具、食品的摊贩摆满山路两侧。笑语声和远远近近的鞭炮声相应和。这是大庙里香火最盛的日子。无风的严寒，晴明净蓝的天空。谁说这不是升平的世界。

五九　少女的心是不设防的堡垒

严寒的冬天过去了。又是一年春草绿。南山限的梨花和苹果花又笑靥迎人。赏花的达官、贵妇、名媛、骚客、平民百姓、打洋鼓吹洋号的学生，都涌上来了。喧哗笑语声和轻雾一般的飞尘飘上天空。有谁还记得杀人的枪声吗？没有了。谁说这不是升平的世界。

李子昭从渔岛回家，仍然天天为干娘烧大烟泡儿。他时常和人研究生财之道，时而兴奋，似乎交鸿运了；时而颓丧，好像世界到了末日。他仍然迷着相面术，时常在镜子里端详自己的尊容。他牢记相面术士说的，囟门拔顶之日，就是时来运转之时。

有一天傍晚，李恂下班回家，妈妈眉开眼笑地告诉他，她看姨妈去了，听说大表兄不久要回来。但是又告诫他，到姨妈家先不要露出口风。姨妈和贞月商量好了，先不让湘文知道，怕她又搬到别处去。末了又告诉他，梅倩种的梨树开花了，表姐要和他一起去看花。他哪里有心思赏花，正忙得脚打后脑勺呐。

春天是所有进出口商行大忙的季节。宗先生也不例外。一二月份，国外的订单陆续到了，必须准备按时发货。看来生意颇有些起色。工人不够用，又添了十多个女工。账房的孙先生又多了一些品评的对象。在孙昌家的心目里，女人只是为男人发泄性欲而生。他常说，皇帝一天换一个妃子，那多好呀。

宗先生现在很少出海打鱼。不足月的婴儿时常闹病，害得他六神无主的样子，天天为儿子祷告到深夜。出货和进货他都要亲自过目，检查得很严格，也挑剔得厉害。这关乎他的信誉，也正是关乎他的财源。李恂已经能够独当一面地管起来往的书信文件，别的他可是一窍不通，也不想去通。他没有“in”（在内、入内）。

孱弱的婴儿不但揪住宗家全家的心，也成为全商行，包括几十个工人的话题。各种医生常常光临。说来也怪，宗先生信洋教、办洋行，可是不相信西医，也不相信细菌致病之类的说法。

“什么细菌不细菌，吃到肚里什么消化不了？”

宗培真现在不是养鸽子，倒是常常杀鸽子。妈妈早产以后，身体也很弱。宗先生不赞成请奶妈，认为是不可靠的。婴孩又只能吃奶。为了妈妈的健康，培真常常杀鸽子，杀活鲫鱼。据说这两样最能补养人。本来有厨师，但是宗先生不相信他，一定要女儿亲自动手。

三个月来，李恂不经意地看出来，宗培真的面容成了婴儿健康状况的公告牌。她愁眉不展，弟弟病了。她露出笑意，弟弟好了。两个人各忙各的，见面的机会少了。有时碰见了，培真没有别的话题，只是说她弟弟怎样怎样。宗先生似乎根本没有听见鸽铃。每天一早一晚，鸽铃在天空奏出轻音乐，可惜这音乐李恂和培真都没有心情来欣赏。

但是要拯救李恂的灵魂的决心培真没有忘记。她从来还没有这么认真这么热心地读圣经。她每晚祷告的时间也拖长了，为了一个大孩子的灵魂，也为了一个小小孩的生命。

这小生命李恂只见过一次，那是为了礼貌去探视宗师母的时候。小东西瘦得可怜，只是大眼眶的黑眼珠显出是个活物。出来的时候培真问他：“像谁？”

“像你。”

“像我，是真的吗？不是骗我？”她高兴得大眼睛发潮了。

“我从来不说假话。”

“别人都说他像妈妈。”

“你也像妈妈。”

“这倒是。”

“姐姐和弟弟相像的有的是。我和表姐还相像呢。”

“是吗？真有意思。什么时候我能看见她才好呐。”

“你什么时候都能看见她，只要你能出去。”

培真的大眼睛发灰了。爸爸不会让她随便出门，特别是现在。

李恂渐渐发现，培真这小姑娘实在是种种矛盾的综合体。她很善良，鸽子死了都要为它掉泪，为它安葬；可又能不眨眼地杀鸽子，杀活鱼。他问过她怕不怕，拿刀的手打不打颤？他自己是从来没有杀过活物的。培真说不怕，为了弟弟什么都不怕。要是身上的肉能治好弟弟，她也敢割。据她说，世上的一切都是上帝的意旨安排的，什么事都是神借人的手完成的。她很安详，不像向真那么泼辣，可是比向真有决断。向真曾经说过：“她呀，死心眼儿。她要往南墙上撞，牛也拉不回来。”培真见了人怯生生的，但是又很大胆，敢攀上高墙摘丝瓜，敢攀上梯子从屋顶的鸽房里取鸽蛋。她喜爱的东西也是矛盾的。她喜欢种草花，也喜欢养绒毛球一样的小鸡。鸡常常啄断花的嫩芽，鸽子和猫也是矛盾的。她很同情那些乡下活不了，到城里找营生的女工，可是也和爸爸一样，常常说她们偷懒。向真像一个盘子，一眼能看清里面摆的什么。培真却像一个小口的瓶子。你仔细向里窥探，也还不能看明白里面的一切。她好像是一个很难破解的谜。正因为这样，李恂对她比对向真更关注。

培真见了姐姐，常常问：“补习英文了吗？”

“你为什么这样关心？”向真很不高兴妹妹盯问这事。

“我怕他向你讲不敬神的话。”

“讲了又怎么样？”

“我怕你信他的。”

“信了又怎么样？”

培真怔怔地看定姐姐，大眼睛一扑扇，泪珠掉下来了。这真情实意感动了姐姐。向真抱住她的肩膀，说：“你这个小傻丫头，小傻丫头！”

其实关于宗教的事，向真和李恂从来没有谈过。她不关心自己的灵魂，也不关心别人的。她在妹妹面前故弄玄虚，故意不把话说破，就是要妹妹觉得她和李恂是近一层的。这使培真心里更加不安。世人啊，世人啊，迷路的羔羊啊！天国的门开着，可是为什么把你们引上正路这么难啊！

直到星期天的下午，李恂才有空闲陪贞月到梅倩家赏花。

他们来到后院，贞月和李恂不禁失声大笑起来。梨树真的都活了。绿叶儿鲜绿可爱，可是哪里有花？不，是有花，不多不少，只有一朵。洁白的花瓣虽然和枝条依依不舍，看来也快要香委尘泥了。这孤芳受到梅倩的极大爱护，在细枝上拴了一条红绫。倒是这红绫带子飘飘然，在春风里婆娑弄姿。

“笑什么！”梅倩佯装生气：“谁叫你们姗姗来迟。本来开了三朵。等你们不来，那两朵气得隐退了。”

说得这么认真，贞月和李恂更加畅快地笑起来。

“不错，不错。”李恂打趣说：“万紫千红只等闲，一花独放才是春。”

冬月来问，外面冷习习的，是不是请进屋里吃茶。

“俺们是贱骨头，不怕冷的。”贞月说。

冬月笑嘻嘻地去了，一会儿捧来了茶盘。同时带来了棉垫，为他们铺在小藤椅上。

有些凉意，但是不冷。偏西的阳光还照在他们身上。

梅倩笑眯眯地看定贞月：“你不是要借我一方宝地，和令弟运筹帷幄吗？要不要小的回避？”

“你规规矩矩给我坐在那里吧。我还要请你出茅庐，当军师呐。”贞月说着，从夹旗袍里掏出一封信。“你们先看看大哥的这封信，咱们再计议。”

李恂接了信，把小藤椅挪在梅倩身边。

正当他们两个看信的当儿，五瓣的梨花竟悄悄地落下一个瓣儿。贞月轻轻地拈起来，托在掌心上，自言自语地说：“梨花瓣儿，我现在用你占占吉凶，孑然一身委芳尘，是凶兆。任是飘零也归根，是吉兆……”

郑贞明的家信很短，也有些含糊，但是事情的原委大体能弄清楚。他确实有了一个外国女朋友，没有结婚。从字里行间看，他们是同居了。

这女的是一个歌女，起先还是个无名的雏儿，渐渐唱出了头，照片登在报纸上，也有记者写文章捧场，一捧再捧，捧红了。为了报答恩人，红歌星以身相许，于是两个白面孔甩开了一个黄面孔。这在外国也是稀松平常的事。可是死心眼的，而且血液里流着礼教传统的黄面孔不免大受刺激。他原先说要回国，终于迟迟不归，就是怕女的飞掉。真心诚意拴不住风头女人，他灰心失意了。按信上说的，弱国贫国之人，在外洋经商是十分困难的。除非是爆冷门，像陈嘉庚那样用胶鞋起家。他想回国看看。能站住脚呢，不再抛闪老母，远涉重洋了。站不住则另作计议。

“这有什么好计议的？”李恂把信还给贞月。“现在和澳洲正有生意好做，大表哥在外面一定有不少商务关系，还不是驾轻就熟吗？”

贞月冷冷一笑，嗤了他一鼻子。“我愁的是这个吗？别人当了买卖人，七个心眼变成十四个。你倒好，脑子还是那么不打弯儿。”

“哎，这脑瓜，这脑瓜。”李恂笑嘻嘻地用手拍打脑门。

“别怪他，”梅倩用爱抚的眼光扫了他一下。“他人在中国，心说不定也漂洋过海了。让我来替你号号脉吧。贞月，你现在愁的不是哥哥，倒是身份不明的嫂嫂，对不对？”

一语道破，李恂也明白了，双手一拍，又拍拍自己的脑门。“啊，开窍了，明白了。”

“你明白了什么？”贞月斜他一眼。

“林湘文怎么处。”

贞月笑了，但是又从心底长吁了一声：“你说该怎么处？”

一句话把李恂问成了哑巴。梅倩也低头沉思，一时想不出答案。

“难！”李恂半晌蹦出了一个字。

“不难，我请你们这些参谋干吗？”贞月又斜他一眼。

“三个臭皮匠，顶个诸葛亮。”梅倩抬头，看看眉头紧锁的贞月。天性刚强乐观的贞月从来没有显得这么满腹心事。

李恂当然也看出来了，即使她势逼无奈，去“冲喜”的时候，也是那么从容自若，自己吞刀子也不在别人面前皱一下眉头。

贞月又长吁一声：“光一个湘文，那好说。人家是千难万难，也决不难为别人，宁可自己挽起肠子，也不在别人面前叹一口气。我现在愁的是妈妈。她一时一刻也离不开湘文，待她和亲闺女一样。往常大哥来信，从来不瞒湘文。让她看信，她总不看。这一次，从来不撒谎的妈妈也撒谎了，说‘这孩子，外边有什么贪恋的，还不早些回来。’背后却和我长吁短叹，擦眼抹泪。高兴儿子回来，可又舍不得湘文。老太太心里有事，脸上能丝毫不露吗？湘文是多么聪明伶俐的人，她猜也能猜到几分，心里是有数的。昨儿还和我说呐，出来这么久，想老家了，很想回去看看，要我千万先别告诉妈妈。你们看，我舍不得妈妈，舍不得湘文，也舍不得哥哥。世上两全其美的事都少有，三全其美的事从古到今有几件……”

贞月越说越伤心，先还竭力忍着，只是泪花在眼眶里打转，说到这里，再也忍不住了，抽出手绢，掩面哽咽起来。

女孩子本来容易受感染，何况饱经沧桑的梅倩。这的确是一个很难解开的连环扣。看见好朋友这么伤心，而这是没法劝解的，她不禁也默默地掉下泪珠。李恂也觉得无计可施。眼前这两位姐姐都是苦命人儿。他想不出安慰人的话，为了掩饰自己的惶惑不安，他站起来，绕着几棵小梨树转了一圈。太阳快要落到山后了。鲜绿的梨树叶子染上淡淡的金光。比刚才冷多了。他回来，说茶凉了，要去替她们换热的。冬月又来了，抱着该添的衣服和两条线毯。

梅倩请他们到她的屋里去，说已经想出一个办法。贞月已经平静下来，为刚才的失态有点脸热。这还是她第一次在人面前显得柔弱无能。

李恂巴不得改变这使人压抑的局面，伸手拉贞月。贞月没有接他的手，自己站起来了。他第一次不无戚戚地想到，自己得像个大人那样对待月姐了。

他和贞月先到梅伯母屋里看看。梅先生还睡在床上，床架上垂下帐幔。梅伯母正躺在长沙发上，看她永远看不完的大字《东周列国志》。

他们来到梅倩住室的时候，她已经一切安排就绪。茶几上已经摆上热茶和点心。冬月送来一盆热水，捞一把毛巾，请贞月擦脸。李恂急于知道梅倩的办法，又不好径自追问。

梅倩已经注意到他急切的眼神，笑吟吟地请他吃茶，吃点心。他可哪里有心肠吃喝啊。

贞月先开口了："梅姐，你是宽我的心，还是真的有什么好办法？"

"这得从长计议啊。又不是到了火烧新野的关头。你们先吃点心，听我慢慢说。"

李恂从小碟里拿一块饼干，这饼干却变得像石头一样咬不动了。

"我得先问问？"梅倩看定贞月，"湘文来家，大哥可知道？"

"最初，提过。他没有任何表示，后来再没有讲。他在外面为生计奔忙，大概早忘到南极圈去了。"

梅倩点点头，沉思，抬眼看看两姐弟。

“什么是好办法？”她呷着捧在手里的茶杯，“没有办法中的办法就是最好的办法。刚才我想，什么三全其美，只要一全其美，什么问题都解决了。”

“怎么样一全其美？你快说。”李恂急得把舌头都咬了。

贞月可是多少猜到了她的意思，默默地点点头。

“大哥那个洋美人飞了，咱们送给他一个中国美人不结了。”梅倩说。

李恂大摇其头：“不行，不行！”

“怎么不行？”梅倩盯住他。

“明摆着的嘛。本来不应当强捏到一起的嘛。又不是两团胶泥，可以由着你去捏弄。”

“要是他们自愿呢？要是他们愿意让你捏到一起，你怎么着？一定把他们分开？”

贞月也摇头。“大哥本来是逃婚才出洋的，在外国这几年，见的多了，更不能听人摆弄了。湘文又是那么个刚强性子。她是死也不肯和大哥照面的。只要露出口风，说大哥快到家了，她挎起包包就走人。又不好瞒着她。”

“强迫婚姻不知造成了多少万出悲剧了，还想再制造吗？我那个好朋友也是为逃婚才跑到北平的。”

“强捏，强捏，谁说来着？”梅倩直问到李恂的脸上。

李恂答不上来，脸上涨红了。

“我的锦囊妙计还没抖出来，你们就先下断语。不说的是从长计议吗？”

梅倩的锦囊妙计，据她说，是步步为营，稳扎稳打，没有九成九的把握，决不擂鼓上阵。大哥定了归期，先不告诉湘文。梅倩以给爸爸、妈妈和她自己装备夏天的衣服为理由，请湘文住过来帮忙。湘文大概不肯住过来。你们不好粉刷房子，房顶上换几片瓦吗？这时候得求梅妈妈扮演一个角色，由她老人家出面邀请她，她大概不好推脱。只要进了这个门，梅倩就有本事粘住她。大哥回来以后，再向她露个口风。贞月天天来走走，向她讲讲海外奇谈，看她有什么反应。如果她肯听，开宗明义第一章就算过去了。想来她不会扭脖子就走的。定一个合适的时间，贞月陪大哥来看看伯父伯母，好像是突如其来的。湘文的行踪，你们一个字也别向大哥说。来了，两个人总要碰面的。梅倩就向大哥介绍，这是她的表姐。两个人总不会干巴巴地不搭腔吧。见了面，湘文也许会挎起包包走人，梅倩保证有本事挽留他。贞月呢，若无其事地问问大哥，见了这位“表姐”是什么印象。如果他没有反感，第二章就完稿了。可是关键在第三章，这就难了。

贞月和李恂都屏气息声地听着，听得津津有味，真好像听说书一样。这确实是没有办法中的办法。如果顺利，真的也就是一全其美等于三全其美。可是第二章以后的“且听下回分解”是什么呢？

“可是，贞月，你得实实在在告诉我，湘文对于这门亲事，心里真的像槁木死灰，连一点烟都不冒了吗？”

“她和我是无话不谈，特别在夜深人静的时候。事到如今，我也不妨厚着脸皮说，我们两个都讲到这个份上，我如果是一个男人，一定娶她。她说如果是一个男的，也一定娶我。”说到这里，贞月的脸上一红，不由得瞥一眼李恂，担心他有不好的反应。

李恂什么反应都没有。他正听得入神，别的什么都浑然不觉。况且这种话几年前他也和唐旻说过，都恨不得对方是个女的。

“可是我一提到大哥，她就捂我的嘴。有的时候就叹一口长气，说要不是恋着妈妈和我，早就走了。她是从小没有妈妈的。我妈妈哪怕只拿抚爱的眼光看她一下，她都会觉得是极大的幸福……”

这话说得梅倩心里又甜蜜、又酸楚。她拿手绢擦一下眼睛。“真是一个难得的好人儿，好人儿，又真诚，又刚强，又多情。真恨不能我是一个男人。”她说着，脸上也一红，也瞥了李恂一眼。

李恂这一次可是有反应了。为了掩饰脸上的发热，他不得不以玩笑出之："啊哈，你们两个要是都变成男人，岂不是要决斗吗？我该给谁当助手？"

"难道你不觉得她是一个非常难得的可爱的人儿？"梅倩睨了他一眼，又按自己的思路说下去："第三章说难也不难。到了该亮底牌的时候，就得破釜沉舟。只要大哥没有反感，而且多少有些好感，贞月就给他烧火，让伯母帮你敲边鼓。我这边也给林小姐灌米汤。只要大哥肯和她见第二面，不管在什么场合，也不管是用什么借口，咱们的第三章可以交稿了。"

"那么第四章呢？"李恂急切地问。

"对不起，第四章不用你操心了。让他们两个自己去写吧。《红楼梦》才写了不过一百二十回。人家要是愿意写二百四十回，你管得着吗？"

李恂笑了。贞月也笑了。这笑是短暂的。窗子上已经灰暗了。他们的心也是灰暗的。梅倩的锦囊妙计不是月亮，更不是太阳，还照不亮他们的心。

梅倩留他们吃晚饭。贞月怕妈妈不放心。梅倩当然不好强留。

两姐弟走在黄昏的胡同里。李恂像往常一样挽起贞月的肘弯。贞月不愿意故作矜持，也就由他去了。

"月姐，你说梅倩的想法可行吗？"

"什么是可行不可行，走一步瞧一步罢咧。"

"湘文真的是那么要强，那么决断吗？"

贞月长长地叹一口气，沉默了好一会儿，才说："女孩子的心是不设防的，即便设防，也不会是钢骨水泥的堡垒。"

"那又怎么样？"

这么大的一个人，念书做事那么精细，世事上还是这么傻里傻气。这也正是表弟最可爱的地方。她爱抚地看他一眼。"怎么样？看大哥。出洋几年，心也高了，眼也高了，一切都在他身上。要是因为在外面吃了女人的苦头，见了湘文，哪怕有一丝丝好感……"

李恂点头，不说他也明白了。

湘文正在厨下，准备晚饭，有姨妈给她当下手。她看见姐弟二人回来，急忙迎出来，一面用围裙擦手，一面上下打量李恂。

“李先生真成了稀客了。姨妈留你吃饭，可不是我留你。听不听姨妈的话，嗯？”

在薄明不暗的光里，湘文的身影镶在门框里。厨房的灯光从后面照亮她的侧面，那么端庄那么和善的面容，那因为喜悦而闪光的眼睛，那比贞月丰满但是仍然苗条的身段。这么一个可亲可爱的好人儿，为什么这么命苦？李恂含笑地答应着，压不下心里的戚戚。当然，她再好也压不过他心里的贞月。

六〇　两个从小的好朋友又碰到一起了

商行里订了两份报纸，一份是上海出的，一份是天津出的。每天的报纸送来，人们只是随意溜一眼那些大标题，只有孙先生看得仔细。他注意的是社会新闻，还有副刊上半文不白的文字。所谓社会新闻，其实是各种人物的阴私，从大小姐私奔，电影明星的浪漫史，到一些头面人物的丑闻，可以说无奇不有，正好照出一个花花世界。

从梅倩的事件以后，李恂虽然注意可是厌恶报纸了。那些冠冕堂皇的官样文章不可信，别的没什么可看的。副刊说不上下流，但是那些哼哼唧唧类乎鸳鸯蝴蝶派的歪诗文只令人作呕。

李恂很惊奇地发现，宗先生对于报纸，有不少和他一致的地方。他厌烦报纸比李恂更进一步。他说报纸上大部分是世人的罪恶记录，此外就是造谣和敲竹杠。他自己就被敲过，那是当年他破产的时候。本地的报纸要登出他破产的消息，不登也可以，那就必须出一笔钱。这等于是敲濒死之人的骨髓。此后他发誓不订报纸，但是不订又觉得消息大闭塞。他唯一关心的是对外贸易的消息，可惜极少。如果没有外汇牌价的刊出，他早任何报纸都不订了。

从今年一月起，天津那份报纸的面貌忽然有改变。不知是由什么人主持，时常登出一些活泼的短文。特别每周一次的新文艺版引起李恂的兴趣。不知是些什么人，居然讲起普罗列塔利亚文学来了，也有一些抨击鸳鸯蝴蝶派的文字。看来比为人生的文学进了一步，讲起为大众的文学来了。有关中国社会史论争的文章，也一直引起他的兴趣。关于中国历史和古代经典，可叹他这洋学生一窍不通。他只能生吞活剥地读，愈读兴趣愈高，愈不懂愈想弄弄明白，可惜周围没有一个能指点他的人。

宗先生一向不看副刊，有一次却居然发现普罗列塔利亚这个词儿，问李恂是什么意思。李恂说了英文的原字。“噢，无产阶级，这不是赤化宣传吗？撒旦无处不在！这样的报纸订了不是害人吗?”他没说一定不订，李恂要孙先生续订，也就订了。在孙先生的心目里，李恂是宗老板的小红人，心里嫉恨，却笑在脸上。李恂的一举一动，从上海订的书刊，孙先生暗暗留心，很希望抓住什么把柄。害人之心不可有，防人之心不可无，这是他的哲学。他是心大胆小，没有发大财的本领，但是很会小手小脚地从商行里弄点好处。他还时常到一个女工家去献殷勤。这是个小寡妇，带着一个小女孩，生活得很艰难。他在月头发工钱的时候常常给她一点好处。无奈小寡妇持身谨慎，接受他的恩惠，却不出卖自己的清白。孙先生不相信她会竖贞节牌坊，以为不过是假惺惺。滴水还能磨穿石头呢，他相信总能磨开这个女人心里的铁门。因为有这么些不大不小的心病，他不能不为自己的安全着想，而最好的办法是抓住别人的阴私。宗约翰在李恂身上有点什么意思，他早看出来了。宗向真常常找李恂，说是学英语，背地里还不知道干啥呐。这朵带刺的玫瑰花，那飘逸的风姿多么迷人。他想，可是绝不敢碰。可是玫瑰花在这个洋学生面前居然不带刺了。这些年来，毛锥子在孙先生手里不知磨秃了多少，可是顶不上人家十个指头在打字机上嗒嗒嗒地敲几下，挣的比他还多些。良可慨叹，良可慨叹！他常常声言，养了儿子一定让他学英文。

天津的报纸在市民中间渐渐有了名声，说是敢讲真话的。传说有外国人做靠山，而且是在租界出的。不管报纸上登出什么消息，哪怕是触犯了当局的忌讳，也不会有被罚停刊的危险。

也正是在这一月间，有“朱毛赤匪”被歼灭的消息登出来。什么匪呀、兵呀、官呀，在老百姓心里早已没有多大区别。“匪过如梳，兵过如篦，官过如洗”的话早已流传。这消息在李恂心里却引起了震动。所谓赤匪，当然是指赤化党，也就是共产党，也就是普罗列塔利亚。他已经相信洪老师是共产党，那么这究竟是怎么一回事？是国民党的宣传，还是千真万确的事实？这个朱毛是个什么人？在这商务环境里，当然是没人可问的。他想得便去问阮令之。这一阵特忙，一时还抽不出空来。

这条消息因为是大字标题，宗先生也注意了。这些被撒旦引上歧途的人被斩尽杀绝，他很高兴。他相信前一年流行的小册子。既然俄国的赤化党是杀人不眨眼、脚跟前人头累累的刽子手，中国的赤化党还不是一样的吗？而且和俄国的串通一气，一定是里通外国的卖国贼。但是他同时也会发出慨叹：“唉，迷途的羔羊，灵魂出卖给撒旦的人，要为他们祈祷。”他怎样祈祷的，别人当然无从知道。他的歌声李恂可是听见了。

“恳求圣父，感我灵魂，如火从天，光照我心。主为人心，抹膏之灵，时常降下，七种神恩……”

天长日久，李恂渐渐发现，宗先生也是一个种种矛盾的集合体。

他坚信人的一切都由上帝安排，可是为了生意的赢利，他费尽了心思。这两年商行大有起色，他很有些踌躇满志的意味，很为自己的谋虑自得，常常嘲讽别人的失算。收购花边、发网、绣品之类，售出丝光棉线的时候，出出进进的价格上他分毫不让。他是正直的，别人是欺诈的。他是用正直抵挡欺诈，这是一。他是前次破产之后才成为打鱼迷的。本来是为了休养脑筋，为了消遣，可是又那么贪多，甚至于甘冒风浪的危险，这是二。他口口声声讲要爱人，连敌人也要爱，可是在利害关系上又不相信人，时常告诫孙先生和别的人员，要注意女工，提防她们夹带花边、丝光棉线、小的绣件和细白麻布之类，这是三。他确实是一个虔诚的基督徒，但是在他说来，只有他那个上帝才是唯一真正的上帝。新教各教派，圣公会、浸礼会、长老会、美以美会，乃至后来的中华基督教会，他们在中国大地上传布很广，在偏僻的内地和穷乡僻壤都修起了教堂，好像百年的大树扎了根。所有这些教派，宗先生一概不赞成，说他们传的都不是真经。他只属于他自己还没有确立名目的教会。当然他也并不想创立一个新派。这个教会只有他和他的一些渔友。这些人多半是商业战场上的失意者和失败者。宗先生常常帮助和接济他们。这些人究竟是因为共同信仰才接受他的金钱呢，还是因为金钱才有了共同信仰呢，谁也不清楚。唯一不用他接济而和他吹一根笛子的只有一个，是颇有根基和信誉的李先生。据李恂日常听见的，唯一受到宗先生称赞的神学家是纽顿。这位神学家的著作一大本一大本地立在玻璃书柜里，羊皮书脊上烫着金字，可是李恂从来没见他翻阅过，这是四。

三月份，也正是李恂听了梅倩锦囊妙计的第二天，报纸上披露了一条惊人的消息。前一个月，二月，抚顺的煤矿发生一次煤气大爆炸。日本矿主不但不采取紧急救人的措施，反而下令堵塞了坑道，怕引起连锁爆炸。三千多工人活活烧死在深井里。据目击者说，为了防止骚乱，矿井的周围布起了电网，又有武装警察布起了警戒线。矿工的父老、妻子、儿女，哭天号地地奔来。他们生命的支柱没有了，连最后一面都没有见到的亲人眨眼间化成了灰烬。成百上千的家属往前拥，有的被拉开，大部分扑上了电网。他们安息了，可是怎能瞑目？

李恂是第一个看到这消息的，不禁失声哭起来。他又跺脚，又转磨磨，恨这些日本矿主的残暴，恨得牙齿咬得吱吱响。这消息很快在商行里传开了。宗先生阴起脸，不住地慨叹："仁慈的上帝，仁慈的上帝啊……"为这些遭难的同胞他十分悲痛，大概他只能在祷告中安慰死者的灵魂，也使自己的灵魂得到平安。倒是向真说的痛快："这些人啊，不是炸死，也得饿死，晚死还不如早死呐。"别的同事的反应都很冷淡，有的说一声"真倒霉"，有的只叹一口气，摇摇头，又忙自己的去了。

李恂生平第一次感受到灵魂的震动。梅倩的事件也还没有使他这么不安，这么不知所措。外国人说中国人是冷血动物，真的是这样吗？看来是这样。周围的人竟没有一个发出一点儿义愤。四万万人里去掉三千，实在是微乎其微！但是他一闭眼睛，那些扑上电网的男女老少好像就在眼前。也许是自己的神经太脆弱了。

他整整一天都是失神落魄。正忙着向诺定昂的棉纺厂办交涉，因为刚到的一批丝光棉线色泽有些不对，他在信里要促起对方注意，为了不影响多年交往的友谊，这一次不退货，也不索赔，但是下不为例。信的措词既要明确，又要委婉。他的脑子好像不管用了。在起草的信纸上涂得乱七八糟，在打字机上，他换了几次信纸才勉强打出一封合格的信。

李恂想把报纸送给贞月和梅倩，看她们有什么反应。下午三点多钟，他告诉孙先生，要亲自把一封重要的信送到邮局，同时看看邮箱里有没有海外来函。这种编了号码的邮箱要每月付款，来的信件由邮局放在里面。订户自己掌握信箱钥匙，按时去取。平时这都是小六子的工作。李恂只是一种借口，想送了信绕道到姨妈家去。

到城市的总邮局必须经过海滨一带。沉寂了一冬天的那些酒吧开始苏醒了，都在粉刷门面，涂写招牌，修缮舞厅。油漆工和泥瓦工在各处出出入入，嬉笑喧哗着。穿着蹩脚西装的店主，有中国的也有外国的，也在指手画脚。一年一度的畸形繁荣不久又要出现了。他无心观看海景，只仰脖子急急地走着。忽然有什么东西在他的小腿上碰了一下。啊，是一个大皮球。这球在他的脚下打转儿，他没好气地把它一脚踢开去。一个小男孩跑到他跟前，手里拿一根棍子，大叫一声："巴嘎……"啊，是一个日本男孩，正怒目盯住他，好像要抡棍子打来。小日本崽子也敢在中国人面前逞凶！他知道"巴嘎"是骂人的话，但是不知是什么意思。

"嘎选姆斯玛拉比契（上帝诅咒的狗崽子）！"他赏了小崽子一句美国大兵的粗话，想要夺下他的棍子，把它折断。

小男孩碰到这么一个强硬的对手，想冲上来又有些胆怯。这时一个女人叫了一声"卡艾路，卡艾路，哈呀库卡艾尼玛肖（回来，回来，快回来）！"这个女人身穿和服，脚下是呱哒板，急忙跑过来，拉住男孩，大弯腰再三地向李恂鞠躬，一面说："斯米玛森，森塞，洪道里司米玛森（对不起，先生，很对不起）。"这是酒吧的老板娘呢，还是一个妓女呢，李恂弄不清楚。不管是什么人，这么大弯腰鞠躬，他不但消了气，也还有点不好意思。他向女人点点头，急忙走开了。走了一段，这才想起来，这个日本女人大约二十多岁，梳的翘头高髻，很像画上的日本艺妓。她为了赚几元美金，大概甘愿受美国水兵的蹂躏。为什么那些日本矿主那么凶残，而这么年轻和善的日本妇女却受凌辱呢？

他低头沉思着，到邮局寄出了信，看看信箱是空的，好，这很合乎他的心意。如果有信他必须先带回办公室，以免遗失。这是对外贸易上一条不成文的规矩。

离开邮局，他加快了脚步。这时马路上行人不多，因为还没到下班和散工的时刻。一辆人力车在他身边飞跑过去，跑了一段，忽地停下。有一个人跳下车子，扬起一只手喊他的名字。这个陌生人是谁？

李恂急急向前走了几步，那人也急步向前。油亮的分头，宽宽的前额，宽宽的肩膀，笔挺的淡灰色摩登西装，深灰色带蓝色条纹的领带。这不是唐旻吗？这怎么会是唐旻呢？这怎么会不是唐旻呢？真是又惊又喜又令人发怔。

“啊，是你！真，真想不到……”李恂有点口吃了。

唐旻看他傻愣愣的样儿，不由得笑出声来。“想不到在这里碰见你。恭喜发财！我本来想到你商行去，可是不知道地址。”

李恂一直上下打量他，听着他的湖口京腔。“哎，你变了……”一面心里想，我去的信里详细地写明地址的。

“是，我变了。我脱毛了是不是？你倒还是老样子，只是高了，瘦了。你这是要到哪儿？”

“在这弹丸之地，我能到哪儿？从前是家门、学校门，现在是家门、商行门。噢，还有海关门、银行门、船行门，什么什么门。你是回来一下就走呢，还是不走了？”

“我刚回来一天，就快憋死了，还是得走。”

“回北平？”

“回北平，然后和剧团的朋友南下。”

“噢，对了，你是明星了。”

“得了吧，太阳还没照到我身上呐。他们说我像巴里摩尔。我呀，没门儿。”

李恂不知道这个巴里摩尔是什么人，也不想问。看来从小的朋友里里外外都变了。他有一肚子话要向他倾吐，有很多问题要问他，可是大街上不是谈话的地方，那站在一边擦着汗的车夫也似乎等急了。

“你这是要到哪儿？”

唐旻张开口。指指牙齿。“我刚刚修补了一个智齿。技术糟透了，害得我直到现在还有点头晕。”

“那好吧，我去看你。”

“好吧。对，咱们得好好谈谈。你每天几点下班？”

“一般是下午五点，不过我不用那么死板。你看，今天我不就早出来了吗？”

“那么好，明天下午五点，我在大罗天等你。一言为定。”

唐旻跳上人力车。车夫弯下腰，很快地跑去。

李恂看着驰去的车影，在原地站了一会儿，才低着头慢慢地走开，一时间竟忘了他要到哪里去。和唐旻从小到大的许多情景眨眼间都浮现在心头，特别是关于梅倩的那一幕。那时他似乎见不到这白玉兰就活不下去，现在他会怎么样呢？他本来是到北平求学的，怎么混到剧团里去了？那些剧团的朋友是些什么人？看样子他八成是有女朋友了，说不定已经……

他猛然想起来，今天是答应去给宗向真补课的。煤矿大爆炸的消息害得他心烦意乱了。不期然和唐旻的相遇，又使他添了几分郁闷。这已经不是他心心念念中的老同学了。唐旻会怎样想他和评判他？还会不会有往日那种情长谊深？看看天色，先到月姐那里不行了。这么一种心情，他现在也不想见她。

他急步回家，胡乱吞了几口，扔下饭碗，又来到宗约翰家。

迎接他的是宗向真的发亮的眼睛和笑开的双唇。他一向不失约，这很使向真喜欢。对于他的守信用，向真还有深一层的猜度。她不好意思往这方面想，又禁不住要往这方面想。这样，她的笑脸不免略带红晕，她那亮闪闪的眼睛也更深沉。

“哟，你怎么还是阴沉沉地愁眉不展啊。是不是还为矿井的事难过？人家早进天国了，你何必那么死心眼儿。”向真说着，忙手忙脚地打开她的书包。

电灯已经亮了。李恂坐在方桌旁边，和向真对面。他每次来了，都是和向真对面而坐，随便说几句话，然后向真挪挪位子，坐在他的身旁，向他提问题，要他解答。

李恂苦笑一声：“你这整天欢欢笑笑的小姐，见了谁都觉得人家愁眉苦脸。我刚才碰到一个朋友。”

向真心里一动。“哪一流的朋友？”

“老同学，刚刚从北平回来。变得我都不敢认了。”

“是吗，是怎么回事？”

“咱们还是先补习功课。”

“不，你不说，我定不下心。你知道，什么事我都是打破砂锅问到底。”

在这个任性的女孩面前，李悔毫无办法。他无可奈何地抬眼看看她，看见的是一双娇媚带着期望神色的眼睛。人家说“灯下看美人”，这话不假。她那微微扬起的眉梢和眼角流露出飒爽的英气，这一点是贞月和梅倩都不及的。他也是第一次注意到，她的眼光里带有撒娇的意味。

也许在家里受娇宠的女孩都是这样吧？

六一　无处倾诉的心情是最折磨人的心情

见了老同学，李恂真是有一肚子话要说。现在坐在大罗天的雅座里，却不知从哪说起了。唐旻不但服饰上脱了毛，生活形态和举止言谈也大变了，变得使李恂有点大惑不解。

大罗天是这个城市里最高等的中西菜馆。这西餐雅座凭窗可以眺望海景。穿着制服的堂倌捧来两杯热茶，把菜单恭恭敬敬地放在唐旻的面前。唐旻要他先去取一包骆驼牌香烟，回头一起算账。

唐旻把菜单推给李恂。李恂又推还给他。

“我念洋文，干洋行，可还不会吃洋饭，客随主便，你点吧。”

唐旻也不客气，拿菜单溜了一眼，皱皱眉头，又摇摇头。看来菜单上没有多少让他满意的东西。堂倌送来香烟，给唐旻点了火，站在旁边等着。

“你们的牛尾汤是真牛尾吗？”

“小店一向货真价实。”堂倌赔笑说。

“那可要看。”

“当然，当然，先生。”

唐旻皱着眉头点了冷盘、汤和菜。当他点到第二道的时候，李恂阻止他，说足够了。唐旻微笑着向他一摆手，又要了两样菜和饭后的甜点心和咖啡，然后又要了白马牌威士忌。

李恂只好由他，一面想着。他去了一趟北平，学会摆谱儿，也就是摆阔气了。在他面前，只觉得自己从里到外都是寒酸的和土气的。

李恂一向不饮酒，更不会饮这种洋酒，友情难却，只得在杯边上抿了几口。唐旻可是两杯下去了，看来他在社交上也脱毛了。

“你还是那么刻苦用功，是不是？”唐旻向他喷着烟圈儿。

李恂见他一支接一支吸烟，也很惊奇。老同学变得一派翩翩的英姿，而且这么挥洒大度，应当是可喜的，可是他心底里很是惆怅。学生时代的影子，唐旻完全没有了，陌生了，是另一个人了。他这种不经意的言谈使李恂心里发堵，促膝深谈的愿望大概要落空。

“哎，我哪里有多少时间。书当然还是看的。所知太少，总想多知道一点。可惜底子太浅，好多都不懂。你知道吗，现在正有一场关于中国社会史的论战……”说到这里，李恂忽然觉得没有必要，住口了。

唐旻没有在意。什么论战不论战，不说下去正好。他在掂掇，这个老同学在这闭塞的地方，一直还是老样子，可是学生时代那种活泼跳踉的神态没有了。十七八的人已经显得有点老成持重。他想到这是家庭的变故给他的影响，但是万万想不到少年时期，受到突如其来的打击，精神上和心理上会蒙上多么深的阴影。他一直佩服李恂的刻苦钻研精神，也很同情他为了眼前的生计，不能不辍学的痛苦。怎么好呢？是不是应当帮他脱脱毛？

“你现在干的有意思吗？”

“有什么意思？我志不在此，你清楚的。”

“没意思还干？”

“糊口嘛，养家嘛。”

“你有了家？”

“笑话，父母在堂，我怎么没有家？”

“我说的是……”唐旻捏捏耳轮，意思是戴耳环的。

李恂摇摇头。“你呢？”

“我啊，我四海为家……”

堂倌送来第三道菜，是炸板虾。香味扑鼻，那黄灿灿的颜色也颇诱人。唐旻见李恂不吃酒，也不强他，只管自斟自饮，已经吞下了第五杯。他面色发红，觉得燥热，叫堂倌打开窗子，凉习习的春风和远远的浪声一起飞进来。

“……外国人说，生命从四十岁开始。我打定了主意，四十以前，决不成家。当然，我能不能活到四十还不一定。”

“这岂不是生命悲观论吗？”李恂说。

“决不。我正投在生活的大海里，浮浮沉沉。还记得咱们跳水的大木排吗？我正站在木排上，任凭生活的浪花向我扑来。”唐旻又吞下一杯酒，已经有几分醉意了。他把自己盘里的大虾叉起来，放在李恂的盘子里，要他多吃。“你呀，我看别那么循规蹈矩的了。你跟我一起走，不好吗？”

“我演戏？啊哈！……”

“是个活人就能演戏。生活里的戏比戏里的戏多得多呐。谁叫你一定上台来着？你不是求知心切么，上大学也行，旁听也行。”

李恂苦笑一声：“我没有你那么好的老子。”

“哎，别提。我那个老子啊，想收紧钱口袋，逼我回来，在他跟前绕膝转。我才不听他的呐。我欠下债，他总不能看我去坐班房。”

唐旻想得开，干得出，李恂相信他有这个魄力。“这么说，明星你要当下去喽。”

唐旻也苦笑一声：“魔鬼附身，眼前还脱不了。朋友们的情谊，不好推辞。”

“女朋友？”李恂故意挑他一句。

“女的男的都有。”唐旻虽然有几分酒意，可是心里清楚。他和宫婉宜、上官的关系是不能说的。她们都是清白无辜的好人。说了，李恂会把她们看成浪荡女人，而且没法向这“清教徒”说明白。至于沈茜茜，那更不能说。他会把这事看成堕落。

李恂看他忽然沉吟不语，又挑一句：“这么说，你已经……”他也捏一下自己的耳朵。

为了掩饰自己的脸热，唐旻笑起来。其实用不着掩饰，他的脸早被威士忌烧红了。他也摇摇头，但是显得很不自然。

从他们一坐在饭桌旁边，李恂就等唐旻问梅倩的情况。唐旻竟然一个字都没有提，似乎世界上从来没有这个人。他本来就不以为唐旻真的动了情，明知他当时那股子热劲多半是出于好奇心。但是，他那么崇拜过的人竟然完全从记忆里消失了吗？难道大都市的生活真的能磨掉以往的生活痕迹吗？少年时代生活的根，生活的印记，不是比世上一切珍宝都更可珍贵吗？他忍不住冒出了一句：

“你知道吗？梅倩差一点死掉！”

“哦，真的？是怎么回事？”

李恂本来准备，他听了会跳起来的。没有。唐旻只是眉毛动了一下。既然反应这么平淡，李恂不想多说什么，只简单地叙述了事件的经过，也讲了学生的游行，讲了当局的卑鄙伎俩。这些唐旻都注意地听着，一面吸着烟，呷着酒，没有发表任何评论。李恂的抑郁的心里添了几分愤慨，故意比较详细地讲了在医院里怎样看护梅倩，怎样和贞月一起接她出院，怎样一起种梨树，以及刚刚赏了只有一朵的梨花。

什么都能隐瞒，感情是不能隐瞒的。眼睛是心灵的窗户，这话不错。李恂述说着的时候，他的眼光那么柔和、那么深沉，有时又显得那么激动；他的声音里流露出对于两位少女的赞叹的音调，都触动了唐旻。往事如烟，唐旻已经是经过沧海的人了。从前他对梅小姐那种稚气的狂热，早已像他口里喷出的烟圈儿，现在回想起来又好玩，又好笑。他没有多大兴趣听这些。但是老同学这么娓娓道来，而且说得那么真情流露，那么有诗意，他不能不默默地听着。他带着嘲讽的意味想着李恂对于女性的态度。这个青年老学究是不是在玩柏拉图的把戏？同时又很羡慕这种心理上的坦荡和平静。他自己呢？他和上官和婉宜的感情不也是真诚的吗？可是无论如何也不能坦直地无保留地和盘托出。可见在感情上，每个人都按自己的本性行事，有什么必要来评是非，论高低呢？水往低处流，人也最容易往宽解自己的路上走。唐旻正是这样。

他默默地听着，心里有反应却不露出来。他知道李恂不满意他这无动于衷的样子，只好以无可奈何的口吻出之。他给李恂斟满杯子，也为自己添了酒。

“来，为梅小姐的健康，碰杯！”

他仰脖子吞了。李恂仍然只抿一口。

菜已经上完。堂倌送来了甜点心，咖啡和水果。他问少爷还要什么。

唐旻指指威士忌瓶子，向堂倌伸出一个指头。李恂见他眼睛已经有点迷迷蒙蒙，连忙向堂倌使眼色。堂倌会意，退出去了。

唐旻把自己的一份香蕉饼也推给李恂，醉眼蒙眬地看着他：“我看呀，你还是在梅倩和你表姐中间挑选一个吧。”

“你胡说！”李恂忽然一拍桌子。他虽然只喝了一杯，头脑里已经嗡嗡然。他不能允许任何人对她们说出不敬的话，哪怕是久别重逢的同学。

唐旻吃了一惊。看看李恂的脸色和眼色，知道他真的发火了。多无聊啊，有什么必要这么认真？“哟，对不起。恕我醉后失言。我看你把她们变成崇拜的偶像了。”

李恂看他真的有了七八分醉意，不想和他争论。

“我啊，心里可没有偶像。”唐旻又说，似乎是为自己解围。“我什么人都不崇拜，只崇拜我自己。我自己算个什么？什么都不是。可是胡适、蔡元培又算什么？他们的时代过去了。鲁迅、郭沫若又算是什么？不行时了，快不行时了。我演的《第十二夜》里，一个小丑说：Better a witty fool than a foolish wit.（宁做聪明的傻瓜，不做傻瓜聪明人。）二者必居其一，我算个什么？”

“你既不是智者的傻子，也不是傻子的智者。你就是你。”

“是吗，是吗？”唐旻笑起来，是那种醉后不能自制的笑，但还不是酩酊大醉的狂笑。他拿酒瓶子倒酒。瓶子空了。他用叉子猛敲盘子。堂倌急忙进门来。

“酒，为什么不拿酒来？”

“是我不叫他拿的，与他无关。”李恂说，一面示意要堂倌退回去。“来，喝点咖啡，醒醒酒。”

唐旻推开咖啡杯，忽然唏唏嘘嘘地落下泪来。“我很痛苦，我心里有很多矛盾。我有很多朋友，女朋友也有，可是我觉得很孤独。你笑我无病呻吟，自寻烦恼吗？是啊，是啊！还记得咱们小时候的争论吗？人生是梦，还是梦是人生？我在做梦，梦就是我的人生。噢，对了，女朋友你要不要……”

李恂见他的确是醉了，已经有点语无伦次，摸不透他情绪的起伏，只是很怕他闹出笑话。

“好了，好了，酒足饭饱，咱们该走了。”

“不，不，水果还没吃呐。你吃，你吃。你让我把话说完。真的，女朋友，要不要？我给你介绍。要人的女儿，学体育的，运动健将，体态很美，性格爽朗，戏也演得不错。Charming，sensitive，full of fire（漂亮，敏感，热情）。怎么样？你这么文质彬彬，需要一个武一点的，泼辣的，相反相成。我反对你像个蜗牛，背个壳儿在这里爬呀，爬呀。下决心，走！跟我一起走，这位小姐也要跟剧团一起南下。”

“好了，好了……这么好的，你留给自己吧。”

“不，我不配。人家是纯正的，是清白的，可是我，我……”他要说我是落水的，但是没有说出来。他还没有醉到语不择言的程度。

堂倌拿来账单，恭恭敬敬地放在唐旻的面前。他看也不看，把它推到一边。“记账!”

“记谁的账?”

“仁德洋行，唐伯元。”

“可是，先生，少爷，小店和这家洋行没有账目来往。”

“奇怪！带钱出来吃饭的是什么人？我在北平，不管哪家饭店都是记账。”

“对不起，少爷，咱们这小地方怎么能和大都会比……”

“你少啰嗦好不好!”唐旻站起来，有点打晃儿。

李恂很怕他失礼，连忙走到他的身边，扶住他，但是他用肘弯把朋友支开，向堂倌走上一步。堂倌后退，一脸恼意，却又不敢发作。李恂一面拉住唐旻，一面拿起账单，不禁暗暗吐一下舌头。这一餐用了将近二十元，够五口之家一月的伙食费了。

“掌柜的，我碰巧也没带这么多钱。你放心，一文也不会少你的。我留地址和电话号码给你，你们明早到我那里取钱。”

他很快在账单的背面写了商行的地址和电话。堂倌看了，知道是可靠的，连忙脸上堆笑，连声说谢谢。

李恂扶唐旻下楼。唐旻嘟囔着：“我请客，怎么让你出钱……那小子太不识相!”

“好了，好了，咱们什么时候分过彼此。”

他们刚要走出饭店大门的时候，迎面来了一个盛装的女郎。一嘴唇的口红，一身的香水味。正是饭店上座的时刻，一派嘈杂的声音。

“啊，茜茜，你怎么到这里来了?”唐旻向她招手。

女郎先是愕然，接着又嫣然一笑。

“哦，不，对不起，认错人了。”唐旻颓丧地靠在李恂的肩膀上，由他扶持着来到街上。在昏黄的街灯下面，立刻有几个车夫跑上来兜揽生意。李恂扶着唐旻上了一辆人力车，自己也登上一辆。他必须送他回家才能放心。那么，他到姨妈家的念头只好打消了。

和唐旻的相会冲淡了李恂对于煤矿事件的愠怒和压抑感。旧的记忆和新的印象叠印在他的心上。唐旻叫的茜茜是个什么人？是他说的那个大官的女儿吗？不，不是。刚才这个花枝招展的女人绝不是一个大学生。明明是什么人开条子叫来陪酒的妓女。那么他为什么认得这种类型的女人？听他那喊名字的声音，那么熟悉，那么亲切，又绝不像是对一个点头之交的人……他竭力推开这些困惑人的问题。唐旻的确是变了，可是李恂不愿往坏的方面推测。难道自己不是也变了吗？贞月和梅倩不是也变了吗？看来，每个人都不免要变。经历不同，遭际不同，变化也不同。美丽的梦幻一般的往事，童年和少年的往事，果然是无处追寻了。果真是人生如梦吗？

这梦什么时候才真的醒来？两句旧诗蓦然涌上他的心头：“大梦春方觉，平生我自知。”自知还是他知？我真的知道自己吗？唐旻真的知道他自己吗？贞月、梅倩、湘文，她们真的知道各自的自己吗？

这正是这一带最热闹的辰光。闲逛的人，寻欢作乐的人，憧憧鬼影一样拥挤在狭窄的马路上。从酒楼上传出的丝竹声、清唱声、划拳声、堂倌的尖叫声、摊贩的叫卖声、人力车在人群里开道的铃声、乞儿的求告声，啊，这醉生梦死的高级动物。一边是流尽汗水，葬身在矿坑的人，一边是地面上这些不知自身为何物的蝼蚁之辈。这就是世界，这就是人生。啊，这人生！

李恂一直送唐旻到他的家门口，付了车钱。在车上颠颠簸簸的时候，唐旻蒙蒙眬眬地睡了一会儿，到家门口，清醒多了，仍然不停地喃喃：“你一定下决心，揭开蜗牛壳，跟我走……我还有好多事没对你说呐。我得统统告诉你。只有和你在一起，我才能排除一点孤独感……”

李恂只是不置可否地随口应和着。

开门的是唐旻的妹妹。她留李恂进屋坐一会儿，李恂婉言推辞了。唐旻也不强留他，只说："我明儿去看你，一定，你等我……"

自从父亲破产以后，李恂经历了极大的灵魂痛苦和曲折，挣扎过来了，平静下来了。和同学的相遇使他心里的平湖起了波澜。是啊，不错，他现在确实是一个蜗牛，背着壳子爬呀、爬呀。蜗牛没有眼睛，却有触角。他可是连触角都没有，有眼睛也是盲目的。爬向何处，爬向何处？

他坐在书桌前面，抱头沉思起来，这是很长时间没有过的，因为他正抓紧每一分钟的业余时间在苦读。要不要把一晚上的印象告诉月姐呢？不，决不！她已经够心烦的了，不相干的事何必去打扰她。他也不想向梅倩说什么。这样一个变了的唐旻可能引起她的许多疑问，而他是回答不了的。无处倾诉的心情是最折磨人的心情，无法排遣的烦恼是最困惑人的烦恼。如果这是梦，这梦实在太惨淡了。

六二　谁是窃贼连上帝也不显示灵光

清明节以前，天气暖多了。一早，培真和向真又在中院和前院开地，准备种花，种豆，种丝瓜。一夜小雨湿润了大地，正好了铲子。鸽子已经有许多为小豆豆的健康上了天国，但是小鸽子早又出世了，正跟着妈妈们在明媚的阳光里展开翅子。

李恂前来上班的时候，正碰见宗师母从后院走到前院，怀里紧紧抱着小豆豆，似乎很怕把他掉在地上。她生了儿子，因为破格的营养，已经胖成双下巴颏了。这一阵子春风和煦，她每天上午都抱着宝贝晒一会儿太阳。见了走进院子的李恂，宗师母急忙迎上来献宝。这样的机会，哪怕只一眨眼的工夫，当妈妈的也不放过。李恂就她手里看一眼，不自觉地说了一句违心的话："小豆豆真好看。"

向真扬手叫他："来来，先生，帮帮忙行吗？"

在向真的命令下，不行也得行。他走过来。不知什么时候埋在地里的树根，两个姑娘吃力地用手扒，总是扒不动。李恂看了一下。树根不大，只是根根须须伸向四面八方。他接过向真手里的铲子，把周围的根须切断，不费力就把树根刨出来。

"没白念书。"培真小声说，向他一扑闪大眼睛。

"没白吃饭。"向真大声说，向他一瞄尖尖的眼角。

这舌头和眼睛的奖赏他都领了，刚要转身去洗手，听见小六子叫他："先生，有客人找你。"这时他正背向甬道，看见两个姑娘惊奇的眼光，他急忙转身。

啊，来的是唐旻。这很出乎他的意料，不由得一愣。昨晚上唐旻说今天下午来看他，他以为是醉后之言，不必当真。想不到现在刚刚要上班的时候，他这么早的来了。这时上班的女工正陆续来到，向后院走去。她们都不禁要瞥一眼这西服革履的时髦青年。而向真和培真没过来的也是惊奇加疑问的眼光。这么一个整齐潇洒的人物，啊，她们生平还是第一次见到呐。

李恂有点发窘，但是见惯了大世面的唐旻显得很自然。

"对不起，我来打搅你一会儿。我明天就走……"

"啊，怎么，为什么，不是说要住几天吗?"

"一言难尽……"唐旻说着，四下看看。这里当然不是谈话的地方。

一时间李恂有些踌躇。商行的会客室在账房的柜台外面。那里是接待来客、谈生意的地方，显然不合适。洋公事房向例是不进外人的。碰巧宗先生从后院走出来，见了李恂和这西装青年，在他们跟前停步了。李恂做了介绍。

"哦，同学，很好。我还以为刚刚从国外回来的呐。那么，你们到公事房去坐。我先到孙先生那里。李恂，你知道吗？昨儿晚上他们盘点，少了一包丝光棉线。也许是数点错了，要不……好吧。"

宗先生转身要走。李恂告诉他昨天下午打好的几封信，等他签字。宗先生应了一声，去了。

李恂陪着唐旻进了公事房。进门的时候，李恂分明听见向真对妹妹说："你看见吗？人家也是一个人……"

唐旻进了办公室，先不坐下，却抬眼四下溜溜。一切都这么井井有条，都这么明光净亮，纤尘不染。大写字台，高柜和低柜，打字机，副本压印机。向北，也就是向街的一面，一排窗子都垂着窗帘，向南的窗子正有早春的阳光射进来。他轻轻吹了一声口哨。

“嗬，这个壳子不错，窗明几净。无怪乎你不舍得离开。还有……”他向玻璃门外瞥了一下：“那两位是什么人？”

“宗先生的女儿和侄女。”李恂没来得及洗手，只掏出手绢擦着。他急于知道唐旻的来意：“你为什么急着要走？”

“我和老子崩了……”

“为什么？唐伯伯是看重你的，怎么……”

唐旻并不立刻回答他，却说：“那个高一点的，那面貌，那身段，倒是一个很好的演员坯子。”说着，意味深长地看一眼李恂。

“你该不是到这里挑演员的吧？”李恂被他看得很不好意思，脸上微微一红。他很不愿意朋友在这里久待，很怕宗先生回来不好应付。

“演员我倒是不想挑。我倒是怕‘演员’拖住你背这个舒舒服服的壳子。”

“这个壳子一点也不舒服，很沉重，也很闷人。可是你究竟为什么和伯父闹僵了。真的一定要走吗？什么时间？我送你。你坐一会儿，好吗？”

唐旻坐在椅子上，收了玩世不恭的模样，长吁一口气：“还不是为了几个臭钱吗？说我挥霍无度，不听伯伯的劝告，和戏子在一起混，也不好好读书。你听，还是王八、戏子、吹鼓手那一套老脑筋。怎么和他谈通？格格不入，格格不入。我才花了几个钱？他又不是个大财阀，他自己那些应酬，那些大烟，算什么？他哪里知道，啃大饼的日子我有过，在后台睡地板的日子我有过。这年头，演戏、干艺术，不是为了爱好，有什么甜头？要不是上官……”他在气头上冒出上官二字，不由得脸上一红，但是立刻收住了。幸亏李恂只急于知道事情的结果，没有留意他的这些多余的话。“要不是朋友们帮助，我差点一病不起，一命呜呼……嗳不说这些。反正我一天也不想在家里多待了。”

“伯母同意吗？她不难过吗？”

“没法，我没有两全其美的法子。她只能同意我走，她知道我在家里也没有安闲的日子。”

“老伯不同意，你经济上……”

“老头子嘴上硬，说一个子儿也不出。路费还是妈妈和妹妹的体己凑起来的呐。我才不怕呢，车到山前必有路，有的是朋友帮忙。”

李恂听着，脸上一直浮着苦笑。“事已至此，那好吧。船期是不是没有变，还是下午五点？”

“对，五点。你送我？好！为我壮壮行色。不过我来，不是辞行，而是劝驾。走吧，别那么看两步走一步的。我口袋里的钱，足够我们两个生活半年。天生你才必有用。这个壳子，不管多么惬意，我不希望你背下去。当然，如果……”他瞅瞅玻璃门外，两个姑娘还在弯腰刨地。这时那个高些的侧面向这边望了一下。“如果，啊哈，不说了，不说了……哦，对了，大罗天的账……”

他的手伸向西装上衣的内袋，意思是要掏钱。李恂压住他的手，正好乘机说出送客的话：“好，好，明天码头上见。”唐旻站起来，刚要起步，又停住。“噢，应当告诉你，关于你，我已经和一个朋友讲过了。”

“胡闹！是和那个要人的女儿？”

“为什么不可以？不过我说的不是她，是一个我最敬重的人。她的遭遇够写一部长篇小说的了。好，明天见。”

李恂送走了同学以后，听见宗先生在账房里大声地说着什么，声音带着怒气，好像在训斥人。这是从来少有的事。李恂猜度，大概是为了丢失棉线的事。他急忙来到账房，看见宗先生正坐在孙先生平日写账的位子上，一脸的怒气。孙先生屏气息声地站在旁边，低垂着头。商行的全体人员都在，都低头垂手，脸上木木然在听着。宗先生果然说的是棉线的事。他责备大家平常就是粗心大意。女工们小偷小摸，向来是有的。看得紧呢，她们胆子小些。猫儿打盹，耗子能不大胆地去抱油瓶吗？是不是只丢了一包棉线？一包棉线不值什么，不过二三十元钱，如果不严查，总有一天能把整箱子倒腾光。他要孙先生和大家一个一个查问女工，要严查严问。朱芸娘干什么的？不是要她带着女工干活吗？她要是知情不举，就开除，不能因为是多年的老工人就留情面。平常手脚不干净的，她应当知道。

“她向你说过吗？”宗先生的眼睛逼在孙昌家的脸上。

“啊，没，没有。”孙先生脸上蜡黄，起了鸡皮疙瘩。丢了棉线，宗先生看成他的失职，他一个字也不敢说。这是饭碗问题啊。

“你问过她吗？”

“还没有。”

“我不是说现在。你以前问过吗？”

“没有。”

“为什么不问？防人之心不可无嘛。”

孙先生急忙点头，大气也不敢出。站着的人们也是一样。

真像是一群耗子在猫跟前。李恂看这情景，心里很不是滋味。特别是听到毫无道理的怪罪朱芸娘这个好心的女人，他觉得很反感。他知道这事与自己毫不相平。他不来，也不会叫他。但是来了，又不好走开，只能陪着大伙受训斥。

宗约瑟发完了火，限大家三五天之内要查个水落石出。大伙俯首听命，当然不会有任何人表示异议。他站起来向外走，看见站在门边的李恂。

“来，我签字。”

李恂跟宗先生进了办公室。宗先生坐在写字台前，在打好的三封信上签字，一面问：“你都校对过了吧？那好，发出去好了。”

“宗先生，昨天接到的温斯顿的信，你看过了吗？”

“当然，当然，我正要和你商量这件事呐。”

这个温斯顿就是诺定昂市的温斯顿父子公司的老板，来信表示想到中国访问，当面洽谈今后如何开展商务往来。他的意思是想让宗先生的商行成为中国的总代理。为什么要亲自来呢？显然对于寰球进出口公司的规模不摸底细，必得亲自来看看。

“他来，咱们当然欢迎。”宗先生在转椅上转过身子，仰脸向站在旁边的李恂说。“他信上虽然没有明说，当然也不好明说，无非是来看看我们的实情。看来这个人胃口不小。他若不是想大干，还用不远万里而来吗？咱们这个样子，一眼就能看透，不过是小本经营，连招牌都不挂。”

“招牌好说，定做一个，挂出去就是了。”

宗先生干笑一声：“喜鹊插上花翎也变不成凤凰。这砖墙瓦舍，连个像样的会客室都没有，在哪儿接待人家？”

“在华孚大饭店包房子、包会客室和会议室。”

“我倒也是这么打的谱儿。可是他能不来参观么……”

李恂想，是啊，是一定要来的，又不好拒绝人家。

“……我想了个两全的办法。下午你到李先生行里，把温斯顿的来意讲清楚，必要的时候借他们的会客室和会议室。他们新起的洋楼，还看得过去；他的工人也比咱们多些。两家可以作为联行接待温斯顿。要是他想扩大交易，在别的地方设分行什么的，我们一家也招架不了，可以和李先生合作。别人我不敢相信，可李先生是最靠得住的。”

李恂有些为难。这可不是日常的小事。“宗先生你自己和李先生说一句不就行了吗？”

宗先生微微一笑。“这你可就欠考虑了。你去，是给他一个回旋余地。我去，他要是有别的想法，能一口回绝我吗？”

李恂无可奈何，只得答应下来。

这天散工的时候，女工们都垂头丧气，不声不响地向外走去，不像往日那么喜眉笑眼，咭咭呱呱地说个不停，显然是孙先生带人开始盘查了。李恂觉得又可气，又可笑。可气的是，即便有人偷了线，也不该把所有女工都当成嫌疑犯。可笑的是，这么扬铃打鼓地干，不等于是告诉那个当贼的，你可千万别露馅啊，露出来你可是吃不了兜着走。况且，究竟是家贼还是外贼，也还难说。究竟是被盗了，还是发货时多发出去了，也难说。那些捣弄生意的，即便多吃一个甜枣也决不会吐出来。在宗先生面前，孙先生和全行的人都吓得一句话也不敢分说。李恂自己呢，种种猜度也不便多嘴。宗约瑟总是自以为最聪明，也不是他聪明，是上帝的灵光和他同在。

李恂本来要去看阮令之的，问问朱毛是个什么人。正好就便到朱芸娘家，问问女工受盘查的情况。

洪老师住过的屋门上，还挂着铁锁，可是封条早没有了。李恂这时还不知道，阮令之已经离开他的鬼洞，因为鬼洞的房顶漏了，他已经搬到老友空出的窝里了。

李恂来到隔壁的朱家。朱芸娘正在外间的灶房里擀面条，见了李恂，脸上堆笑，可是眼睛闪出泪花。她掀起里间的布帘，让他里面坐。朱芸娘的丈夫正蹲在炕上，沿着小炕桌，就着花生豆喝烧酒。他是个码头工人，常常整天整晚泡在码头上，很少在他的家里碰见他。他见了行里的先生，急忙要下炕。李恂双手按住他的肩膀，说要是客气他就坐不住了。说着，欠身在炕沿上坐下。

“先生，你大概没吃晚饭吧？”朱芸娘挓挲两只沾面粉的手。

“你怎么叫我先生，我生气了。”

“我从前叫你学生，现在还能这么叫吗？”

“怎么不能，我是一辈子要当学生的。”

庄石柱，朱芸娘的丈夫发话了：“好好好，我见你，从心眼里觉得亲。先生也罢，学生也罢，你要是瞧得起我这个大老粗，我请你吃一碗没滋没味的面条。”

这个工人肩膀很宽，但是精瘦，脸色黝黑，面皮被常年的海风吹皱了。他的豪爽气概打动了李恂。他二话不说，脱鞋子上炕，可不会盘腿。

庄石柱和妻子都高兴地笑了。丈夫拉一个枕头给他，妻子又给他加上一个，让他坐。

“这枕头我怎么好坐。”

“哎，你学好吧。什么头呀屁股的，不都是人身上一部分么。这枕头我一年枕下了几次。我在码头上，砖头、石头、木头、麻袋包、鞋子，什么没枕过。”

庄石柱把自己的酒盅斟满，举给李恂。“我知道你不会喝酒。你抿一口，算你抬举我。”他其实是想试试这位先生，看他嫌不嫌工人脏。

李恂双手捧起酒杯，一口，一口，一口，连抿了三下，然后恭恭敬敬地把酒盅送到庄石柱面前。

“好！”庄石柱向他一伸大拇指，又重重拍了一下自己的大腿。“芸儿他娘，面条你等一会儿下，俺们兄弟先唠一会儿。”

“我应当叫你大叔。”

“行，随便你叫什么。四海之内皆兄弟嘛。”

朱芸娘答应着丈夫，靠门框站着，一面用围裙擦手。“可是你是不是要来找阮先生？”

李恂听了这话，觉得奇怪。经朱芸娘说明，才知道阮先生已经搬走一个多月了。他告诉朱芸娘，不光是为阮先生来的，先来看看朱大婶。行里丢了东西，怎么可以怀疑所有的工人。

“查也是该查，先不说这个。”朱芸娘忍住涌到眼边的泪水。“这阮先生你大概好久不见了。本来好好的，按时到学校去，酒也不喝了。可是不知怎的，近来又变了。不定多早晚才回来，回来满身的酒气。人是个好人，不知又碰上什么不顺心的事。他不说，俺们也不好问。”

“哎！”李恂长嘘一声，“这位先生，我早就担心他长不了。不说他，你们受委屈了……”

一句话勾起朱芸娘的心酸，无声的泪水直落下来。

“你看她，女人一辈子是女人，屁大的事也掉泪。我不是对你说么，世界上总有明白人。这不，老天爷不是给你送上门来了吗?”

朱芸娘抹一把眼泪，装出勉强的笑容，一会儿气愤，一会儿忧伤地讲着盘查的情况。

孙昌家他们是把女工一个一个叫出来的。第一个当然先问朱芸娘，是孙昌家亲自问的，装得很厉害，可是没有难为她，因为姓孙的知道自己有小辫抓在人家手里。

“什么小辫子?”李恂好奇地问。

“哎，这些事，不说也罢了。”

“你说就说个痛快！用得着藏头露尾的吗?”庄石柱吞下一盅酒。

朱芸娘先不说辫子的事。下午只问了十多个人，明天还要继续问。笨蛋！有这么办事的吗？哪个当贼的自招自供。工友们都气炸了肺。出一个反叛，皇帝老子也不会把全国老百姓都当成反叛啊。气只管气，也只有忍气吞声，受着。有的说，不在这里干了。不干也不能现在不干，那不成了做贼心虚吗？最可恨、最可恨的是他逼问肖兰云。

“肖兰云是哪个?”

“怎么，你不知道？女工里最好看的那个呀。身段娇小玲珑，双眼皮大眼睛，后鬏上扎着白头绳。”

“我脑子里好像有这个影子，又好像没有。我很少到你们现场去。”

这个肖兰云前年死了丈夫，苦巴巴带着个四岁的小女孩熬日月。劝她改嫁，不肯，怕孩子受委屈。前一阵子，姓孙的三天两头到她家去，给孩子带点糖果什么的。肖寡妇以为他是好心人，又是账房先生，当然不敢怠慢。谁知姓孙的居心不良，先还是拿疯话挑逗。人家不理他，装着不懂。俗话说的，色胆大如天。他竟敢动手动脚的。肖兰云吐了他一口，要抓他的脸。他吓跑了。

李恂忽地在炕上站起来，矮矮的屋顶差点碰到他的脑门。“岂有此理！我告诉宗先生……”

“别，别，千万不要。你请坐，请坐，听我说。俺们知道你的心，才一五一十地告诉你。这是人命攸关的事啊，你可千万别张扬出去。千万千万，一个字也别说。这事是肖兰云亲口对我讲的，当时又没有第三个人在场。兰云拿我当亲姐姐一样，才告诉我。要是工作好找，早不在这里干了。寡妇门前是非多。张扬出去，吃亏的还是女的。她现在是进退两难。不干吧，不成了心虚吗？干吧，要是姓孙的逼她，咬她……”

“无凭无据，怕他什么？”

“这年头，谁怕谁，不就是为了个饭碗吗？说不定有那昧了良心的，为了洗清自己，帮着姓孙的往她身上扔石头。”

庄石柱忽然一拍小桌，把酒盅都震翻了，忙用袖子擦。这时天已经黑上来，他就手开了灯。

“有了！这个贼我知道了。”

“谁？”李恂和朱芸娘同声问。

“姓孙的，就是他！”

李恂和朱芸娘同时摇头。

“他不敢。”李恂说：“这人最胆小。像他这样的乡下人在城里立住脚的实在太少。他在行里，在宗先生面前，多一步不敢走，多一句不敢说。”

“胆小？”庄石柱一拧脖子，“胆小敢去调戏人家？”

这时院子里响起脚步声，接着是开铁锁的声响。

李恂站起来：“我先去看看阮先生。”

阮令之已经进了屋，开了灯，正在脱下衣衫。朱芸娘说的不错，李恂闻到一屋子酒气。

可是阮先生不像从前那么不修边幅，头发也刚刚修剪过，大概因为在学校工作，不得不如此吧。见了李恂，他很高兴地拉起他的手，端详他，同时把酒气喷到他的脸上。

“好像有大半年没见你了。为什么这么瘦？”

“我很好。可是你，阮先生……”

他没有说完，阮令之已经明白了：“你说我又喝酒了不是？”

李恂点头。

“一醉消千愁嘛。”

“举杯消愁愁更愁，抽刀断水水更流。”李恂故意把李白的两句诗颠倒过来。

阮令之纵声而笑：“好好好，好好好。话无不可对人言，但是只对你一个。我这人你是知道的，狂放惯了，常常拴不住自己的舌头。一言得祸，一言杀身，古往今来还少吗？”

李恂打断他：“正因为这样，你更不应该吃酒。”

“正相反。我从前是大醉，是真醉，现在是微醺，是假醉。天长日久，人们以醉汉视我，我说几句狂言也就有遮掩了。可是，你这不速之客找我，一定有点什么事吧？打听洪老师吗？听说他判了三年，再有一年大概可以出来了。当然，还要看时局如何。”

“我正是为了时局来的。洪老师能出来，那可太好了，不知道还能不能回这里来。”

“到哪里去，可不能由他自己定。这你明白，不用我多说。天南海北，凡有人的地方都有他的工作。你忙着和洋人打交道，怎么忽然关心起时局来了？”

朱芸娘笑吟吟地捧一个木托盘，里面有两碗热气腾腾的面条，上面插两双筷子。李恂急忙迎上来接着。

“我早吃过了，朱大婶。”阮令之说。

“吃不吃，随你。你的学生还没吃呐。”她转身去了。

李恂把碗放在画案的一角，拉长凳坐下。画案上铺开的宣纸上有狂草写的几行字。“不是我关心时局，是时局逼着我关心他。”面条很烫，他就一条一条往嘴里送着。“抚顺的煤井大爆炸，你该知道吧？为什么中国报纸上那么冷淡？有的连一条消息都没有。政府是干什么的？怎么屁也不放一个。三四千条人命啊……”

他说得激愤起来，扔下了筷子。

阮令之感叹地点点头，拿筷子放在李恂的手里。“现在绝食也没用，别学甘地。几千人命，小事一柱。你知道吗？日本人沿南满铁路在增兵，大概不是打野鸭子吧？说不清。兵者凶器也，反正不是吉兆。”

李恂大口地吞着面条。“我要问你的还不是这个。报纸上说歼灭了朱毛赤匪，朱毛是个什么人？这是怎么回事？”

阮令之不答，只坐在李恂的对面，两眼直盯着他：“我也说不清楚。”

李恂停了筷子，疑问地盯着阮令之：“真的吗？”

“真的。不过报纸上的话信不得。应当说，有的信得，有的信不得。我不相信歼灭的话，可能是重创了。朱毛不是一个人，是两个。朱是朱德，是江西红军的总司令，毛是毛泽东，是政治委员。”

“啊，这红军是不是和苏联的红军一样？”

“也一样，也不一样。苏联的大部分是工人，中国的大部分是农民……不过，你要当心。这些事我醉着醒着都不说的。明白吗？实话告诉你，好多事情我也弄不清楚。河里的石头总有露出来的时候。你关心时局，很好，瞪眼看着就是了。”

阮令之送走李恂以后，绕着画案踱了很久。窗外的星星照例向他眨眼睛。夜风也照例抚弄着他的门板。看来李恂这个小青年是有头脑的，也是真诚可靠的。洪钟偶尔有信来，都是辗转托人带来的。信上都是一般的应酬话，但是字里行间又显然有隐话，必须仔细猜详。共产党在教育界的外围组织和阮取得了联系，但是能向他透露的情况也很少。有一两份秘密刊物传到他手里的时候都已经是明日黄花，只能知道个大概。即便是这样的刊物，他也还不能自作主张让李恂看。他正在筹划着弄一笔钱，主要靠卖字画的菲薄所得。没有名气的人写画得再好也不值钱。他想等到洪钟服刑期满的时候，亲自去接他出来。

六三　只有身经忧患的人才能体味别人的忧患

轮船启动了，在闷嗡嗡的汽笛声和轰轰隆隆的轮机声中，船身慢慢地离开了码头。唐旻站在官舱的甲板上，挤在舷边的人群里，向岸上挥手。李恂也向他挥手告别。天光为唐旻的出行壮了声色。晚霞映红了海面。船上的人影映在晚照里，可是渐渐模糊了。

李恂长吁一口气，吐不尽心头的惆怅和抑郁。

来送同学之前，他已经到李先生行里去过。李先生一口答应了，说要亲自和宗先生商谈接待温斯顿的方案和以后合作的办法。

他回到家里的时候，妈妈不在，却有玲玲一个人在等他。

“啊，哥，你怎么才回来？把人等死了。”

她告诉李恂，章婶有急事叫他去。什么事呢？玲玲不知道，只说章叔叔从外国来了信，不知是不是要叫章婶出国。

说是急事，可是走在马路上，玲玲故意放慢脚步。天色有些灰暗了。她紧靠着李恂，像小时一样抱住他的一只胳膊，前面来人的时候又松开。

“哥，你怎么老也不来啊，我真想你。”

“我忙。我也想你。”

“哥，是真的？”

“真的。”

玲玲感动得心跳了。“章婶也想你。”

“你怎么知道?”

“她常说呀，这孩子，翅膀硬了，家里笼不住他了。哥，是不是这样?”

“我不愿意见她。”

“为什么?”

“忙啊。”

“才不是呐。我知道为啥。”

“你说。”

“为麻姑姑。”

“你这个鬼灵精。”他拿手掌在玲玲的脑门上拍了一下，拍得玲玲高兴地笑了，因为小时候哥哥常常这么拍她。

“麻姑姑是不是真的死了?”

李恂心里一震，这个小鬼头是不是看出一点什么了？想如实告诉她，但是又改变了主意。只说：“我也拿不准。”他怕她人小嘴快，万一露出风声，麻姑姑就更难了。

玲玲咭咭呱呱，一直说个不停。她说章婶现在三天两头去看京戏。再不就是拿做的新衣服脱了换，换了脱，在大镜子前转着身子照。

“照不照也长不高了。”玲玲扑哧一笑：“我看啊，她好像是迷上了那个唱小旦的。”

“哪一个?”

“筱艳红啊。”

“那不是一个男的吗?”

“不是男的她还不一定迷呐。”

李恂也噗地笑出声来。

“噢，对了，哥，你知道吗?”玲玲忽然拉他站住，神色庄重地看进他的眼睛。“婶婶要给明秀提亲……”

“真的，有这事？”李恂也觉得突如其来。“是什么人？”

“好像是戏班子敲小鼓的。戏班里能有什么好人？”

“什么地方都有好人，也都有坏人，不能一概而论。”李恂想了想，又说：“你放心，婶婶能越过奶奶吗？奶奶不会同意的。”他想，章奶奶老脑筋，不会答应同戏班子里的人结亲的。他拉一下玲玲，继续往前走。

“哥，我问你，你可别说假话啊。”

“我从来不说假话。”

“要是我掉在海里，你救我吗？”

“当然救你。”

“要是我和章婶都掉下去，你先救哪一个？”

“当然是你。”

玲玲心跳了，又急忙问：“要是我和明秀呢？”

“两个都救。”

“要是只能救一个呢？”

“没有的事，你净胡思乱想！那么，你说，救哪一个？”

“救明秀……”

李恂听她说得真心实意，也深受感动，拉住她挽着胳臂的手，紧紧地一握。“你是我的好妹妹，好妹妹。”

玲玲高兴得掉下泪珠了，但是急忙用另一只手一抹。

“哥，要是章婶拿我胡乱送人，你管不管？”

“你还小。”

“能老是小下去，长不大了吗？”

“到那时候还不知谁怎样呢？”

“我非知道不可，哥，你救不救我？”

“救，救，泼上命也救。”

玲玲更紧地抱住李恂的胳臂。她但愿这样一直走下去，紧贴在他的身边，走到世界的尽头，走到世界的末日，走到……

但是，到家了。

妈妈正在章奶奶屋里，爸爸也还是歪在奶奶对面。李恂照例向奶奶请了安。妈妈告诉他章婶有急事等他。

章婶正提起一块花布，在明秀身上比量着，看样子是要为她做新衣服。看来玲玲讲的提亲的事不是虚话。地板上摆着两个打开盖的箱子，里面满满的是绸布衣料。

“哦，你来了，好。你看，这衣料好不好？”

章婶接着又换了一块布，仍然在明秀身上比试，一连换了三次，都问他好不好？他都回答说好，一面坐在床边的方凳上。

“问你也白搭。”章婶瞥他一眼。

“不错，等于问一根电线杆。”李恂正有点饿，看见茶几上有一盘奶油饼干，抓起来吃着。

章婶叫明秀先回去。明秀出门的时候，回眸向弟弟一望。眼睛里说得明白，她心里有话要向弟弟说。

章婶把花布统统放回箱子。“你这孩子，不请还不来。”

“我事多，忒烦人。有一包线失盗了。”他故意扯开去。

“一包线值什么。”章婶笑了。

“人心不同。你说不值，人家说值大了，正紧着查呐。查得女工们人心惶惶，多烦人啊。”

“不说这，你先看看你叔叔从伦敦来的信。倒好，中国玩腻了，玩到外国去了。”

章叔的平安家信很简单，只说在英国住几天，还要到法国和德国，也许还到比利时和意大利。此外就是请安问好的家常话。究竟到这么多地方去干什么，一字都没讲，也没讲回国的日期。原来是周游列国，探幽寻胜，在洋花洋柳中寻欢作乐去了。没有一点让章婶出国的意思。可见玲玲的话是瞎猜的。

章婶已经写了回信。她不会在信封上写洋文，又怕照猫画虎惹人笑话，所以叫侄儿来。

“我当了什么大事。信交给我，我用洋信封打字，寄出去就行了。得标明经过西伯利亚。要不，走海路一个月也到不了。”

“那好。不过我要你来，真的有大事和你商量。我先问你，你想不想出洋?”

李恂心里动一下。出国留学，当然是求之不得的，不过……

章婶不等他回答，又说：“我有个想法，你叔叔一个人在外，挺孤单的。这次幸亏没和金少爷一起出去，姓金的净引他干缺德事儿。我寻思，是不是姨奶奶想到外国住一阵子，先要你叔叔去踏看踏看，要不，走那么多地方干啥? 要是姨奶奶和你叔叔都在外面，你出去有多方便……”

李恂愈听她说，心里愈踌躇，听到这里，想定了，不，决不! 原来她是想派一个眼线，一个探子在丈夫身边啊。即便不是这样，靠她的帮衬出去也是一百个不行，靠姨奶奶更是一千个不行。

“我说，章婶，你自己出去开开眼界有多好。”

“我能扔下这个家吗?”

“我怕妈妈不放我走。”

“我和她说呀。”

“好。你说吧。”

李恂心里有数。妈妈是会为她说活的，但是他可以事先关照妈妈，要她一口咬定，不舍得儿子离开身边。其实他不说妈妈也不会同意他走的。老人家看儿子这么有出息，人人都夸，正四下探听，哪家财主有合适的闺女，想给儿子聘媳妇呐。她还不敢让儿子知道，怕他闹气。也不敢向章家少奶奶透露，怕她把明秀塞给她。其实章婶在明秀身上另有主意，想用这老实的女孩当钓饵。两个女人各有各的机关，各有各的梦想。

章婶一面和李恂谈着，一面把花布之类放回箱子。她又是看戏，又是听唱片，又是一件件做新衣服，又常常在大镜子里端详自己，又是迷上什么小旦，可见她是在挣扎，在排遣难于抑制的苦闷。自从麻姑姑被她赶出家门，他不看她是长辈了，只看她是一个女人。现在看着她那袅袅娜娜的身段，蓦然有一个念头。如果揽腰抱住她，她会怎样呢？这念头只一闪就过去了。他鄙视她，恨她。

玲玲来叫吃饭了。

奶奶一向一个人在里间的小炕桌上吃饭。从前是麻姑姑照应她，现在是玲玲。在堂屋里摆下一张方桌，周围坐着章婶、李恂的父母、明秀和李恂。明秀低眉垂目，吃着吃不出滋味的饭菜，一面不时地看李恂一眼。李恂知道明姐有话要和他说，他也很想知道她目前的心境。明秀吃得很少，很快地离开饭桌，走出了堂屋。李恂大口吞完饭，也走出来。明秀正在中门外面等他。他们一起到了南客房。天大黑了。明秀开了灯。很久不到的这客房显得特别阴冷。这是当年小姐妹们闹玩和淘气的地方。那些情景似乎还历历在目，但是遥远了，生疏了。

明秀不开口已经泪眼模糊，但是竭力忍住。“你知道了吧，婶婶要把我……”她终于忍不住，哽咽起来，但是不敢大声。“不告诉我，想把我蒙在鼓里，推出门。是玲玲听到风，我才知道的。戏班里有什么好人……”

“也不一定都是坏人……”李恂说了这一句，很后悔。这不等于是赞成吗？

幸喜明秀憨厚木讷，没有在意。“我宁可一辈子不嫁人，我宁可跳海，跳井，也不……”

“你放心，明姐，奶奶不会同意的。”

“有我没我，她不是都抱她的大烟灯？”

明姐想得也有道理。这个孙女这么笨嘴笨手地不讨人喜欢。章婶有本事把婆婆玩弄在掌心里，还能从中买好呐。

李恂沉思了一会儿：“照我说，你一口咬定，就是不答应。一定叫大伯伯回来。没有他的话，你就是不出阁。”

“哪里找他？他又那么痴痴傻傻的。”

“你只咬住这个理。这个理到哪也能说得过去。大伯也不是经常痴痴傻傻的。料想章婶也不能不听。”

明秀摇摇头，对于这个办法不置可否。“我只求你一件事。”

“你只管说。”

“咱们从小一起长大，你就是我的亲弟弟，我知道你心里也有姐姐。世界上除了你，我心里没有别的亲人了……”明秀说到这里，只觉得一股酸水冲上心头，一时堵得说不下去了。

“要我做什么，明姐你快说。别叫章婶听见……”

“我只一条路。逼急了，我不是逃就是死，你一定得帮我。”

“明姐你别想得那么窄。我一定帮你，一定。我一碗饭分两半也饿不着你。”

明秀两手用力抓住李恂的手。她的手好烫啊。“好，我就要你这句话。有这句话，姐姐什么都不怕了。我笨是笨，可死也不能听别人摆布。你快走吧……”

姐弟二人走到大门口。李恂迈过门槛。明秀关了门。他站在门外，一时竟不知身在何处，要到何处。听见大门里面明秀憋住声息地啜泣，他觉得有一把刀刺在心上。

明秀没有听见他的脚步声。门缝里传出她的低声：“恂弟，你走了吗？你还没走？放心走吧……”

她竭力忍住悲哽，回头向里走了。

李恂听见她的脚步声渐渐消失了，也忍住心里的悲哽，一步一步走下石阶。他本来是要到姨妈家去的，可是这么晚了……不，要去。心里这么堵，不能不到月姐跟前。现在如果回家，他觉得自己会大喊大叫，会发疯的。

他跳上路边一辆人力车，要车夫快跑。

到了姨妈家，街门上栓了。为他开门的是湘文。

“哟，先生别是走错门了吧？”

他明白几天不来，这是湘文的戏言。走在甬路上的时候，湘文说姨妈刚刚睡下，别惊动她了。贞月已经听见声音，迎出来。灯影里，他看见湘文挓挲着两只湿手，显然是在洗衣服。偏偏姨妈听见了，高声地叫他。

他来到姨妈房里，请了安，回答了她的问话。他很高兴地看见姨妈胖了些，气色也好了许多。

“姨妈，我看你好多了，好多了。”

“可不是，有这么两个好女儿照看我，我再不好，不是没良心吗？我觉得硬实多了，心口痛也不常犯了。去吧，到你月姐屋里说说话儿。太晚了就住下吧。小时候，我让你睡在我的床里边。半夜里，梆，一根杠子打在我的腰上，一摸，是一条腿。一夜得给你盖五六次被子。现在该不要姨妈给你盖被子了吧？”

说得他和贞月和湘文都笑起来。没法召回的美妙的童年啊。

湘文仍然到下屋去洗衣服。李恂来到贞月的房间，像往常一样，坐在书桌前的椅子上。桌上正摊开一本英译的《红楼梦》和一本字典。贞月送给他一杯茶水，照例坐在书桌旁的方凳上，问他近来忙些什么。

他没有回答，双手抱着头，伏在书桌上，一句也说不出。这几天心里的压抑，灵魂的痛苦，是没法出之语言的。矿井的惨案，唐旻的来去，对女工的逼问，阮令之的变化，违反自己志趣的工作，蜗牛壳儿，章婶为明秀设下的火坑，没有一件不是噬痛心肺的。这是人生吗？是什么样的人生？这是梦吗？是什么样的噩梦？

他抬起头，无声的泪痕满脸。他来，是要向月姐倾诉衷肠的。不该来，不该来！如果拿自己的烦恼加重月姐的烦恼，是罪过。

贞月见他的样子，吓坏了。“你怎么了？不舒服吗？受什么委屈了吗？”

“我好好的。什么人也没有委屈我，什么人的委屈我也不受。”

“那是怎么了，你说呀。”

“没法说，没法说。”

“不和姐姐说，和谁说？”

是啊，不和月姐说，和谁说呢？

“我真的不知道怎么说。我说不上是痛苦，是烦恼，是压抑。我算不算走向社会了？这就是人的社会吗？为什么人和人是这样？为什么人看起来是一个样，骨子里是另一个样？我的同学，明明可以好好求学，他偏不，他去演戏。几千人死在矿井里，这个社会什么反响都没有。那位宗先生，天天祷告仁慈的上帝，为一包棉线，逼得女工们个个心惊胆战。为什么章婶对我那么好，对别人却那么心狠手辣？我是个人吗？是个活人吗？我是个蜗牛，背一个壳子，爬呀，爬呀……”

李恂说到这里，看见月姐心神不安的眼睛直盯着他。他忽然注意，她的耳轮上垂着一对珍珠耳环。

“月姐，你怎么不戴你的金耳环？”

贞月摸不透他现在的心情，一直沉吟地听着，猜度着，听他转了话题，更摸不清他的思路，只得以轻松处之，装佯叹一口气：“还说呐，还有脸说呐。不是你不许姐姐戴吗？不是你替姐姐扔了吗？”

“我变了。我现在崇拜黄金。黄黄的、发光的、宝贵的金子。可以使黑的变成白的，丑的变成美的，老人变成少年，可以使受诅咒的人得福，使大麻风病人成为众人崇拜的天神，可以使强盗变成圣贤，可以使鸡皮皱老太婆变成娇媚的少女，可以使柔软的心肝变成铁石一样……”

他在英文课里读过《雅典的泰门》的节选，当时能背诵，现在可记不清了，只能信口胡扯。

贞月打断他：“哦，你到姐姐这里，就是讲这些疯疯魔魔的话给我听啊。宗先生没把你拉到上帝那里，魔鬼倒拉你到他的身边了！也不问问姐姐这些天怎么样，也不问问湘文怎么样……”

她知道弟弟心里难以排解的苦恼，知道不这样刺他不能转开他的思路。她的话奏效了。

“是啊，我这是怎么了？对不起。”李恂果然转了话题：“我不是发神经，不是诉苦。我只是觉得脑子里空，什么都不清楚，看不透。月姐，我人没有来，心天天都来的。”

“谁要你说这些。”贞月瞄他一眼，故意一撅嘴唇：“我啊，对你是又放心，又不放心。”

李恂坐直身子，看定贞月，像听课的小学生那样等她说下去。这又庄重又认真期待的眼神倒把贞月招笑了。

“哎，拿你可怎么好。孩子不像个孩子，大人不像个大人。姐姐放心，是相信你不管在哪里，都不至于变坏；不放心，是因为你忒爱钻牛角尖。到底是些什么事惹得你这么愤世嫉俗？别让姐姐打闷葫芦好不好？”

于是他简要地讲了这几天的所见所闻。当他讲到隔着大门听明秀在里面呜咽的时候，贞月眼里也忍不住满含泪花。只有身经忧患的人才能体味别人忧患的滋味。

湘文一直没有进贞月的房间，有意让姐弟二人多谈谈。现在她来了，说已经十一点了，是不是给表弟安排住的地方。

“哦，这么晚了。我必得回去。没有告诉妈妈，怕她不放心。”

既然是这样，两个姐姐都不好强留他。

六四　闪电般的一吻在少女心里引起大恐怖

小豆豆活下来了。培真常常抱他到中院、前院晒太阳，看飞翔的鸽子，看最早开的月季花。小弟弟是姐姐的命，爱的啊，不知道怎样才好。她把他紧紧搂在怀里，脸贴着脸。不管是谁，凡是走到跟前的，她都要献宝，捧起婴孩让人家看。“你看，你看，会笑了。”谁要是随声附和，夸上一句两句，谁就是世上最好的人。

已经进入初夏。前一阵子种下的丝瓜、扁豆之类的大叶子已经爬满墙头。红艳艳的鸡冠花、姹紫嫣红的西番莲和步步高，也开满了半院子。宗先生又差不多每天去打鱼，因为儿子的小命看来是保住了，究竟是上帝的恩宠还是医生的妙手，他自然不去推敲。他和李先生更成了莫逆。除了他们共同的上帝，共同的海，如今又有了共同的大展宏图的目标，商量好了专等温斯顿的来访。

李恂空闲的时候，或者干得不耐烦的时候，总要到院子里走走，看看鸽子和花卉，或者到后院看看宗约翰的染发。李恂很少到女工的现场去。去了，总是看见女工们投来好奇的眼光，听见她们嘁嘁喳喳的议论。这一阵子正在追查棉线的事，他更不愿意看见那些沮丧的脸色。

“你看，你看，小豆豆笑得多好看。”培真看见李恂从办公室出来，凑过来说，一面把弟弟捧到他的眼下。

“唔，是，笑得好看。”其实小豆豆没有笑，只是因为某种原因咧咧没牙的小嘴。“而且，越长越像姐姐了。”

“是吗，真的吗？”

“真的。”是不是真的，连李恂自己也说不准。不是讨好，更不是欺骗，是姐姐那么爱弟弟的情怀打动了他。

这可真是个好人啊，而且是世界上第一个好人。

“呐，你抱抱试试，试试，可沉呐。”

李恂从来没抱过这么小的婴儿，只得小心翼翼地接过来，捧在双臂里。漂轻！又这么柔软，好像是凉粉，一不小心会掉在地上。他急忙把小豆豆送还培真。

“是不是，嗯，是不是很沉？”

“很沉。”

培真笑了。照进她的瞳仁的是一个多么可亲的人啊。

天早已阴上来，忽然炸开一声响雷，震天动地地从头上滚过去。

小豆豆哇一声哭了。培真也全身一震，急忙往最近的办公室里跑。李恂的双手护住小豆豆的头。大雨点落在地上打起了花。培真没有想到小弟弟怕雷也和姐姐一样。他一直号哭，直到雷声远去，才平息下来。培真吓得起了鸡皮的脸上也回复了原样。弟弟咧咧嘴，姐姐也笑了。但是小豆豆似乎惊悸未定，惶恐地转动着小眼珠。李恂拉开后窗的布帘，想让他看海。可惜乌云很厚，水气濛濛地挡住了视线。打在玻璃窗上的雨点引起小豆豆的兴趣，一颗颗很亮的珠子，拉成一条条明亮的线，挂下来，挂下来，可能在小小的眼睛里形成了奇特的图案。

“小豆豆怕雷，也像我。”

“雷有什么可怕？”

“书上说，雷是电的撞击，可我总觉得是上帝在发怒。你听，那海声，海也发脾气。”

这个小姑娘带着余悸的眼神，这天真的想象，都引起李恂的兴趣。他抿嘴笑着。

“你不怕吗？”培真仰脸问他。

“不怕。”

“我啊，知道你不怕。”

“为什么？”

“你什么都不相信。”

“我相信你啊。”

“相信我什么？”

“相信你好心眼儿，又大胆，又小胆。”

这回答使培真高兴，但是又很不满意。她的大眼睛向他一扑扇。

“我问你，你真的不相信灵魂？”

“咱们以前不是讲过了吗？”

“那为什么有人好，有人坏，有人美，有人丑，有人住高楼，有人披麻袋片儿？”

李恂心里明白，她的意思是想说，这一切都是上帝的安排，人只能服从，没有别的法子。他故意地问：“你说为什么？”

“我不是问你吗？”

“经书上说：‘富人进入天国，比骆驼穿过针眼还难。’”他心里想的是她的父亲，看她怎么回答。

“他不敬神啊，不做好事啊，不传道啊。马太福音里说：‘凡不结好果子的树，就砍下来，丢在火里。’”

李恂心里暗笑，这么说，她父亲一定会进天国喽。他笑吟吟地说：“全能的上帝让所有的树都生好果子，不就行了吗？何必那么麻烦。噢，对了，我讲一个自己的笑话你听。上神学课的时候，我问老师，有一次耶稣饿了，走到一棵无花果树跟前，可是找不到果子，就诅咒这棵树，让他立刻干枯了。他既然能用五个饼喂饱五千人，他自己为什么还会饿呢？他既然能叫无花果树枯死，还不如叫它生果子，那不更好吗？老师不回答我的问题，却说我亵渎经书，扣我的分数。那个学期，我差一点丢掉了银牌牌。”

这哪里是笑话？这些话使培真心里直打颤儿。这不是亵渎经书是什么？魔鬼啊！魔鬼的力量有多大！还不等她想出回答的话，忽然又响起一声震天动地的霹雳，轰隆隆，哗啦啦，比刚才那一声更吓人，好像要把房盖揭掉，窗子也震得咯咯啦啦地响。小豆豆吓呆了，一头扎在姐姐怀里，哭都哭不出声了。培真也吓破了胆，抱着小豆豆一头扎在李恂的怀里。李恂张开双臂，把姐弟二人一起抱在胸前，拿脸紧紧护住培真的头。这山崩地裂一般的雷声整整响了一两分钟，渐渐远去，可是余威好久不息。上帝的脾气发得可真不小咧。

培真紧紧依偎在李恂的胸前，紧紧搂住小弟弟，感觉到两只强有力的男人的胳膊抱紧她的双肩。惊吓是惊吓，可是她觉得心神安然。她好久不敢抬头，闭着眼睛。李恂第一次把一个柔软的身子抱在怀里，感觉到她的心跳和身体的微微颤抖。都不敢动，怕还有第二次、第三次的闷雷。他们依偎着和拥抱着，很久很久。雷声终于消失了，连远处的回声也停了。培真微微抬起头，大眼睛里还留着恐怖的余波。她是第一次这么贴近地看一个男孩子的脸。啊，他多么英俊。那么崭齐的黑黑的眉毛，那么漆黑的发亮的眼珠，那么端正的鼻梁，那么红润的嘴唇，是这么一个人在保护她和小豆豆。那双秀气的眼睛也正看进她的眼睛。这么近，她很有点不好意思，觉得脸上发热了。

这个女孩的信任给了李恂一种特别的亲切感。向真的美是显明耀眼的，培真的美是内涵的，必须细细端详才能认识。长睫毛遮掩下的大眼睛，从眼仁儿深处闪射出善良和温柔的光，不留神是看不见的。最有特点的也许是她那绸片一样光洁的前额，似乎她所有美丽的心灵都写在上面。李恂自己也不明白是怎么回事，一种不可抗拒的力量使他不自觉地低下头，在培真的额头上轻轻地吻了一下。他觉得培真哆嗦了一下，似乎软瘫无力地在他的胸前更紧地靠了一靠，立刻抱着弟弟离开他的双臂。他也不自觉地后退一步。小豆豆睡着了，小嘴张着，好像还在做着可怕的梦。

培真的两眼直直地盯住李恂，眼神是迷惘和恐怖的交织。这个人的温暖的嘴唇从她的额头烧入她的心。她的脸色由煞白变红了。掩饰不住少女的羞怯一时间使她手足无措，同时又有一种愿望猛烈地撞击她的心。李恂看出了她的惶惑不安，知道自己莽撞了。他看培真像玲玲一样，不过是一个未成年的女孩，一个小妹妹，只是一个庄重，一个活泼。但是像刚才这样，双臂紧抱住一个少女的柔软的身子，在他也还是第一次。这种感觉和他小时候猴在珊珊身上完全不同。多么可笑啊。不过是在偶然的情况下不经意的一吻，有什么可介意的呢？他觉得心怀坦然。

两个人面对面站着，一时间没话可说。培真脸上的红晕渐渐消退了，变得比刚才更煞白了。她觉得全身眨眼间由火热变得冰凉。她低下头，更紧紧搂住小豆豆，向办公室外走。李恂替她推开门。雨停了。凉习习的潮气涌进门来。他看着培真踩在湿漉漉的砖铺甬道上，急急地向中院向后院走去。

他在写字台前坐下，要按照宗先生的授意，起草一份意见书，与温斯顿商量会谈的事宜。照他一向的习惯，一坐在台子前面，思想就能集中。这时他在纸上画了不少圈圈，可是一个完整的句子也没有写成。纸面上是培真那含羞的惶惑的眼神。他不由得想到贞月。她知道了会怎样看他？当然，她不会知道。能对她这样说吗：“我不经意地吻了一个女孩的额头。”荒唐！可是，不能对贞月说的事，算是什么事呢？他长了这么大，从来没有一件事是不能对贞月讲的。想不清的事最好别想，可是偏偏又粘在脑膜上。他有点茫然自失了。

李恂一向相信自己的意志力，意志现在可是让位给心猿意马了。因为总是宁静不下来，他索性推开信纸，坐在打字机前，把能记得的诗文一段段打出来，这样来驱散心里的不宁静。一切都是枉然。他索性来到院子里。清凉的湿气沁入他的鼻孔，他觉得头脑清醒些。雨后的花卉显得特别娇艳。已经是下午五时，散工了。女工们从中院出来，经过前院，向外门走去。他看见她们一个个脸色煞白，神情沮丧，完全没有往日的低声谈笑。其中还有几个人用手绢擦着眼睛。朱芸娘则是一脸的怒气，低着头，一声不响地向外走。往日她上工或下工，每次碰见李恂，总要亲切地笑着打个招呼。今天她也许没有看见他，也许看见了也不想理他。

啊，真的是这么回事！小六子传给他的要开除女工的话证实了。那几个哭的一定是被开除的。那么朱芸娘呢？

原来丢失棉线的事，前后查了一个多月，没有任何结果。商行的人员肚里明白，问题不至于出在女工身上。一包棉线的体积比普通枕头还大些，可怎么向外夹带呢？会不会拆了包一扎一扎地带出去呢？在这么多眼睛前面，谁能有这种变戏法的本领？最可能的是发货时多发了一包，而来提货的人得了便宜不吭声。但是这话谁也不敢讲。讲出来就会担干系，岂不要查到每个人自己头上？孙先生更不能讲这话。不论是谁发错了，他总要担责任的。

李恂以为开除女工的事是宗先生的旨意，其实不然，是孙昌家一手包办的。正好把平时不驯服的、爱讲闲话的、受查问时反唇的，借机会清除出去。你肖兰云不是不受抬举吗？那么请吧！开除女工，朱芸娘打心眼里不赞成。开除兰云，更是她反对的。她和孙先生大吵了一次。“那么一大包东西，我想偷也偷不了。没凭没据，怎么能拿女工开刀？”“用不用是行里的权力，谁插嘴都是白搭。”“冤枉好人，伤天害理。孙先生你自己也有姐妹，没有姐妹，也有妈妈、姑姑、姨姨，你凭良心想想。”话说得这样不留情面，孙先生发火了。“这里没有你说话的地位，爱干就干，不爱干你走人。”“姓孙的，你是什么人，我心里通亮。逼急了，我什么都给你抖搂出来。”孙先生心中是又怕又不怕。那些不干不净的事抖搂出来，饭碗难保。但是朱芸娘有一件事卡在他手里。她曾背后和女工们计议：要是逼急了，大家一起不干了。可惜人心难齐。有不少女工是等米下锅的，这里不干，到哪里找事呢？这话传到孙先生耳内，自然是一大把柄。你想咬我么，好，我就说你挑唆工人罢工，送你到局子里去。

所有这些，宗先生都听任孙昌家一手办理。这件小事早已不在他的心上，他正有宏图大业要考虑。

连朱芸娘也一并开除，是李恂万万没想到的。他来到账房。孙先生笑脸相迎，一如平常。李恂问他为什么连朱芸娘都开除了。

“她是你的亲戚吗？”

“不是。平时我听人们都说她好。”

“哎，知人知面不知心呐。你忙你的吧。这些事不值得你分心。”

孙先生一直满面含笑，可是心里已经打了两个曲折。如果李恂和朱芸娘是亲故，他向宗先生求情，翻腾起来是对自己不利的。既然非亲非故，他不怕什么了。

“宗先生知道了吗？”李恂又问。

“行里用什么工人、用多少，一向都是我这里支派。宗先生一向不问这些小事。要是事必躬亲，商行也就离关门不远了。”他颇有得意之色地笑出声来。

李恂想他说的也在理，不再问什么了。

他回到办公室，整理了一下文件，拉下写字台的盖子，锁好，走出门外，心里沉甸甸的，愣愣地站在门口，一时竟想不好是回家呢，还是……

“哟，先生，愣在这里干啥呀？”

他抬头，见是从后院走出来的向真。她身上浴满雨后的夕阳，也像花朵一样显得特别清新。

“我叔叔还不回来。小豆豆又受惊了，培真也病恹恹的。已经叫小六子请大夫去了。”

李恂听了心里一震，一时间竟说不出一句话。

向真睨了他一眼。“你怎么这么傻愣愣？”

“我为女工的事难过。”

“难过？难过顶什么？我气炸了肺。我婶娘也不赞成。我泼上去，非问叔叔不可。”

“算了，别问了。他不管这些小事。”

“小事？冤枉人是小事？我看你们男人都是……”她要说“铁石心肝”，但是留了分寸。

向真每天上学、下学，常常来这里扎一头，和培真叽咕几句，帮婶娘干些什么，抚弄一下小豆豆。她怕叔叔，可是爱婶娘。婶娘也喜欢她的心灵手巧、言谈欢笑地给她破忧解闷，常常暗中资助她一些。

“哎，先生，走吧。下班不走，到月头不多开钱的。”她语言里带着嘲讽的意味。其实她喜欢的正是他的外傻内秀。

“啊，走。”李恂随口应着，其实他心里踌躇，是否以看小豆豆为名去看看培真呢？下不了决心。他现在很怕见她，当然又很想见她。

“一起走，好吗？”向真问。

“好。”

“那，我先走一步，省得姓孙的贼眼……”

马路上正是人流拥挤的时刻。下了班的男女工人和各色人等都急忙往家里奔。向真紧靠在李恂的身边，不停嘴地喋喋着校里的事儿。两个人时时得躲开迎面走来的人。

“培真又向你传教了，是不是？”

“传教？”

“是啊。你这迷途的羔羊，没有牧人能行吗？她想送你福音书，又不敢。”

“圣经我有的是，精装的、平装的、大的、小的，都有。她需要的话，我至少可以送她三本。”

向真提到培真，正好触到李恂忐忑不安的心。

“她和你讲过了，是不是？”向真很愿意妹妹和李恂接近，这样可以从这个小傻瓜嘴里听到点什么消息。

“她问我相信不相信人有灵魂。”

“你一定是说没有喽。”

“嗯……我没有那么直截了当地说。”

向真噗地一笑，仰脸眯了他一眼。“你呀，不是我说你。别那么书呆子气行不行？有人关心你的灵魂，怕什么？她说了，你的灵魂给撒旦迷住了，正像当初撒旦迷住夏娃一样。主说：‘我就是门，凡从我进来的，必然得救。’人家要帮你开门，有什么不好？又说了，石头还有给水滴穿的日子呢，不信你的心比石头还硬。哎，上帝怎么造成这么两个傻子。她比你小，可是个大傻；你呢，是个小傻。你和一个死心眼的小丫头较的什么真呐。她说灵魂有，你也说有；她拿你当羔羊，你就让她牵；她给你开天国的门，你就进。这个小傻瓜，你要她为你的灵魂祈祷，她一定会从天黑祷告到天明。你让她拿水往你这块石头上滴，你能掉几斤肉不成。”

说的李恂咧一咧嘴，笑了。这两姐妹，一个活泼，一个安详，一个伶牙俐齿，一个木讷寡言。一个聪明外露，一个慧心内涵，要是合成一个多有意思，可是天下哪有这么齐全的人。如果说有，也只有一个贞月。

向真请他到她家去，他辞谢了。

李恂走在回家的路上，想着向真的话。是啊，是啊，何必一定和一个小姑娘唱反调，让她灵魂不安？由着她好了。让这个身居家庭修道院的小姑娘得到一点人世的欢乐，有什么不好？

人世的欢乐，培真可还一丝一毫也没得到。她正陷于恐怖和绝望的挣扎中。额头上的印痕世人看不见，但是上帝看见了。正如经书上说的："因为掩盖的事，没有不露出来的；隐藏的事，没有不被人知道的。"她走出办公室的门，抱着小豆豆往后院走的时候，心里不停地喃喃："主啊，宥恕我，主啊，宥恕我。慈悲的父啊，宥恕你的罪人……"

小豆豆的确受了惊，有些发烧。这增加了她的恐怖。一定是主借小弟弟来惩罚她。她的十条命也抵不上小豆豆一条啊。大夫看了以后，小豆豆服了一粒小丸药，安静地睡着了。妈妈看培真两颊发烧，以为她也受凉，其实她身上好好的，只是病在心头。

宗先生天黑才回来，一进商行门就听小六子说小豆豆病了。开除女工的事，他只听孙先生讲了几句，点点头，急忙往后院奔。看见小宝贝安稳地睡在摇篮里，这才放下心来，弯腰盯着儿子的小脸，默默地做感恩的祈祷。

全家安睡了。全世界都安息了。只有培真一个人平躺在她的床上，瞪大眼睛望着望不透的天空。那里住着圣父、圣子、圣灵，住着先知和天使们。他们正在为末日的审判做准备，记录着世人的一切罪行。可以瞒过全世界的人，唯独不能瞒过圣父。"就是你们的头发，也已经被数过了。"想到这里，培真全身打一个冷战。

"主啊，我在天的父，愿你的光降临，照亮我的心……"她不停地重复同一的祷告，热切地期望有灵光来启示她。可是没有。难道圣父不能宽恕一个十四五岁的女孩吗？黑暗的天空还是那么深不可测。按照经书的记载，天会开眼，放出耀目的光，圣灵仿佛鸽子降下，落在人的心上。没有，什么都没有。除了远远的海涛声，世界是死寂的。

她的恐怖越来越深了。她悽悽惶惶地觉得，印痕不只印在她的额头，也印在她的心上了。这么深，洗不掉，磨不掉。她的灵魂的眼睛愈看愈清晰的是那一霎可怕的景象。那依偎和拥抱，那温暖的气息。她吃惊地想到，当时她一点也没有反感，也没有立即挣脱开，反而好像很乐意地紧紧靠在他的胸前。如果他吻第二次，她大概也不会躲开。多可怕呀！她在恐怖的回忆中似乎更加看清这个人的崭齐的眉毛、漆黑的眼珠、高高的鼻梁，还有……她愈想推开这影像，这影像可愈加逼近她，似乎活灵活现地站在床边。

正如从来不接触细菌的人最怕感染一样，可怜这个少女，一向被封闭在真空管里，一接触空气就经受不住了。

不知是从哪里，也许是从几千年传下来的细胞或血液里，也许是由于从小受到严格的管束而来，她的灵魂深处萌生出一个意念：既然靠在他身上了，受了他的一吻，她就是属于他的，今生今世不能改变了。世界上的一切都由上帝安排，这岂不是上帝的意旨吗？她的头发也宁愿让这个男的一根根数过，证明她是纯洁的。如果她的清白由他玷污，那么抹去这污点的也应当是他，必然是他。这也是不可改变的了。她相信这样能得到主的宽恕，否则下地狱吧，受烈火烧吧，她不怕了。这样想的时候，她的心里好像宽慰了些。但是一眨眼又陷于更大的恐怖。这不是亵渎神吗？

“我们在天的父，愿尊你的名为圣，愿你的光降临，赐我灵光，照亮我愚昧的心吧……”她跪在床上，双手合十，眼睛向着外面深不可测的黑暗的天空。她决意更加勤奋地读经，从中找到回答。

她在自己熬煎自己。地狱的火还没有烧到她，她自己内心的火快要烤干自己了。天傍亮的时候，她头脑昏昏，全身发起烧来。

六五　弱女子只能以死抗议人世的不公

向真果然乍起胆子，向叔叔进言了。

这是在第二天她下课，来到商行后院的时候。宗先生刚刚从海上回来，正在院里整理渔网。他的身旁有一个大瓷盆，里面有几条尺多长的鱼。她为了讨好叔叔，一面帮他散开湿漉漉的网，一面夸好大个的鱼。夸鱼，等于是夸叔叔打鱼的本领。聪明如她，她才不直说呐。

“叔叔，你一出海，婶娘、培真，还有我，都为你祷告。”

这话约瑟是相信的。

他又劝叔叔今后还是不要在海上那么久，本来为了养身子的，风里浪里时间长了，反而对身体不好。她一面说，一面观察叔叔脸上的反应。没有好的反应，也没有不好的。当叔叔的当然要有叔叔的架儿嘛。看看渔网快铺散完了，她又急忙从自流井上提来一桶清水，让叔叔洗手。要是他洗完手，去干别的，说话就不方便了。她只得乍起胆子问：“叔叔，我不明白，咱们家一向对工人都好，怎么忽然开除工人了？”

“这有什么不明白的。俗话说：杀鸡给猴看嘛。”

“可是马太福音第十章第二十四节不是说吗？‘学生不能高过先生，仆人不能高过主人’。第五章第七节里说：‘怜恤人的人有福了，因为他们必蒙怜恤。’第五章第四十四节说：‘要爱你们的仇敌，为那逼迫你们的祷告’。”她看叔叔似乎听进去了，又说：“叔叔，我为她们祷告对不对呢？”看叔叔微微点头，更乍起胆子说：“叔叔，究竟是谁拿了线也没弄清楚，要是冤枉了好人呢？我觉得应当怜恤她们，对不对？……”

约瑟不喜欢这个侄女，有几个原因。一是她竟敢不听叔叔的话，自己去上学。为这事，哥哥和他说过，培真妈妈也说过，日子一久，心里的不痛快也就淡了。二是她那么蹦蹦跳跳、大说大笑的，很不像一个守本分的女孩。最关紧要的是第三，他知道她不好好读经。如今听她经书背得那么熟，连章节都记得那么清楚，心里先就喜欢了。脸上自然是不露的，因为当叔叔的自然得有叔叔的架儿。他当然不会知道，向真是为了向叔叔进言，夜里查阅圣经，把几句有用的话背熟了的。

叔叔没有说什么。向真心里忐忑，不知道叔叔为什么不置可否。

宗先生洗完手，径直到了办公室。这时已经下班，李恂早走了。他喊小六子叫来孙先生。在这种时刻叫他，从来是少有的，所以孙先生有点忐忑不安。宗先生显得心平气和，只简单问了问开除女工的情况，然后告诉他，开除一下，让她们受一次警告，也就行了。都是双手挣钱糊口的，应当怜恤她们。他要孙先生通知几个被开除的女工，只要今后好好干活，可以既往不咎，还让她们回来上工。

孙先生从办公室出来的时候，耳朵里嗡嗡响，好像头顶上挨了一闷棍。他不懂为什么过了一夜，宗先生就变了。他想一定是李恂递了话。这小子，你红得发紫就紫你的去吧，还想踩着别人尸首往上爬呀。他恨死了这个小后生。女工们好办，叫小六子挨家去说一声，她们没腿也借两条往这里奔。难办的是朱芸娘。小六子去，她一定不肯来。难道还要亲自出马去劝驾？你宗先生当初那么雷声大，如今听信佞言，又雨过天晴了。可是主子吩咐，奴才敢不听吗？他寻思再三，忽然一拍脑门："有了！"就求李恂去向朱芸娘说。如果他不去，证明向宗先生递话的不是他。如果他一口答应，进谗言的必定是他无疑。那么今后更要暗里防着他，盯住他的脚后跟，明里和他套近乎。他要是不为我孙某人说好话，至少也别在主子耳朵里吹邪风。

宗先生一个人留在办公室，拉开他的写字台盖子，看见上面整整齐齐地放着几张信纸，是打好了字的与温斯顿会谈的意见书。他溜了一眼，和他的授意不差什么，是可以满意的。台子上还有李恂留下的一个字条，请他明天最好不下海，或者晚点出去。他会提前来上班，听听关于意见书还有什么问题没有。宗先生阴了半天的脸笑了。这小青年的细心是讨人喜欢的。可是不下海算什么渔迷。他已经和李先生和几个渔友约好，明天还是天不亮就动身，而且舢板也已经订好了。

他也在写字台上留下一个纸条，告诉李恂，打好的这一份他带去给李先生看，有意见就再修改。要他照草稿再打三份备用。

第二天，李恂提前来上班的时候，第一个看见的是孙先生的笑脸。孙先生说，宗先生早走了，要他看看留下的字条，照办就可以了。去通知朱芸娘的事，李恂答应得比孙先生料想的还痛快，说今天一下班就去。好小子！果然是你踩践我孙某人啊，你等着吧。

李恂知道了所有被开除的女工都叫回来，心里荡漾起愉快的春风。他猜想是向真说动了叔叔，却也还拿不准，必得当面问问她。如果真是这样，这个女孩子可真是做了一件大好事，应当从心里佩服她。

他进了办公室，看了宗先生留的字条。复打几份意见书是稀松的事。他满以为今天可以有不少时间看看自己的书。刚刚收到寄来的《大学生私生活》《死囚之末日》《四十年代》《唯物史观的文学论》《英文前置词用法大全》，还有两份期刊。他昨天夜里睡得很坏。他很纳闷，为什么培真好好的，忽然病了？真的是一声响雷吓得吗？他也觉得奇怪，自己为什么对这个小姑娘这么心里放不下。他再也没有想到，培真那温柔的信任的眼神竟然这么深地印在自己的脑膜上。他傍亮天才眯了一会儿，做了些奇奇怪怪的梦。现在坐在打字机前，头脑还是有些昏沉，心里也不宁静。他想打完意见书，就翻阅新来的书刊，这样来分散心里的不安。

没有想到今天竟是少有的忙。进口的几箱棉线在海关被扣住了，因为缴纳的税金不够。棉制品的进口税提高了百分之十，但是由海关印发的新税则商行里却还没收到。当孙先生进了办公室，向他讲这件事的时候，他以为按新税则补缴就完了。但是据孙先生说，若是按发货的日期，税则还没有变。如果海关按向例办，税银是缴足了的。如果非照到口岸的日期算，那么这批货的价格是按原税则算的，如今按新税则，而用户只能按原定货交款，又不好临时提价，行里不吃大亏吗？他的意思，是请李恂出面，到海关去一下，亲自和税务司疏通一下。李恂觉得未必有用。他绝不会想到，这是孙先生故意出难题，办不成，挨骂的是海关，与他孙某某毫无关系。

李恂最不愿意和海关打交道。中国的口岸，海关的税务司却是洋人，好像没有洋人，中国人连海关也把不好。而最使人气炸肺的是在海关干事的中国人也洋腔洋调。到海关办事，不但见了洋人要讲洋话，见了中国人讲洋话办事也痛快些。每次不得已到海关去，屈辱之感就重重地压迫他。他如果手里有一颗炸弹，他一定向那些洋鬼子和假洋鬼子扔出去。

他无可奈何地去了。见的是洋人，说的是洋话。本来应当鞠躬如也，诚惶诚恐，他却用了质问的口气，结果是可想而知的。他怀着屈辱之心进门，又怀着屈辱之心出门。这他娘的真是个鬼门关！一向不会骂人的李恂也骂出声来了。

幸喜下午没有碰到棘手的事。下了班，他要一辆人力车，急于把好消息送给朱芸娘。不幸正好是上坡路，他心里愈急，车夫愈走得慢。看他弯腰成两折那么吃力，心里很不是滋味。于是跳下车，付了钱，扯开大步往山坡上奔。前面不远有一个穿长衫的人影，不紧不慢地在晃动两肩。这不是阮令之吗？急忙赶上去。果然是他。

"哦，是你，多日不见，你洪老师那里还没有确信。"阮令之以为他是专为探听洪钟而来。

"噢，是吗？我是找朱大婶。"

"对了，是怎么回事？怎么平白无故地开除人？"

原来阮先生已经知道了。李恂把原委简单地说了一下。

当两个人走到破墙院门口的时候，正在和小伴们跳方格的小芸看见了，回头向屋里大叫："妈，妈，先生来了。"

扎着围裙的朱芸娘走出房门口。"什么先生？哟，是你……"

"大婶，请你明天去上工。"

"上工？"朱芸娘不相信自己的耳朵。

阮令之开了门，让他们两个都进屋。墙上挂满了大大小小的画幅，可是李恂现在没有心思欣赏。这是阮令之为了打点好朋友出狱做的准备。他正在实行廉价多销。可惜勒勒腰带来惠顾这无名画家的廉价品的人极少极少。

李恂说了事情的经过。至于宗先生为什么改变了主意，他说不清楚。

朱芸娘微笑地一撇嘴："这姓孙的真鬼，他知道别人来叫，我不会回去。他那么大的人物又放不下架子亲自出马，就请出你这位神仙来了。你为我操心，我得怎么谢谢你才好……"说着，有些伤心，拉起围裙擦擦眼睛。

还不等李恂答话，阮令之插进来了："你这话说远了。这个地球还没有翻一个个儿，就是因为正直的好心人还太少。他来得正好，我正要找他……"

院子里忽然有人扯破嗓子大喊朱芸娘，喊声里带着哭音。

朱芸娘一惊，急忙跑出来，见是肖兰云同院的高大嫂。

“不好了，兰云和她的女儿都死了！”

朱芸娘惊呆了。随后跟出来的李恂和阮令之也都惊呆了。

“我该死，我该死，我大意了。”朱芸娘捶着胸膛，眼泪直流下来。“是怎么回事，你快说呀，说呀，别尽着哭呀。”

高大嫂哽哽咽咽，断断续续地说了事情的经过。

兰云是一个很勤劳、很谨饬的小媳妇。平日一早，同院的刚开屋门，她已经头是头，脚是脚的，把洗好的大人小孩衣服晒出来了。今早上工的人都走了，还不见她开门。莫不是病倒了？高大嫂平时和她合得来，很关心这寡妇孤女。叫门，没人答应。从门缝里透出煤气味。不好！捅开隔扇窗子，看见母女二人横躺在那里，叫来了人，砸开门，看见炉膛里塞满了煤饼。一般冬天都不放在炉里留余火；天暖，都把炉子生在院里。这么一炉子煤炭，门窗堵得死死的，可不是寻短见吗？

“现在人在哪里？”芸娘急急地问。

“送到临近的福民医院。医生直摇头，看样子是没救了。”高大娘又泣不成声。

“走！”阮令之说：“快走，别耽误。”

四个人急急走下山坡，到马路上喊了四辆人力车，飞快地赶到医院。

小医院里没有死者。据说，已经转到西山医院去了。是一个十多岁的男孩，什么商行的，要求送去的。李恂猜想，大概是小六子。他来传话给肖兰云，知道了，怕小医院误事，才做了这个主张。看来是小机灵办的好事。

四个人又乘人力车赶到西山医院。

兰云和小女孩都躺在急救室里。小六子果然也在。李恂问值班的大夫。大夫只频频摇头，没有明确的回答。李恂转身出来，急急地跑进医院大楼。护士值班室只有三个小护士。问安特。下班了。

他又回到急救室。一个年纪大些的男护士正在问谁是这母女二人的亲属。芸娘说是她的妹妹。男护士问芸娘要费用。四个人都是急急忙忙跑来，谁也没带钱。李恂一肚子气。人眼看就死了，好意思先说钱！戛迭木（上帝诅咒的）！他说钱有。扭头往姨妈家跑。因为很近，不用十分钟就到了。

姨妈和贞月都在院子里。院子里横七竖八放着从室内抬出来的家具。正有泥水工人在修缮和粉刷屋子。

姨妈和表姐看他脸涨得通红，一额头汗水，气喘吁吁，都惊惶地迎上来，以为他家里又出了什么大事。

“姨妈，月姐，手头有没有钱？”

“出了什么事？”

“一个女工带着女儿自杀，正在医院里抢救，要钱！”

“多少呀？”

“至少得二三十元。”

母女二人进了屋子，凑了三十多元，出来一齐交给他。“究竟是怎么回事？”

“等我回来说。”

一阵风来的又一阵风去了。留下姨妈和贞月呆在当地，面面相觑。

李恂奔回医院。女孩有了一些转机。妈妈却还躺在床上，正在为她输液。

李恂要小六子快回去。宗先生要是回来了，就告诉他。没回来，就告诉宗师母，请她支派孙先生来办事。千万别让宗培真听见。和宗师母说，也缓缓地，别吓着她。朱芸娘请阮先生和高大嫂各自回家。这里有她一个人足行了，她也要李恂回家。李恂说先到姨妈家去，回头再来看看动静。阮令之第一眼看见闭目僵卧的肖兰云，心里一动。画家的记忆里好像有过这个面部的轮廓。特别那尖尖的眼角和宽宽的印堂似乎是存贮很久的模特儿。他很自信自己的形象记忆的能力，可是搜遍记忆的仓库，也想不出所有亲友中有一个姓肖的。

李恂奔到姨妈家的时候，泥水工人已经散了。姨妈也已回了屋子。李恂进了姨妈的住室。室内乱腾腾的。姨妈正歪在藤躺椅上休息。贞月在厨下准备晚饭，也跟来了。让他坐，他不坐。

“我要炸毁这个地球，炸他个粉碎。要人干什么？什么万物之灵，比动物还坏，比最坏的动物还坏。人死在那里，好意思开口先要钱。还是仁慈的教会开的医院呐！”他咻咻然喷出泡沫。

贞月拉一张椅子，按他的肩膀要他坐下，从罩着藤暖套的瓷壶里为他倒一杯热茶。“你冷静点，冷静点，别那么吓人好不好？究竟是什么事？”

李恂一面吞着茶水，一面气咻咻地讲了开除女工前后的一切。

所有这些人世的不平都压不下姨妈和贞月心里的欢乐。儿子、哥哥，快要回国了。李恂听说大表哥半个月之后到家，自然也为姨妈感觉宽慰。看着这乱腾腾地修缮房屋和粉刷墙壁，又见湘文不在，心下也明白了。正在演出第一章。他问湘文为什么不在。回答他的是被梅倩请去帮忙了。啊，是了，是了。

他想立刻到梅家扎一头，再奔到医院去。他站起来，觉得眼前一阵金星，接着一黑，又立刻坐在椅子上，额头上渗出冷汗。姨妈和贞月都受了一惊，要他躺一会儿。他病了吗？不是。他为培真熬煎了大半夜，心里一直发热。白天奔跑了一天，为肖兰云的事。一急一惊，又为医院的事一气，只觉得满心冰凉。支持不住的倒还不是身子，而是精神，是心灵。他说心里有事，躺也躺不住，托言刚才起得太急，定定神会好。姨妈强制地留他，非要他吃点东西再走。贞月给他沏了一碗稠稠的藕粉，要他到堂屋的方桌上来吃。他满胸堵闷，吃不下也只得强吃。月姐坐在他对面，肘弯支架在桌面上，双手捧着面颊，眼睛定定地看着他，像从前一样。他顾不上说什么。心里喟然长叹：哎，人生，人生！一生一世，要是永远和月姐这样相坐，谁也不说什么，但是都明白对方想的什么，有多好啊。

离开姨妈家的时候，天已经擦黑了。到梅家似乎太晚了，他就立刻奔到医院。

孙先生早就到了。是宗师母打发他来的，要他带上几十元钱。医院听是商行的头面人物，而且要求不论花费多少，一定千方百计地救人。朱芸娘没有理他，只拿眼珠子一次一次地挖他。孙先生不敢正面看她，但是从眼角的余光瞥见了那刀子似的眼光。他现在很怕这个女人。瞅不透她平时那么和善，发起火来，舌头比樊梨花的花枪还厉害。

有孙先生在此，值班大夫看见来的李恂，也客气了几分。据他说，小女孩很快能好起来。她的妈妈呢，还要观察二十四小时，因为危险还没有过去。

李恂要留下。孙先生不敢说什么。芸娘不同意，怕他耽误明天的工作。如果没有危险，医院是不许什么人陪伴的。要把兰云母女转到病房去，留一个家属在这里听信就行了。谁是兰云的家属？除了芸娘，还有别人吗？

李恂不愿和孙昌家在一起，要他先回商行，向宗先生和宗师母报信。姓孙的自然唯唯听命。

芸娘叮嘱李恂，这件事最好不要多宣扬。同情寡母孤女的能有几个？知道了还不是传来传去当消遣吗？

李恂走出医院的大门。满天星斗。这条路本来是闭着眼睛可以走的，现在变得十分陌生了。他抱着沉甸甸的心，踉踉跄跄地向下坡走去。

六六　黄浦江畔的来鸿搅动心头的浪花

李恂多半提前上班，可以利用早晨的清闲，读几页自己的书。今天进商行门，迎着他的不是孙先生皮笑肉不笑的脸，却是小六子的兴奋的眼光。

李恂进了办公室，小六子也跟进来。“哈，告诉你，昨儿晚上孙先生挨剋了。宗先生火可大咧。今天天一亮，孙先生就去医院了，出门的时候，嘴里嘟囔：‘要是这个小臭娘们死了，我的饭碗看样子要砸。’这家伙，哈，从来是比别人多两个心眼的，也有今天。”

李恂问他宗先生是怎么训人的。小六子说那些话他学不上来。李恂要他记住多少就讲多少。

“昨儿晚饭以后，我正清扫账房，宗先生来了，来了就没好气。‘那个女工怎么样了？’‘大概不至于……’‘不至于，不至于，要是至于呢？警察局来打麻烦，还好办。破上几个钱。传出去，说某某商行逼死了工人，是个什么名声？在同行面前能抬头吗？一包棉线本来不值什么，闹出这么个结局！’孙先生一声不敢吭，脸上煞白，嘴唇哆嗦，头低的这么样，快掉到裤裆里去了。你看，这样。”小六子学孙先生低头垂手的样儿，招得李恂笑了。“宗先生说，要不是外贼，必然是内贼。再不就是发货时多发了。‘这几件你想想，有没有你的责任？’宗先生发完火，到后院去了。”

小六子离开办公室不久，宗先生来了。没有出海，已经不寻常了，还穿得少有的那么整齐，更出乎李恂的意料。他说和李先生约好，今天上午和李恂一起到华孚公司，一者就会谈的意见书商谈一下；二者看看会客室、会议室安排的格局怎么样。华孚二字正是李先生的名字。临出门的时候，小六子送给李恂一封刚刚送到的信。信封很厚，发信地址只有上海二字。看那笔迹，是唐旻寄来的。李恂很高兴，但是来不及看，就顺手塞在衣袋里。

华孚商行坐落在东山根滨海的马路上。新起的楼房面向大海，景观颇佳。可惜门窗油漆的色彩特别刺目，颇有暴发户的气味。李恂跟宗、李两位先生楼上楼下转了一圈。宗先生很满意，说是接待外国人够标准了。这标准究竟是什么，李恂可不清楚。当两位先生坐在会客室，就意见书的措辞交换意见的时候，李恂掏出信，拆开，来不及细看，只溜了一眼。信里那沮丧的口气使他大为吃惊。

两位老板很快谈完了，把意见书的草稿交给李恂。需要修改的地方不多。按李先生的意见，应当发电报，敦促温斯顿早日来华。宗先生要李恂一个人先回商行，他要和李先生同去订明天的舢板。

李恂一进商行的门，看见的不是孙先生的苦脸，却是笑脸。不用说也明白，肖兰云脱离危险了。孙先生告诉李恂，那位阮先生一早又到医院了，带了钱。当然，不用他出钱。李恂听了阮令之的这份热心，好感又增加了几分，想抽空去看他。

李恂进办公室门的时候，不由自主地向中院门里探望一下。不承认也得承认，他想看到培真的身影。他很牵挂她的病。中院里空空的，他觉得好像失落了什么。想起唐旻的信，掏出来匆匆看了一遍，实在令人哭笑不得。看完，又塞回衣袋。整个上午他都不能保持心里的平衡，时不时转眼向院子里探一下。飞上飞下的鸽子。鸽铃和咕咕的叫声。他听小六子在外面咕咕咕唤着，原来是他在撒米喂食。他来到门口，招呼小六子过来，问为什么是他喂食。

“哈，真好笑。打雷能把人吓得发烧，新鲜！”

“还烧吗？”

“不烧了，可是不愿意出来。这位小小姐比那位大小姐更叫人咂摸不透。”

是她因病懒得动呢，还是有意不出来？李恂心里更不安了，一面又觉得自己可笑。这岂不是无事烦恼吗？

下午下班之前，宗向真进办公室来了。这是她第一次进办公室，好奇地转动着眼珠。“叔叔不许我进办公室，我才不屑进来呐。”

“你这不是进来了吗？”李恂见她四下张望，那么好玩，沉甸甸的心放松了。

“我看我叔叔还不是那么坏。”

“什么意思？”

“我一说他就把开除的工人叫回来了。”

李恂欢快地从椅子上跳起来。“啊，原来是你！我还以为是宗师母呢。”

“她敢吗？”

“好好好，你是天下第一个好姑娘，你办了一件大好事。愿圣灵降在你身上，阿门！”

这么一夸，向真的眉毛飞起了三尺三，眼睛亮得像启明星，像欢腾的溪流一样笑起来了。

李恂要她快讲讲是怎么和叔叔说的。

“今天你该给我上课，忘了吗？没忘？好人。待会儿我在外面等你。”

这时散了的女工们已经从中院向外走。又恢复了往日那咭咭呱呱的说笑。

向真的心里开了花。得到李恂的夸赞，比什么都使她快乐。她比上一次更紧地贴在他的身边走着，一面闪开迎面而来的人群。她用唱歌一样的调子说了和叔叔谈话的经过，不免稍稍添了一点佐料。比如，叔叔听了她的话，当时并没有表示什么，可是她说，叔叔听了，说她讲得好，讲得对，合乎经义。

合乎经义？向真这句讨奖赏的话却给李恂心里画一个问号。“怜恤人的人有福了，因为他们必被怜恤。”啊，怜恤别人，原来是为了讨上帝的怜恤。为他人也还是为自己。李恂不但没有对向真的好叔叔增加好感，反而多了几分反感。“仆人不能高过主人”，是吗？那么他，李恂，永远不会高过宗约瑟了。那么仆人会干错事，主人永远不会的了。那么有谁能高过宗约瑟呢？只有上帝，而且只有他自己那个教派的上帝了。

当两人对面坐在方桌前的时候，李恂一直愣愣地双手抱头。

“哟，你今天怎么了？怎么老是这么愣神啊？”

李恂听了身上微微一震。不错，他正神游在商行的中院和后院呐。为了掩饰自己的发窘，他说今天接到同学的来信，溜了一遍却没看明白。

“那你就再看呗。”向真为他开了灯。

李恂果然掏出唐旻的信，又溜了一眼。看完，长叹了一声。

“哟，什么事这么长吁短叹啊。可不可以说说？”

“信，没什么背人的。请你自己看，让我定定神，好吗？”

得到人家这么托底的信任，姑娘能不欣然同意吗？

信是这样写的：

离开这么久，不去信，你该骂我一百零一次了吧？

你要撕信的话，请耐性子看完了再撕。带给你的不是好消息，也不是坏消息。我们演出了几场，观众不多。卖票所得，不但不能保本，还得赔上一点。幸亏是业余的。除了我，大家都有业。没业的也有可靠的后台，家。只我一个是无业游民，这也不正确，是个有家难靠的旁听大学生。大家丧气，说要散伙，各奔前程。不赞成的只有一位上官大姐。

这位女士有胆有识，英文水平比咱们高多了。她是演主要角色的。敝人也滥竽一个。还有一位卢小姐。上官的意见，洋场君子说我们是京派，不买账。京派怎么样？论演出水平，一点不比他们海派差。靠演技还是靠他们那光怪陆离的灯光布景？我们就是不花哨，不搞邪门歪道，就是应当和他们唱唱对台戏。“至今思项羽，不肯过江东”。失败了就不再来吗？不能赞成。“楚虽三户，亡秦必楚”嘛。这次只能说失利，不可说失败。失利，是因为咱们太自信，也太自大了。不拜码头，不宴请新闻界。用筷子头敲敲那些大记者的脑壳，抹他一嘴巴油，不为咱们大唱赞歌才怪呢。

我是无所谓。本来是玩票，不想吃这碗饭。大家干，我也干。大家散，我就散。那位卢小姐更无所谓。她也不想当戏子，想就地上大学。人家本来就是大学生。人家家里有百宝箱。在这花花世界，拿银圆在人海里打漂儿玩，自然是得心应手。上官大姐也极力怂恿我上大学。啊哈！上正规大学，我英文不怕考，考别的科目，我不一考就烤成灰了吗？

野鸡大学有。不用考。什么都不要，只要一样：钱！

钱，我说过。带来的不算少。我对你说过，咱们俩半年用不了，可是在这里不比在北平，新结识的朋友滑多了。这个借，那个敲，我如今是普罗列塔利亚了。给老头子去了三封信，一分钱也不汇来。意思很明白，要压我回到他老人家膝下。“知子莫若父”，不对，应当说“知父莫若子”。在这里我没有北平那样的伯伯，老头子以为我会吃不住的。有的是朋友愿意帮助我。卢小姐劝我和她一起上大学，这意思不说你也会明白的。她可以接济我。你可能以为她是我的“甜心”（Sweetheart），错了。啥也不是，不过她对我很有友谊。向巾帼折腰，也太没有男子汉大丈夫气概了。我目前的确囊空如洗。与其求她，不如求老同学。请你暂借数十元，我一定还的，因为知道你的家道困难。老头子总会寄钱来的，晚了，我要他加倍。当然，你不方便则作罢，别伤脑筋。

哦，对了，我有一次巧遇，或奇遇。前些日子，我正在后台化装。忽然来一位小姐，俏丽而大方。剧团的女演员没一个比得上她的。来向我打听你的近况，说几年前曾见我和你在一起，知道我们是从小的好友。她怎会知道我在此地？原来剧团的海报上吹嘘我，什么英文专科，演过什么戏，什么角色。她是见了海报才来的。噢，对了，她的芳名章珊珊。我将我们上次见面时的情况详尽地说了。问我什么时候回家，想求我带东西给你。听我不回，怏怏而去。因为急于化装，竟未能细问来历，诚为憾事。这是你的什么人？要不是看我忙着化装，她也许会问我一百个问题。你这家伙，真所谓守口如瓶。从来没听你说起过这位小姐。只知道你有一个姓章的姐姐叫明秀，还有个干姐姐叫李什么，还有个你挂在口上的表姐郑贞月，这位珊珊小姐是你的什么姐姐？哈，你福气可真不小，有这么多姐姐，又都这么亲切地关心你。后来她再没有来。给你去信了吗？我没问她的住址，但想来你知道的。请你有劳鱼雁，以慰芳心吧。

宝剑赠壮士，红粉赠佳人。赠你什么才相当呢？书！我们的导演各方面修养都很好，经他推荐，我买了几本书寄给你。一本《浮士德》、一本《光明》、一本《家族、私有财产及国家的起源》、一本《屠场》、一本英文版的《罪与罚》。据导演说，《家族……》是一本很重要的著作。我翻了一下，天呐，真像天书一样看不懂。这种硬核桃你能啃得动的。

因为给你买书，闹了一出笑话。那天我从四马路出来，走到爱多亚路。天还没有全黑。忽然有人从后面拉住我长衫的袖子。我回头。原来是一个粉面的女人。我一惊，用力甩开袖子。“哟，不识相格……”我急走了几步，下面的话没有听见。

上海的朋友听了大笑："谁叫你穿长袍上街的？穿西装和学生装她就不拉了。"其实长衫是我的戏装，导演让我穿上习惯一下的。谁知穿西装也有麻烦。我看完一场晚场的电影出来，没有搭车，想在清静的马路上走走。忽然有三个红头阿三（即印度巡捕）包围了我，从上到下摸了我一个遍。上海的朋友听了又大笑："谁叫你半夜穿西装在马路上逛，穿长衫就没有人抄靶子了。"（抄靶子即搜身）又好气，又好玩，你说这是个什么鬼地方？

不过到了这鬼地方，眼界又开阔不少。比较起来，古都北平又显得闭塞和死气了。我还是希望你排除阻碍，扔掉蜗牛壳，到这里来。经济上总归有办法的，有不少热心的朋友。不知你现在心有所属否？若无，可以介绍一位给你。那位卢小姐，就是前次我提到过的，虽不及梅倩高雅、典丽、飘逸，但是风度颇佳，其开朗活泼、挥洒大方、坦诚直爽则非一般闺秀可比。怎么样？

自古名士多风流，现在则曰罗曼蒂克。你是否也应脱下道袍，换上时装，罗曼蒂克一番？当然，来时须备长衫及西服两种，以应付不同之境况，一笑。

向真低头看信的时候，一会儿拉长脸，一会儿嘻嘻地笑。看完，把信还给李恂，抬眼看定他，沉思了一会儿。他有这么好的朋友在南边，信里讲的那个花花世界又那么迷人，他能不去吗？想到他会走，她的心里压上石头了。

"你去吗？"

"不。"

哦，他回答得倒干脆。"为什么？"向真又试探一下。

"我离不开。"

向真有点心跳了。"离不开什么？男儿四海为家嘛。"

李恂苦笑一下，没说什么。

“哎，要是我啊，就去。女朋友人家都为你准备了。”

“我这个老同学啊，他就是爱干荒唐事，爱开玩笑。我很不喜欢他这一点。怎么好拿人家姑娘开玩笑？可恶！”

向真听他说的这么认真，心里暗暗高兴。她喜欢他的就是他这么懂得尊重女性，体贴女性。她又试探着说：“我可希望你去。”

“为什么？”

“要是能沾你的光，我也出去开开眼界有多好。”

“你能舍得家？”

“舍得，我什么都舍得。到时候啊，命都舍得。”她看见李恂抿嘴唇笑。“怎么，你不信？”

“我信，信。”

“啊呀，净乱扯，得补课啊。”

但是已经快九点，太晚了。

刚刚露面的下弦月陪伴着李恂。他很快地走在下坡的马路上。向真经心的话，他只以为是说着玩的，不过说得他心思有点活动。从来也没想背这个蜗牛壳，命运让他背上了。一天一天敲着打字机的键盘，而那些商务书函只是一堆刻板的话，多么寡味。人能钉死在这里吗？他唯一放不下的是妈妈。如果不然，海阔天空，哪里不可以鱼跃雁飞？

快要走到十字路口的时候，迎面有一个穿长衫的瘦高个正走上来。看那步伐，隐隐约约像是阮令之。走近了些，啊，可不正是他。

“啊，阮先生，这么晚了你从哪里来？”

“哦，是你。恕我眼睛有点近视，特别是夜里。先告诉你一个好消息，肖兰云活过来了。”

李恂高兴地双手一拍。“你怎么知道的？”

“我亲眼见的啊。我刚刚从医院回来。”

“小女孩呢？”

“朱芸娘带家去了。告诉你，无巧不成书。这肖兰云小时候我见过。”

阮令之说，他第一次看到兰云的时候，这个脸部的线条是他印象的仓库里有过的。他很相信自己艺术的内部视觉，可是搜遍了脑子的每一个角落，也寻不到踪迹。今天兰云苏醒了，还太弱，不能多说话。只问了她两个问题，就断定他的记忆不错。他很高兴，一者见到了父亲的好友的女儿，二者证实了他的内视觉。这兰云本来不姓肖，姓梁，她是后来跟丈夫姓的。她的父亲是内地小县城的小学教员，大概已经不在人世了，否则兰云不会流落他乡。至于她是怎么个来龙去脉，得等到她大好了再细问她。

“我得快回去看看她的小女孩。再见。”

两人分手。但是阮令之走了几步，又回头叫住李恂。李恂转身迎过来。

“我和你商量一件事，行就行，不行作罢。你看见我屋里挂的那些画了吗？”

李恂点头。

“那是我想卖出去，凑几个钱，准备你洪老师出狱的花费。难啊！我一无名，二无后台，三没人吹捧，且不说卖不了几张，卖也卖不出几个钱。”

“唔，这好办，我可以……”

阮令之打断他：“你先听我说完。我想最好办一次个人的画展。办个画展，报纸上一登消息，观感就大不同了。要是有人先出几个资本，卖了画还本付息。再要是能有像青年会这样的展出地方，就更好。不知你能不能帮我筹划一下。”

李恂高兴地握起阮先生的手。为洪老师，他是无力不出的，答应各方面活动一下，一定促成这件大好事。

“我还想把兰云的女孩送进学校。”

“这更好，更好！”李恂又紧紧握一下阮先生的手。

他身轻如燕地走在回家的路上。人生，人生，人生毕竟是可以有所作为的。看阮令之变成了一个多么好的人。几天来的愠怒、懊恼、苦闷、惆怅，一下子一扫而光。他想好了行动计划。他可以在老同学中间活动一下，特别想到了助人为乐的天狗。他自己、月姐、梅倩都可凑出几个钱。是的，是的，一定促成这个画展！他想象的天地里，各色人等正走入画展的大门。阮令之的那些石头、竹子、山水、静物等等的画幅已经飘动在他的眼前。还有从前那黑墙上的大粉蝴蝶。要是能把这面墙搬到展览会去，那该多么别开生面啊。

六七　啊，这迷惘的眼神这冰冷的嘴唇

培真身上的病三天就好多了，但是心里的病使她整整熬煎了六天六夜。她发烧的三天，都是向真陪伴她过夜。这也是帮助婶娘，因为小豆豆离不开妈妈。有向真陪伴，婶娘当然十分放心。

向真夜里总要起三四次，喂妹妹开水，看她踢开被子没有。每次都听见培真说梦话，断断续续，听不懂也听不清。第二天问醒了的培真，培真摇头，说记不得了。

“也真怪，说梦话也说印板子话，什么不要不要……天国之门，又是什么合为一体……什么意思，你梦见什么了?”

培真一听，脸上热起来，为了掩饰，就假装咳嗽，把头埋在枕头里，镇静了一下，又抬起头来。“我还说了些什么，嗯?”

“嘟嘟囔囔，谁能听得清楚。别怕，发烧的说胡话，是常有的事。我不发烧还说梦话呐，别怕。”

培真才不怕呐。她已经想好了，打定了主意。她一定属于他，这是上帝的旨意，是不能更改的了。正如经书上说的：“天地可以废去，我的话一个字也不能废去。”她现在不但杀活鱼、杀鸽子不怕，风雨雷电、天崩地裂也不怕了。他若是不要她，她宁可一死。稚气如她，目的这么明确，这么强烈，但是从哪条路走到这目的呢？她想不出。她熬煎自己最厉害的是这一点。

六天过去，第七天的上午，培真又抱着小豆豆到前院来了。她喊小六子到跟前，要他撒米喂鸽子。李恂听到外面的声音，不由自主地从写字台前跳起来，忽然觉得心跳，又坐下了。他心里不肯承认在盼着听这个声音，使他莫名其妙心跳的却恰恰是这个声音。他一动不动地坐着，侧耳谛听。小六子拿来了高粱米，要接小豆豆，但是小豆豆不要他。培真只好要小六子替她喂，一面轻轻吹着口哨，招呼着鸽子。一阵清脆的鸽铃声，接着又是咕咕咕的争食声。他终于忍不住，站起来，隔玻璃门向外张望，恰好碰到培真向这边探视的眼光。两边的眼光立即避开了。培真把脸埋在小弟弟的身子里。李恂向后退了一步。他想出去，问问她病后的情况是应当的，可是一时没有勇气。她想进来，可是怎么想也想不出一个借口。

小豆豆成全了他们。他向办公室的门倾斜着身子，两只小手向前抓挠着，哭咧咧地哼唧。

“小东西，别叫别叫，你要什么，你要到哪儿？”

“小老板要进办公室，啊哈！”小六子嬉笑地说：“他要替老老板去办公，去签字。去吧，去吧。”

小机灵的话也鼓起李恂的勇气。他迎到门口，为培真开了门。哎，她瘦了不少，脸上只剩两个大眼睛。培真见了她思念了六天的人，只觉得全身发紧，头也不敢抬，话也说不出口，两颊发热了。

“小豆豆好，小豆豆不哭，来，咱们看海。”她走到后窗，拉开窗帘。亮蓝的海映着亮蓝的天空。已经来了几只外国兵船了。小豆豆用小手扑打窗子，窗子格格地响。他张开没牙的嘴，笑了。

“姐姐瘦了，弟弟倒胖了。”

“是吗，是真的吗？只要他能胖，我全身的肉都给他。”

关于小豆豆的话使两个人都松弛下来。李恂来到她的身边。培真抬头。啊，这就是他，正是他，比梦里的他可清楚多了。几天不见，她心里和他更亲近了。她深深地看入他的眼睛，想从眼仁儿上读出他心里的话。一双多么让人心软的眼睛。说呀，说呀。

“哎，瘦了，光剩了两个大眼睛。”什么话不好说，单单挤出这么一句毫无意思的话，李恂自己也不明白。

这双大眼睛泪盈盈的。两滴泪水落下来了。

“你怎么了？”李恂惊问。

培真腾出一只手，抹抹眼睛。“什么事都没有，我眼睛有点酸。”这当然是掩饰之词。她的眼光离开李恂的脸。“我是瘦了。老是睡不好，老做噩梦。老是有人在后面追我。我紧跑他也紧跑，我慢他也慢……我回头，什么人都没有。我怕极了……”

“你叫我啊。”李恂故意诙谐地说。

培真愕然：“你怎么知道的？”

“这么说，你叫了。”

“叫了，光听见你答应，可不见你人影……”

她的稚气和坦诚的模样实在动人。

“是吗，这真不好。我忘了把灵魂交给你。”李恂说着，像演戏一样双手往自己的胸前一抓，然后往培真身上一扔。“好了，交给你了。你再叫的时候他一定到。”

“谁信你！”培真这时完全松弛了，拿大眼珠子挖他一下。“你没有灵魂，你不相信灵魂。”

“不，我有，我说有就有，我相信有。”

“真的？”

“真的！”

培真笑了，笑得那么天真。

李恂这是实行向真的教诲：何必和一个天真的小姑娘较真呢？有理有理。

小姑娘的脸上和心上都开花了。当然是照满阳光的花。

“你知道吗？肖兰云好了，今天来上班了。”培真把话岔开。

“听小六子说了。”

“我天天，天天为她祷告。多好啊，上帝听见了。”

“是吗？一定是灵光降在她身上了。”

“我一早见她来，问她。她说多亏耶稣保佑。”

“这么说，她信教了。”

“是啊，多好啊。”

“这么说，我也应该用煤气自杀一次。”

“胡说！那样，我可不为你祷告。”

这么纯真，这么稚气，又是这么可亲。他很想像上次那样吻吻她的前额，但是压下了这个意念，只在小豆豆的小脸上吻了一下。培真也吻一下弟弟。这人喜欢她的小弟弟，多么好啊。小豆豆张开双手，往李恂的怀里扑。李恂张开双臂要接小豆豆。培真眼睛里那感激和信任的眼神似乎是不可抗拒的。他接了小豆豆，同时低下头，下决心要吻吻她的额头。培真送出小弟弟的时候正好一踮脚。李恂那灼热的嘴唇碰到的不是额头，却是冰凉的双唇。两人同时一惊，都后退一步，怔怔地对视着，说不出一句话……

小六子忽然在院子里叫：“李先生，有客人看你。”

李恂把小豆豆送回培真的怀里，急忙向外面走。培真也跟出来，向中院去了。一位陌生的客人向前走来。李恂迎上去。这人气宇轩昂，戴着太阳镜，手里提一个网球拍。

“不认识了？”

听这声音，李恂记起来，是大表兄。他急忙走上去，握住贞明伸出来的手。

“几年不见，你长高了，很好。”

“表哥你几时回来的？”

“两天了。贞月说你差不离天天去。可我等你两天都不见。今天我去看了姨妈，问明了你的地址。听说你干得很好，我很高兴。”

“大表哥回来，我也特别高兴。我们盼你盼得好苦啊。”

他让郑贞明来到办公室，请他坐在藤椅上。贞明放下球拍，从上衣口袋里摸出一支派克金笔和一支活动铅笔，作为赠品。又掏摸衣袋和裤袋。“哎，我这记性，香烟忘记带了。”

李恂请他等一下，出门叫小六子。小家伙不知干什么去了。他只得自己跑到街上买。因为喜悦，竟然忘记了是不应当在洋公事房接待客人的。也许他根本没有把表兄看成客人，而是自家人。他想买最好的进口香烟骆驼牌，但是跑了三家小店都没有，只得买了红锡包。他跑回办公室的时候，贞明正站在文件柜跟前。他接了香烟，用打火机点起，不坐，却来回地踱着。他来到李恂的写字台前，信手拿起他打好的意见书副本，溜了一眼。

“大哥你看我写的可有什么错没有？”

“很好，很好。文字通顺、简练。能达到这个水平，不容易喽。”他问了李恂的报酬，又说：“像你这样的水平，如果有一个合适的职位，每月百元不成问题。宗先生用你，是价廉物美喽。”

他纵声而笑，然后告诉表弟，他这次回国，一来是看看妈妈妹妹，二来是看看国内有没有立足的地方。他过几天还要到北平、上海、广州去看看。大概也很不容易插手。弱国之民，在外国做生意很难。中国人凡能立足的主要靠扎扎实实地苦干，还得有一张厚脸皮。除非干出一番事业，人家承认了才看你是一个人，否则不如人家的狗。澳洲人老一辈的还有英国绅士的派头，不过那也是装出来的，因为凡是从英国本土移来的多半是破落户，而最早的一批移民则是犯人。年轻人大半有点美国化，比较容易相与。这是一个新兴的国家，资源丰富，发展起来不得了。在那里大有生意可做，但是必须同当地的官方人士搭上线，才能有路好走。中国货完全没有竞争力，现在只是靠 HAND MADE（手工制造）这两个字吃香。人家是机器，咱们是双手，够可怜的了。

“我如果能留在国内，你愿意的话，可以同我合作，不过眼下还是八字没有一撇儿。难啊。换了青天白日旗，海外华人都高兴了一阵子。要说爱国，海外的华人最爱国。祖国强大，才能直起腰，抬起头。回来看看，没有什么变化。说得恰当些，换了一套新衣服，人还是那个老朽不堪的人。”

说到这里，贞明看看手表，说约好了的，十点要到海员俱乐部去打网球。李恂这才想起来，谈了半天，因为听得津津有味，竟忘了让表哥吃茶。已经来不及了，只好颇有歉意地送他出门。

商行门外停着一辆崭新的自行车。贞明和表弟告别，一手提网球拍，一手握住车把，潇洒地跨上去。李恂目送他的后影，直到他拐弯不见了。

不期然地见了大表哥，李恂是很愉快的。他回到办公室，坐到自己的转椅上，一时还顾不上干什么，不由得由愉快转入沉思。几年不见，大表兄大变了。如果在这海滨城市他不是最体面、最洋气的，至少是其中之一。他已经换了夏衣，白法兰绒西装，黑色的领带，一头浓密闪光的黑发，白皮鞋。按照这一带的风习，一到清明，就脱棉衣，换夹衣；一到端午节，就脱夹衣，换单衣。他穿夏衣不奇怪，但是那一身笔挺的白西服是很耀目的。他的面貌不像贞月，也就是说，不像姨妈，倒像去世的姨父。那高高的鼻梁，宽宽的双肩，高高的身材，比自己还高出半头，那白皙的皮肤，那翩翩的风度，得到白种姑娘的青睐是很自然的。初次见面，当然不好问他，那位洋表嫂是怎么回事。想来他会对姨妈和月姐说的。那么不久自然会知道的。

这么说，贞月和梅倩设计的“第一章”开篇了。下文会怎么样呢？颇难猜度。论相貌，他绰绰有余地能配上湘文。论人品，论心地，论性格，湘文也绰绰有余地能配上他。可是他这么一派洋气，又在自由之邦住了这么久，心地一定是活的，眼光一定是高的，能看得上一个土生土长的、文化不高的女子吗？能接受一个从小包办、素不相识的妻子吗？恐怕未必。他了解湘文多于表兄。这么娟好、善良、刚强、温柔、有志气的一个姑娘，在他看来，是外形和心灵都很完美，是无可挑剔的。如果终于不成，他实在为她抱屈和不平。想到这里，他不禁黯然神伤，几乎要掉下泪来。看大表兄那温和的眼光，那舒缓而从容不迫的语调，特别因为应付洋人而磨炼出来的灵活性，又不像是一个死抱成见，毫无转圜余地的人。这样一想，又觉得“第二章”、“第三章”的文字可能作得通，可能画一个满意的句点。这么一想，又觉得天上人间可以少演一出悲剧，实在是值得欣慰的。猛然又有一个念头袭上他的心头：如果大哥的心别有所属，终于不能接受这包办的呢……

他颠三倒四地想着，没有心思干活，也没有心思看书。这时，刚才和培真的接近又使他心神不安。他骂自己无事烦恼，这也无济于事。

小六子悄没声地进门，来到他的身边。“告诉你，孙先生刚才发话，说你不该带外人进公事房。”“外人，哪里是外人？”李恂在转椅上转身，疑问地看着小六子。“是自家人，没有比这更亲的自家人了。”

“哎，先生，自家人到这里也是客人呐。”

这话有理。他没话可说，只挥挥手，要小六子出去。

就算是个客人，又怎么样？宗先生自己不是常常把大夫请到这里来吗？我怎么办？难道把客人请到你那个乱糟糟的会客室？人家又不是来谈生意的。他为自己辩解着，同时也有一点不安。宗先生知道了总有些不好。姓孙的一定会讲的。讲去好了。我心怀坦然。

整个下午他也没能安心做事。他计划好了，一下班得先赶到学校去，找天狗筹划画展的事。回头就到姨妈家。他算定了月姐、梅倩，连大表兄在内，都会慷慨解囊的。就便打听一下“第一章”完了，“第二章”怎么开始。他什么都想好了，单单忘了今天应当给向真补课，直到她在窗外叫先生的时候，才想起来。

李恂急忙走出办公室，看见向真刚刚换上的新月蓝色单旗袍，更显出苗条的身材和丰满的胸部的轮廓。

“走呀，先生。”向真在偏西的阳光里微微眯起眼睛，歪着脖子睨住他。她决不怕抛洒自己青春的魅力。

李恂急忙道歉，说晚上有急事到学校去，漏下的课以后一定加倍补上。

春光明媚的脸一下子变阴了。“哟，也不早说……那，我和你一起去。”

“远，太远。”看着她那失望的神色，连忙补上一句：“你要是不怕生人，去也行。”

向真明明知道去是不合适的，可是一个晚上不就白白地过去了吗？

“好吧，你去吧。”向真叹息一声，急忙转身，免得让人家看见眼眶里的泪花。

李恂目送她的背影进入中院，不无惆怅地也转身向外走。

向真在中院站了一会儿，定定心。她满有本事驱散心头的阴云。听见女工们散工的信号，她快步进入婶娘屋里，看看睡在摇篮里的小豆豆，和婶娘讲了两句没滋没味的话，然后就走向培真的屋子。她轻手轻脚，想瞅瞅培真一个人在做什么。门上垂下花布门帘。从荡起来的门帘缝隙，她看见培真正双膝跪在床上，双手合十，在默默地祷告。不好打搅她，只好抽身回来。她来到院子里，看看爸爸染好了、挂在绳子上还在滴水的各色头发。爸爸不在，不知又忙什么去了。她从心眼里不赞成爸爸这么为叔叔操劳。有什么意思？她来到一个大染缸跟前，似红似紫的水里映出她模糊的身影。要是跳下去，再出来，大家见了，一定吓得四处飞跑，那有多好玩呐。她想培真这时该祷告完了，又回来，放重脚步，扯开门帘。她惊奇地看见，培真仍然跪在床上，在无声地祈祷，似乎什么都没听见。

“哎，小傻丫头，你捣什么鬼！”她大声说着，走到床边。

培真惊慌地转脸，大眼睛扑闪扑闪，好半天才认出是姐姐，脸一下子红了。但是向真没有在意。妹妹这种傻里傻气的事，她看惯了。

培真下了床，装着理理头发，其实她的头发十分整齐。上午她回来，把小豆豆送给妈妈，回到自己的屋子，双手掩面，让无声的泪水从指缝里流下来。她惶恐、不安、自责。主已经看见，记下了她脸上的又一个记号。可是她已经背起十字架，不是跟随主，而是跟随撒旦。她自甘如此！这样想着，更增加了惶恐和不安。她怕妈妈看见痕迹，洗了脸，梳理了头发。中饭她只应了个景儿，回到自己的屋里，她一直跪在床上，重复着同一的祷词，出神了，麻木了。她从麻木里得到心的宁静。

向真看着妹妹失神的眼睛，还有煞白的脸和嘴唇，以为她又病了，伸手摸摸她的额头，不但不热，反而冰凉。“你又犯了什么毛病？”她担心地问。

“我好好的，什么病都没有。”

“没有？装什么样子吓人呐。我来两次你都没听见。”

“是吗？”培真的脸上热了。

“骗你这小木头有啥好处。”

“噢，对了，今天该你补课呀。”培真为了掩饰自己，故意转了话题。

“哈，你倒替姐姐想着，好妹妹。人家有事，走了。”

“什么事？”

“男孩子的事，我能细问吗？”向真长嘘一声：“谁知道他是不是到学校去。人家表姐姐、里妹妹、干妹妹、湿姐姐，一大堆。”

“姐姐，你怎么这么说人家？缺你一课，叫他补上不结了。”

“你叫他给我补？”

“行，我叫。”

妹妹的口气这么肯定，引起姐姐一点疑心，也许还有一点酸味。

“你能说？”

“能！”

培真说出口，立刻觉得太不检点了，脸上更热了。幸亏窗外已经发暗，不至于引起姐姐的注意。

向真听她的口吻，竟然这么自信，更加狐疑，只是不太好流露出来。她伸出食指一戳培真的脑门。“你胡说些什么，小心点，我可不许你捣鬼！”

她说要留下，不回家了。培真怕她留下，又巴不得她留下。她宁愿独个儿想自己的心事，吞咽自己的苦水。要是姐姐留下，说说笑笑，破破自己的忧闷也蛮好。

可是思想像水银珠那么变动不居的向真想了想，又不留下了。她说要回去复习功课，却也明明知道，这话是自欺欺人。她今晚上是安不下心的。她知道妹妹的地位比自己优越得多。老板的女儿嘛！但是她又觉得自己有什么疑心都是可笑的。妹妹还那么小，还没脱孩子气。木木的，讷讷的，傻乎乎的，她能怎的？谁会对这么个小傻丫头有兴趣？

六八　是人看画呢，还是画看人？

阮令之的个人绘画展览开幕了。时间是六月中旬的一个星期天，地点是中华基督教会的青年会。展览会场原是青年会的大游艺室，这里原有弹子台、乒乓台、风琴等等，都临时移出去了。

为了筹备这次展览，李恂有三四天奔走于学校、阮令之家、青年会之间。筹备工作比预期的顺利得多，这得归功于天狗。别瞧这浪浪当当的公子哥儿，干这种社会活动是又慷慨，又卖力，又有鬼点子。

大表兄来商行的那天傍晚，李恂到学校找到天狗，拉他到大操场，席地而坐。传来阵阵的海潮声和大庙里的木鱼声。见了面，天狗不免开他的玩笑，说他变了，煞有介事的像个老板了。又说今年就毕业，何去何从，还不一定。原来想到北平，那里的钱庄有他家的股子，但是听说很不景气，说不定要黄。那么只好到上海去，那里也有他家的股子在当铺，在旅馆。又为李恂抱不平，劝他还是求学，别糟蹋了自己这块材料。咕噜了好半天，才想起来问李恂找他什么事。

“你是无事不登三宝殿吧？是不是又请我去打鬼？”

李恂笑了，不由得想起那一幕。“上次你要拜见洛神，没见到，这次我保证。不过你得出力。”

天狗高兴地一拍胸脯。“我无力不出，说吧。”

李恂详细地说了办画展的缘故和初步设想。

天狗听了，畅怀而笑。正闷得要死，这可是个又体面，又好玩，又出风头的大好事啊。他一口答应，费用他包了。卖画的所得，有余头就还他，还一部分也可；没有余头一个也不用还。青年会的会址他负责去接洽。请校长出一封亲笔信，再请哥德温先生去个电话，这事一定能成。说到这里，李恂也同他开个玩笑。

“哥德温的女婿可以当成了吧？”

天狗捅了他一拳。“嚼舌头是不是？凭我这口英语啊？你要是登他的门，一定能成。郎才女貌，中国才子，美国佳人，千古美谈……”

李恂也回敬他一拳，打断他，要他书归正传。

正传写得很快。

现在他和天狗就在青年会出出进进，接待参观者。阮令之来得最早。出乎李恂的意料，肖兰云和她的小女孩也来了。她正为帮忙的工作人员和某些来宾送茶送水。

青年会一向都是十分活跃的，招徕的青年宗教的和非宗教的都有。各种球赛，放映电影和幻灯，游泳比赛，圣诞节的大联欢，都办过，也请宗教界的名流和外国传教士来演讲过，唯独没有办过美术展览。在这个商业城市，银洋叮当声很多，艺术气氛可极少。办画展这是第一次，想不到参观的人川流不息。青年会的总干事非常兴奋，因为他一切活动的目的都在于扩大影响，招徕更多的人，又结识了这么一位虽不出名可是极有才气的画家，更是愉快非常。总干事已经和阮令之讲了，使用的场地一概免费。这样，他又可以向席乐理和哥德温送一份人情。他要求艺术家为他的大游艺室重新做一下美术设计，再画几幅装饰的图画。阮令之想不到和宗教人士打上交道，不情愿也只好应允。

李恂一次一次走到门外，向大马路的两头张望。他等的是宗家两姐妹，还有梅倩和大表兄。那天晚上，他和天狗谈完，又急急地赶到姨妈家。大哥还没有回来，不知在哪里绊住了。院里砌了一个临时的灶房。东厢房已经粉刷裱糊一新。原来贞月要住的，想把正房让给大哥。大哥执意不肯，住了厢房。李恂先看了姨妈。果真人逢喜事精神爽，姨妈好像换了一个人。然后来到月姐屋里。

贞月让他一件件看大哥带来的东西。李恂心里有事，也只得装出很有兴致地一件件过目，究竟是什么都没看清楚。他问洋女人是怎么回事。贞月说没有问，也不敢问，怕大哥伤心，只能等他自己吐口。什么时间到梅倩家去呢？这也不能急。他这次回国，要忙着奔走、调查。人和从前大不一样了。已经有了外国人的生活习惯，慢慢吞吞、拖拖拉拉的现象他看了很不顺眼。听了李恂办画展的计划，贞月很高兴，答应一定去看，过了一会儿，又改变了主意。

“恂弟，你听我说。我忽然有一个好主意。哥哥回来这几天，为了不让湘文回来，我天天都到梅倩家，妈妈也常常去看看。梅倩费尽了心思，想出这衣服，那被盖，又是他爸爸妈妈的，又是她自己的。长此下去也不是法啊。湘文要是一回来，什么馅不全露了吗？现在好了。我告诉大哥，说你诚心诚意，眼巴巴等他去看展览会，想听听他的评价。能为你的朋友介绍几个买主，更好。梅倩和湘文那边，我去说，请她们陪我去。到了时候我一装病，让她们两个结伴同行。这样，咱们说的那‘第二章’，不就轻轻快快地完稿了吗？”

“她们去不去，我不在乎；月姐不去，我不痛快。”他说得真诚，坦率，殷切的眼光看定贞月。

贞月也看定他，心里长叹可是没有出声。“什么事不分个轻重缓急吗？听不听姐姐话，嗯？”

“听，听。”

贞月有点心酸。她何尝不想到画展会去，和弟弟并肩欣赏和评判那些作品。但是只能装出笑脸，拉起弟弟的手，紧紧握一下，表示对他的感谢。她的手好烫啊。

这时李恂在门口不见宗家两姐妹，索性向西头迎了一程，不想正好碰见袅袅而来的梅倩和湘文。这两位以为是迎接她们的，连连道谢，李恂故意问贞月怎么没有来，湘文告诉发烧了。他表示十分遗憾，一面心里暗笑自己，竟会演戏了，可以到唐旻的团里下海了。

他陪着两位异姓的姐姐进了会场，巧不巧和郑贞明走了个对面。原来他早一步到了。梅倩忙向他问好，故意不介绍湘文，又故意问几句无关痛痒的话，拖拖时间，让蒙在鼓里的两个互相观察。她从眼角的余光瞥瞥湘文，见她果然好奇地打量这个中国"洋鬼子"。贞明也不时向湘文那边投去好像漠然，又似乎留意的眼光。梅倩暗自庆幸，"第二章"的开端很巧妙，且听下回分解吧。

宗家两姐妹来展览会，是向真的主意。反正叔叔整天在海上，只要和婶娘说通了就行。宗师母听这画展是李恂帮忙办的，自然放心让女儿出去。老圈在这院子里，看把女儿都圈呆了。她们迟迟不到，是因为向真对培真的打扮费了心机。可怜的妹妹什么像样的衣服都没有。可恨叔叔，为小豆豆什么钱都花，不知叫那些江湖医生骗去多少。培真唯一的好衣服是一件月蓝色的旗袍，还是洗掉色的；唯一的装点是在她的辫梢上打一个红缎带的蝴蝶结。向真私心里倒有点庆幸，妹妹这样，正好衬托出她的不凡。她虽然没有好衣服，但是剪裁得体，再加用蓝色缎带把长头发拢到后面，脚下再加一双发光的皮鞋。

两姐妹急急赶到画展的时候，没有看见李恂。原来约定他在门外等她们的。培真见了这么多出出进进的人，其中有不少是斯文人物，她有些胆怯。向真不容她迟疑，牵着她的手进了门。

这时李恂正向阮先生介绍梅倩和湘文。梅倩曾经是本市风传一时的人物，阮令之今天一见，果然风姿不凡。他请李恂到前边张罗，自己则陪着两位小姐，想听听她们的品评。使他惊奇的是梅小姐的艺术趣味也颇不寻常。她最称赏的是几幅竹石和泼墨的山水，这些都是画家的得意之笔。站在这几幅画前的观者寥寥无几，竟然得到一位美丽少女的青睐，阮先生大有飘飘欲仙的意思。湘文看中的是几幅工笔的翎毛花卉。这不是阮令之的所长。听起来，她原来是从工艺的角度欣赏的。她问阮先生，能不能为她画几幅底样，她能不差分毫地绣出来。啊，原来是这样。阮先生当然乐于从命。

宗家两姐妹一进门，正好碰见一个阔气的西装青年，满面生春地引着她们看画，为她们解说。正如向不懂英语的人讲英语，不管怎么讲都能讲得人家佩服十分，那么他向这两位朴素而不俗气的姑娘大讲美术，自然就是个出色的行家了。这人最显眼的是三光：头发能照出人影，金袖扣和金领带夹闪出迷乱世人的色泽，还有脚下的漆皮鞋。受到这样一位时髦人物的热情接待，培真更木了，向真却更活了。正当他洋洋洒洒说着的时候，李恂陪着两位女士来到跟前。李恂见了两姐妹，笑着向她们点头。

梅倩和湘文被介绍给狄安国了。梅倩见他微微突出的下巴和上唇盖不住的一个龅牙齿，心里暗笑，天狗这个绰号倒是颇为贴切。他的浅驼色的西装更衬出他冻梨一般的脸色。人家是出过力的，当然得有所表示。而且人家要求见面，今天才得一见，尤其应当表示歉意。李恂见天狗正陪着宗家姐妹，很愉快地为他介绍了。

一切都很圆满，欠下的情也还了。

阮令之引着肖兰云走过来，让她请四位小姐到接待室去饮茶，稍稍休息一下。

李恂把天狗拉到一边，悄悄地说：“洛神你拜见过了，该满意了吧？”

“满意，哼！我正在咒骂上帝呐。”

“上帝怎么惹你了？”

“太不公平！漂亮的女孩子为什么都围到你身边去了。你可真是左右逢源啊！”

“又要胡说是不是，当心我敲掉你的狗牙。”

“忘恩负义！什么事情我不给你出力，够不够朋友？”

“我一百个谢谢，我大罗天酬劳你。”

“大罗天屁也不值。天公地道，你也得为我出点力。”

李恂以为他意在梅倩，笑嘻嘻地说：“行，我一定出力。你肚里是什么狗宝，我早瞅明白了。你说吧。”

“不，一言难尽，画展完了我找你细谈。”

接待室里这时只有四位小姐。阮令之被总干事请出去，说有重要人物来参观。湘文悄悄问梅倩，刚才和她说话那个像洋人的人是什么人？梅倩却得意地心里暗笑，故意卖关子，吊吊湘文的胃口，回答说先看画展，回家再说。

培真小学毕业之后，几年很少出门，如今见了这阵势，只觉得眼晕。那些花花绿绿的画儿，好看是好看，懂可不懂。世界上竟然有这么许多她没听见没看见的事！她看姐姐那么有说有笑，很羡慕，可是学不来。在这种场合，她后缩，向真向前，她服她。在生人面前也像在家人面前，她服她。在那些图画面前，她居然敢说喜欢这，不喜欢那，她服她。在这里，培真更像一个没嘴葫芦，但是她的眼睛说的也许比向真嘴上说的多得多。

接待室里的几幅挂图引起培真的注意和兴趣。都是宗教画。她当然不知道都是名画的摹本。一幅是耶稣受难图。他戴着荆棘冠，被钉在十字架上，手上脚上都流下鲜血。一幅是圣婴降生图。一个胖婴儿躺在马槽里，旁边是披着头巾的圣玛丽亚和牧人们。还有一幅是耶稣复活图。他正张开双臂，要拥抱所有朝拜他的人们。她不明白，为什么耶稣和圣母头上都有一个光芒四射的圆圈，又不好意思问人。使她奇怪的是展览会上竟然没有一幅这样的画，那些花呀、鸟呀、石头呀、松树呀有啥意思，不如画一些这屋子里的画，那对世人有多大的好处。

李恂陪着总干事进来。原来总干事认得梅行时，多年不见了，听说他的千金在这里，特来看看她，请她转达他对梅先生的问候。他请梅小姐参观一下青年会的所有设施。盛情难却，梅倩只得和湘文跟他去了。培真见了李恂，不由自主地心跳起来，催着姐姐快回家。李恂也催她们快走，怕宗先生回家撞见。

他们步出画展的大门，天狗从里面追出来，向李恂说他的表兄正各处找他。李恂只得请天狗替他送宗家两姐妹。

贞明正和阮先生在一起交谈着。李恂走上来，听大哥说有几家商行，一向有业务来往的，都是大行，任何赠品他们都很难看上眼，只有这美术作品最相宜，所以想从会上选几幅，再请阮先生劳神画几幅。拿美术品当商务上的赠品，是提高还是贬低美术，阮令之都没心细想，只一口答应下来。在大哥面前，李恂被阮先生大大夸赞一番，说没有他和他的同学奔走，这画展是开不成的。

一切都很圆满。特别使阮令之喜不自禁的是总干事和他商谈，原定一天的展期要延长到三天。

天狗送宗家两姐妹，一直送到马路拐弯的地方。在她们面前，为了套近乎，他不无夸张地把李恂称赞了一番。这么少有的高材生，可惜家道中落，竟不能继续深造。两姐妹深感他的热情，恭恭敬敬地和这位时髦青年告了别。

向真要沿海边转一圈。出了笼的培真欣然同意，一时忘记了严父的禁令。已经有不少的外国兵舰停泊在远处的海岛前。小汽艇在犁破海面，穿梭来往。白衣的外国水兵昂首阔步地走在堤坝上，三五成群，帽子后面的燕子尾巴随风飘飘。酒吧间外面站着奇形怪状的女人。繁华的季节开始了，但是没有到鼎盛时期。海风还有些凉意，浮现在浪花里的人还不多。培真又想看又很怕看这些光景，愈来愈忐忑，一直催姐姐快走。向真一面加快脚步，一面抱怨："真倒霉，早知你这样，不带你出来。你就只配整天关在笼子里。笼里的鸟儿还蹦蹦跳跳，唱唱叫叫，也不像你这么木头。你怎么不进天主教？修道院对你最合适。"说是这么说，她其实也怕回家时撞见叔叔。

果真是在劫难逃。宗约瑟出师不利，背着空网，太阳刚到中天就败兴而归。刚进门，看见从街上回来的两姐妹，用恼怒疑问的眼光盯住她们。培真吓得心里哆嗦，脸上煞白了。向真没事人似的，不但不打怵，反而迎到叔叔面前。

“叔叔，你早回来了。哟，空网啊？小年之后必定是大年。”

“你们这是从哪里回来？”叔叔威严地盯问她。

“从家里来啊。我妈妈这几天病了，出不来，想我妹妹。我陪她去看妈妈了。”

“噢，是吗？”叔叔绷紧的脸松开了。“什么病？”

“没什么大病，就是有点头晕，走动不方便。”

“有病别拖。不行，就去请那位常来的程大夫。”

一场灾难没有落到头上。红色回到培真的双颊，她本来是跑热了的嘛。姐姐这么随机应变，她服了。可是谎言是十诫之一啊。天使的本本上已经记下了。记就记吧，祈祷就是了。世界可真大啊，可真花花啊。她想起梅倩和湘文，她们和李恂那么亲热地交谈。人家那么秀丽，那么大方，自己怎么比啊，好像狗尾巴花站在芙蓉花旁边。可惜没看见李恂的表姐。她会是什么样呢？她为什么不去呢？

贞月和妈妈正在厨下准备午饭。大哥回来，把自行车架在甬路边，脱下上衣，搭在车架上，来到妈妈身边，也要动手。贞月张开两只油手，用肘弯把哥哥顶到门口。“远点，远点，免得溅你一身油。”

她问画展的情况。贞明说盛况空前，还要延期，表弟帮阮先生办了件大好事，人家赞不绝口。又说已经当场订下了几幅，还请画家再画几幅，准备送人。

贞月和妈妈都听得入神。听到人家夸赞表弟，贞月心里畅快，嘴上不说。妈妈可随声大讲起外甥来。这么好的孩子，念书每个学期都是第一，家庭破产，小小年纪就去做事，做事也是好样的。和月儿可合得来呐，两个人在一起，一谈就是半天。

“妈呀，说起表弟你就没个完。说说儿子好不好？”

“儿子？还用说？拿个金山我也不换。”

两兄妹都笑了。可是妈妈长叹了一声。

贞月明白妈妈为什么叹气。哥哥也明白，把话头岔开了。

“哎，有才无名，画得再好也卖不出好价钱。”

“那你就多给人家几个。”贞月一面团弄肉丸子，一面侧面看着哥哥。

“我疯了？他既然标了价，就是商品，可以讨价还价。我看表弟的面子，不削价，算抬举他了。”

贞月听了有点不顺耳，也转了话题：“看见梅小姐了吗？”

“见了。不愧是大家风范。举止娴雅，谈吐不俗。梅老伯一生坎坷，这姑娘也是个苦命的。”

妈妈接了话头：“人家底子厚，坐吃也比咱们强。”

贞月撇撇嘴唇：“妈呀，人活着也不光是吃一口饭嘛。一个半身不遂的父亲拘得整天整月整年埋在石墙院里，成了不信教的修女了。好了，别说这。还是讲讲画展吧。”她心里有点着急，究竟他见到湘文了没有？印象怎么样。她不好问，等他自己开口。

“对了，和梅倩一起的那位姑娘是谁？”

“她没给你介绍？”贞月心里暗笑。

“没有。”

“该不是她的亲戚吧。”

“什么亲戚，不就是……”妈妈说。

“妈呀，你老人家总是爱打断人家的话。这里糖罐子空了，你回屋去拿些来好吗？”

妈妈一下子醒悟了。原来女儿是和她说过她们做的扣，不小心差点说漏了嘴。她乖乖地躲开了。

“哥，我要不是早起头痛，去就好了。你先说说是个什么模样。”

贞明说这位小姐没有梅倩那么苗条，可是丰满些，也很大方，眉宇间似乎有点刚强劲儿。

“你看她比梅倩怎么样？”

“这可不好说。”

“你在外面看西洋美人看多了，当然是什么人都不入眼了。”

“你别胡说。一定要我说的话，梅倩和她，一个俏丽，一个端庄；一个飘逸，一个典雅；一个活泼，一个持重，大概梅小姐受的教育多些，见的世面多些。”

“哦，你对她们两个印象都不错？”贞月笑在心里，暗暗得意。第二章也许能顺利完稿吧？

她笑嘻嘻地睨一下哥哥：“哥，要是你替妈妈挑儿媳妇，你挑哪一个？”

“你又胡说，该打！”

“打个比方嘛，怕什么，你说呀。”

贞明没有正面回答，却说：“中国的男女，什么时候能社交自由，社交公开就好了。”

贞月又睨他一眼：“我看你变成外国人了。”

“我骨子里还是中国人。外国人才不万里迢迢看妈妈妹妹呐。”

“外国人不近人情。”

“外国有外国的人情。人家重视独立性，外国女人也重视独立性。”

“能一概而论吗？”

“当然，当然，不能。比较而论。”

“要是中国女孩子独立性强，你怎么样？”

“我三鞠躬。”

贞明从小喜欢妹妹。身在国外，自从父亲去世，他无时不牵挂妈妈和妹妹。妹妹停学，在家里侍奉妈妈，哥哥很为妹妹误了学业和前程内疚于心。他很想妹妹能改变一下环境才好，可很难想出妥善两全的办法。回来看见妹妹出挑得这么出色，可叹又到了考虑终身大事的年纪。他当然知道已经和吕家断了。听妈妈的口气，很中意表弟。的确是珠联璧合的一对儿。他接受了西洋人的观念，又以为近亲结姻是不好的。

“那你现在先给我鞠躬。”贞月笑嘻嘻地说。她在想望已久的大哥面前，不免又撒出小妹妹的娇态。“噢，想起来了，梅伯母要给你接风呐。”

“不敢当，不敢当……”

这时梅倩确实在家里和妈妈商量接风的事。妈妈本来一切都听女儿的，现在梅倩却故意缠着妈妈。她也已经和妈妈交了底，现在缠着妈妈，是故意吊起湘文的好奇心。

梅倩在画展订了两幅画，讲定了展览过后，请李恂送到家来。她已经看出湘文注意了那个陌生人，只等她开口问她。湘文一直没提这个话头，梅倩心里倒着急了。

湘文听梅倩那么认真地和妈妈商量招待客人的饭菜，真的有点好奇了。她们都在院子里，围坐在梅先生的轮椅周围。两个姑娘都在打毛线。房子为她们遮住了阳光。

湘文抬眼：“你刚才说得够丰盛的了，还要添多少。是要接待什么贵宾？”

这问得多及时啊。梅倩高兴地停下手里的竹针，笑眯眯看定湘文：“贵宾倒不是，算个内宾吧。哎，你看我，太疏忽了，画展上竟然没有为你介绍。”

“不介绍倒好，我见了生人说不出话，多给你丢人呐。是不是穿得像外国人的那位。”

“可不。你印象怎么样？”

“哦，我明白了。”湘文以为是梅倩的意中人，实在是极好的一对，当然得大夸特夸了。“人嘛，气宇不凡，风度翩翩，落落大方，在咱们这城里啊，拿探照灯也找不出第二个。”

梅倩心里暗笑，这夸女婿的可夸到了家，于是畅快地笑了。“你说的实话？”

“实话。没有一个字是假的。”湘文见梅倩那么眉开眼笑，更加相信自己的猜度。

“那么我给你保媒，要不要？”

湘文红了脸，拿竹针在梅倩手上敲了一下，看见梅妈妈一直在一边笑嘻嘻的。“梅伯母，妹妹欺负我，你也不说句公道话！”又转向梅倩：“我奉劝你留给自己吧。”

梅倩故意长叹一声：“人家美玉有主了。”

“实话？”

“实话。没一个字是假的。”

“真可惜！”湘文也长叹一口气。她是实心实意地为梅倩可惜。

六九　时也命也运也，想不到要做双重冰人

四天的画展十分热闹，但是不能说十分成功。看西洋景的多，真正欣赏艺术的少，肯多出钱买画的人也不多。不管怎样，盛况是阮令之没有预料到的。这要感谢当地的报纸。展览会的第二天，报纸上不但登出了消息，也刊出了记者的专访。既然是本市的艺术家为本市争光，又是破天荒第一次，访问记里的好话说了不少。一夜之间，阮令之成了本城的知名人物。这一点倒是阮令之颇为忌讳的。按他目前的工作和地位，还是以隐名埋姓为好。

更出乎他的意料的是警备司令也来参观了。赫赫武装的司令留着日本式的上髭，带着袅袅娜娜的姨太太和几个彪形的马弁。进了会场，左顾右盼，居然向阮先生伸出手，使画家受宠若惊。会场里原来是喜笑言谈的，大人物一到，鸦没雀静了。市民们都往旁边躲闪。惊奇、羡慕、畏葸，种种眼光投向权势和新贵。司令绕会场转了一圈，指定几幅画，说要买下。

“司令说什么话。这些都是我的习作，不值什么。展览完了，请派人来取就是了。”

阮令之不是奉迎，而是明明知道他不会付钱。如果付钱，这钱也烫手。

司令大为高兴，居然向阮令之介绍他的姨太太：“沈茜茜女士。”

姨太太倒不拿大，笑吟吟地向画家伸出手。阮令之只得恭敬地接了，轻轻一握，急忙松开。她很年轻，看来至少比司令小二十岁。虽然体态轻盈，却没有一般姨太太那种轻浮的媚态，而是容貌端庄，衣着也相当朴素。虽然笑，眉头却紧锁着。司令又问他在何处工作。阮令之回答了。

“啊，为人师表？很好很好。不过可惜了你的才气，等我告诉教育局长，请他另行考虑。”阮令之道谢了，心里明知这大人物回头就会忘记的。

司令的汽车去了之后，死了的会场又活了。阮令之也长舒了一口气。

后来的三天，李恂和天狗都没有来。肖兰云也上了工。只有阮令之一个人张罗。幸运的是他和司令一握手，一交谈，身价平地上涨了。青年会的人尽力帮忙，自然不是附势，是因为扩大影响。红火只管红火。画家也打定主意低价多销。由于看的人多，买的人少，四天下来，赚的比预料的要少些。很使阮令之气短的是人们多半买花卉翎毛，这些花花绿绿的东西不是他的所长。只有几个斯文人物订上几张竹石和山水。他不能不慨叹，要挣钱，不能不迎合行情。参观者有人建议，请他画些美人四条屏，喜鹊登枝，梅开五福之类。

也正是画展的第二天下午，培真抱着小豆豆在前院里看鸽子。小豆豆伸开小手向办公室抓挠，身子也往办公室探着，叽叽呀呀地叫。小天使的意愿不可违，培真只得抱他进来。李恂正在打字，急忙站起来迎着。小豆豆又向窗子探身，啊，他要看海。李恂拉开窗帘。小豆豆笑了，培真也笑了。李恂站得那么近，闻到了小豆豆身上的奶味。培真也面向远处的大海，告诉李恂，她和姐姐回来的时候撞见父亲了。李恂听了一惊。

“他发火了？”

“没有，向真掩饰过去了。她说她妈妈病了，想我。我去看了伯母。”

李恂转惊为喜：“好啊，说了谎言，犯了十诫。末日审判的时候都要招认出来的。”

培真听不出话里的玩笑意味，点头说是。她的眼神可是很安详，说祷告过了，主会原谅的。这诚朴的样子固然可笑，可是很动人。她一直没有转身，一直在眺望大海，一面为小豆豆指指点点。她站在这个人身边，有一种从来没有过的感觉。是喜悦？是迷惘？是惶惑？是依恋？说不清楚，她只觉得在他的身边全心都发紧，但是她情愿，很想转身看看他的眼睛，可又不敢。远远看见有几只海鸟从海面腾空而起，盘旋了一周遭，又扎进了蓝光闪闪的水面。

“小豆豆，看看，飞飞，飞飞！”她指着远处，又微微嘘一口气。“这鸟儿多好啊。愿往哪儿飞就往哪儿飞。我梦里飞过，伸开胳膊像翅膀一样，可惬意呐。醒过来，还想扑拉胳膊再飞呐。飞不动了。哎，人真是不如鸟啊。”

“人呐，不如的东西可多呐。我看不如所有的飞禽走兽。动物里狼最凶残，可是它不吃同类。人呢……”

也正是这天的下午，离下班还有一小时，天狗忽然找上门来，说有急事相商，问他能不能早点离开。李恂表示可以。

他们一出商行的门，天狗就喊来两辆人力车，一直拉到大罗天门前。

“哟，你为画展出了大力，我还没酬劳你呐，你倒酬劳我？”

天狗拉起他的胳臂，一面上楼，一面笑嘻嘻地说：“我给你嘴上抹油，求你为我说好话。”

他们进了雅座，巧不巧正是李恂和唐旻坐过的一间。掀门帘进来的还是那个堂倌。他见了李恂，脸上格外地开花。这是个好主顾，君子，朋友请客他付钱。见了天狗的装扮，更表示敬意。这人虽然不像上次那个那么洋气，可是更显得阔气。李恂说不吃酒，因为还要去阮先生家。天狗还是要了酒。声明只请一杯，多了不强。

李恂心里一直在打哑谜，猜不出他的把戏，只等他开口。

冷盘和酒上来。天狗斟了酒。“你可知道，我那老子搬进城来了。乡下一天比一天更乱，常常有土匪绑票。”

“这好，你可以不住校了。”

“我才不住家呐。住校多自由。老头子心情不好，总想拿我煞气，说我用钱太多，又要给我攀亲，想把我拴在家里。”

“红鸾星照命还不好？”李恂笑嘻嘻地说。

“你知道的，这个夏天就毕业了。老子问我什么打算，我说到外地继续求学。他不赞成。还求什么学？不如帮着他守护家业。北平的钱庄，上海的绸缎店，都有我家的股子。钱庄赔了，所以他一肚子愁肠。我才不听他的呐。北平去不了，我去上海。不让我走我就自己出洋。”说到这里，天狗已经三杯下肚，有一点醉意了。“我说已经和席乐理讲好，他介绍我上耶鲁大学。其实没这回事，我是和他讨价还价。”

李恂心里不免暗笑，这家伙对付老子的手段比唐旻强得多。他告诉天狗，唐旻已经到了上海，大概正在演出。

“是吗？好极了。我正愁到那边没有熟人呐。我讨价一高，老头子答应我去上海，不过有个条件，先娶了亲再走。他和我妈妈都想抱孙子喽。笑话，我讨老婆是为了他们抱孙子。早就替我相中一门亲，我才不能让他们摆弄呐。我也有一个条件，娶亲，中，得让我自己找满意的。”

李恂心里一动，啊，这家伙九成九是看中了“洛神”，请吃酒是为了求他拉红线。眼力倒不错，可是梅倩眼睛里怎么能有这种纨绔气熏人的人物。

“找到了吗？”

天狗不答，却斟满两杯酒，“来，来，请干了这一杯，我的命运在你手里。You are my God（你是我的上帝）。”

李恂心里暗笑，果然不出所料。他按住杯子。“为朋友两肋插刀，你说吧。”

“我看见了，我找到了，就是她！Beautiful，charming，elegant，exquisite，splendid，pure，smart，clever，warm，kind，full of energy ...（美丽、漂亮、高尚、优雅、光彩、纯洁、潇洒、伶俐、热情、善良、精神饱满……）”

李恂刚喝一口茶水，笑得喷出来了：“啊哟哟，你翻遍了韦伯大字典吧？”

天狗也颇为自得地笑了，把椅子从对面拉到李恂的身旁。“我拿酒盖脸，实说了吧。我从来不失眠，昨儿翻腾了一夜。我痛苦，丘比特的箭射中我的心窝了。你要是出力，一定能成。只要她点头，什么条件我都答应，留在这里也行，到南方也行，出洋也行。”他站起来，一躬到底，看来真的有几分酒意了。

“鞠躬不行，得三跪九叩。”李恂故意开玩笑。

“要是成了，我九跪八十一叩。你听我说，我还没说完。只要她同意，我发誓从今以后，再不吊儿郎当，一定发奋用功，一定……”

“这家伙，看来真的倾倒得五体投地了。眼力是不错，可惜没有子建的才貌。”不过这是李恂心里的话。

天狗又吞下一杯，热了，脱下西装上衣，拉下领带，交给上菜来的堂倌。“真的，老同学，别笑我，我真的爱上了……”

“好了，不用说了，我知道是谁了。”

“谁？”

“洛神。”

天狗摇头。李恂大为奇怪。

“洛神是没比的，可是那么凛凛然，眼光像利剑一样，一下子能穿你个透。”

“那么是哪个？”

“近在你身边啊。”

李恂茫茫然。难道他看上了月姐？“你说，别让我打哑谜。”

“宗家两姐妹，那位大的。”

“噢，原来是宗向真。人家可是宗教家庭啊。”

“我是宗教学校。”

在这一点上倒算得门当户对。李恂沉吟起来。向真泼辣，坦直，眼光高，有主见。她要是看中了的，一句话就能成，看不中的怕一万句也不顶用。

“怎么？你说呀，别卖关子。”

李恂还是沉吟地微微点头。

“怎么的，是不是你近水楼台……”

“少胡说！”李恂瞪他一眼。“好吧，你好眼力。这个冰人我一定做，可我不敢打保票。”

“你是和她父母说，还是和她本人说？”

“按老规矩，自然先和长辈说。不过我还是釜底抽薪好，她若是点头，她的爹娘都会听她的。”

天狗高兴地重重擂了一下李恂的肩膀，又灌下一杯酒。“一言为定！”

“成，是你的造化。不成，你别骂我。”

“成了，Oh, my dear, my Goddess!（哦，亲爱的，我的女神！）不成，Alas, I'll exile myself with a broken heart（唉，我将抱破碎之心远遁）。”

李恂心里不禁苦笑，别瞧这个惫懒人物，倒是一个多情种子。这条红线他势必要牵，可也实在没有把握。

天狗付了账。因为高兴，多给了几倍的小费。堂倌大折腰道谢。

李恂把醉醺醺的天狗扶上一辆人力车，然后急忙奔向阮令之家。

啊，人生，人生，命运，命运！再也想不到要为同学做冰人。他开始后悔，不该一口答应下来，太莽撞了。天狗帮了那么多的忙，不答应当然说不过去。答应了，直眉白眼的可怎么向年轻的姑娘开口。向真固然很开通，也还没有开通到当面谈姻缘的程度。她活泼，坦诚，谅她不会见怪。可是她又很有主见，很有决断，天狗那风风火火，见面就熟的做派未必能称她的心意。从宗约翰那里转个弯？不妥。请宗师母透个口风，也不妥。让培真出面？不，不，不妥。

阮令之的门上有铁将军挡驾。他来到朱芸娘家。芸娘正在灯下做手工。小女孩伏在炕桌上演算草。庄石柱在码头卸货，还没有收工。

"啊，你来得正好，不来我也要找你。"

芸娘要下炕。李恂止住她，就势坐在炕边的木凳上。"我来问问阮先生，我和我的同学昨天都不能去画展，他有困难没有。"

"有什么困难？总干事可好呐，大包大揽。这一下阮先生可好了。应当是苦尽甜来，得成个家了。"

李恂随口应和着，心里掂掇，他是该成家了，可是高不成低不就的可怎么好呢？

芸娘在炕上蹭蹭，靠近李恂的身旁，放低声音，似乎有什么秘密。"你留神没有？阮先生对肖兰云可关心呐。说了，想不到兰云年轻轻的这么命苦，不该再苦下去了。说了，母女二人住那么一间小屋，夏不蔽雨，冬不蔽风，要为她们另找一个住处。"

"是吗？这好极了。画展完了，阮先生能收回一些钱，帮她们找个住处不难。"

"有现成的，何必找呢？"

"在哪儿？"

朱芸娘向隔壁一努嘴。李恂不懂，闪着眼睛看她。

芸娘更向他跟前靠靠。"我探过兰云的口气。她说，出一个门，进一个门，她压根没想过。再说自己没文化，还拖一个油瓶。人家是个先生，又有才气，自己哪里攀得上，想都不能想……"

李恂恍然大悟，原来芸娘想为肖兰云和阮先生拉线，这当然是好的。

“我啊，看她说是这么说，说的也是实话，可要是阮先生愿意，她绝不会是那么死心眼。我啊，看阮先生似乎有点意思。三番两次求我帮兰云找房子。先生你做一点积阴德的事好不好？你和阮先生是好朋友，我求你探探他的口气。没准你一说他就点头。那多好啊。小芸他爹说了，只要阮先生同意，房子翻盖、扩充、粉刷，码头上的弟兄要多少来多少……”

李恂听着，心里一阵阵苦笑。时也命也运也，快要变成专业的月老冰人了。

七〇　是苦尽甜来还是甜中有苦

路没有真正直的，地没有真正平的。人生的道路也是一样。梅倩和贞月设计的“第三章”，既不是不顺利，也不是很顺利。

画展的当天晚上，贞月悄悄来到梅家。两位姑娘互通了消息，商量该怎么安排下文。晚香玉的醉人的香气飘满梅倩的房间。从铁纱窗钻进的小蠓虫在电灯周围飞扑。冬月给她们送来茶水，想留下听她们的谈话。这是她在这石墙院里唯一的赏心乐事。但是梅小姐向她使个眼色，她只得怏怏地退出去。

梅倩反复思量，既然双方的相互印象都很好，也就不必多费周折，索性把一层窗纸捅开。贞月沉沉吟吟，一时还拿不定主意。捅开容易，万一不成呢？哥哥好办，由他去就是了。可怎么对待湘文？那么刚强的性子，如果她不转脖子，那是九条黄牛也拉不动的。

她们站起来又坐下，坐下又站起来，在屋子里转磨磨。可真是愁煞人啊。

“哎，我真傻，”梅倩慨叹地说，“你们家的事，我何必自讨苦吃。”

“谁叫你菩萨心肠来着？对了，我还没问你，你对我的大哥印象怎么样？”

“这还用问吗？”

贞月为了打破这闷人的局面，笑眯眯地睨一眼女伴：“算了，我索性把红线拴到你身上。”

梅倩登时沉下脸来。“你，你再说一句试试，我不拿棍子赶你出去。”

贞月见她当真了，急忙来到她身边，双手抱住她的肩膀。“我的好姐姐，你听不出我这是开玩笑吗？实话对你说，我从来是崇拜大哥的，现在可不那么崇拜了。”

“为什么？”梅倩的脸上绽出笑意。

“今天他从画展回来，我要他多付几个钱给那位穷画家。他怎么说？说不削画上的标价算抬举他了。”

“这怎么能怪大哥？买卖就是买卖，又不是慈善事业。”

两个好朋友兜了一晚上的圈子，想不出万全之策，只有破釜沉舟，捅开这张窗纸。贞月当晚就悄悄地向妈妈讲了。

第二天晚饭以后，母子三人坐在小院里的海棠树旁。庙里的晚钟响了，嗡嗡声久久不息。天色却还没有完全黑下来。

妈妈先开了口：“明儿，你出外这几年，还记得妈妈的岁数吗？”

“看妈妈说的，儿子一辈子也忘不了啊。我在南半球，每年妈妈的生日，我都向北面三鞠躬。”

妈妈和妹妹的眼睛都潮润润的了。

“我鞠躬的时候，心里也想着妹妹。真是亏了她了，休学在家，服侍妈妈，要不，我在外面能安心吗？”

贞月一阵心酸，忍不住的泪珠落在脸腮上，幸喜天色灰暗，她紧忙用手一抹。“大哥，你说这些多余的，何必呢。你回来，这不就好了吗，所差的就是……”她故意把话咽回去。

贞明知道妹妹的意思，可也不好说什么。

妈妈长长地叹一口气。“是啊，是苦了月儿。母女二人相依为命，日子过得倒也清闲自在。这个年头，有吃有穿是大造化了。你可知道，妈妈能有今天，能一天比一天好，不光月儿一个照抚。”

贞明觉得这话中有话。“那么还有谁?”

“还有另一个不姓郑也能姓郑的女儿。”

“是谁，是哪个?”贞明更觉得话中有话。

“人啊，活着不光是吃穿，”妈妈语音里有些唏嘘了。“也要心里舒坦。不怕当着月儿的面，我那个女儿比你妹妹还心细，还会照应人。”

妈妈说得这么玄虚，更引起贞明的好奇心。

“究竟是谁呀?”

贞月插进来。“展览会上你见过的，就是和梅倩一起的那一个，你夸过人家的。”

“这就怪了。梅倩为什么不给我介绍?”

“人家敢吗?”

“这更怪了。有什么不敢。”

贞月在昏暗的光里盯紧哥哥，注意着他的反应。“咱们先说定，不管是什么怪事，你先好好听妈妈说，别打岔。等妈妈说完了你再发表议论。行不行?”

“行，行。”

于是妈妈把湘文怎样来的，怎样住下的，怎样没白没黑地绣花，养活自己，却不沾家里的一分一毫。整天欢欢乐乐地进进出出，帮着忙家务事。五冬六夏，里里外外，像亲生的女儿一样爱护妈妈，体贴入微，想不到的她也能想到。听说贞明要回来，卷起被盖就走了。后来听说暂时还不回来，月儿和梅小姐费好大口舌才劝回来了。这么模样端正大方的人哪里去找?这么善心的姑娘如今哪里去找?这么心灵手巧的人儿哪里去找?这样刚强的女孩哪里去找?打起探照灯也找不到。想想吧，孤女一人，敢于闯进没过门的婆婆家门，没有见识，没有一股子横劲儿，不怕别人说三道四的，这样的女子天下有几个?

郑贞明一直默默地听着，心里却在翻江倒海。原来这就是从小订下的未婚妻，是老人订的，和自己毫不相干。奔到海外，以为这条红线早就断了。眨眼间他想起一直眷眷难忘的艾米莉·贝蒂小姐。两人巧遇在悉尼市的海边。他的优美的游泳姿势引起她的注意，求他教她游水。她刚刚开始学，可是很大胆，走到深水里，要他托起她的胸部漂在水面上。他的手接触到她的柔软部分，不免心旌荡漾，像荡漾起伏的波浪。她那像海水一样蓝的眸子，那浓密的浅棕色头发，都使人心醉。当她由他平托着仰面漂着的时候，她的头发随着波纹浮动。两人由相识而相熟而相爱。艾米莉说中国男人好，第一，赚了钱全部交给妻子；第二，感情专一，不朝三暮四的。那么结婚吧。她不。她不赞成那结婚的宗教仪式，无非是当众宣布，两个人要在一张床上了。结婚不必，同居可以。他们同居了。一年之后，艾米莉生下一个女孩。三四个月之后，为了不影响工作，她送给住在维多利亚市的妈妈去抚养了。

甜蜜的同居生活不到两年，渐渐出现了裂纹。她是一个歌女，不算走红，却也颇为人知。从远祖传下来的意识细胞在贞明的脑子里分裂和繁殖了。他不赞成爱人那种夜间工作，当着那么多人袒胸裸背。他这个名非而实的丈夫感情上受不了。那是些什么人？醉汉、商人、冒牌的绅士，鬼知道他们是从什么阴沟里爬出来的。他劝她改行，她不同意。歌唱是她的爱好，是她的天性，是她的职业。她只当众高唱，显示才华，管那些听者是什么猫儿狗儿。两个人由商谈而争论，可是从来没有口角过。终于有一天，贞明早晨醒来的时候，不见艾米莉的身影，却看见小台上的一张字条。信写得很冷静，没有一丝一毫感伤的意味。她不能因为中国男人好而失去自己的独立性。既然终于不能融洽无间，只好各奔前程。小女孩长大，她会如实告诉她的。她有一切的自由做出选择，或者依从生父，或者依从生母。这张字条像碌碡一样砸在贞明的心上。心碎了也没用。这是现实。这种事情在外国是不稀罕的。艾米莉只带走随身的衣物，其他一概没动，连银行存折也留在小箱子里。飞了，飞了，没影没踪了。当然，她不是孤鸿。和她并翅双飞的，还有一个代替他的。如果不是商务牵绊，他这哀哀的孤鸿早从南半球的海边飞回北半球的海边了。

现在听着妈妈的叙述，北半球的海边竟然也有一个个性这么刚强的女子。按画展的所见，他的印象是好的。难道命运竟是这样安排，他必得按千百年的老规矩，和一个素不相识的女子成亲？可实在令人哭笑不得啊！妈妈的话确实打动了他。他相信所说的都是可信的，但是他总觉得很别扭。认真地考虑可以，立即答应可是万万不行。他在低头沉思。

这么一番翻肠倒肺的话似乎还没有说得儿子回心转意，妈妈有些伤心而且气恼了。

“我知道，你在外面，花花世界，见得多了，眼也高了，心也高了。妈妈不强你。我可是要告诉你，我离不开湘文。你不要她，我要！你搬出去，我接湘文回来。月儿总要出门子的，我和湘文相依为命……”妈妈说到这里，忽然双手掩面，悽悽怆怆地哭起来。

贞月也忍不住哭了：“妈呀，你说就说，干吗扯上我！我早说了，我哪里也不去，哪个男人我也看不上。你还要把亲闺女赶出门不成……”

她一头扑在妈妈怀里。妈妈抱住她的头。

贞明见妈妈和妹妹这么悲哽，也忍不住掉下了泪珠。

“好了好了，好妈妈，好妹妹，你们是用眼泪给我接风啊……”

贞月从妈妈怀里抬起头，拿手绢给妈妈擦擦脸，也给自己擦擦。

“哎，妈妈，咱们这是怎么了。好话好说嘛，干吗哭哭啼啼。大哥没有一点错，他不负任何责任。要说有错，是老一辈铸成的。妈呀，你老人家怎么说着说着说到岔道上去了。你想想，有哪一点该怪哥哥？”

妈妈止住了悲泣，冷静下来。“是啊，是啊，一点也不怪明儿。

算我老糊涂了。你体谅妈妈吧，明儿，这是当妈妈的心肠。”她说着，贞明从小到大的种种情景一下子出现在她的眼前，心里又是一阵酸楚，但是竭力忍住了。本来嘛，她的眼泪也不光是为今天的事，是从丈夫去世以后贮存下来的，闸口一开，不免泛滥。

“你别担心，明儿。妈妈不是那种倔杠老太婆。我只求你一件事。你们两个见见，说说话儿。行呢，天大的好事。不行，也不勉强。妈妈一丝一忽也不逼你。”

贞明只能答应。

于是贞月和盘托出。为这件事，梅小姐费了多少心思，定下的什么步骤，怎样顺水推舟，既不让湘文受委屈，也不让哥哥觉得勉强。梅伯母已经在准备酒筵，为他接风，让他和湘文见面。

听了这一切机关秘密，贞明不禁大受感动。难得梅小姐这侠义心肠，又是这么足智多谋，竟是运筹闺阁之中了。自己这个大男人竟然被人家暗暗地牵着鼻子走。想到这里，他笑了。

妈妈和妹妹也笑了。

贞明学洋人的样儿，举起拳头向妹妹摇着。“好啊，你这个小鬼头，瞒着哥哥，和人家一起布起陷阱。你等着，看我不狠狠地擂你。”

“擂吧，擂吧，我身上正痒得难受呐。”贞月偎在妈妈怀里，撒娇地说。

她小时候就是常常在哥哥面前这么撒娇的。

正当郑家演出这幕活剧的时候，梅家的小旦和老旦也登场了。

在堂屋的吊灯下面，围着一张方桌，湘文低头打毛线，一面看着一本画册。她一向喜欢从画册上寻找自己的刺绣图案。梅倩和妈妈又一次商量菜谱。为了引起湘文的注意，梅倩故意挑剔：

“这算什么，正桌头不算正桌头，半桌头不算半桌头。”

按照地方的习俗，所谓半桌头是荤素八冷盘，八大盘，两大海碗，外加一道甜食。正桌头则是加上一倍。

梅妈妈不知道女儿的机关，眉头一锁："哎，又不是外人，何必讲虚排场，只要是上等菜肴，管他几碗几盘呐。"

这两天湘文听梅家母女叽叽咕咕，讲海参呀，鸭掌呀什么的，又见梅倩那么认真地准备，一会儿开单子要冬月去买这儿，一会儿又要她去买那儿，她心里不免猜度。这个男的准是和梅倩有什么因由，要么是从前订下的，要么是她看中的。冷眼旁观。越看越像是这么回事。可又不好直眉楞眼地问人家，只虚说了一句："梅妹妹，是哪来的贵宾啊？"

梅倩听了她的问话，抿着嘴笑。眯眯着眼睛瞅她一下。"你问是哪来的贵宾啊？告诉你，人不贵心贵。"

这话证实了湘文的猜度。她放下手里的毛线，站起来。灯光照出她喜悦的眼光。"这可真是好事，我是不是得给你道喜啊？"

"谁给谁道喜啊，走着瞧吧。"

梅倩想点破一句，但是直心肠的湘文没有听出什么意味。

"梅妹妹，你要是信得过我这双手，到了那一天，你只管陪你的贵客，煎炒烹炸的事我一个人包下来。"她又热情又认真地说。

梅倩心里暗笑，你等着瞧是谁的贵客吧。"看你说的。你烹调的手艺早有定评了。但是你也是我的贵宾，到了那一天，我还要捧你坐上座呐。"

"啊哟哟，你可别折我的寿吧。"

梅倩不答，只笑眯眯地看定她。几天相处，同起同坐，同谈到深夜，梅倩更了解湘文了。这是少有的刚强、灵巧、善心、诚朴的姑娘，却也看清有一个弱点，她是很重感情的。她能在名分不定的婆婆家住这么久，正是因为贞月和郑妈妈打动了她的心。梅倩打定主意要向她的弱点进攻。她请妈妈回屋去照顾爸爸，拉起湘文的手，回到自己的卧室，一面使眼色不要冬月跟来。她让湘文坐在茶几旁的椅子上，自己在梳妆台前拢拢头发。

"梅妹妹，我有句话不知该问不该问。"

梅倩心里暗笑，正是要等你问呐。“这话多余，咱们两姐妹不是心碰心吗？”

“庐山的雾遮住了哪一座神峰？”

梅倩放声笑了：“这话你说对了一半。是神峰，却没有雾。你早就见过了的啊。”

“梅妹妹你别逗弄人好不好？”

“谁逗弄人？画展那天，你没有看见吗？”

“那个高个儿，穿漂亮西装，挺洒脱的？”

“不错，你好眼力。”梅倩又想笑，但是忍住了。

“你才是好眼力呐，梅妹妹。行，说定了，到了那天，我不端出几盘子拿手好菜，你砍我的手指头。”湘文高兴得心里和脸上都开了花。那个还不知姓名的洒脱男子和这位神韵飘逸的姑娘，是天生的多么好的一对儿啊。

“我啊，我满心里想砍，敢吗？”梅倩睨着湘文说。

“为什么？”

“有人护着你啊。”

“谁？”

“贵客啊。”

湘文收住了笑容，拉长了脸：“你再逗弄人……”

该是捅破窗纸的时候了。

梅倩看到湘文的重感情，却没有想到她的性格这么决裂。当她把窗纸捅破的时候，湘文陡然红了脸，站起来，一字一顿地说：“我一辈子没有男人，也不能低三下四。我到他家，能留住，是人心换人心，郑家母女和我相亲相爱。”

她表示明天就要离开这里。“我妈妈死得早，留给我两句话，我一辈子忘不了：冻死迎风站，饿死不折腰。我最瞧不起的就是软骨头。中国女人不是几千年受人摆布么！我就是要较较这个劲，就是不听人摆布……”说到这里，她的眼圈儿发红了。

梅倩知道，对于这样的人，一般的劝说是不成的。她也拉下脸，站起来。“你走就走。我和贞月，都是拿你当亲姐妹才这么安排的。你也不怕伤了我们的心。你对人家的印象好，是我逼你说的吗？人家对你印象也好，是他亲口对他的妈妈、妹妹说的，也不是我逼出来的。两好合一好，有什么不好？实在好不了，能用绳子拴住你么……”

她这么疾言厉色地讲了，倒果真起了作用。湘文拉她的手，来到床前，并肩坐下。“好妹妹，你别生气，你别生气，好妹妹。我知道你的心……”湘文说着，头靠在梅倩的头上，两滴热泪滴在梅倩的脸腮上。

“人家出过洋，见过世面，有文化，有本事，前途无量，我一个土毛丫头，配不上，何必攀高。”

“废话！”梅倩一面亲热地抱起她的肩头，一面仍然凛凛然地说：“照我看，他还配不上你呐。谁高谁低，我看啊，第一得从品德上分。可惜我不是一个男人。我要是，我非把你抢过来不可。天天看着你，守着你，一步也不离。”梅倩说着，在湘文的脸上吻了一下。

湘文红了脸，可是被梅倩逗笑了。

“第三章”既然完成，下边的文字自然好做了。

贞月陪哥哥在梅家享用了丰盛的一餐。湘文果然端出几盘拿手的美味。

一男一女已经不用介绍，两个人已经在用眼睛互相询问着。

饭后，梅倩约他们到她的“树林”用茶。虽然只有不几棵树，浓密的叶子也还是映出夕阳的金光。

半盏茶之后。贞月和梅倩使个眼色，蹭走了。

留下的一对不免有点发窘。贞明看着湘文。湘文低头。

当然得男的先开口啊：“我，我对不起你，你受苦了。”

一句话勾起湘文满腔的酸味，泪水涌上眼眶，可是她竭力忍住。“这说哪里去了。伯母、妹妹对我的恩情……”她压下冲上喉头的哽咽。

“妈妈离不开你，妹妹也离不开你……”

原来是为了她们啊。湘文的眼睛一下子干了。

“我呢，在海外也不易啊。”

“这我知道。”

“妈妈和妹妹看重你，我也是一样，这不用多说了。我只怕一样。”

“怕啥?”

“这世道，干什么都难啊。要是在家乡立不住脚，我还得出去。外国也是一样，大鱼吃小鱼，小鱼吃虾。商场就是战场，是不流血的战场。我打胜打败，自己心里也没有底……”

湘文听了，心里一阵发凉。这不是推托之辞吗?

“……我这是诚心诚意说的，你可千万别误会。我已经让你受苦，不能让你再苦下去。我只有实心实意，把什么都说在前头，要不更对不住你了。”

原来是这样。湘文心里暖了，抬眼看看这近在眼前的人。看得出来他是实心实意，她的心软了。

“我从小是受苦人，苦我不怕，苦中有甜。”她说。

“万一国内立不住脚，我再出洋呢?这我得说明白，听听你的意思。你可千万别误会。”

既然这么说，湘文心里托底了。“我啊，留在家里服侍妈妈也行，漂洋过海也行……”

贞明听她说得恳切，心里也托底了。他们原来是隔着藤几对面相坐的，贞明把自己的椅子挪到湘文身旁。“我再说一句，人世风风浪浪的，你能经得住吗?”

“经不起风浪的船不是好船。”

贞明就近握住湘文的一只手。眨眼间她羞羞怯怯的脸上一热，低下了头，心头微微跳起来。

“那么咱们说定了。”贞明紧紧握她的手。

湘文抬眼看看这个洒脱的青年男子，一时间柔情满怀，长长地舒了一口气。“唉，常言说，嫁鸡随鸡……”说到这里，她陡然打住。

“下面呢？”

湘文从贞明的紧握里抽出自己的手，双手掩面，小声地可是清清楚楚地说：“嫁人随人。”

在夕阳的余光里，她的端庄的面容显得那么娇美。贞明情不自禁，伸手抱住她的肩头。

她推开他，贞明愕然。

“我可不会像外国女人那样，大白天……”说着，一头扑在贞明的怀里，失声地呜咽起来。

贞明一惊。“你怎么了，怎么了，说呀，为什么难过？”

湘文抬起头，温柔深沉地看进贞明的眼睛：“我不是难过，我是，我高兴……”

贞明放心了，也更加动心了，伸出双臂，把湘文揽在怀里。她挣扎了一下，不动了，靠紧了……

湘文不喜欢繁文缛节那些没意思的老式结婚。贞明同意。但是妈妈反对。她只有一个儿子，而且是这么一个称心如意的好媳妇，不能潦潦草草。贞月从中调和，折中，定好不用花轿喇叭之类，只拍一张新式结婚照片，请几桌亲朋好友。

五天以后，一张放大的照片挂在东厢屋的新房里。照片的左边是西装笔挺的贞明，右面是白纱拖地的湘文。

七一　有心栽花花不发，无意插柳柳成荫

李恂答应了天狗的要求，一直很后悔。当时碍于情面，现在可怎么办呢？按照芸娘的嘱咐，向阮先生进言很容易。可是向真，向这位很开朗但是究竟还是十六七岁的小姑娘，可怎么好直眉楞眼地开口呢？什么时间，什么地方，在什么条件下去扯这根红线？当他反复掂掇的时候，他很吃惊自己心里有某种潜在的东西。难处还不在怎么开口，反正硬起头皮，受个白脸红脸都不怕。最难通过的是自己的心门。他在想象中把天狗和向真并立在一起，一边好比是一棵挂满假花的秃柳树，一边却是一株沾着晨露的玉兰花。这实在是难于忍受的。

转念一想，又觉得这种心理有些可笑。这与自己何干？只不过探探口风，如果她愿意呢，天下不般配的婚姻有的是。成了，无非在这种千百件的婚姻中多了一件。但是马上又推翻了自己的想法。明知是不般配，为什么要在千百个不和谐音中再加上一个？

他颠来倒去地踌躇了两天，终于没有做什么。

第三天上午，天狗来电话催他，说老头子急了，得快！

从那天李恂和培真接触以后，她差不多每天都瞅空子，抱小豆豆来蹭一会儿。李恂也习以为常，让他们姐弟二人在窗前看海，只管做自己的事。有时交换一两句毫无意味的话，有时一句也不说，

由她自来自去。有时他抬头，看见培真并没有看海，却两眼盯住他，好像他比大海更深奥难测。碰到他的眼光，培真总是急忙转过脸去。他有时也从写字台前不声不响看着培真，发现小姑娘穿得干干净净，不像以往那么邋邋遢遢，头发也梳理得特别整齐。碰见培真的眼光，他也马上转脸。两个在玩眼睛的捉迷藏。

他接完电话，培真正好抱小豆豆进来。她和弟弟早就换了单衣。现在天更热了，办公室带弹簧的纱门又装上了。小豆豆对这悠来悠去的弹簧门有了兴趣，门一晃悠，他就咯咯地笑。这小东西的脸面和眉眼已经长开了，那宽宽的额头，那双眼皮大眼睛的确和姐姐差不离。

“啊，小豆豆越长越像姐姐了。”

培真最爱听的是这一句话。从他嘴里说出来，更爱听。

他没有离开座位，正按宗先生的示意，照外汇和国内的市价，计算几种出口商品的新价格。这两天他常常走神，常常错算和重算。培真一来，更使他心乱。他不由得把两姐妹在想象里并立在一起。要从两个里挑出一个更好的，很难。正如从贞月和梅倩中挑一个，也是很难一样。他自然更倾向于月姐，这是不用说的了。在宗家两姐妹中，他觉得更倾向培真。培真没有姐姐那种飘洒的风韵，更不及她的活泼、泼辣和有主见。但是她那带稚气的真诚，笨嘴笨舌可是眼睛很会讲话，这又是向真比不上的。“啊，我这是怎么了？这多么可笑？天狗动了心，难道能影响了我？不，决不，在学而无成之日，决不想这些无聊的事！”

他想了一下，应当明天给向真补课。他请培真转告姐姐，今天提前补课，因为他明天有别的事。

快到下班的时刻，他听见敲窗子。他站起来，做一个手势，要向真先走。

两个人走到街上的时候，他看向真今天的脸色特别开朗。人家那么认真，一次补课都不漏掉，姑娘能不心里开花吗？

“今天先不补课好吗？”

“为什么？”向真歪头问他。

“有一句话说。”

向真忽然有些心跳。什么话？难道……“那就说呗。”

“在街上？不。”

向真的脸热了。“那么回家？”

“不，不方便。”

向真的心更跳了，脸也更热了。盼望着的事难道来了吗？她倒有些羞怯和害怕了。“那，你说到哪儿？”

“海边走走好吗？”

当然再好不过。可是她有些眩晕了。“我在天的父啊，愿你的圣灵给我勇气……”她默默祷告，从来也没觉得圣父离她这么近过。

两个人各有自己的心理紧张，都不说什么。他们走在海边的堤岸上，悄没声的。向晚的海风吹不凉向真心头和脸上的热。她紧靠在李恂的身边，歪头看看他的目光，他正向远处眺望。夏日的傍晚风平浪静。远处空空濛濛。西山后面的天边有一抹淡紫色的条云。停泊在海面上的外国兵船还没有亮灯。一种扑打和呼喊声引起他们注意。在前面不远处，正有一个美国水兵在打一个人力车夫，车夫招架着，争辩着。李恂急忙走上去，向真也跟着。堤岸上的行人闻声，也都纷纷围上来。

美国兵看见人多，住了手，想走出人群，正好和李恂走成对面。李恂恼恨地用英语问他为什么打人。他说与你无关。问车夫，车夫说他坐了车不给钱，这样的事常有。李恂责问水兵为什么不给钱。他耸耸两肩，摊开双手，表示分文没有。李恂问了车夫的钱数，从自己口袋里掏出来，给了他，然后大声地对水兵说：Be gone! Get out of my way（滚开，让路）！水兵看见人多，而且都怒目盯着他，不敢发作，向地上吐了一口，双手插进裤袋，走了。人们也都散去。

向真不自觉地挽起李恂的胳膊。这个女孩的信任一向给他好感，现在尤其是这样。正因为这样，更觉得话不好出口。

他们走到堤岸的尽头，下了石阶，来到沙滩上。海滩上的人很少了，近海里也只有几个人在浮沉。细浪舐着沙滩的边缘，衬托着渐渐成为灰色的海水，好像雪白的花边。

向真心里已经平静了。此地，此景，此情，似乎一句不说她也有几分明白了。李恂从附近的小棚子里买来两瓶汽水，两包饼干，说来不及吃晚饭，先点心一下吧。

他们并肩坐在沙滩上。沙子还有余热。李恂一块块饼干送到口里，好半天一个字也没吐出来。天有些灰暗了。兵船的灯一齐亮了，在海水里投下长长的光带。向真吃着饼干像嚼的木头，不断地瞅他一下，等他说出她极希望又极害怕的一句话。她心里虽然明白了几分，可是话儿不说不透嘛。

“说呀……”她等得不耐烦了。

“我心里翻腾了好久，见了你，又不敢说了。”

向真心里忽然又跳起来。

“我说了，要是说错了，你别生气。”李恂吞吞吐吐地说。

向真跳动的心里暗笑：“真是个书呆子！”

“说吧，我不生气。”她更向他靠靠近。

“是我的一个同学求我……”

多奇怪！向真有些犯疑，心在往下沉。

“什么事？”

“那人你见过的。”

“什么人，在哪儿？”

“在画展上。后来是我求他送你和培真的。”

“哦，是他，怎么样？”她沉甸甸的心里有些惶恐了。

“你看这人怎么样？”

“大概是个绣花枕头，绣也绣得不好。怎么样？”

“他要我……”

“要你怎样？”向真心里翻个儿了。

李恂只好箭在弦上，不得不发了：“他对你的印象很好，求我……”

向真忽地跳起来。“别说了，别说了……”

她好像嘶吼一样只说了这一句，忽然觉得浑身发软，又就地坐下。

啊，原来是这样！她的心空了，血都冲上了头脑。她竭力忍住心里的刺痛和酸涩，忍住冲上喉头的哽咽，可是终于忍不住。她急忙掏出手绢，捂住自己的口鼻。

李恂惊慌失措了。“你别生气，我明知道不合适，受人之托，不得不……”

“别说了，别说了！”向真又跳起来。“你可真是木，木，木！”

她转身，向堤岸那边急步走去。李恂也急忙站起来，跟在后面，一直跟着走上石阶。

向真转身：“你别跟着我！”是哭音也是怒音。说完，她又转身往前走。

李恂很不放心，仍然尾随在后面。

向真又转身：“你再跟，我就跳下海去。”

李恂惶恐地止步，一时还想不透向真为什么发这大的火。

激动、懊恼、怨望，姑娘的这种眼神是李恂一辈子忘不了的。这时他的确是木了，呆呆地站在那里，目送向真急急奔去的身影，直到她走入沉沉的暮霭里，不见了。李恂坐在堤岸边上，双手抱起头，想不出该怎么办。

感情使人盲目，向真正是这样。她爱他的单纯和真诚，爱他的风度，爱他的一切言谈笑貌。由于不时听到婶娘说，叔叔常夸他有灵气，这更增加了她的盲目性。在多次补课的时候，她时常放出试探的触角，总往有利的方面想。她也有点过分地估计了自己的感召力。希望越大，失望也越大。希望一朝破灭，这大打击，大痛苦，她虽然刚强也难于承受。她急奔到堤岸的另一头，下了石阶，走过沙滩，踩上嶙峋不平的礁石，坐下，双手掩面，痛哭起来，但是没有出声。她猜想他心里一定是另有一个人，比自己强得多的。完了，完了……涨潮了。直到喷出泡沫的海水泡凉她的脚，她才醒过来。

她回到家里，对妈妈说身上不舒服，回到自己的屋子，倒在床上，两眼直直地望着屋顶。妈妈来问她怎么了，她说觉得很累，想好好睡一夜。她平躺在床上，一动也不动，强使自己咽下冲上来的哽咽。她自己心里培植起一棵树，日夕浇灌，满指望它开花结果，如今却要连根拔掉，难啊。

第二天，宗约翰向弟媳妇讲了向真的病情。下午婶娘和妹妹来看她。她装得好好的，可是一天的变化使婶娘吃惊。向真的脸色那么苍白，那么消瘦，嘴唇失色，眼眶眍瞜，好像生了一场大病。培真和妈妈都要她住到家里去，让小六子请大夫也方便得多。婶娘说叔叔现在很喜欢她，说她比培真灵。向真不愿意这时候离开自己的小窝，经不起培真再三怂恿和求告，她同意了。

同一天的一早，李恂寄了一封快信给天狗，说："很对不起，所谋不成，请另攀高枝。"

向真不会同意，这李恂能想到。她的反应这么强烈，是他万万没想到的。他整整一夜都很不安，想不出今后见了向真该怎么办。

也正是这天下午，培真抱弟弟来告诉他，向真忽然病了，已经搬到后院来住几天。他本来情绪不安，听了这话，心里更乱了。培真去了以后，他愣愣地坐了很久。该不该去看看她呢？他拿不定主意。

正当女工下班的时候，他也走出办公室，向后院走。迎头碰见笑嘻嘻的朱芸娘。他照例向她点头致意。

"先生，可真得谢谢你，你办了一件好事。"

“好事？”他很奇怪。

“是啊，好事，天大的好事。阮先生和肖兰云成了。兰云没上工，正在家里准备呐。”

“我还没见阮先生啊，什么也还没说啊。”

朱芸娘先是一怔，接着脸上笑开了花。“噢，是这样？那么是阮先生自己去说的？这更好，更好……”

芸娘和女工们散去。李恂站在当地，一面为阮先生的婚姻觉得十分高兴，一面又为自己的莽撞事十分懊恼。他又回到办公室，压下去看向真的愿望。人各有自己的甜水，又各有自己的苦水。自己的苦水够多的了，何必再去拨弄别人的苦水。

七二　苦命的小姑娘仍然逃不脱苦命

贞明和湘文的婚事虽然没有大操大办，可是格外喜气洋洋。李恂来到姨妈家，看见人也变了，家也变了，不禁大为惊讶。太阳照满院子。屋外屋里闪耀着红光。里里外外都是欢笑声。如果从前这里安静得像个墓园，现在倒像个市场了。请来帮忙的女人奔前跑后。已经放过鞭炮。满院是碎纸片。硝烟气味还没有散尽。

郑贞明一身深色的西装，大红领带，更衬托出他那爽朗的风度。湘文更不用说，让贞月和梅倩打扮得十分华丽，可是并不俗气。她虽然还没有用酒，早已两颊泛红，眼神发饧。苦了这么多年的这个姑娘今天心醉了，快乐得忽忽悠悠。贞月和梅倩都还是淡装，只用红缎带拢起头发。变化最大的是姨妈，从来没见过她的精神这么好过。她正陪着几个女眷在说笑。李恂只在她们面前晃了一下，急忙退了出来。从他记事起，姨妈家从来没有这么红火，这么热闹过。

为了向真，他已经有两天心神不安。一直没有鼓起勇气去看她，只是从培真口里听到她的情况。她躺了一天，已经起来了，可是没有上学。现在眼前的景象和他的心境很不协调。他想找个借口，早早溜走。

没想到妈妈带了玲玲来帮忙。玲玲好多天不见他，见了，不能不粘上他。她提一壶开水，正要为客人们沏茶。

“哥，我没空，只和你说一句话。”可是玲玲能只说一句吗？她告诉哥哥，一定抽空去看看明秀。又小声告诉他，提亲的事放下了，明秀现在不天天哭了。“她想你，知道不？”

“是你想我吧？”

“我更想。不，哥，我不敢想。你成了大先生了，不理睬小丫头了。”

李恂在她的头顶上轻轻拍一下。“你再胡说！”

玲玲高兴地笑了。她提着水壶急忙往屋里去了。

从他一进门，贞月就觉得他不对劲儿。眼神儿恹恹的，脸上的笑是装出来的。除了贞月，谁能有这尖利的眼光。

当他告诉姨妈，行里正为准备迎接一个英国人忙得很，今天不能留下，明天再来的时候，姨妈说什么也不听，非要他酒席完了再去。贞月在一边为他开脱：“妈呀，你让他去吧。他心里忙，留下也清闲不了。”

月姐送他出了街门，问他为什么这么恹恹的，是不是碰上不顺心的事了。

“月姐，我干了一件莽撞事，以后详细告诉你。我知道多留一会儿，姨妈会高兴。这气氛我受不了。我确实没有特别重要的事，当然，也确实是忙。月姐你别怪我。”

“看你说的，姐姐什么时候怪过你？”

她目送表弟走远了，才转身回到院里。她原来是准备让他多待一会儿，享受享受一家从来没有的欢乐。表弟一去，她的兴致也落了。什么事又能躲过梅倩尖利的眼睛。

“你怎么忽然变得像开败的梨花，又有什么烦心的事了？”

“我什么烦心的事不对你说？”

“唉，姑娘大了，心事多了。”梅倩故意逗她。

“这么说，你的心事至少比我大两倍。”

“为什么？”

“你比我大两岁啊。”

两个好朋友都笑了，两手相挽，回到女宾的屋里。

第二天李恂刚刚上班，小六子急忙推开纱门，送来一封信，说是一个人力车夫送来的。李恂看信封，写的是要他亲拆，左下角署了一个梅字。梅倩有什么急事这么一早派人送信来呢？他急忙拆开，看了一眼，不由得吃惊地跳起来。短笺上潦草地写着两行字：“有急事求助，若能见字即来，最好。否则切盼于最短时间内来此一行。倩。”

头一天，宗先生已经讲了，他今天不出海，要留下看看这几天海外来函，一起商量怎么回信。李恂刚看完梅倩的字条，宗先生就进办公室来。见他愣愣地站在写字台前，手里拿一张信笺，问他有什么事？

“梅先生家里大概有什么急事，要我马上去一下。”

“哪个梅先生？”

“梅行时。”

“哦，原来你和梅行时有旧？他不是一直有病吗？是不是……”

“也可能，可能。”李恂明白宗先生没说出来的话。

宗先生让他先去一下，别的事回来再办。他巴不得这一声，一出商行的门就跳上一辆人力车。

为他开门的不是素日的冬月，却是梅倩本人，一脸煞白。他心想一定是梅伯伯不行了。

梅倩推上铁门，劈头一句是：“冬月失踪了。”

李恂听了一惊，愣住了。这怎么可能？这又为什么不可能？

他和梅倩进了堂屋，看见梅妈妈正坐在藤椅上擦眼泪。

据梅倩说，因为好久没出什么事，这些日子有些大意了。为了给郑贞明接风，常常要冬月到这里那里买东西。她要李恂先不要告诉贞月。一家人好不容易团团圆圆地办喜事，少有的那么快乐，无论如何不能使一家人的欢乐受影响。

“她是不是不愿在这里住下去了？”李恂问。

“不会，绝对不会。”梅倩说：“整天乐呵呵的，学唱歌，学打毛线。”她从方桌上拿起打了大半的毛衣给他看。“她的东西好好地放在那里，一样也不少。昨天晚饭以后，天还很亮。她去给爸爸买水果，一去就没有回来。等到天快黑了，觉得奇怪。到水果店去问。说认得这小姑娘，可是今天压根没有去过。”

一直等到天黑，一直等到深夜，都不见冬月的影子，母女两人由担心而害怕，猜想她碰上了什么坏人。她们坐了一整夜，又不敢让爸爸知道，除了用眼泪洗脸，东想西想总是无计可施。所以天一亮，梅倩就写了短笺，求一个人力车夫送出去。

李恂建议去报警察局。报是可以报，估计也不会有什么结果。哪一个盗贼帮伙和流氓帮伙不和警察勾结？

李恂要梅倩把冬月常去的商店写下来。他带着这张字条各处探问了一下。有的不知道有这么一个小姑娘，有的认得冬月，但是昨天没见她。他一面奔走，一面心里猜度：这事一定是夹竹桃姓齐的捣的鬼。几个月过去了，这个坏蛋还不死心，必欲置颠沛无告的小女孩子死地而后快。

他一无所得地回到梅家，向梅家母女说了他的想法。她们其实也是这样猜测的。如果真的落在那个恶人的网里，小冬月不知会受怎样的折磨。

李恂告诉梅倩，他必须先赶回商行。老板正等他商量事情。他下午一定抽空到齐家去。

“不，你不能去。”梅倩满腹心事地说：“他要是存心干，你一个人去了有什么用？一个人单枪匹马去见那种人？何况你没有枪，也没有马。”

“不入虎穴，焉得虎子。我不怕他。这人装一副道学面孔，谅他也不敢怎么样。我至少可以看看动静，听听风。”

梅倩只好同意。送他出来的时候，她再三叮嘱他见机而行，千万小心。

李恂回到办公室的时候，李先生来了，正和宗先生商谈催温斯顿早日来华的事。他们讲定，由宗先生这面发电报，请他来海边多住几天。这事当然要由李恂来办。他问是发明码还是暗码。宗先生想了一下，说既然没有什么秘密，发明码也就可以了。他问李恂，梅家出了什么紧急的事。李恂简单地讲了冬月失踪的事，详细情况则不便于细述，只说为这事他大概要耽误些时间。宗先生慷慨地答应他时间由他自己安排。

这一对同行的渔友走了。剩下李恂一个人以加倍的速度干他的事儿。他先打好了电文，要小六子送电报局，然后整理往来的信件，归档。按照惯例，发了电报，必须立即发一封信，说明拍电的日期、内容及必须补充说明的一切。如果要求对方电复，则必须于电文上注明。所以他的英语电文是：

> 英格兰诺定昂温斯顿父子公司，温斯顿先生，准备工作已就绪。盼早日来此海滨度夏。请电告行期。

他忙得午饭都忘了去吃，直等小六子来叫他。下午两点多钟，培真来到办公室，第一次没抱小弟弟。她告诉他，向真不要她常常抱小豆豆来。

“为什么，她生我的气了？”

“生气，生什么气？她老说你好。她是怕小豆豆来打搅你。”

这么说，向真并没有恨他，这可太好了。他情不自禁地抱起培真的双肩，想吻她的前额，看见她惊悸的眼神，又立刻松开手。

培真闭闭眼睛，再睁开的时候，眼角闪出莹莹的泪光。

“你怎么了？”李恂吃惊地问。

“我眼睛发痒。”

“我有急事，马上要出去。你还是抱小豆豆来，他打搅不了我，他玩他的，我干我的。”

他这时满心里都是丁冬月，即使不然，他也绝不会想到培真的泪珠里包含了多少苦恼、惆怅和灵魂的不安。

李恂急忙奔到夹竹桃齐家。门一开，他差一点叫出丁冬月的名字。太像了。也是一个瘦瘦的，三角形脸，脸色苍白，身穿玄青色衣服的小姑娘。听说是找齐先生的，她急忙让进来，来到院子里，向正屋叫：“齐先生，有客人！”

齐先生走出竹帘，手摇一把蒲扇，穿的是白夏布短褂。见了李恂，一点也不觉得惊讶，倒似乎是常见的朋友，脸上堆满了笑。

“噢，有失远迎，请屋里坐。”

李恂绷着脸，也不答礼。不进屋，也不坐。

“齐先生，想你一定知道我的来意。”

“你无事不会光临寒舍，这我知道。至于你的来意，恕我迟钝，还是请你示下。”

“咱们明人不干暗事，打开窗子说亮话好不好？”李恂见他那么装腔作势，拿腔拿调的，恨不能劈面打他一拳，但是不能不竭力忍着。他提醒自己，不能把局面弄僵，于是姿态和语调都缓和下来。

“齐先生，你是重义气的。学生有一事求教。”

齐先生心里暗笑，何先倨而后恭耶？他指指院里的石桌和石凳。李恂在他的对面坐下。小姑娘送来两杯茶，急忙退去了。

“敢问……”齐先生扬起眉毛。

“你经的多，见的广，一定是宽洪大量的。”

“不敢当，不敢当。”齐先生暗笑这个雏儿的绕弯子。“什么事你直说好了。”

“还用我说吗？你心里通亮。”

“这就奇怪了，你这不是叫我打哑谜吗？我可没有这神通。”

李恂心里更加恨他，只是竭力忍着。“那么好，我说出谜底。

我亲戚家里丢了一个人。”

“是丁冬月？”齐先生忽地站起来。

“着呀，你何必故作惊讶！”李恂心里想。他说：“不错。你既然成竹在胸，我请你交出她来，我带她回去。要什么报酬，要什么身价，都好说。”

齐先生又坐下。“你听我说，我知道你是个好学生，你现在干得也很出色，我从来不想难为你，更不想和你作对。索性说穿，你是个新派人物，我们不想沾惹。”

“我不是来听你的好话，我是来要人。”

“那你走错门了。我这里没有这个人。”

这话是李恂预料到的。既然如此，那就撕破脸，揪他到警察局。警察局是靠不住的。但是事情闹大了就能造成舆论，一不做，二不休，看你姓齐的还想不想在此地装人，占码头。他跳起来，刚要发作，但是老奸巨猾的齐先生早看在眼里了。他的确不想和这个雏儿作对。

“好，好，你先别着急。我知道你不相信我的话。今天我索性把话和你说开。先从你的洪老师说起。他是个什么人，你大概早清楚了吧……”

一提老师，李恂暗暗吃惊。谁是魔鬼？真正的魔鬼就在眼前。他立逼着自己冷静下来。

“……我要是有心害你，给你戴上半顶红帽子，你到哪里去申辩？我不忍心把一个有为的青年送去吃铁窗风味。这对我没有什么好处。所谓冤家宜解不宜结。噢，请你别动，先听我说完，我说的是实情，不是讨你的好。你现在想给也没有什么好处给我，对不对？”

李恂看着他那么狡黠的像刀子似的目光，不由得身上发凉。他相信他现在说的是实话，又听他说下去。

“……说到小冬月。你以为我不知道她住到梅家去了吗？笑话！

我别的没有，多的是耳目。我的人遭了打，我起初还不知道。要是老不知道，算个有耳目的吗？既然有人保护她，保护她的又不是别人。是你和你的洋同学。丘八还怕丘九呐，我姓齐的也没吃豹子胆。”说到这里，他咯咯地笑了两声，笑得李恂心里打一个冷战。

“……实不相瞒。我要是有心收回冬月，十个冬月也早收回来了。再说明白点，也不是不想收，一来不想和你们作对，二来她要是寻死觅活的，我怕是不怕，嫌麻烦。我这里和盘托出了，你还不相信吗？”

“好吧，我可以相信。齐先生既然这么重义气（这话在姓齐的听来只是雏儿语），又那么多的耳目，我想不会不知道她的下落。”

齐先生又咯咯地笑了两声。“这么说，你还是不完全相信我。这件事一定不是我的人干的。是什么人干的，我一时还想不出。这么着吧，我说你们先在报纸上登个寻人启事。我这边的人，即便是我不关照，见了报纸也能来给我送信儿。三五天内必有消息。”

李恂只能表示谢意，不管心里有多么大的反感。他留下了电话号码，说白天整天都在办公室，希望一有消息立即通知他。

他盛气而来，离开齐家，走在路上的时候，却像个撒了气的皮球。夏天的太阳当头照着，可是他只觉得心里一阵阵发冷。他不能不承认，既懊丧，又惭愧，像自己这样的，十个捆在一起也斗不过姓齐的。他现在清楚地感觉到了，除了这个太阳照着，眼睛看得见的世界，还有一个光明照不到，眼睛也看不见的世界。这个看不见的世界比看得见的世界更有势力。世界上有多少肮脏、邪恶、残忍、野蛮的事是在光天化日之下干的。梅倩挨的一枪不就是这样干的吗？又有多少这类罪恶勾当是在暗地里进行的。也许暗里干的坏事比明里干的还要多几倍，多几十倍吧？也许这明里、暗里两种势力是互相纠结的，互相勾结的吧？八成是那样。也许明里干的也暗里干，暗里干的也明里干。啊，耳目！它只是耳目，还有爪牙，还有毒汁，还有洋枪洋炮。真是可怕，可怕，可怕！多么使人怜爱的小冬月，多么清清白白的小女孩，为什么有这么多的黑手扼住她的喉管。他忽地想起《书经》里的两句："时日曷丧，予及汝偕亡！"毁灭吧，地球！碎成粉末吧！我情愿同归于尽！上帝竟然创造了这么多的坏蛋和恶鬼吗？该受诅咒的首先是他！

他想着，走着，走着，想着。沉甸甸的心，沉甸甸的脚步。他将怎样面对梅姐和梅伯母失望的眼睛？几十分钟的路程他走了足有两个小时。

为他开门的是梅倩和贞月。沮丧的眼神对着失望的眼神。

贞月本来约梅倩第二天还来家里陪伴湘文的。没有来。她想一定有什么事绊住了。她来看看，必要时可以帮一手。不见冬月的影子，见到的却是梅倩和伯母哭红了的眼睛。她能不问吗？还能相瞒吗？贞月虽然十分内疚，也不好显露出来，只能忍着心痛劝慰梅家母女。

老少三个妇女听了李恂的叙说，前后一想，都相信姓齐的讲的是真话。失望里又有了一线希望。李恂请梅姐拟一个寻人启事，明天一早他就送到报馆去。他们约定，不论结果怎样，都先不要让郑妈妈和湘文知道。让苦命的妈妈和儿媳妇先欢欢乐乐地过几天吧。这一点儿欢乐得来多不易啊。

七三　在悬念中的生活最难忍受

宗向真好起来了。她本来就没有什么大病嘛。现在不但身体复原了，精神也复原了，仍然是一个翘着鼻子尖走路的向真。她很有点后悔。那天在海滩上，即便是肠子断了也不应当示弱。哭，唏，多丢人！人家又没有什么恶意，只不过受同学之托，何必向人家那样大发火气。她当然不好意思去向人家转圜了。可是她有一个小傻妹妹啊。如果听他补课是很愉快的，有什么理由自我剥夺这种愉快？小傻妹妹果然成了向真和李恂之间的桥梁。一场阴雨过去，当然要出太阳嘛。妹妹替她约定了，补课仍然和从前一样，每星期一次，在向真家里。

李恂正在焦急地等齐先生的消息。一天，两天，三天，电话铃响了多次，但都是关于商务上的。他每天傍晚都到梅家碰一头，来时心里沉甸甸，因为没有消息带来，去时也是一样，因为梅家母女也是毫无所闻。贞月也天天来梅家，立意是要分担一点忧愁，却也只有愁上加愁。丢了一个活人竟然一筹莫展，这就是世道，这就是青天白日下的中国。

不管心里多么烦恼，补课的诺言是不能不履行的。

向真和李恂，两个人又对坐在方桌前，又在吊灯下对面相视了。向真已经着意地把自己修饰了一番，可惜一肚子心事的李恂没有留意。他的满脸愁云，向真在自造的欢乐中也视而不见。

这一次补的课是富兰克林《回忆录》中的一段节选。向真的脑子常常溜号。将来，过了几十年，她变成一个老太婆的时候，她能回忆些什么呢？她生活得不算宽裕，但也还不到缺衣少食的地步。日子平平顺顺地过了十六七年，像海滩上那一次小风浪还是有生以来的第一次。面前的这位先生，和自己差不多的年纪，他是怎么过来的呢？知道他是因为家里破产才出来做事的。她忽然生出一个强烈的愿望，想听听他从小到大的事儿。

李恂是抱着补过的心情来补课的。听了她的要求，他想也好，让人家生了那么大的气，如今就讲点有趣的事，让她开开心吧。哪个人的童年和少年时代没有一些调皮捣蛋的事，当时让大人发火，后来又当成趣谈一遍遍重复不完呢？

他讲了和同学的打架、冒险，讲了在课堂上和老师捣蛋，讲了怎样打探白玉兰的底细，讲了为梅倩的被枪击激起的学生游行，甚至于也讲了怎样扔掉表姐的金耳环。爸爸的沉船和在渔税局的被捆，当然是最惊险的，但是向真听了不以为意，因为都不算他自己的事。被李恂讲得有几分神秘色彩的梅小姐，向真听得最有兴味。听到她也去看过画展，她很责怪李恂没有向她介绍。当时他正忙着替阮先生张罗，也就是可以原谅的。当听到丁冬月失踪的时候，她很奇怪朗朗乾坤竟能出这样的事。她叹了一口气："唉，这事儿为什么不落到我头上？"

"为什么？"

"落到我头上，我好试试啊。我常常想，为什么世上受气的总是女人多？我看是女人自己不争气。有点什么事就哭哭啼啼（讲了这句，她脸上一红，因为想起海边上的一幕），跳井的、上吊的、放煤气的……"

"唏，这有什么奇怪。当前还是男权社会，是男子中心，是大男子主义嘛！"

“你是大男子主义吗?”

“我最恨。”

“是吗?好,算你是个好的。”向真开心地笑了。“要是我啊,我才不跳井呢。死都不怕了,还有什么不敢干的?谁欺负我,我就和谁拼。我最喜欢的就是那个尤三姐,宁可抹脖子也不听别人摆布。”

“哟,《红楼梦》你看完了?”

“唏,小声点,别叫爸爸听见。我早在看第二遍了,都是半夜里偷偷开灯看的。”

于是他们从《回忆录》扯到大观园的那些小姐们。李恂问她最喜欢哪个,最不喜欢哪个。

向真说她不喜欢二木头。谁叫她木来着,那么软弱,活着没用,死了活该。很讨厌矫揉造作的妙玉,连刘姥姥吃茶的杯子都要扔掉。可是如果她心里干干净净,为什么对宝玉是那样?活该她后来倒霉。薛宝钗算个什么,那么上上下下地买好?史湘云最可爱,可是她最好别活在世上,应当去当神仙。那么一点心计都没有,世上能容得下她吗?她当然恨透了王熙凤,不必多说了。“机关算尽太聪明,反算了卿卿性命”,两句话已经说尽了。她最佩服探春,能干,爽利,有决断,不饶人,敢作敢为,而且心思细密。但是有一点不好,太势利眼一点儿。亲生娘固然不好,也不必对她那样使小姐威风。

听这位姑娘的评判,李恂不由得从心里笑出声来。可真是直截了当,黑白分明。他和贞月一起谈的时候,也还没有这样一针见血过。

“啊哟哟,领教,领教,你可以当红学家了。可是你讲了半天,把一个最重要的人给忘了。”

“林小姐是不是?呔,讨厌,那么小心眼,整天擦眼抹泪的。我要是贾宝玉啊,一定拍打她一顿。她纯粹是她那位表兄惯坏了。

要是他对她厉害点，也许她还不至于早死呐。是宝玉害的她！”

这可真是新鲜。“那么你不喜欢贾宝玉？”

“不喜欢！”向真毫不含糊地说：“算个什么人？见了这个也沾沾，见了那个也惹惹。我只喜欢一棵树上吊死的人。”

“你可知道，他其实也是一棵树上吊死呀。”

“呸，还好意思说呐！”向真想起书里讲的一些情景，是不好意思说出口的，不由得脸上发红了。

李恂看在眼里，已经意会，也就一笑了之。

向真的妈妈悄悄地走进来。“向真呐，你不怕熬夜，人家先生明天可得上班啊。”

向真抬头看看挂钟，已经快十点了。“哟，怎么没听见打点啊。可真是对不起，对不起。”

自从向真认识李恂以后，这是她最愉快的一天。她送他出了门，回来高唱起颂诗。她以歌颂耶和华的名义，在抒发少女的情怀。她虽然下决心不再幻想了，但是神飞逸响如她，离了幻想的滋养能活下去吗？她现在最想见的是梅倩，啊，还有郑贞月。她要和她们当面比比高低。为什么李恂讲到她们的时候，总带着一种纯真的孩子气的崇敬口吻。她们真的是那么高超不凡吗？还有他的那位男同学，可真有意思。那么常常想入非非，她见了说不定会喜欢的。

宗约翰老两口看见女儿今天这么高兴，又一直觉得她前两天病得蹊跷。老两口儿都不敢直面问女儿，不免生出种种猜想，而猜想总是向着有利于自己的方面。向真即使自己不幻想，还有老爹老娘替她幻想呐。

幻想着是美丽的。

李恂愉快地过了一个晚上，可是一出向真家，心上立即压上冬月的阴影。明天他一定还得去梅家，可是说什么呢？

次日，也就是冬月失踪的第四天，李恂终于盼到了齐先生的电话。姓齐的先问电话旁边有人没有。答以没有。对方很客气，说对不起，要你等了几天。这事情有点棘手。这几天他该见的见了，该问的问了，可以确确凿凿地说，事情与他这方面毫无关系。有人听说，军头身边好像多了一个小丫头，模样听起来有点像丁冬月，但是没有亲见，不敢较真。据他猜测，小姑娘的生命大概没有危险，可是如果掉进了那个虎口，事情可难了。他请李恂转告梅家，不要着急。他再让人去打听，知道了确信，再来电话。

李恂连声说了多谢，放下耳机，陷入沉思。姓齐的这么闪烁其词，几分是真，几分是假？他为什么表现得这么热情？难道他真的怕丘九？笑话！那么他为什么？他在一个无权无势的小青年身上有什么打算？不会的。他明明已经判定了这丘九是个新派人物，至于他说的这新派是什么意思，也难于推敲。想到这里，李恂猛然心里一颤，他会不会在梅倩身上，或者对于梅家有什么企图？他讲到军头，是不是有意吓唬人？病父、老母、弱女，又还有一些积蓄，岂不是最容易引人觊觎吗？他越往这方面想，越觉得有这可能，心里不由得打起冷颤。这一点要不要向梅倩说破呢？不能！说破了岂不等于雪里送冰吗？不说呢？又怎么能引起她们的警惕。冬月的事不就吃亏在疏忽大意上？天长日久，警犬也有打盹的时候，何况是人？

当天傍晚，他把齐先生的电话转告了梅家母女。贞月也在。要是冬月的生命真的没有危险，悬着的心也可以放下一半。几个人绞尽了脑汁，也不能判断姓齐的电话究竟有几分是可信的。没有水落石出，悬着的心总是不能全然放下。生活在悬念里的生活是最痛苦的生活。

李恂还想当面去问齐先生。梅倩和贞月都不同意。那种人还是少去打交道为好。

这天夜里，贞月又留下和梅倩做伴。两个人都像没有上弦的留声机，唱不出什么调调了。梅倩又一次提醒贞月，冬月的事一定不要在郑妈妈和湘文面前露出口风，不要冲掉他们的欢乐。

贞月轻轻叹息一声："咱们促成的喜事，喜到哪天，还得走着瞧呐。"

"这是怎么说？"

"大哥现在很不顺利。国内的事，你想能好办吗？如果他立不住脚，湘文怎么办？"

"跟出去呗。留下老妈妈，咱们一起照顾。"

"大哥不会同意的，湘文也不肯。可是一去就是两三年的，外面那个花花世界……"

"我倒有一个两全其美的好主意。让湘文出去，让郑妈妈招个养老女婿。"

贞月瞪她一眼："要招的话，应当是梅妈妈先招。"

"你别打岔好不好。这一年我冷眼旁观，有一个最合适的，人又英俊，又正派，又能干，又和你合得来。"

贞月站起来；"你再说我就走，那么好的，你自己留着吧。"其实她心里明白，梅倩指的是谁。

"哟，息怒，息怒，我不说了还不行。"

"你自己想想，你说了几遍。"

梅倩笑了。"言为心声嘛。我心里老是那么想嘛。"可是她不再说什么了。

两个人又都成了没有上弦的留声机。

李恂从梅家回到家里，看见干姐姐李安娣正坐在堂屋里和妈妈闲谈。他自从就业以后，很少见到她。这位姐姐显得更加洋气了。烫了头发，架起一副金丝边的眼镜，西式的连衣裙，一身的香粉味。她已经从妈妈那里听到梅家一个小丫头失踪了，问李恂打听到下落了没有。他简单地回答了两句。他从小和这个干姐姐是很亲密的。如今看她一脸得意之色，再加那一身打扮，觉得更加和她生疏了。安娣去了以后，妈妈告诉他，干姐姐快要结婚了。和谁？和一个在海关上干事的外国人。啊，是海关，还是外国人！啊，她原来是跑来向干娘夸耀的。李恂想起他在海关受到的种种屈辱，这种婚姻简直是他无法容忍的。

“什么东西，我再也不想见她了！”他气哼哼地说，说完扭头回了自己的屋子。妈妈知道儿子的怪脾气，只好随他去了。

种种所见所闻在他的脑子里搅拌起来，他已经安不下心读书。他筹思再三，不管梅倩和贞月都不赞成，他还是下决心明天到夹竹桃齐家去。他现在担心的倒不是冬月，而是梅家母女的安全了。姓齐的提到军头，是不是他们贼心不死，看着枪击的事件早已平息下来，想来报复，或者打什么别的鬼主意呢？

第二天下了班，他又来到夹竹桃巷。开门的还是那个小姑娘。可是挡住他，说齐先生现在不能见客。既然在家，却不见客？他倒要瞧个究竟。他推开小姑娘，径自往里走。小姑娘惊慌失色，急忙在他的前头往里跑，一面叫着：“齐先生，来人了！”

李恂也急步跟在后面，穿过前院，就是他前一次和齐先生见面的地方，经过穿堂，来到后院。扑入他的眼睛的是十多个色色样样的人，男女老少，肥肥瘦瘦的都有，打扮得可是很不一样。穿疏罗长衫和夏布长衫的、穿香云纱上衣的显得很阔气，穿短打的相形之下则显得寒酸。齐先生听到小姑娘的喊声，回头看见李恂，似乎一惊，接着却堆下了笑脸。

“你也忒性急了。”

李恂已经感觉到，几十个眼珠子都投在他的身上。“齐先生，借一步说话好吗？”

齐先生点点头，和他来到前院，仍然对面坐在石凳上。

“不瞒你说，”齐先生口气和缓地说，“我们道友有个小小的聚会。你要是有兴趣，请你看看也好。”

“谢谢，我现在心里只有一件事。”

“看来你还是对我不大放心。”

这个人可真是鬼啊，李恂这么想着，听他说下去。

“小冬月从我这里走了，我也就网开一面，不再计较了，这还用我再说吗？这一次，究竟牌底子是个天九还是个地十，我确实还没有弄明白。常言说，铁路警察，管得了这段，管不了那段。”

“我相信，我相信，齐先生，请你不要多心，我这一次来，倒不是专为冬月……”

“噢，我明白了。你怕梅家母女出什么事，对不对？”

李恂心里又打一个冷颤。这个鬼的眼睛真尖，心思真细啊。他微微一笑：“齐先生，人家说佛法无边，你是慧眼无边了。实不相瞒，是这么回事。”

齐先生又咯咯地笑了两声：“请你放心。常言道，人情要送到底。请你转告梅太太和梅小姐，只管放心。梅家周围，我这里的人小草也不会去拔一根。别的方面，我当然不敢打保票。可是我估计也不会再出什么枝节。梅小姐已经是全市知名的人物，要不是铁门关得那么严，啊哈，早不知道有多少时髦青年去踏破门槛了。世道我不说你也该明白，有权势的头面人物在位上的时候，都还要个脸面，装潢门面，收揽人心。有些事儿，他未必不想干，可又不能不有所顾忌，碰一下，惹出事端，不好收拾。话说到这个份儿，你要是还不托底，那……”

李恂从齐家出来的时候，小女孩跟在后面，要关街门的。他看看前后没人，小声问她：“你在这里好吗？”

小姑娘先是一愣，上下打量他一眼，眼圈一红，低声说：“不关你的事你问能怎的。我看你先生是个好人，这里不是你常来的地方，你快走吧。”

李恂刚迈出门槛，小姑娘在后砰一声关了门。

他站在门外，沉思了一会儿。今天的事，要不要告诉梅倩和贞月呢？先不要。看看动静再说。他相信姓齐的说的，但是心中又有无限的疑惑。这个神神鬼鬼的人物为什么表现得这么友好？没有好处，他能这样吗？那么他要得到的好处是什么？

七四　蛛丝马迹苦追寻

温斯顿回电了。说因事一时不得抽身，将于九月间来华，详情有信说明。英国来信，经过西伯利亚铁路，最快也得半个月左右。

宗先生读了电文，显得一脸的不痛快。时间金也，他本来是打定了如意算盘的。从上半年的出口业务看，能达到去年，即1930年的水平，可以说是上上大吉。从1929年由美国开始的大萧条，看来已经波及全世界。美国的生产过剩，把卖不掉的粮食烧掉，把牛奶倒进大河，早已成为人们的谈话资料。从中国出口的花边发网之类，占不到世界贸易总额的百万分之一。难道女人们的钱袋子空到这种程度，竟然连买几码花边、几个发网都要捏紧手心吗？一两百封招揽主顾的信发出去，回音的寥寥无几。有几家来信，要了价目表和货样去，也像石沉大海一样没有下文。所以他日夜筹思的是用扩充进口来弥补出口的不足。他是栽过一次大跟头的。那时年轻，翻几个跟头倒也不怕。如今年近半百，架子也已经搭好，如果再栽下去，翻上来就难了。

他喊小六子，让他请孙先生到公事房来。

孙先生以为老板要查账，把几厚本账册和算盘都抱来了。上半年眼看要过去了，按向例是要结结账，预测一下下半年的生意情况的。李惆见他那诚惶诚恐的模样，心里只觉得好笑。人要保住一个饭碗可真不易啊。

“那些账本我现在用不着，”宗先生阴着脸说，“上半年的账我心里有数，大概和去年同期差不离，这局面已经改变不了了。”

“是，是的，宗先生，我约摸也是这样。”

“你别约摸。三五天以内，你把七月份以前该收的，该支的统统核算一下，给我一个确数。”

“可以，可以，一定办到。”

“我现在谋虑的是下半年。温斯顿老鬼子延期来华，打乱了我的谋虑。如果他九月份再不来，一年不就空过了吗？你考虑过没有，照手里所有的订单，凡是年内要交货的，包括发网的修补，花边的丈量、加工，各种绣品和织品的加工，大致还要多少个工等等一切，还要干多少天？要是能赶得急些，十月份以后大概要裁减一部分工人。”

“行，好的，这个我连夜赶赶，明天能拿出个数来，可以吗？”

宗先生点点头，表示同意。

“还有，宗先生，现在天长，工人是不是延长半个小时。”

宗先生沉吟了一下。“算了吧。同行业的都是九小时，咱们单独这么办，传出去不好。得小利而失大义，算了吧。”

所有这些话，李恂都在一旁听着，一点也没有留意。只在听到要辞退工人的时候，才入心了。要不要透个话给朱芸娘她们，要她们早有个准备呢？又觉得不妥。闹得人心惶惶，于事无补。且走着瞧吧。要是近期再收到几张订货单有多好，这可真是得听上帝的安排了。

宗先生因为心里烦闷，更迷着出海打鱼。好在进出口业务的一切，李恂大体上都能应付了。

这天刚用过午饭，李恂接到一个陌生的电话。对方报了姓名，他一下也还想不起来，直到听说是报馆的，才恍然大悟。原来是他送寻人启事的时候，和他谈过几句的人。

“我这里有一条重要消息，我不想拿它登报，想和你先生谈谈……”

啊，能有什么重要消息？莫非是登了启事，他那里有什么线索了？又是新闻记者敲竹杠的把戏吧？“那好，你说吧。”

“电话上不方便，必须当面说。”

李恂不耐烦了：“你干脆点，你要多少，说吧！”

“这是什么话！”对方不高兴了。“没想你这么个人，也囿于世俗之见。不是每一个记者都是以敲竹杠为生的。”

“哦，对不起，先生。我一向不戴有色眼镜看人。怎么办，请你示下好了。或者我去，或者枉驾你来。”

对方说只能当面告诉梅小姐。早就听说梅小姐的芳名，现在很想借机会一睹芳范。李恂听了这种文人的轻薄口吻，不由得心里冒火，却又不敢得罪他。他究竟能有什么可靠的消息呢？是不是不敲诈银钱，却是另有目的呢？他总是一个消息灵通人士，以不怠慢他为好。两方面约好，下午四点整，在大马路东头教堂的大门口碰面，不见不散，然后一起到梅家去。

李恂匆匆写了一个短笺给梅倩，让她先有个准备，求小六子跑一趟，快去快回。

下午四点半钟，李恂陪着记者进了石墙院。

梅倩让他们进了堂屋，一面打量这位来客，这人短小精干，衣服拖拖拉拉，好像是借来的，头发散乱，两个眼珠倒显得机灵，约摸有二十多岁，很不像一个想象中的新闻记者。

李恂替他说明了来意。

记者没想到这位小姐这么落落大方，却是一身冷气，凛凛然不可侵犯的样子。原来这就是他想目睹的芳范。“小姐，在下很愿意效劳。你知道，我们报馆一向是敢讲话的，但是有时候，有一些消息考虑到四面八方，不便于公开……”

梅倩微微一笑，打断他：“请问，你所说不能公开的信息，是不是与当今的权势人物有关系？”

记者一愣。李恂也觉得惊奇。梅倩不急着问他究竟是什么消息，却把话扯这么远。

“谢谢你先生的好意。真有点对不起。你以为是新闻的，在我，已经是旧闻了。”梅倩淡淡地说。

记者已经掩盖不住惊奇的眼神。李恂也许比这记者还更惊奇。梅姐今天是怎么了？是不是她要先压下记者的势头，免得他大敲竹杠呢？

但是记者总有记者的心计，他是不见兔子不放鹰的。“小姐，你是旧闻也好，新闻也好，我当然不好动问其来源。只怕未必可信吧？”

梅倩爽快地笑出声来：“如果是当事者本人说的，是不是可信的呢？”

李恂更是大为惊奇，但是不敢插一句话。摸不透梅姐的心计，他只能木木地陪坐在旁边。

记者显得有点慌乱了。说的是一赌芳范，这芳范只像是窗上的冰花。他其实是想奇货可居，做一笔交易的。会是一场空吗？实在不甘心。他站起来，冷笑一声：“当事者本人如果能通消息，中国也就不成其为中国了。”

“没有这种怪事，中国也就不成为中国了。”梅倩冷冷地回敬了他一句。“不管怎么说，先生，我还是谢谢你，蒙你关心。”

“那么，小姐，我是否可以问一句？”

“请。”

“你能多少透露一点吗？我毫无恶意。也许可以有效劳的地方。”

“既然如此，你索性亮出你的底牌，何必卖关子。”

“职业如此。这种消息透露了要担风险的，说不定饭碗要砸掉。”

“那还是请先生保住饭碗吧。对不起，我得去照看父亲，请恂弟陪这位先生坐一会儿。”她站起来，飘飘然走出了堂屋。

这明明是送客的话。这位记者又懊丧，又惊奇，由李恂陪着向石墙院外走去。他懊丧的是到手的一笔交易泡了汤，惊奇的是这像冰花一样冷艳的女子有这么犀利的眼光和这么爽利的口齿。

他走出铁门，又回身站住。“令亲真是名不虚传。”

“什么意思?”

“说话胸有成竹，滴水不漏，佩服，佩服。咱们索性交个朋友。我告诉你，你们要寻找的人现在很安全，是在军头的姨太太身边。这姨太太是他到北平的时候，花一千元大洋赎出来的。听说这个女的非一般勾栏人物可比，颇通文墨。请转告令亲，在这么一个人身边，大概不至于受多大委屈。”

原来是这样，竟然是这样。李恂惊奇得一时无言以对。

“好吧，请多多向梅小姐致意。”记者一脸苦笑。

“冬月是怎么弄到那里去的?”李恂不客气地问。

“这我就不得而知了。好吧，再见。有什么消息我会随时奉告。”

李恂回到堂屋的时候，梅倩和妈妈已经等在那里。从她们那舒展的眉心，可见真的知道冬月的消息了。

“梅姐，你知道这个记者说什么?说佩服，我也真佩服。你真应当去做外交部长。”

梅倩微微一笑:“那除非你当大总统。”她说着，把有关冬月的原委说了一遍。

今天一早，有人叫门，叫得很急。梅倩开门，见是一个小兵。刚有点吃惊，小兵却两脚一碰，给她敬礼。军装笔挺，武装带，盒子枪，看来是个小马弁。他从上衣口袋里拿出一封信，交给梅倩，又敬一礼，什么话没说，就走了。于是梅倩把夹在一本书里的信抽出来，交给李恂。信封上写的是急送妥交梅小姐收。字不算很好，可是满娟秀。原来信里还有一个信封，上面的字歪歪斜斜，看得出的确是丁冬月的手笔。他先看冬月的信。里边的错别字都被娟秀的字迹改过了。

伯母，姐姐：你们一定为我急坏了。我现在好好的，请多多放心。那天我出来买水果，忽然有两个男的左右夹住我，说我家里来人了。我不信。我老家什么人都没有了。我知道不好，想跑跑不掉，想叫，看看前后都没人，也不敢叫。一个人抓住我的手腕，手像铁钳子一样。到了不知是什么人家，一进门，就用一块黑布蒙住我的眼睛。我横了心，要是欺负我，我只有一死。这个世界上我舍不得的只有伯母和姐姐，还有贞月姐姐，都拿我当亲人，一点也没小看我。我也不明白是怎么样到这里来的。这里太太待我很好，我一定好好服侍她。

请伯母姐姐一定放心，放心。冬月决不会给你们丢人的。

冬月　×月×日

再看另一张信纸，这当然是这位太太写的了。

梅小姐：阅报，见寻人启事。故使冬月奉上一函，以释悬念。天地虽宽，犹如一叶。金室华屋，形同囹圄。同是天涯沦落人，相逢何必曾相识。我今行动不便，谅能想见。冬月亦然，但有我在，不至遭受涂炭。

此信阅过焚之，免贻后患。

沈　×月×日

李恂看完信，低着头闷在那里，一声不响。这位沈太太，人家肯出一千元替她赎身，可见不是寻常女子。看这文墨，又不像是贫寒人家的出身。那么她是怎样成为天涯沦落人的。看她对冬月的关切，又不像是不知人间疾苦的大小姐。现在只知道她姓沈，名字是什么呢？信还要烧掉，又为什么要这么小心？

梅倩睨他一眼："你是怎么了，怎么闷头不语？想什么呀？"

李恂抬头："我想了很多，等于什么都没想，白费。"于是他转述了记者刚才说的，可惜当时没有问这位太太的名字。

"知道了也白搭，"梅倩轻轻叹息一声，说，"咱们现在的手脚，给一根无形的绳子捆住了，动也没法动，行也不能行。只能是无所作为，静观事态。只要冬月没受糟践，谢天谢地，可以安心睡觉了。你看妈妈这两天熬的，眼睛都眍瞜了。"

"是啊，无能为力，无能为力。世上不知有多少事无能为力。可是，这信贞月看见了吗？"

"还没有。见了你的条子，想也许能弄清底细，不成想来了这么一个孱头。要不是有冬月的信在前，真得让他给敲一杠子。"

她告诉妈妈，几天心神不宁，再没去看新娘子，现在就和恂弟去一下。冬月和沈太太的信带去，让她们看看，就便烧掉。人总是有了下落，不怕她们知道了。

这异性的姐弟二人来到郑家，不见大哥的自行车，知道他出去了。自然由贞月和湘文陪着，先看姨妈。姨妈还沉醉在儿子新婚的快乐里，这些日子见人就说个不停，要是记录下来，能出一本大书了。然后三女一男来到东厢，也就是洞房里。桌子上正有湘文描的绣花图样。她求李恂代她问问阮先生，他答应为她画的图样画出来了没有。贞月和湘文看了冬月和沈太太的信。虽然宽心了，却又不免一番慨叹，听了那位记者的尴尬相，又都笑了。

贞月说在小院里圈了这多天，很想到外面走走。梅倩说正好，本来准备了一点东西，要招待记者的，不想他没有口福，正好自家享用。只是亏了湘文，新媳妇不好出门，她也乐得留下陪伴婆婆，当然，也等待她心爱的丈夫。

正是最炎热的季节，但是山坡的林荫路上，还是十分凉爽。这个海滨城市被称为福地，因为冬无严寒，夏无酷暑。说也奇怪，军阀混战了这么多年，司令部门前的旗子不知换了多少次，市民们都很庆幸没有受到兵燹和洗劫之苦。福地更是名实相符了，却不知道是沾了洋人、洋行、洋船的光。

太阳还依恋在山头。通上大庙的石路上行人寥寥。鸟声和蝉声相应和，果真是鸟鸣山更幽。他们经过李恂的学校附近，往日这里正是学生们最活跃的时刻，会有打球声、欢唱声、手风琴声四外飘散。因为放了暑假，也静悄悄的了。他们正慢慢向上，向大庙的方向走，忽然听见有人扯起嗓门喊李恂。他回头，看见从学校大门走出来的是王家声。他请湘文和贞月先走一步，就向下坡迎着这个好学生。

“不是毕业了吗？你怎么还留在这里？好学生念书念不够，是吗？”

王家声咧咧嘴，做出一种苦笑：“你好意思挖苦我！我是怎么上的学，你不知道？我欠学校的费用得用一双手补上。”

“那么工作呢？校长能介绍吗？”

“能介绍也轮不到我头上。”

李恂想这话不错。他虽然是出名的好学生，但是死死板板的，不会在校长和老师面前买好。

“天狗他们呢？”

“天狗？唉，别提了。他老子在县里怕土匪，搬进市里。怎么样，照样给人家绑了票。”

李恂心里一震：“人怎样？没有遭杀害吧？”

“人家是要钱不要命。卖了几处田庄，这年头，地值什么，凑足了五千大洋，命保住了，家产可伤了元气。”

李恂为同学的厄运不胜叹惋：“唉，唉，这一来天狗变成地狗了。”

“嘻，他才不在乎呐。骆驼再瘦还是个骆驼，总有毛好拔的。到上海去了。说了，海边没有洛神，只有水妖。我看他不是错把杭州当汴州，却是要把黄浦当洛水。说了，上海不如意，就往美国跑。大概要把密西西比当洛水。人家闹的是家庭革命。父亲逼他成婚，他就逃之夭夭。嘻！”

李恂也嘻嘻地笑起来：“这年头，逃婚成了时髦了。你老兄是不是为了逃婚，才不回家啊。”

“承蒙抬举。我啊，蓬门荜户，别说西施，嫫母也不会枉驾的。”

正当一对同学谈着毕业同学的不同遭遇时，贞月和梅倩已经穿过庙里大殿旁的走廊，来到后院的花圃。亭子的栏杆供她们倚坐，清新的空气供她们享用，花香鸟语供她们欣赏，的确可以暂时忘却尘世的烦恼。果真是如此，可以说是地上神仙了。

贞月远望着茫茫的大海出神。梅倩仰视夕阳染红的天空，平伸开双臂，好像要拥抱宇宙，长长地吐了一口气，好像要吐尽这几天为冬月所受的郁积。贞月可是叹了一口气。梅倩转眼看看她。

“梅姐，咱们是再知心不过的朋友。我呢，家里的事应该告诉你，看你那么神思飞扬，很不舍得打搅你。”

“哈，你忘记了我是曾经沧海难为水吗？”

贞月告诉她，大哥遇到了麻烦。那位艾米莉·贝蒂小姐来了电报，说女孩要见爸爸。他如果不回去，她可以送孩子到中国来，就便游历一下中国的名胜古迹。费用她完全自理，不用他操心。

“难道大哥还和她通信？她怎么知道大哥的地址？”

“电报是拍到领事馆去的。人家很快就查到，把电文转来了。”

梅倩听了，倒真的为郑家害愁了。“这事湘文知道吗？”

“怎么能不知道。两个人现在好破了头。男人啊，我看也都是得新忘旧。何况湘文模样啊、性情啊，没一点可挑剔的，何况那位歌女本来是对他不忠实的。”

“大哥呢？”

“正矛盾着呢。要她来吧，怎么接待？孩子总归是孩子，能说不要吗？”

“郑妈妈呢？”

“还没告诉老人家。告诉了，能像现在这么整天乐呵呵的吗？湘文心里难受，脸上一丝不露。私下里对我说，人家是在先和大哥好的。要是他们能破镜重圆，她情愿让。”

“能吗？大哥能吗？”

“妹妹无权替哥哥回答。”

“老天啊老天啊，这么好的人儿，如果我是个男的，非学洋人的办法，和大哥决斗，非把湘文抢过来不可。”

贞月噗一声笑了：“你啊，做不成红拂、隐娘，还想做荆轲、聂政。”

“嘻，我还有什么不敢做的。人生百岁，不过一抔之土。我什么都看穿了，都看破了。”

“是吗？可惜这大庙不是尼姑庵，否则我陪你一起来削发修行。”

“我可舍不得这一头乌丝。”

“哈，还说什么都看破了呐。”

“身体发肤，受之父母，不敢毁伤嘛。”

“哟，又要进孝女传了。”

两个好朋友畅快地纵声而笑。远处的波光，近处的山光，都渐渐地发灰。给这个背景一衬托，更显出梅倩那飘逸的风姿、清丽的神韵，似乎你拉不住她，她就会凌空飞去。

贞月情不自禁地说：“可惜我不是个男的。”

“怎么样？”

“我就折草为香，和你同拜天地。”

“大殿里香也有，香炉也有。”

“可惜佛爷不如天父，他不管人间的婚姻。”

两个朋友更加开心地笑起来。

李恂奔上山来了。“什么事那么开心？”

“我们看两个喜鹊打架。”

“在哪儿，在哪儿？唉，我中饭没有好好吃，现在可真饿了。梅姐，要叨扰你了。”

梅倩笑眯眯地睨了贞月一眼：“你瞧，令弟托钵化缘来了。高谈因果，不如一饱饥肠。走！”

“可是喜鹊呢，喜鹊呢？”

“他们打完了又飞了。”贞月也睨了他一眼。“凡事不可忒认真，懂吗？”

李恂扑闪着眼皮，不懂她葫芦里卖的什么药，只望着两位异姓的姐姐傻愣愣一笑。

七五　无可告者和无能为力

在中国的东北角，有一个小地方不为人知。从常用的地图上也找不到它的所在，却忽然震惊了全中国。也惊动了全世界。

在七月三日的报纸上，头版头条刊出了大标题：

日本武装警察向我农民开火
韩人抢种稻田案日趋恶化

这就是万宝山惨案。

在次日的报纸上，又有：

日方不听劝阻，横蛮无理，向我实弹射击三十八次。当地农民群情激愤，决不退让，已组织自卫团，誓与生我养我之土地共存亡。国府当局谕令边民保持镇定，静待政府以外交手段与日方交涉。

又有《时评》。大意说：

日本自明治以来，即处心积虑，阴谋侵吞我国。甲午之战，二十一条，济南惨案，占我青岛，据我胶济铁路，驻兵南满等等，无一不呈其狼子野心，以武力相胁迫。顾中国之大，难于鲸吞，故先定为蚕食之策。环视宇内，满蒙一隅，实为其最好殖民区域，以是以日民移韩，以韩民移满，此次万宝山事件，即其推行殖民政策之继续……

宗先生又开始关心报纸了，而且有好几天不出海打鱼。每天早饭后，他就来到账房柜台前，坐在椅子上，焦急地等送报人。他确实忧心忡忡，不光是为东三省，首先是为他的生意。他恨政府的软弱，似乎更甚于恨日本人的凶暴。这符合他的思维逻辑。世上的一切，都是天父借人的手来实行的。日本人是恶灵，恶灵只能在罪人身上施展。这罪不是一般意义的罪，乃是灵魂对于圣灵的亵渎。他虽然白天晚上都在祷告，可是不能驱除灵魂的不安。他很愿意事态能早早平息下来，千万别扩大，千万别酿成战争。不战而图存，比战而灭亡好。他看了报纸，总要发一番议论和感慨，完全不觉得自己的自相矛盾。周围的人只有听的份儿，其实是一种麻木状态。

李恂听了他的议论和感慨，只觉得好笑，却不想和他交谈什么。他心里明白，眼下宗先生最担心的是下半年的交易。如果受到时局的影响，今年将是一个“小年”。而明年呢？更是未可预卜。

李恂从小就有仇恨日本的心理。那时传唱一首儿歌：“日本鬼，喝凉水，打了罐，赔了本。”这种仇日的种子只能说是日本人种下的。他从上小学就觉得奇怪，为什么会有这么多国耻纪念日。“五·九”、“二十一条”、“九国公约”、“青岛惨案”、“五卅惨案”、“广州惨案”、“济南惨案”，简直弄不清有多少惨案。那时候什么都不懂，只知道跟在洋鼓洋号后面，列队游行，手里摇着小旗子，跟着大同学喊口号。已经记不清每年有几次了，反正喊完了口号就完了。过一年又照例有几次这样的游行。

现在不比小时候，已经知道日本的侵略是怎么一回事了。他从阮先生那里拿到过一本小册子，是田中义一向日本天皇的奏折，这本小书看了是不能不触目惊心的。“欲征服世界，必先征服中国；欲征服中国，必先征服满蒙……”人家是处心积虑，加强军备，步步为营，紧紧逼来。暂时还是蚕食，日后必然鲸吞。自家呢？是年年内战，国力日蹙，人祸天灾，民不聊生。他看报的时候，最反感的是当局那道“保持镇定，静待交涉”的训令。子弹射进胸膛，不镇定不也就镇定了吗？

自从父亲破产以后，他深深感受到“无可告诉”的苦恼。他最亲爱的人，麻姑姑、贞月、梅倩、明秀，还有小冬月，她们那些不幸的遭遇，一次次加重他的苦恼。想用苦读消除这苦恼吗？岂知不但不能消除，知道的越多些，苦恼反而越深些。周围是些什么人？商人、小市民、教民、牧师……除了阮先生，竟然没有一个人能和自己弹到一条弦上。

而现在，“无可告者”之上，又添了一层“无能为力”的苦恼。怎么办？中国怎么办，他自己向何处去。一本本厚书读过了，迄今为止，还没有一个著作者向他明明白白地回答这个问题。

已经开始了最好的游泳季节。只有泅入清凉的海水，随波浮沉，才能暂时忘记一切烦恼。李恂每天下班以后，只要没有别事打扰，都是先到海边。巍巍然停泊在海上的外国军舰，犁破海面的疾驰的汽艇，一如往年。海滨一带的畸形繁荣，那飘荡着的爵士乐，那欢舞喧笑的酒吧间，那各种肤色的妖冶的女人，那军帽后面飞着燕子尾巴的水兵，一如往年。海滩上那各种颜色的遮阳伞，那裸露各种肤色的男人和女人，那在浅水里欢呼乱叫的孩子们，也一如往年。海在笑，世界在笑，似乎任何地方都没有流血不幸的事件。眼前的一切不但引不起他往日的兴致，反而使他反感。麻木的人啊，麻木的人啊。他即使不麻木，又将何为？

他偶尔碰到王家声和另外两三个同班同学。在校的时候朝夕相聚，毕了业风流云散。只有少数几个有了工作，多数则有的回了老家，仍然靠祖业糊口，有的到外地投亲靠友去谋生。王家声要暂时留校，办些校务，总算端起一个饭碗。内地一个中学要请英文教员，他还没有决定去不去。同学们见了面，自然谈起万宝山和韩国排华的事件，也只能发一番感慨，骂几声当局，却还是一筹莫展。有几个热心份子想组织一次游行示威，但是所有学校已经放了暑假，也抓挠不出什么头绪。所有这些，也都增加了李恂的烦恼。

他想起应当去看看多日不见的阮令之，听听他对时局有什么看法。

天色阴沉，有些闷热，怕要下雨。他走上南山下的漫坡路，没有感受到以往的清凉。碰头碰脑的是旋来旋去的蜻蜓。泥土和萋萋乱草的气息冲入鼻孔。他来到阮先生的住地时，很觉得奇怪。破墙已经修补好了，没有门的缺口也不那么残破了。院子里已经用碎石铺平，正有几个小孩在跳方格。两个小女孩同时欢叫着扑到他的身前，一个是朱小芸，一个是肖小兰。两个小女孩同时向屋里喊：“妈妈，他来了。”

从两个门里各走出一个女人，朱芸娘穿着短衫，挽起袖子，还是忙家务的老样子。肖兰云可是大变样了。不再是黄瘦的三角脸上两个眍瞜的大眼睛，已经变得面色红润，眼睛里闪出幸福的光。她见了李先生，想起这个好人的帮助，不由得心里一热，眼圈一红。李恂已经明白，她和阮先生已经成婚了。

“啊，我以后该叫你阮师母了。”李恂上下打量这个满脸喜气，一身生机的女人，又转身向着朱芸娘：“朱大婶，这可是你的不是，怎么也不告诉我一声。”

“这你得问她。”朱芸娘笑眯眯地向兰云一努嘴：“人家和阮先生都不许声张，说了，为画展的事已经累得你够够地了，不能再让你操心跑腿了。”

李恂拉起芸娘的袖子：“这是阮先生的话吗？我不信，我来问问他。”

可是阮先生不在。他到市里取裱糊的字画去了。

他跟着两个女人进了阮先生的屋子，不禁大吃一惊。世界变了！黑墙已经变成雪白的粉墙，两个大粉蝴蝶已经飞得无影无踪。屋门左面的墙上开了一扇窗子，虽然是木格子的纸窗，室内亮堂多了。画案已经移到窗下，显得屋子宽绰多了。他见过表姐那冲喜的洞房，里面是一片耀目的红色。这里只有床上的一条折好的红绫被，是夏天用不着的。啊，家，阮先生到底有一个家了，多好啊。

“墙刷成白的，是阮先生同意的吗？”

“这可由不得他。”答话的是一个粗犷的声音，啊，是庄石柱。他没有进屋，用宽大的肩膀堵住门口。“俺们是先斩后奏。咱们没别的，有的是人。那天阮先生到裱糊店去了。俺们来了二十多口子，说上，哈！阮先生回来一看，傻眼了。他能说什么？他好意思说什么？蜡烛、香炉、爆竹，什么都准备齐了……”

朱芸娘打断他：“你进屋说不好吗，站在那里挡风！”

“我这里风凉。请他们俩拜天地，死活不干。两口儿并肩，给大伙鞠了三鞠躬。我说，也好，天、地、人，都有了。阮先生说，不，他不拜天，也不拜地，他只拜人……”

“你还有个完没有？”芸娘瞅丈夫一眼。

“我心里高兴。”

“芸姐，你就让大哥说去吧。”兰云脸上更红了，因为有点儿羞怯，却显得十分妩媚。这个死了一次的女人真的活过来了。

“对了，你来得正好。”庄石柱索性当门口蹲下去。“你给说说，东三省那边是怎么回子事儿？”

李恂简单地讲了万宝山惨案的经过和韩国排华的情况。听到政府不许农民武装自卫，训令安静等待交涉的时候，庄石柱忽地站起来。

“屁！这算个啥事理！赤手空拳，等小日本向脑瓜子上开枪啊？从来都是说水来土掩，兵来将挡。咱们中国兵呢，将呢？都低下脖子，让小日本骑着拉屎啊？都吓死了啊？”

话说得粗，但是听起来痛快。李恂从心里笑出来，几天来的烦恼消除了不少。哪里找知音？知音就在眼前。又听老庄说：

“俺们码头工人不懂什么，只懂一点。他日本人该不是子弹打不透的吧？给我一支枪，我打死他一个够本，打死两个赚一个。可他日本船为啥还在咱们的口岸来回跑啊？俺们打算，下一次他来，不给他卸货。”

听到急促的脚步声，老庄闪开，奔进来一个满头大汗的人，是阮令之，肘弯里抱着几卷画轴。肖兰云急忙从面盆里捞一把毛巾，给他擦汗，一面接了画轴。

“你何必没命地跑啊？”她说，看着喘粗气的丈夫。

“下雨点了。画湿了不全完了吗？啊，你来了，多日不见。”

“阮先生，你可不对，”李恂伸一个指头，照屋子划了一圈。“也不告诉一声。”

“对不起，不想打搅你。”

“这话远喽。”庄石柱接了话茬儿，“我看你们都没吃晚饭是吧？听我的。我桌子上添几双筷子，都有了。阮先生，我真服了你，从前是没钱喝酒，可是整天喝得醉儿咕咚的。而今有几个钱了，倒忌了。今天老庄请你破一次戒，赏不赏脸？”

“恭敬不如从命。”阮令之笑嘻嘻地说，一面擦了脸，脱下汗湿透了的上衣，换上一件干的。

两个女的都到朱家去忙晚饭去了，三个男人也都来到朱家。李恂说了最近几天的气闷。阮令之倒是很平静。据他说，日本人完全是造谣生事，给武装挑衅找借口。他正从国内往朝鲜增兵，南满铁路沿线也增兵。看来万宝山事件只是一个序幕，大戏还在后面。幸亏中国地盘大，他一口吞不下，要是欧美那些小国，或不大不小的国家，早沦亡了。蒋介石高唱“欲攘外必先安内”，调了三十万大军，飞机大炮齐全，下了向江西的总攻令。他本人也飞到南昌去了。日本人看透了他不敢抵抗，也看透了英国、美国只会虚张声势。蒋介石是把算盘打在英、美身上的，指望他们出面干涉。千古以来，他是误国、卖国的第一大罪人。文质彬彬如阮先生，也忍不住破口骂人了。

说话之间，芸娘和兰云把酒、菜都捧到炕桌上了。阮令之和李恂请她们和孩子一起来。她们不肯，要在外间另开一桌。

老庄为阮先生和自己斟满杯子，然后把酒壶捧到李恂面前。"怎么样，老弟，我敬你一杯。"

李恂举起杯子："好吧，我舍命陪君子。反正是举杯消愁愁更愁。"

在喝酒的当儿，李恂的眼睛一直溜在阮令之的脸上和身上，倒把阮令之看毛了。

"哟，你这是怎么了？怎么像相女婿那样盯着我？小生已经婚配了。"

李恂微微一笑："说出来你别生气。第一次看见你的时候，那落魄潦倒的样子，说是个活人吧，无知无觉，说是个死人吧，又还喘气。现在，嗬，一脸英气，一身潇洒，一表人才……"

庄石柱扯起嗓门向外面叫："喂，兰云，兰云，快来，快！"

肖兰云不知有什么急事，急忙跑进里间，筷子还在手里。

"你来听听，听听，"老庄拿起杯子，一仰脖子，"说的一点不错，不错。"

肖兰云涨红了脸："我当有什么急事，大哥你可真逗。"

朱芸娘也进屋来，嘻嘻地笑着。"俺们都听见了。我说女的会挑，男的也会挑，挑到一块喽，不是吗？"

大家吃饭的当儿，阮先生讲到，天狗破费的钱可以还他了。当他听李恂说，天狗已经南下，杳无踪影的时候，阮先生不免有所感叹。当今的青年，都有一个不安定的灵魂。国将不国，家已不家，只好由他们按自己的心意去闯荡就是了。由此又讲到他自己的画。

“我本想勾勒那么几笔，只不过是寄意彩墨，怡我性情，除了不得已卖几幅糊口，从来不想拿它去招摇撞骗。人怕出名猪怕壮，这话不假。想不到办个画展，招来不少麻烦。刚才我抱着几幅画轴飞跑，心想，要不是他司令订的两幅，我用得着吗？不光是司令的，还有他的姨太太的。”说到这里，阮令之苦笑一声。“我问着自己，我算个什么高人雅士，文采风流，在权威面前，不也照样鞠躬如也吗？呔！”

李恂看阮令之已经有几分醉意。他是为了筹措几个钱帮助朋友，才大卖其画的。他本想劝说几句，听他提到姨太太，忽然触动了心机。

“姨太太，你是说司令的姨太太？”

“不错。”

“你见过？”

“算我三生有幸，跟司令一起来看展览会喽。看中了一幅花鸟，我那一抱画轴里就有她订的一幅。”

“是个年轻的？”

“糊涂，人老珠黄，有当姨太太的吗？”

“你可知道她的姓名？”

李恂紧盯着这么问，倒使阮令之觉得奇怪。“怎么不知道。她的大名就题在画面的上款：‘沈茜茜女士雅属’。哈，不管什么乌龟王八，都是雅属，哈哈哈……噢，对不起，恕我醉后胡言乱语。”

李恂明白他心里感受的屈辱，不过眼前他不顾这些。“啊，沈茜茜，这么说，就是她了，一定是她！”他忽然在炕上站起来，头差一点碰到顶棚上。

阮、庄两人见了，都一愣，不明白他这突变的神态。

“怎么，她是你的什么人？”阮令之惶惑地问。

李恂觉得自己的失态，凄然一笑，慢慢坐下来。刚才他那么一声叫，把芸娘和兰云也引进屋里来了。

两对夫妻听李恂讲述了丁冬月的前前后后，都惊得一时哑口无言。

老庄一拍大腿：“他奶奶的，天下真有这样的事。我人有的是，就是没有枪。有枪，我打进司令部，把这个可怜的小女孩抢出来。”

“别放你那空炮好不好？”芸娘打断他。

阮先生却沉沉吟吟地说：“同是天涯沦落人……沦落人……这位沈女士看来不是烟花之流。她本人的遭际可能就是一部女性沦落史，血泪史。啊，我当时心里厌烦司令啊，护兵马弁啊，那种势派，没有留意她。现在倒想起来了，确实不像那种妖妖冶冶的粉头，很淡雅，很朴素，很大方，谈吐颇不俗，带点江南的土音。冬月在她的身边，八成不至于受磨难……”

“不管怎么说，那是个虎口！”老庄气哼哼地说：“那个混蛋，要是他看中另一个，喜新厌旧，那位什么女士能有个好下场吗？”

“净听说书的掉泪，替别人担忧。”朱芸娘一撇嘴唇。

“现在的下场是个好下场吗？”李恂环视室内的各位，又自己回答，“最坏的下场。”

阮令之没有参与他们的议论，一直在低头沉思，忽然抬头看定李恂：“我有了。”

“有了什么？”

“我明天要去送画，你和我一起去，要是能见到那位女士……”

“异想天开！人家怎么能降尊啊。”

“你先别打岔，听我说完啊。先到司令部，打听清楚司令在哪里……”

“要人的行踪，怎样能告诉咱们。”

“哎，你先听我说完行不行？你忘了钱能通神吗？他要是在司令部，咱们就托词走掉，要是在家里……”

“哦，我明白了，”李恂忍不住插嘴，“面见夫人是不是？”

“你说说怎么个面见法？”

一句话问得李恂张口结舌。是啊，侯门深似海，人家怎么肯让小民见到金屋之娇。

“哎，谋事在人，成事在天吧。能找到一点线索，打听到一点消息，再打谱儿。要是能把冬月从虎口里救出来，再好不过，不然也只好听天由命了。”

这些各不相同的人的确是在为一个小姑娘担忧，到这么一种程度，竟连外面的闪电、雷鸣、海潮一般的大雨都没有听见。阮令之送李恂出来的时候，踩着院子里还没消退的积水，才知道是下过了大雨。雨已经停了。风驰云骤，洗净的天空里挂起半个新月。暑气消了。海风吹来，倒有些凉意。李恂请阮先生回去，但是阮令之坚持要送他到山根的马路上，说要借清风洗洗酒气。

“有了。”阮令之忽然又说。

“又是什么有了？”

“明天你自己去。”

“为什么，我又不是画家。”

“你先请，咱们明天再细说。”

阮令之和李恂握握手，站住，看他走进马路的灯影里。在月光和灯光的辉映下，到处是闪闪烁烁的银色的珠子。

李恂走在闪出水光的马路上，头脑里空空洞洞，同时也沉沉甸甸。是怎样的如梦的人生。小时候那些奇幻的梦，像梦一样奇幻的生活，却都没有了。那是梦，也是生活；是生活，也是梦。留在记忆里的已经幻化成迷离的远景，分不清了。现在他面向的是卑俗、欺诈、野蛮、虚伪、丑陋、肮脏。他宁愿这一切都是梦，不幸这是真实的生活，像悬崖峭壁一样不可超越的冷酷的现实。

阮令之刚才的确多喝了几杯。现在给冷风一吹，清醒多了。他一时还舍不得离开站着的地方。这里居高临下，除了背后的高山，三面的景物都在他的眼下。雨后的地面正升起淡淡的雾气。朦胧的月色下面是城市的万家灯火。他想起“四面灵山谁做主，万家烟火自为邻”的诗句。远处的海面上有上百上千的发亮的乳白色绒球，那是远处外国兵船上的灯光。船身则是模糊的影子。传来汽艇声和海船进港的瓮声瓮气的汽笛。有炮台的东山角，有庙宇的西山，给月光勾勒成一幅幅剪影。这才是真正的绘画，真正的美。他捕捉到纸面上的那一鳞一爪算什么美术。他再也没有想到他的画能卖几个钱，竟然还有人赏识。他不过是想凑几个钱，为从小的好朋友应急之需。不想他现在竟然成了城市的小名人。校长另眼相待，学生们的眼光里也多了几分敬意。还成了家，有了一个女儿，姓了他的姓；有了一个真心爱他，体贴他的妻子。但是他明明知道，他踩在脚下的是一座活火山，迟早要爆发的。他和他的朋友们，如果有本事，就能引着这火的洪流，烧尽人世间一切的不幸，否则他自身就会陷入火海，化为灰烬。

身后有一个清脆的女孩声在喊：“爸爸，爸爸……”

肖兰云不放心，带着女儿来寻他了。

阮令之转身迎上去。幸福感胀满他的心胸，泪水溢出了他的眼眶。

七六　一封性命攸关的海外来函

像往常一样，李恂总是七时半离开家门。雨后的早晨十分凉爽。他的心里也十分爽快。如果按阮先生的谋划，今天能探清冬月的情况，梅家母女该会多么高兴。平日碰到这样的好天气，他总要在小巷外的草坡上站一会儿，看看山色和海景。今天心里特忙，他什么也顾不上，只一劲地往商行奔。他估计不会有什么紧要的事。即使有一些，他也会加快地办理一下，然后去和阮先生会齐。

他一进商行的门，小六子就告诉他，有一封信放在写字台上。近一时期，小六子每天两次去邮局。已经阳历九月上旬了，宗先生在急等英国的信或电报。李恂走入前院，看见培真一个人在花园里忙什么。已经是绿肥红瘦的季节，但是大宛花、步步高、千日红、波斯菊之类仍然开得茂盛。培真招手，要他到她跟前。原来她在拔乱草，弄了两手泥。有一只螳螂正爬在花枝上。她想捉来给小豆豆玩，可是不敢下手。李恂见了，不免笑出声来。

“哈，杀鱼杀鸽子的手，不敢捉一个草虫？”

“能搏猛兽，不能无变色于蜂虿嘛。他有刀啊。”

李恂更觉得好笑。“你这是从哪学来的？”

“从课本上啊。”

李恂急于看信，不想多说什么，替她捉住螳螂，摘一个丝瓜的大叶子包起来，递给她。她接在手里，却还不让李恂走，要他看丝瓜。满墙早已爬满瓜藤，茂密的大叶子里绽出很多黄花。今年结的丝瓜特多，也特大，一个个尺多长的垂在绿叶之间。这些丝瓜可以说不是长大的，是看大的。培真早已叫李恂看过多少遍了。他没法抗拒这女孩的信任的、温暖的眼光，也用同样的眼光回答他。两个人自从上次接近以后，见了面总保持一定的距离。李恂是心怀坦然。小姑娘却另有一种心意。她从他那亲切的眼光在卜自己的命运。她当然不知道，这个人现在正为另一个女孩的命运担心。

写字台上果然有一封信。和他的期望一致，是从温斯顿父子公司来的。信拿到手里的时候，他觉得出奇的厚。拆开，看见信封里，除一张信纸，还有另一个信封，上书："约瑟宗先生亲拆"。信封的右上角还用大写字母标明几个字："PRIVATE AND CONFIDENTIAL"（意即机密的私人通函）。

李恂先看了装在外信封里的信，很简单。只说某号某号订单之货物，业已装箱就绪，日内即可启运，所有单据照例委托汇丰银行寄奉等语。至于温斯顿先生何日来华，则一字未提。像这信里套信，而且标明私函亲拆的事，李恂还是第一次见到，所以很觉得奇怪。他猜想，既然这么郑重其事，无疑是与寄去的意见书和来华的事有关。既然标明收信人亲拆，他自然不好径自拆阅。

他喊来小六子，问宗先生出海了没有。没有。他要小六子到后院瞅瞅，要是还没起来，就告诉宗师母，有一封重要的信要请宗先生看。

宗先生很快来到办公室，面带喜色："是不是温斯顿来的，啊，不错，我估计他该来信了。"他怎能不特别高兴。今后事业的开展大部分要仰赖于棉线的进口。看了信封上标明的字，更加证实了他的料想。他急急地拆开信，很快地用眼睛吞食着，脸上的喜悦却渐渐消失，两道眉毛紧缩起来，手也有些发抖。他看完，把信递给李恂，要他看，然后身子一软，坐在他的圈椅上。

李恂接信，很快地溜了一眼。信很长，大意是说：顷接某公司（其名恕不奉告）来函，自称为经营多年之进出口商行，在上海广州均有分行。彼等对敝厂所产之漂白丝光棉线及同类产品，颇感兴趣。谓此类产品在中国可扩大销路，倘能同意包销，则愿在原价上提高百分之八至百分之十，以为基数。若销售见旺，尚可更为优惠。接下来又说：敝棉纺公司向蒙贵行惠顾，交易多年，互有信誉。想不至无视市场之变化而使敝公司蒙受损失。丝光棉线为高级纺品，其原料均由埃及采购。近年因该国歉收，优质棉花之价格有所提高。念及双方多年交谊，故未立即提出涨价之要求。按某公司来函所言，足见贵国市场已有变化。因此敦请考虑，是否业已成交之订单，均按原价计算，此后则应由双方商定新价。以目前行情视之，提价百分之十，实属合理。商业利益应与友好及信谊并重，幸勿视以上所言为唐突。专布下悃，伫候佳音，等等等等。

李恂看完信，也傻眼了。这个某公司这不是撬行吗？真真岂有此理。

宗先生忽然从圈椅里跳起来，脸涨得发紫了："这是个什么人？本市里有哪些进出口公司，我心里是有数的。这是哪一家？他怎么知道温斯顿？他怎么知道我们的底细？他凭什么敢说提价百分之十？银价这样跌！削价还不一定有多少赚头呐。提价？笑话！这是成心捣乱！目的何在？嗯，目的何在……"

宗先生气咻咻地大叫，在屋子里转着，跺着脚。像这样大发肝火，完全不能自制的样子，李恂还是第一次看见。宗先生好像一条触了网的鱼，翻滚，挣扎，嘴里喷出泡沫。

李恂向来不关心商行的成败利钝，无非是一个做工吃饭的所在，此外别无关系。对于宗先生的一切，他也只取旁观态度。他发财也好，赔本也好，这样的账篇他脑子里从来没有。这个虔诚的教徒这么气急败坏，大跳大叫，一反常态，倒引起他的同情。目前出口货的订单少了，一时还找不到更多的出路。下半年以至今后，进口的棉线已经成了商行的生命线。这条线万万不能断，断了，宗约瑟虽然还不至于一败涂地，境况可就困难多了。商界的人哪个不是眼睛尖，耳朵也尖。信用来自根基，根基愈厚实，愈能周转灵活，否则掣肘的事会愈来愈多。但是这封来信究竟是个什么来由，他当然是想不透的。

宗约瑟爆炸了一阵子，渐渐平静下来，两眼注视着李恂。李恂也两眼注视着他，以为他会有什么吩咐。同时也在踌躇，巧不巧碰了这件事，那么阮先生那边可怎么办呢？

眨眼之间，宗约瑟对这个青年起了一丝疑心。知道他的海外商务关系及一切详情的，只有他一个人。孙昌家虽然管账，与外国有关的一切他是完全不知道的。再说，他也一个洋字都不认得。但是看着这个青年的清亮无邪的眼神，他很快打消了疑心。这青年受到他的信任，是因为他总是寡言少语，埋头干活，书翰来往上很灵，准确无误。唯一使宗先生伤脑筋的是他的无神论。他放在写字台抽斗里的书，约瑟偷偷地看过。那些新名词他不懂，但知道都是违背基督教义的。这小青年诚实、灵敏、可靠，而且价廉。会英语的虽然不少，要想请一个顶用而且可靠的，他必须付更多的工薪。权衡利弊，他只能容忍这个异端。他以为上帝的灵光终有一日会战胜所有的异端。他也想过，要抽空和这个青年好好交谈一下，把迷途的羔羊引上正路是牧人的义务。

宗约瑟坐在那里，抱头沉思了一会儿，忽然抬头问他："梅先生那边的事怎么样了？"

李恂不知道他怎么忽然想起这事，以为他不过偶然问问，就三言两语讲了冬月的事，也讲了他和阮令之的相约。

"啊，你既然有事，约好了，不要失信，你先去。我这里好好考虑一下。你回来的时候，咱们再商量怎么样给温斯顿回信。"

这出乎李恂的意料，也正是自己不好开口的事。

李恂去了以后，宗约瑟立即喊来小六子。小机灵鬼看见东家脸上不是色，吓得垂手侍立。

“字纸篓里的信封和别的纸头，你是不是都烧掉了?”

听着这声色俱厉的问话，小六子吓得小腿打颤了。“是，先生，烧了，都烧了。”

“你好好想想，有没有漏烧的时候?”

“没有。”

“你说老实话!”

“是老实话，先生，我照你的吩咐，烧了，烧成灰，才走开。”

宗约瑟点点头，相信了他说的，又叫他喊孙先生来。小机灵鬼叫孙昌家的时候，告诉他，宗先生发了大火，不知为什么，要小心点。小六子说得不错，老板向来很少挂下这么铁青的脸。他屏气息声，等待示下。

“我要问你，我不在家的时候，有没有什么外人进这办公室。”

“没有，啊，没有……”孙先生毕恭毕敬地回答。一个念头像闪电一样在他的脑子闪了一下。李恂在这屋子里接待过一个客人，但是如果说出来，宗先生不以为意，岂不得罪了那个小红人。不说，倒是攥在手心里的一条辫子，必要的时候再抖搂出来。他不知道外国来信的事，也不知道老板为什么不痛快。

“你再仔细想想，有没有?”宗先生板着脸，又叮问一句。

“啊，没有，就是有医生进来过。”

“废话，医生都是我亲自陪着的。他们除了看病，洋务事屁也不懂。”

啊，洋务事！孙昌家心里忽然一亮。姓李的出了门，宗先生才叫他来的。为什么不当着他的小红人问呢？有文章！不在此时向那个小家伙投一块石子，更待何时。他装得嗫嗫嚅嚅地说：“噢，想起来了。好多天以前，也许有一两个月了，李恂的一个亲戚来过。”

“什么亲戚?”宗先生从圈椅里跳起来。

“不清楚。”

“大概是他的表哥，”小六子在旁边低声说，“只待了一小会儿。”

“有多少时间？”

“最多半个钟头。”小六子更低地说。

宗先生盯紧孙昌家：“怎么不早说，怎么不告诉我。”

目光和语气都这么严厉，孙先生不由得打了一个冷颤。这干系可不小啊，还不及不说好呐。他有点后悔，但是不能不为自己开脱。

“我事先不知道，后来知道了，提醒过李恂，洋公事房不许接待外人，可他说不是外人，是自家人。”

“自家人？胡说！谁是自家人？这个地方，除了我，除了我允许的，谁都不许进来。什么自家人不自家人？连我的亲哥哥都不随便进来……”

可是你的女儿常常进这个门啊，孙昌家脑子里一闪。说不说呢？不，不能说。人家是亲骨肉。要是宗先生不在意，说了岂不等于放屁？要是他在意，把女儿骂几句，宗师母知道了，我孙某还能有个好吗？对，先不说。把柄攥在手心里，有用的时候再甩不迟。

“是，是……”他随声附和着。

“知道他那个表哥是干什么的吗？”

“不清楚，西装笔挺，有点像个外国人。”

“外国人？”

“不，他是中国人。”

小六子心里暗笑，却仍显得像小耗子见了猫那样畏畏缩缩。他听李恂说过，他这个表哥是从澳洲回来的，可是此刻他不敢多嘴，怕把麻烦引到自己身上。

这个像外国人的中国人引起宗约瑟的狐疑。既然还不知道他的底细，猜测也无益，只能等李恂回来问个明白。他挥挥手，让孙昌家和小六子都出去。他仍然坐下，陷入沉思。李恂把他的表哥带进来，这是很可气恼的，是不可原谅的过失。他这表哥是干什么的，固然还不清楚，即使知道了，也没法断定他就是某公司的什么人。那么怎样对待李恂？除了告诫他，以后不许在办公室接待客人，别的没什么可说。辞退他？不，连想也不必想。没有理由，而且最重要的，这人顶用，可靠。又是老朋友徐恩仁的外甥。和这个徐老板，人是不常来往，商务上可是一直保持良好的关系。出口的发网、花边之类，货源有相当一部分是徐老板供应的。虽然有时贬他几句，那其实是为了杀杀价。天父在上，凭良心说，徐老板的货色是上等的。这人善于经营，人也容易相与，是无论如何不能得罪的。

但是眼目前的问题可怎么解决呢？提价吗？等于是从自己身上割肉。不提吗？这一大宗生意跑掉，不等于是去掉大半条命吗？我在天的父，愿你的圣灵降临在我身上吧。我该怎么办？怎么办？在这生死攸关的商业竞争的棋盘上，要投下哪一个棋子，才能把一盘死棋走活？他脑子里的那本账的确比孙先生那大本大本的账册更清楚。那些大账本只是死数字记录的既成的事实，他脑子里的数字却是活的。感谢上帝，这几年他在金银差价中的冒险，每一次都是成功的。这不费反掌之力就为他供奉了数万元的财富。在这一点上他很虚心。他自然很得意自己的谋略，但是更真诚地感谢耶和华的恩典。他已经在无数次的祷告中表示了感恩的心。可是现在，天父啊，天父啊，我究竟犯了什么罪愆，招来这样的责罚？

他从圈椅里起来，绕屋子走几圈，又坐下。想不出对策，但是又必须想出最好的对策。除了在天之父，他是孤立无援的。从商业利益上讲，这是极机密的事，不能告诉任何人。任何人也不能帮助他。即使好破头的渔友李先生，尽管商量好了要合作的，也不能让他知道。

宗约瑟苦苦地在绞动脑筋，在心灵的黑暗里忽然闪出一丝亮光。他又拿起温斯顿的秘信看了两遍。每字每句揣摩其中的意味。是了，这位洋人既然是用私人秘信的方式，而不是用公开的商务信函的方式，不能是没有用意的。用意何在？他为什么不直接和某公司去接洽。啊，是了是了，这个老鬼有他的聪明，有他的老谋深算。他显然不摸这个某公司的底细。他不能不查阅《凯利与瓦什》的世界行名录。这个某公司的行名很可能没有载入这本行名录。他不愿冒冒失失地放弃一个多年相交，而且一直很融洽的老主顾。他要来华访问，谋求扩大交易，这显然是一种信任。一切商务活动都不能不冒一些风险，但是走熟了的航线究竟风险要小得多。

啊，对了，对了，要利用他对于某公司的不托底，要利用他对自己的信任来做文章。可这文章又怎么作才能通顺呢？很难啊！

忽然传来小孩的哭声。这是小豆豆。他走到纱门前，隔着纱丝向外看。小豆豆正在姐姐怀里，伸出一只胳膊，小手向着纱门抓挠。

这个宝贝小儿子是圣父赐给他的最大恩典，是给他的心灵的最大安慰。约瑟在家的时候，只许妈妈和姐姐逗他玩儿，不许招他哭唧唧的。爸爸在这个小小继承人身上寄托着无限的希望，总之，是他的一条命。他很快走出纱门，把儿子接过来，紧紧搂在怀里。打鱼是他的特长，逗小孩他可是还没学会。不管他怎样颠弄晃动小宝贝，儿子还是不停地哭，还是向纱门挠手。爸爸终于明白了，抱他来到纱门跟前。还是不行。小家伙扑在门上，用力推门。

“爸呀，小豆豆要进办公室。”

儿子的意愿是不可违抗的。他抱小豆豆进了门，培真也跟进来。小豆豆仍然哼哼唧唧，小手向前，向后窗抓挠。爸爸抱他来到窗前，儿子用力挣着小身子往前扑。

“小豆豆想看海，看外面的光景。”

噢，是这样。这就请他好好看个痛快呗。爸爸拉开窗帘。小豆豆咧开小嘴，笑了，在爸爸怀里高兴得一蹦一跳的。反映在小小眼仁儿里的海是什么样子，谁能知道。他笑，这就行了。爸爸也笑了，一时忘记了一切烦恼。

“爸呀，小豆豆就是爱海，长大了八成也爱下海打鱼。”

“是吗，是吗？那你就让他看呗。”

“他天天要看，看也看不够。”

“那你就抱他来天天看。”

“我怕……”

“怕什么？”

“这是公事房啊。他来不打搅吗？”

“他能打搅什么？你好好抱住他，别让他掉出去就行。”

“隔着玻璃怎么能？”

“万一撞碎了玻璃呢。”

培真也笑了，是真心的，从心底里笑的。从今以后，不怕爸爸说了。她为小弟弟高兴，而更高兴的还有……

她脸上有点发热了。

七七　心灵分裂的苦恼要忍受到何时

李恂暂时忘记温斯顿的信造成的悬念，畅快地笑了。站在他面前的阮先生打扮得简直像一个新郎官，宽边的平顶草帽，新蓝竹布长衫，发光的黑皮鞋，怀里抱着四卷画轴。这是他第一次这么齐齐楚楚地出现在世界上。很可能这是他结婚时的礼服呐。

“你笑我这份打扮是不是？”

“不敢，不敢。”

“你可知道这是要去见大人物。”

李恂当然也想到这一层。人们是认衣服不认人的，所以阮先生今天穿的比往日整齐些。他要接画轴，阮先生只分一半给了他。李恂不愿意一个人去，阮先生顺从了。

司令部门前大影壁上的青天白日经受风吹日晒，蒙上了不少灰尘。洞开的大门口两边各有四个兵。刺刀尖上正挑起早晨的太阳。

两个人径自走到大门口。一个兵挡住他们，上下打量他们一下：看这斯文模样，大概不是下九流的。

“你们么事？”大兵板着脸问，又指指他们的画轴，“那是什么玩意儿？”他可能以为是什么新式武器。

“我们要见司令，给他送画。”

李恂紧忙补充：“这位阮先生是有名的画家。画是司令亲自订下的。"

大兵不知什么画家不画家，既然是司令订下的，他也不敢怠慢，急忙转身向里面去了。

出来一个矮小的全身是崭新武装的副官，脸上挂着一丝丝微笑。"啊，有失远迎，请进请进。"

两个人跟副官进了大门，来到一间空荡荡的大屋子，其中有一张方桌和几张木椅。这大概是会客室或接待室。副官请他们落座。阮令之讲了司令在画展上订下的画。

"噢，是这样。司令有紧要的公事，到省城去了。先生的大作是否由兄弟转交?"

"当然可以，"阮令之装出恭恭敬敬的模样。"不过，这里还有太太订下的两幅，原来说要亲自过目的。我们也想当面请求指点，或者有所修改，或者重新另画。这事我不敢自专，请阁下斟酌。"

李恂心里暗笑，阮先生是哪里学来的这社交辞令啊。又见他从长衫的口袋里摸出一个信封，看来沉甸甸，而且里边有轻微的响声。

"区区心意，敬请笑纳。"阮先生把信封放在方桌上。

"不敢当。"小副官的脸上的笑意多了几分，"敢问是哪位太太订的?"

"沈太太。"

"哦，是她啊，"副官的脸上的笑意满十分了。"司令和太太都不住官署。他们住在泗亭山庄。既然她要亲自过目，这样吧，兄弟用车送二位去。"

讨好司令的宠人，比讨好司令本人还好。副官乐得有此机会。

这个泗亭山庄在东南山隈，很有一段路程。邻县有一个大地主、大乡绅，名金慕陶，号泗亭山人。这不是一个土老财，颇为斯文，而且颇知洋务，一笔龙飞蛇舞的怀素字体名闻一时。李恂小时跟父亲见过这个人，胖得像个弥勒佛。这山庄以两层洋房为中心，周围是很宽敞的花园和草地，有飘荡着天光云影的水池，周围又用很高的砖墙围护起来。大门口两边悬着木制雕漆的对联：“四面灵山谁作主，万家烟火自为邻。”字当然是他自己的大手笔。这山庄的里里外外，是李恂小时候常常和明秀、玲玲他们来玩的地方。后来这个大阔佬谢世，山庄不知换了什么主人。李恂长大了，这儿童时代的仙境也就生疏了。不成想财阀一去，如今成了军阀藏娇的所在。

坐在敞篷的轻便马车上兜风是很惬意的。海边的光滑柏油路过去，迎面而来的是沙石筑成的山坡路。那副对联还宛然在目，但是门楼和院墙已被风雨侵蚀了不少。

副官引他们步过花圃中间的白卵石甬路，进了洋房，来到会客室。桌、椅、沙发，一切陈设都是西式的。虽然是洋房，窗子却是镂花格棱的，所以屋里有些暗。这大概是中学为体，西学为用的一例。副官请他们坐在沙发上，然后从边门出去，到后室去了。

李恂侧身小声说进阮先生的耳朵：“唏，真想不到你还有这一手。给他多少？”

“唏！”阮先生制止他，同时伸出五个指头，意思自然是五元银洋。“咱们多么幸运……”

李恂心里开始紧张而且期待。能见到冬月吗？见到，说什么呢？见不到，该怎么办呢？

副官回来，满脸是笑。请两位等一会儿，沈夫人一会儿就出来。

“谢谢您的劳神。”阮先生有礼貌地说。

听见窸窸窣窣的脚步声，沈太太进来了。她的身后还有一个小姑娘。李恂的心猛烈地跳起来。这不是丁冬月吗？是吗，是吗？正是！一点不错。他张口，差一点叫出来，但是不敢贸然直呼冬月的名字。是冬月，却不是原来的模样了。绿色的紧裉半袖绸旗袍，脸上略微施了些脂粉。她本来清秀，这么一装扮，更显得体态轻盈。

她一进门，一眼就看见了李恂，心里也猛地一惊。她张口，也差一点叫出李先生，但是咽回去了。她不明白这是怎么一回事，不敢造次。

阮先生和李恂很快站起来。

“请坐，请坐，先生们不要客气。”

这位夫人是带南音的京腔。她穿的淡藕色杭纺紧袖短衫，米色的百褶长裙，微微烫过的长发披在双肩上，手执一柄纱绫团扇。李恂看她比月姐和梅姐都矮些，也许是因为穿了薄底花缎鞋，可是比她们两个都丰润些。使李恂惊奇的是这位权势人物的太太完全没有珠光宝气，也没有妖娆的姿态，倒是朴素大方，很不像那种风尘人物。但是显见得经历了风尘，这从那微蹙的眉头和惘然的眼神看得出来。她在窗下茶几旁的藤椅上落座。

四幅画轴已经摆在沙发前的长台子上。阮先生请她看画。她点头微笑：“请先用茶。”

副官一直站着。他说应当立即回司令部，因为司令也许有什么事来电报。夫人点点头。他碰一下鞋跟，举手敬礼，又向客人告了失陪，走了。

冬月先给阮先生送上茶杯。当她捧着茶杯走到李恂面前的时候，她紧盯着他的双目也碰上他紧盯着自己的双目。李恂想用眼睛说出一百句一千句话，但是主要的一句是说出来了：“我总算见到你了，可以多少放心了。”冬月同样也要用眼睛说出一百句一千句话，而主要的一句也说得明明白白了：“我总算见到你了，死也甘心了。”喜悦和酸楚同时猛烈地撞击她的心，泪花在她的眼眶里滚动。她转身，轻轻用手抹了一下，退到夫人身边，眼睛仍然紧紧地盯着李恂。这是亲人，是日夜思念的亲人啊。

这时阮先生已经把画轴一一展开，平铺在长台上和靠后墙的方桌上。一幅泼墨山水，一幅竹石，这都是他拿手的。另两幅是荷花蜻蜓和梅花喜鹊，大概是为了投合女流的爱好。夫人只一一掠了一眼，看来是出于礼貌。

“请太太指点，或者修改，不行就重画，都可以。”

“请不要称我太太，先生。我叫沈茜茜。我哪里懂得美术，不过是仰慕风雅。请坐，吃茶。”她自己也坐下，告诉冬月，到她房间取她的手提包来。

“阮先生是画展上见过了。请问这位先生……”

阮令之作了介绍，说李恂是学海外贸易的，现在在商行里做事。

“噢，青年有为……”

李恂忍不住冒出一句：“我和梅倩小姐是亲戚。”

这时冬月刚好取来手提包，交在太太的手里。

“哦，是吗？怎么不早说？冬月，你怎么也不说。”

“我不敢……”冬月说了这半句，忍不住双手掩面，啜泣起来。

“好妹妹。好孩子，别，快别难过。不是和你说了吗？有什么话都和我说，有什么委屈都先忍一阵子……”沈茜茜拉了冬月的手，拿自己的手绢替她擦擦脸。

李恂竭力忍住涌到眼边的泪水，不愿在这位夫人面前露出弱点。

“对不起……”冬月竭力忍住悲哽。“梅妈妈、倩姐姐、郑妈妈、月姐姐、湘姐姐都好吗？”

“都好，都好。接到沈女士和你的信，都很放心。你在沈女士身边好极了，我们都非常放心，也非常感激沈小姐。湘姐姐结了婚，可幸福呐，就是……”说到这里，他冷丁打住，怕说下去又引冬月伤心。

“很好，很好。”沈茜茜说：“我虽然都没有见过，听冬月详详细细地说了，又好像是亲见过了似的。可惜我没有机会见见这几位小姐。唉，难得啊，都是那么刚强，那么好。梅小姐能活下来，也真是万幸。我每天心里都在想念她们，已经是没有见面的好朋友。

咱们古代有知音，有刎颈，有忘年，可还没有这种不见面的交情呐。”

她让冬月为客人换茶。“向两位先生打听一个人。贵同乡里可有一位唐旻先生吗？”

“怎么？他是我的同学，是我从小的好朋友。”李恂应声回答，压下自己想跳起来的冲动，心想，原来她识得唐旻，真是奇巧。

沈茜茜的脸上微微泛红。按她的生活经验，她用爽朗的笑掩饰了眨眼间的不自然。“是这样。我本来不识得这位唐先生，是从他堂兄那里认得的。我见了李先生，说不上是面貌，是神情，是说话的声音，总觉得有点像唐先生，所以才问一声。”

“他到北平求学，和朋友们一起组织业余剧团……”

“我知道。我看过他的演出，很有才气，可是老演戏，不耽误了学业吗？”

“可不是嘛。好像迷上演剧了，又到南方去了。”

“我知道……”

她知道的实在太多了，不由得脸上又微微一红。眨眼间她想起唐旻的音容笑貌，想起和他在一起那很短暂，但是永不能忘的那真诚的心意和感情。他是她碰到的第一个拿她当人的人，不是拿她当一个用钱买来的肉体，而是和她平等相待。有过他了，哪怕那么短暂，也可以死而无憾了。而现在在这又一个笼子里，当绫罗装裹的木偶和玩具，假装的笑浮在脸上，真正的血泪流在心里，真是度日如年。生活磨炼了她，任是怎样伤心，怎样悲痛，她都能掩饰起来，好比厚厚的棺木收敛起尸体。她轻轻地喟叹一声，但是这只有她自己的心灵能听见。

“最近听到他的消息吗？人各有志，但愿他演戏成功。”

“我这个朋友什么都好，只这一点我不满意。他就是懒得动笔。连地址都不告诉我，想给他去信都没法。”

“啊，是吗？各有各的习性。”沈茜茜似乎不介意地说，其实她心里刚刚点起的希望的光一下子灭了。她原以为可以打听到唐旻的下落，那么……可是落了空。希望和失望早已成了她的家常便饭了。她说着，开了手提包，从里面拿出一沓钞票。

“请问，我应该……”

阮令之站起来。“不，不，沈夫人，啊，沈小姐，司令和您笑纳，就是赏光了。”

“不，什么司令不司令的，他和我不是一回事。他付不付钱，在他，我可是……”

“不，沈小姐，这样说，我更愿意为您效劳，几张纸，几点彩墨，几支秃笔，不值什么的。请你务必不要客气。”

李恂也站起来，说阮先生是直心肠的人。他是以艺会友，动了金钱反而违反了他的本意。沈茜茜听以艺会友四个字说得真切，触动了心事，不免眼圈一红，不再坚持了，仍然把钞票放回提包。

“那好，恭敬不如从命，我领情了。请坐请坐。”

又都坐下，只有冬月站在茜茜的肩旁，眼睛一直没离开李恂。多看一秒钟是一秒钟啊。这次见了，下次相见在哪天，也还不知能不能再见。按她的本意，她宁可撕下身上这绸旗袍，拉起李恂的手就往外奔。给子弹打死才痛快呐。可是她死不足惜，怎么能连累李恂和梅姐她们啊。

李恂心里有些发紧，在这虎穴里坐久了不成体统，可是关于冬月，既然见了，不弄明白，不有一个结果，是死也不甘心的。可是怎样开口呢？他正急得背上冒汗的时候，可喜沈茜茜提起头来了。她这时毫不掩饰地深深叹一口气。

“冬月的事怎么办呢？有什么万全之策，我想听听你们的意见。”

“梅妈妈和梅姐都非常感谢沈小姐（茜茜向他一摇手，意思是不必说客套话）。都很牵挂，很想念冬月，都很希望她能回去，至于她的身价……”他要说身价银，但是不忍说出口。这对一个天真的小女孩是无比的侮辱。

冬月听到这里，眼泪直流下来。可是她只拿手绢捂在脸上，竭力不哭出声音。

沈茜茜站起来，慢慢地走着，一面轻轻摇着团扇。“这事，我和冬月翻来覆去，想了不只一百遍了。今天是凑巧。这地方不是你们出入之地。冬月回去，这容易。我一句话就行了。”她说到这里，羞得满脸都红了，急忙拿团扇扇着。为什么一句话就行，不明明是自己在一介武夫面前的身价吗？这是多么下贱可耻的身价！“思前想后，这不妥当。除非梅小姐和她远走高飞，离开这里的势力范围。听冬月说，梅先生半身不遂，是动不了的。冬月在那些黑爪子那里，看来是挂了号的。他们不知设下了多少陷阱，布起了多大的网。出去，再落在他们的爪子里，比现在更危险。”

“是的，是的。”阮先生插进来，“沈小姐考虑得十分周到。”

“我很愿意听听沈小姐的意见。”李恂说。

“冬月说是我的贴身丫环。我是用丫环的人吗？我已经认她做我的亲妹妹一样了……”

冬月终于忍不住哭声，扭头跑到门外去了。

李恂看着她的身影，禁不住也掉下了泪水。

沈茜茜拿手绢擦擦眼睛。“我的意思，先留在我的身边最好。请梅妈妈、梅姐姐放宽心，只要我有一口气，我一定拿她当亲骨肉一样。我啊，早就什么都看破了，已经沦落得没法再沦落了。把话说到底，我宁可和她同归于尽，也决不让她受委屈，受侮辱。冬月，你回来……”

冬月又回到会客室，满脸泪痕，但是忍住了呜咽。

“你有什么话，快说。两位先生不能在这里久留。”

冬月仍然用眼睛紧紧盯住李恂，这位异性的亲哥哥。她只能用眼睛说话，千万句话用嘴是一句也说不出了。末了，只说了一句：“我什么都听沈小姐的……”

也只能这样。

离开泗亭山庄的时候，李恂的心情很沉重。冬月有幸，得到这么一个好的靠山，固然很好，但是前途未卜，无论如何也是放心不下的。阮先生可是很愉快，心里很轻松。想不到这位沈女士是这么一个好人，一个妙人儿，哪里像个沦落风尘的女子，其实很像一个有教养的大家闺秀。他拉起李恂的胳膊，要和他进酒家美餐一顿。李恂告诉他外商那边出了麻烦，老板急等他回去，研究对策。一下了南山隈，他告别阮先生，跳上一辆人力车。

他半闭起眼睛，回想刚才的一切。沈茜茜自称为沦落人，可实在是红拂一流人物，当今四海之内，谁是李靖？他自己，加上唐旻，再加几个好同学，几个人捆在一起，也配不上这个侠肝义胆的女子。刚才的谈话他回忆着，回忆着，忽然一个疑窦袭上心头。她打听唐旻的情况的时候，显得是不经意地随便问问，现在回想她的眼神是那么关注，她的脸色虽然平静，可是隐约的有些不自然。难道唐旻和她有……他立即推翻这种没来由的猜测，他相信好朋友和自己一样清白。但是想起上次相见时唐旻的种种变化，又觉得这种疑窦不完全是瞎想。可是她为什么说他的声音笑貌和唐旻很相似呢？于是想起她那温柔的眼光落在他的脸上，当时没有留意，现在他的内视觉可看得更清楚了。“记得绿罗裙，处处怜芳草”，这位女士岂不也是一种移情作用吗？他一会儿肯定，一会儿否定。哎，管他呢，眼前就有一本难念的经。他很想马上让梅倩知道和冬月见面的详情，可恨必须推迟到晚上。宗约瑟正在行里等他。

宗先生的脸色这么阴沉，这么焦躁不安，李恂还是第一次看见。他进了办公室的门，第一眼看见的是所有文件柜的抽斗都打开了。很显然，宗先生把所有来往信件都检查了一遍。他大概疲劳了，正坐在他的圈椅里，闭着眼睛。是在祷告？是在筹思？

他知道李恂回来了，睁开失神的眼睛，看定他：“刚才我把所有的信件和文件都查看了一遍，没有失落什么，那么秘密是怎么泄露出去的，是个大疑案了。你想想，有什么外人进来过吗？”

宗约瑟已经心中有底，以为唯一可疑的是李恂的表兄。但是没有证据，不好说破。他想点一下这青年，看看他是个什么神情，什么态度。

“要说外人，那么，只有我的表哥进来过一次。他刚刚从国外回来，国内的事他一点都不清楚。孙先生那边，人来人往，这里清静些。他坐了不到半小时就走了。”

宗约瑟听他说得很坦率，态度也很自然，暂时不好说别的。事情已经过去，再申斥他把外人引进办公室，也没有必要。

“他大概不至于翻看什么吧？”宗约瑟用极缓和的语气问。

所谓听话听音，李恂已经看出来，老板是怀疑表哥的。他有点气愤，却也不好表露出来，只说：“绝对没有。”想了想，又补上一句：“他只坐在靠门的藤椅上，我一直陪着他。”说到这里，他忽然想起来，他为表哥买香烟是出去了一会儿的，这说不说呢？不！他相信表哥是个正派人，一定不会干鼠偷狗盗的事。他对于宗先生的疑心很不满意。毫无根据，这不是无端地侮辱人吗？

宗先生离开座位，把拉开的抽斗一个个推上。“我虽然查看了一遍，难保没有遗漏，你再仔细检查一下。”

李恂答应着，心想这其实是多余。所有的来件都按英文字母的顺序编号归档，所有发出的信件单据等等，都用水印机留了底，也编号归档。按次序一查，有没有失落，一目了然。除非像《福尔摩斯》里的窃贼，带照相机拍照才行。

宗约瑟又坐下，让李恂也坐在写字台前。他说他已经考虑好了，也照样发一封标明机密的私函给温斯顿，大意是这么几点：

一、感谢温斯顿先生的信任，可见交往多年，已有深厚的友谊。今后交易与友谊并重，但友谊更重于交易。愿上帝赐福给我们双方，这一句一定要的。

二、承认优质棉价有所上涨，这是事实。而银价屡屡下跌，也是周知的事实。当前美国的经济萧条已影响及于全世界。由于购买力的普遍下降，敝行的出口业务已受极大影响。从贵公司进口之棉线，均非中国国内消费，乃是用之为花边、绣花等等的原料，制成品则仍外销各国。由于金银的比价，敝行进口出口两方面均蒙受损失（李恂听到这里，心想你从金银差价中捞到的好处却不说）。敝行所接受的订单已减少，棉线的用量自然也相应减少了。所以丝光棉线在中国的销价已有跌落，眼前尚无回升的趋势。可见敝行从贵公司所订之货，维持原价已经不易。来函中所谓某公司可以提价，可以扩大销售等等，实属不实之词。至于其动机与目的，因无根据，当然不好妄加猜测。宗约瑟说到这里，特别关照李恂，这一句一定要用虚拟口气。这是话外之音，是暗示其动机不良，无非想挤掉别人，其提价之说只是一种暂时的诱饵。

三、为维护长久的友谊及长远之利益，棉线价格双方可以充分洽商。敝行于必要时可一定程度的牺牲眼前利益，相信世界经济总会有好转之日。

四、督促温斯顿先生速速来华，亲自观察与调查，一切自会了如指掌。棉线价格及销路问题，以当面商洽为最好。用此种棉线者，全中国只有沿海二三城市，如欲扩大营业，须另有筹划，此事尤宜当面商洽。

宗先生说完，又沉沉吟吟地想了一会儿，让李恂把记下来的念了一遍，点点头，表示可以了。他告诉李恂，这封信关系重大，措辞要诚恳、委婉、和缓。他的意思是先发一封明码电报，说信已收到，复信有详尽之说明。信呢，倒不一定马上发，但一定要写好。

在信函来往上，李恂第一次碰到这么伤脑筋的事。一般的商务书信，他已经是轻车熟路，可以得心应手。这种需要玩弄辞令的玩意，又要什么诚恳、委婉、和缓，他这点子外语老本显然是不足以应付自如了。没法，只可硬起头皮干就是了。他立即拟了电文，请宗先生过目以后，又立即叫小六子送电报局。宗先生吩咐完了，走出办公室的时候，正好看见女儿抱着小豆豆走过来。儿子当然是要看海景的。李恂听见父亲对女儿说，今天先抱小弟弟别处玩一会儿。办公室里有紧急的事，别进来打搅了。又听见培真答应着，和爸爸一起向后院去了。

在李恂的心目中，当前头等重要的不是这封与商行命运攸关的信，而是与一个清白少女的命运攸关的冬月的事。对于商行，无非是多赚几个少赚几个的事。对于冬月，可是生死存亡的大事。难道你宗先生发财，比丁冬月活命还更重要吗？按他的本意，他应当一分钟不误地飞奔到梅倩那里，说明冬月的情况，多方面想想，用什么办法早一天救出冬月。但是不能，他眼前必须强迫自己安静下来，为这封毫无意思的信绞脑汁。他必须下午下班以前，把草稿拟好，交宗先生过目，明天上午就可以发出。他不只饱尝了“无可告者”和“无能为力”的苦恼，现在又在忍受“心灵分裂”的苦恼。他脑子里的马时时逸出正轨，他不得不时时收紧缰绳，拉它回来。为了自己和妈妈能填饱肚子，他必得忍受这种灵魂的分裂。这是必然的，也是必要的。要忍受到哪年哪月哪日呢？

七八　不是意中人，却是心上人

给温斯顿的信很棘手，是李悔碰到的最麻烦的信。三易其稿，最后宗先生才勉强点了头。李悔也明白，一字一句地推敲都关乎老板的命运，至少是一半的命运。晚饭两个人都没有吃。直到打完了字，宗约瑟签了名，用水印留了底，封好，李悔才长长地舒了一口气，离开了商行。已经是下午六点多。太阳快要落到西山后面，淡淡的晚霞映在天上。他想如果回东山家里吃晚饭，再到西山梅家，那太晚了。不如就近到章奶奶家，胡乱吃点东西，马上就走。

为他开门的是玲玲。她见是哥哥，高兴得眼珠子快蹦出来了。"啊，哥，你没走错门啊。来得正好，章婶正要我去叫你呐。"玲玲拉起他的袖子往里走。

"是不是章叔叔又从外国来信了？"

"不是，她大概要出国。是不是要你陪她去啊？"

"我不是她心里的虫子，怎么知道。"

"你去吧，哥，多好啊。我想去还去不了呐。"

他们走入中门。正有一个人从正屋门口出来，刚要走下台阶。李悔以为是章婶，可是不……啊，这不是珊珊吗？又和姨奶奶来了？姨奶奶本说是要来度夏的。

珊珊看见前面来了一个人，微微眯起眼，直到走下台阶，才看清楚，刚要叫，可是李恂先开口了：“啊，珊珊姐，你可来了，又来了……”

珊珊答应着，急步走向前来。他伸手握住珊珊的手，两双眼睛互相亲切地打量着。

“珊珊姐，你好像瘦了一点，没生病吧？”李恂看着她那微微眯起的眼睛，“你好像更近视了一点，是不是？”

“可不。”珊珊仍然微眯着，细细端详他。“哎，长大成人了，是个大人了。”她仰脸看着他。

“姨奶奶在上房是不是？”

“姨奶奶没来。你先去看看奶奶、婶婶，回头咱们细谈，好吗？”

玲玲一直在旁边看着他们两人。哥哥和珊珊那么好，好像身边没有她玲玲这个人，她老大的不痛快，拿眼珠子狠狠挖了珊珊一下，跑开了。

原来爸爸、妈妈、章婶都在奶奶屋里。李恂向章奶奶问了好，向章婶笑笑，站在门边。章婶要他坐，他说坐了一整天，站站好。章婶要他到自己屋子来。自从姨奶奶回了南方，她又搬回了正屋。一切如旧。只是地上有两个开着盖的皮箱，里面乱放着杂七杂八的衣服。在这里他不用人家让，照例坐在方桌旁的方凳上。章婶打开两个纸盒子，放在他的面前。

“珊珊昨天带来的。”

都是香喷喷的南式糕点，正好填填发出抗议声的饥肠。

“你叔叔在外面乐的忘了家了。一个字都没有。你再给我写一个信封好吧？”

“他会不会到别地方去了？”

“难说。寄出去试试吧。也不想想，家里还有个老娘！”

听了章婶掩不住的怨恨之音，李恂不禁心里暗笑。不是说“娶了媳妇忘了娘”吗？不是说“家花不如野花香”吗？何况还是异国之花。因为天热，章婶只穿了薄纱的短衫，散腿裤，趿着绣花拖鞋，更显得娇小玲珑，体态轻盈。在这个从小看大的侄儿面前，她用不着装样子，因而更是飘洒自若。

“你这孩子，这么多天也不来看看我。”章婶坐在小马踏上，翻检皮箱里的衣物，一面瞥他一眼。李恂在她的心目中，还只是一个大孩子。她当然不会知道他已经在用一个男人的眼光看她。

“我这一阵子特忙。”李恂大口吞下蛋糕。

“你知道我要找你吗？”

“玲玲说了。”

章婶住了手，从坐着的地位抬头看着他。她喜欢这个从小看大的男孩子，而且相信他和自己是贴心的。

“你知道我找你做什么？”

“我想不出。”

“我和你爸爸谈过了，他很赞成。姨奶奶到莫干山去了，派了珊珊来接我。听珊珊讲她的意思，过了夏天要到欧洲去。这个机会多好啊。你最好现在就跟我到莫干山，秋天你就跟姨奶奶出国。年轻轻的，老圈在这里有啥意思，出去开开眼界多好。要是你叔叔愿意你和他一起，那就更好。这家里但凡有一个人照顾奶奶，我早走了。我不会洋话，外国是出不去；中国不可以到处逛逛吗？我多么想到苏杭走走，还有水漫金山的镇江，还有扬州。”

章婶很有兴致地说着，却不见侄儿有什么反应。她住了手，仰脸看定他：“你怎么不搭腔啊。”

“我大概走不了。”

“为什么？”

“这一阵子行里正碰到麻烦事，不好撒手不管。”

“还卖给他了不成？”章婶的脸上有些阴了。“不怪你爸爸说你，就知道一条道走到底。”

“我不是这个意思，章婶。我到宗先生那里，是舅舅介绍的。

要是甩袖子走人，不等于是打舅舅的脸吗？”

这话不是出于李恂的本心，是临时想出来的应付之辞，可是很有作用。亲娘舅嘛。章婶点点头，意思是同意这话。她站起来，坐在李恂对面的方凳上，告诉侄儿，已经定好下一班船，先和珊珊到上海，再搭火车到杭州，再去莫干山。家里的事，已经和李恂的妈妈谈妥，她过来住些日子，帮着看看家，照顾奶奶。啊，李恂心里通亮了。原来一切都按她的心意安排好了，可真是有心计啊。

章婶沉思了一下：“也好，你先留下，和舅舅谈谈。这是好事，他能不同意吗？”

舅舅当然会同意的。可是这婶婶，还有那个姨奶奶，去吧，别恶心人了。

他从章婶屋里出来，到了东厢房，看看明秀。珊珊正在这里等他。幸好玲玲在奶奶那里干活，要不然，她会缠住他不放。珊珊说她好久没来，很想到外面走走，可是这一阵子海边人多，又有那些讨厌的酒吧间和横冲直撞的外国水兵。最好到一个洁净的去处。李恂虽然极想到梅家去，可又不好不顺从珊珊的心意。明秀巴不得这机会，也一劲怂恿他。他只得服从她二人的联合势力。

前几年，从章家的大门出来，沿斜坡的马路向南走一程，跨过一条东西马路，就到了市郊。这里有满山的桑树和葡萄园。由于城市人口的逐年增加，新房子一直向南延伸，把市郊快要推到南山下了。只有这一带傍晚时候没有人。李恂陪着珊珊和明秀向这个方位慢慢走着。明秀一肚子话想对李恂说，可是在珊珊面前她不想说，只尾随着他们，听他们的谈话。

“你知道吗？我在上海见过你的一位同学。”

“他来信提过，说的不明不白，后来又没有下文了。”

珊珊微微一笑：“艺术家大概都是这样。不知道他们在舞台上演戏，下了舞台也老是演戏。我本来想打听他回不回家，想托他带点东西给你。哎，你看我这记性，我带来了，刚才可忘了拿出来。”

“我先谢谢。”李恂认真地说着，心里更感动的是珊珊的一片真诚。这时天快黑了，上弦月牙儿早已爬上东山头。站在高坡，回头看，城市已经是暮霭沉沉。潮声和市声一阵阵传来。东南山隈的泗亭山庄遥遥在望，在迷离的烟霭中成了模糊的剪影。在那迷宫一样的监牢里，正锁着两个苦命的女子。李恂歪头看看珊珊。她的确瘦了些，却更苗条了。她穿的是香云纱旗袍，领下有一枚宝石胸针。她兼有贞月的稳重和梅倩的潇洒。

“我听章婶说，姨奶奶要出国，带不带你？”

“也许带，也许不带。几个钱儿烧得儿她一会儿东，一会儿西，没个准谱儿。这不，定好了要来的，可到莫干山去了。忽然心血来潮，又打发我来接少奶奶去。章婶希望你和她一起走，你同意吗？”

“我啊，我不配给她当尾巴。”

珊珊和明秀都笑了。

“我看少奶奶是真喜欢你，你可别不受抬举啊。”珊珊睨他一眼，半开玩笑地说。

“我宁愿是一块狗肉，上不了她那个茶盘。”

珊珊点点头，轻轻叹一口气。这男孩从小有股子犟劲，是个硬骨头。这正是最合珊珊的心意的。明秀在一边插不上话，一个人沿着地垅边采野花去了。

“你可知道，姨奶奶现在不满意我了。”

“好好的，为什么？”

“她要赶我出门子。”

李恂一惊：“赶你，到哪儿？”他显然没有听懂珊珊的意思。

“不是说女大当嫁吗？”

李恂更是一惊：“啊，要你嫁人？谁？”

“能由我自己做主吗？有鼻子有眼的男人，谁能看得起一个丫头。”

丫头二字好像一块石头，重重敲在李恂的心上。“那她也不能不问你的心意，随便从马路上拉一个啊。”

“丫头还能有自己的心意吗？说是为我好，说我不知道感恩。都是大财东，有洋行的‘抗破头’，有钱行的老开，有大百货公司的经理。人家不看中我还不会向她提呢。不是二房，就是三房。人家不嫌出身微贱还是高抬呐。丫头不当姨太太，还能有什么高枝？一个一个都推辞，这不等于是打她的脸吗？我啊，什么都依她，顺着她。她爱吃的，我说味道好。她爱穿的，我说漂亮。她屋子里要什么花，我就摆什么。要我剪长辫，好，我同意。可她要安排我的命运，休想！我面子上是个忠臣，心里是个反叛。”

可惊可异的是珊珊讲这些的时候，一点也不动感情，竟好像是讲别人的故事。李恂不知道，珊珊早已经肠子里结了多少疙瘩，心里流了多少血，痛苦过来，熬煎过来，什么都不在意了。

“我问一个问题，珊珊姐，你别生气。这几年，你就没碰上一个你喜欢，你爱的人吗？就没有一个人能帮助你，能为你拿个主意吗？”李恂在薄暗里直盯着珊珊的脸，她正向溟溟茫茫的大海那边望着。

珊珊回头看他一眼，淡淡地一笑：“我最爱的是谁？除了一个，都让我讨厌！”

“这个好人是谁，能告诉我吗？”

“这个人还没有出世。”珊珊畅快地笑了。

李恂也跟上笑了一声，他其实是笑不出来的。“这么说，连我也是你讨厌的喽。”

人还没有出世的话是珊珊的托词。她真正喜欢的确实只有一个，正是面前这个大孩子，这个从一个小猴子变成的英俊青年。她喜欢他懂得体贴女人的心。不过这不是男女情爱的爱。她没有往这方面想。

珊珊不正面回答，却说：“那么我也问问你，你有最爱的人吗？”

“有。”

“谁？”

“迄今为止，我最爱的男人是我的同学，你见过的。女的，我最爱的可多了。你，玲玲，我的表姐郑贞月，还有梅家的梅倩。”

“废话，谁问你这么多。我问的是你最爱最爱的一个。”

李恂毫不迟疑地回答：“那就是我的表姐。”

珊珊听他回答的这么认真，当然是相信的。“这很好，你们亲上结亲就是了。”

“不，决不！”

这干脆的回答倒使珊珊十分诧异。“怪了！”

“怪什么？有什么可怪？配对儿，生孩子，过日子，这个俗而又俗的俗套。我越是爱的，越不能把她拉进这个俗套。”

“这更奇了。她不嫁给你，就一辈子不嫁别人？”

“这我管不着。这个世界，这个社会，简直是一个乱糟糟的棋盘。应当重新把它摆摆好。可要是马有马道，车有车道，不又是老一套么，有啥意思？”

听着这孩子不像孩子、大人不像大人的话，珊珊不由得咯咯地笑了。“听人家说什么超现实，你是不是有点超现实啊？”

“我超不超现实，都无所谓。这一次你走了，什么时候才能再见？要是姨奶奶逼紧了，你怎么办？”

珊珊长吁了一声：“妙玉出家，到后来怎么样了？世界上就没有一片土是干净的。黄浦江的水若是清的，我一定跳下去。现在可不跳，干吗死了还灌一肚子泥浆浆啊。”

天已经暗了，明秀采了一大抱野花，走回来，催他们回家。鸟有巢，兽有穴，有家可归还是幸福的人呐。回吧。

在慢慢走下斜坡的时候，珊珊告诉李恂，姨奶奶虽然不满意，还不至于死逼她。给她灌灌米汤，说几句好听的，黑的也能变成白的。那个姓金的，坏透了。她明知是个白相人，可人家会拍会溜啊。陪她看戏坐包厢，兜风坐汽车，有多惬意。武则天不是还有面赛荷花的六郎吗?

"噢，对了，他不是挨了你一耳光吗?"

珊珊不由得脸上一红:"你怎么知道的?"

"珍珍说的呀。"

"这个小死丫头，没有她不知道的。看我回去不拧她的嘴。是姓金的怂恿姨奶奶出洋，他可以当翻译。他那几句洋泾浜英语，我看透了，在餐桌上点菜还可以。"

天渐渐黑下来。路灯亮了。这一带的行人已经很少。他们快到家了。有一些情况，珊珊已经来不及向李恂细说。即使姨奶奶不满意她，她其实也在沾她的光。在上海这地方，女孩子想要清白，难极了，到处有黑眼睛，黑爪子。有姨奶奶这把大伞遮着，谁也不敢动她。要不，一百个也早给他们拘了去。意志稍微不坚强，就会上大当。姨奶奶之所以三心二意的，一会儿说走，一会儿又不走，主要原因在于不放心她的家。姓金的在老太太身上是有打算的。可姨奶奶是什么人?为什么有个拆白党的外号?还不是因为精得没法再精么。他们如果出洋，一定不会带珊珊的。姓金的怕她那一双尖利的眼睛，姨奶奶得留下她看家，所以她出国回来之前，说归说，决不会硬逼着珊珊出嫁。拿一个漂亮的丫头当筹码，押给财务上息息相关的人，是划得来的。可是拿她当一把总钥匙，一只看家的狗，则更重要。

他们到家了。珊珊和明秀都要他到里面再坐一会儿。李恂怕章婶找他的麻烦。珊珊只好请他等在中门外面，她进屋取出送他的东西。

李恂接在手里的是一件毛衣，很轻，也很软，他紧紧抱在胸前，觉得是千斤之重。这是无价的情谊啊。

"我约摸着尺寸织的，也不知道合适不合适，穿上试试好吗?"

他们来到南客房，开了灯。毛衣用的是最好的进口蜜蜂牌毛线，是各色羊毛配合纺成的，总色调是略带印度红的中驼色。李恂急忙穿上。珊珊帮他拉拉平，一面前后端详。

“还好，没白费工。这一针针一线线，你穿上的时候，大概能想起一个苦命的丫头。”珊珊满脸含笑，话里可带着唏嘘之音。

李恂觉得心里热极了，但是身上好像冷得起了鸡皮。他深深地看进珊珊的眼睛，心里满得连一句道谢的话也说不出。

珊珊送他出来。两个人又在照壁前的两株大夹竹桃下站了一会儿。

“我走的时候请你不要送了……”

“我明白。可是送还是要送。不送，章婶该见怪了……”

珊珊在他的身后关上了两扇厚重的大门。李恂站在外面的门廊里，听珊珊轻快的脚步声向里去了。他站着，毛线衣紧紧地抱在胸前。他到哪里去？哪里也不想去。他宁愿站在这里，一年，两年，以至于永远……

七九　为了竞争，一切手段都是正当的

按照宗先生的旨意，李恂整整忙了一天，查阅了所有的来往信件。一切都按照顺序保存得好好的，没有失落什么。他很放心了，却又不自觉地起了一点疑心。常言说无风不起浪。本行的商业秘密怎么会飞到某公司去呢？宗先生自己接待什么人，都和别人不相干。唐旻进过这洋公事房，那是宗先生让他进的。而且他又不是干进出口行的。那么大表兄？可疑的不是只有他一个人吗？他回想宗先生昨天那怀疑的眼神，心里很有些踌躇不安。再细细回想，那天他出去买香烟的时间足有十多分钟。他回来的时候，表兄正站在文件柜前。那么……他觉得头皮发紧了。

他相信表兄的人品。贞月很爱哥哥，常常谈起小时候哥哥怎样爱护她，这当然使他受到影响。贞明和湘文结婚，李恂对表兄的印象更好了。他完全不能想象，月姐周围的人会有什么毛病。但是事实上表兄是唯一可疑的人，不管疑点有多么不充分。这件事虽然宗先生不再问了，可是他却必须弄清楚。一定得向表兄问个明白，可是一转念，又踌躇起来了。没影没踪，没有把柄的事，可怎么直眉白眼的向人家开口？而且，如果他确实干了，但是矢口否认，又有什么办法？

眼前紧迫的事是他要向宗先生报告查阅文件的结果。下班之

后，还得赶到梅家，向他们说明和冬月见面的情况。

宗约瑟听了他的报告，没有什么表示，只说了一句："好吧。等温斯顿回信再说。"宗先生不再追问他什么，倒更使他心里不安。他决意不管后果如何，一定向表兄和盘托出，以诚心换诚心。

下班以后，他先到姨妈家。姨妈和贞月都在湘文屋里，表哥却不在家。姨妈告诉他，贞明过一天要到北平去。噢，原来打开的皮箱和包袱之类，是为他打点行装。

李恂讲了和冬月见面的前前后后。她们都听得很有兴趣。沈茜茜引起她们很大的好奇心。贞月又问了一些细节，他都一一回答了。当然，他讲得再详细也没法满足她们的好奇心。

李恂请月姐和他一起到梅家。正当贞月回屋换衣服的时候，郑贞明回来了，自行车上挂了些包包裹裹，大概是要带去送人的。既然他要外出，那么今天的机会不可放过。李恂告诉月姐，他有一个业务上的问题要向表哥请教，请她先到梅家，为冬月报个平安，他随后就到。

郑贞明穿的白绸衬衣，咔叽布短裤，白高腰袜，白帆布鞋，眉宇间一派爽朗的神态。这样的人会干不可告人的事吗？实在难于想象。他说屋子里热，让表弟坐在海棠树下的石桌旁边。湘文为他们送来两碗冷绿豆水。她现在面色红润，满心的幸福都从眼光里倾泻出来。这样一位外柔内刚的女性，会有一个干亏心事的丈夫吗？这也是不可思议的。李恂见了她，才想起来，答应为她催阮先生的事，竟然忘到九霄云外了。他向新表嫂道了歉，说近来事多心乱，忘了。湘文说本来不是什么急事，告了失陪，去和婆婆忙家务去了。

李恂把碗捧在手里，慢慢呷着。"大哥，我们行里出了一件奇怪的事。"

"哦，是吗？"贞明摇着折扇，不经意地问。

"也不一定算怪事。是我从来没碰到的，就觉得怪。我们忽然接到一家英国厂商的来信，说他们接到一封洽谈交易的信，情愿在原价上提高百分之十。”

贞明听他闪烁其词，既不说明什么厂家，也不说明什么商品，不由得笑了：“你这也算是少见多怪罢了。这在商务往来上不是稀松平常的事吗？”

李恂听他说得这么轻松，神态又这么自然，很觉得对大哥怀疑是没有理由的。不过既然开了口，就必须说下去。“是的，这很平常，可是奇怪的是答应提价百分之十的，怎么知道商品的底价呢？又怎么知道这家厂商的情况呢？提价这么多，他果然有利可图吗？据我们按行情计算，实在是无利可图。那么他的目的是什么？”

贞明一直笑吟吟地听着，看来很不看重这件怪事，这使李恂有些反感。

“那么你们采取什么对策？”贞明问，仍然显得不经意的样子。

“我们对于多年的贸易伙伴，只能以诚相待……”

贞明听他说得这么认真，不由得笑了。“对方对你们也是以诚相待吗？”

“当然。”

“何以见得？”

“如果不是以诚相待，他就不会告诉我们。Confidential！他直接和那个答应提价的接洽不完了吗？”

“你怎么知道他和那个答应提价的傻瓜没有接洽？”

一句话把李恂问住了。

“那你就讲讲你们是怎样 Confidential 的？”贞明有意把这个英文字重读。

李恂听出来话音里带有嘲讽的意味，眼神也跳逗着嘲讽的光。但是他还是讲了按照银价下跌的趋势和需求的疲软，向对方详细陈述了提价百分之十是不可能的。

“这一切当然是宗先生的意见喽。”

“当然，当然。”

“那么他是怎么得出这个结论的，他是怎样具体考虑的？”

李恂摇头，不知所答。这倒好像不是他问表兄，而是表兄问他了。

贞明微微嘘了一口气：“表弟，你是有诚心的。我说你可别见怪，你还太嫩。交易的双方，要是说完全没有诚意，当然不对，可是这诚意是有限度的，要看对谁更有利。要是你那位宗先生真有诚意，他就不该打埋伏。”他看见李恂惊奇地翻着白眼珠，不由得笑了。

“打埋伏？”李恂摇头。这是很难置信，也很难理解的。

“你不相信？那好。我问你，宗先生向你交代怎样回信的时候，有没有向你亮出底牌？”

“底牌？”李恂简直有点茫茫然了。“什么底牌？”

这天真无邪，完全还像一个不经事的大孩子的模样，在贞明看来是可笑的。“他有没有向你说明白，即便提百分之十，他还是有赚头的？俗话不是说么：‘漫天要价，就地还钱’？两句话等于是一部生意经。”

“合理的利润和欺诈总不是一回事。”

“标准是什么，在哪里？”

一句话又把李恂问得茫茫然了。

郑贞明微微一笑：“那位温斯顿先生，如果真有诚意，也就不会一方面向你们提出质问，当然是有礼貌的质问，另一方面却向某公司来信，询问交货提货的种种条件。看来他是一把老手，是个狐狸，也是不见兔子不撒鹰的猎手。”

“温斯顿？你怎么知道这个人？”李恂急切地问，他满心狐疑了。

“我为什么不可以知道？”贞明若无其事地答。

这句话证实了李恂两天来的怀疑。他一下了涨红了脸，猛然跳起来："你怎么能……怎么敢……这太不正直了，太……"他因为满心的激怒而变得口吃了。他要说"太卑鄙"，终于没有说出来。他一向尊敬，甚至于有点崇拜的大表兄一下子从宝座上跌下来了。

"你这是怎么了？这有什么好激动的？你坐，你坐。"

李恂很想一甩袖子走掉，可是又觉得一定要把事情问明白。他想到月姐、湘文和姨妈。不应当让她们听见和知道这件事。他捺着性子，又坐下，把一碗水一口气灌下去。

贞明听他的粗话，不但不生气，反而笑了。湘文正好又给他们送来绿豆水和甜食，正看见丈夫在笑。"哟，你们兄弟两个谈得那么投机啊。"她让表弟先用些点心，过一会儿吃晚饭。

李恂等她走了以后，竭力使自己平静下来。"这件事请你不要告诉贞月，也不告诉湘文。"他用的是英语。

"这些事本来没有必要让女人知道。"贞明也用英语说。"不过这是正常的事情。这就是交易，这就是贸易，不管使用什么友谊的字眼来装潢都可以。"

"窃取情报也是正常的、正当的？"李恂忍无可忍，大声地用英语说，一面又觉这话说重了。

"为了竞争，一切手段都是正当的。"贞明平静地说："问题在你，在你的脑子。别人以为正常的，你以为反常。那么你的正常是什么，或者应当是什么？"

李恂语塞，脸却涨得更红了。"这岂不是只问目的，不择手段吗？那么一切发财的手段都是正当的？"

贞明看出表弟动了真感情，而且是十分对立的感情。他满以为可以把表弟拉到自己一边，那么他留在国内，至少已经可以有几分把握。他对于面前这个书呆子，这个孩子气十足的人失望了，却又觉得，从亲戚的关系上，应当好好开导他一番。

"看你那么认真，只是因为见得太少了。不但是商人与商人之间，就是各国政府之间，又怎么样？你听那些冠冕堂皇的外交辞令，友谊呀，合作呀，互利呀，其实都是明里一团火，暗里一把刀，一面握手言欢，一面脚下使绊子。不发财能繁荣吗？中国不就是因为不发财才在全世界受气吗？”

“照你这么说，战争也是正当的手段！日本人在东三省干的勾当也都是正当的？”

“你说他不正当，他说非常正当，是他的生命线，你怎么办？”

“天下自有公论！”

贞明纵声而笑：“好了，好了。公论、公理、正义、人道，咱们不谈这些了。你不是看报吗？蒋介石在南昌，下了剿匪总动员令。他剿的是赤匪，就是共产党。要是反过来，他们也会叫蒋介石白匪。苏联不就有赤俄，白俄吗？谢天谢地，可别翻过来。不论是白的、红的，谁独裁我都不赞成。贸易需要自由，不需要任何限制。”

听到这里，李恂再也不能忍耐了。这不过是赤裸裸的弱肉强食的论调。你不吃他，他就吃你。这位大表兄的确使他恍然大悟了。做买卖，没有好人坏人之分，没有正义和邪恶之分，只看谁胜谁败。他的外表是一个绅士，而且带点英国派头的绅士，他的心却是一个章鱼，要张开腿脚和吸盘，攫取一切能抓到的。眨眼间他变得十分厌恶这个体面人物。他不想再谈下去了，但是他刚想起身，贞明的一个问题又拖住了他。

“那位宗先生很信任你，是不是？”

“我想是的……不，我不知道。”这自相矛盾的回答其实是真实的。“那么，他有没有向你讲起他自己是怎样发起来的？”

“没有讲过。我只从舅舅那里听说，他是败而复兴的。”

“这么说，你不知道，他原来也是挖了人家的墙角？”

李恂没有回答，只是惊奇地瞪大眼睛看着贞明。于是贞明告诉他，当初宗约瑟在华茂洋行任职，后来从洋行里分出来，自己筹集了资本，干起来了。他为什么分出来？正因为他挖到手这家洋行的两个主顾。他干起来，也发了财。他栽跟头，倒不是因为别人挖了他，而是因为胃口太大，太贪了。他以为天父会始终保佑他，再也不想他的主顾没有经住世界经济萧条的打击，破产了。人家破产之前，当然不会用交易的友谊向他透露消息。一张张大订货单来了，一批批货发出去了。款子呢？败了的洋人早已不知去向，他向谁收回来。收不回款子，他宗先生也只好关门大吉。想来他现在一定是小心谨慎多了吧？

这些话使李恂心里直打颤儿，不是因为宗先生的命运，是因为他的眼睛第一次看见一个黑暗的深坑，无形的，却又是实实在在的。眨眼间他想起在一本书里读到的几句话："资本来到世上，带着淋淋的鲜血"，又说"百分之十的利润……百分之二十……百分之三十……"那么所谓发财就是要和欺诈、巧取、阴谋、卑污、邪恶、损人利己、假冒伪善等等联在一起。这些都进行在光天化日之下，都装潢着美丽高雅的辞藻。表兄这一席话真的使他大开眼界了。他没话可说。一条发财的路摆在面前，他要走，不管愿意与否，就得赤膊上阵，用一切可以利用的手段。而这在他看来，正是通向正直、真诚、正义、人道统统毁灭的黑暗的深谷。

他茫茫然了。正当他站起来，想要马上离开时，贞月急匆匆回来了。

"好呀，海棠树下乘凉，喝着凉茶，多自在啊。可是人家梅妈妈和梅倩急得浑身冒汗。都快一个钟头了，你怎么不挪窝儿？"

李恂抬头看定月姐，眼神茫茫然。贞月看他有点异样。

"你怎么了？不舒服？"

"我好好的。"

"那好，快走吧。"

"你告诉她们不就完了吗？"

"那怎么行。人家要的是原汤原汁。走！人家晚饭都准备好了。"

天色昏暗了。贞月把一只手插在弟弟的肘弯里，和他并肩齐步，急忙走在石子路上。已经是初秋季节。按俗话说："秋老虎"还颇有威势。中午很热，傍晚却有了凉意。周围几乎没有什么行人了。归巢的鸟雀正在互相呼唤。平日李恂见了贞月，总有说不完的话。这时他闷声不响地低头走着，这引起贞月的注意。

"你不对，你的样子不对。你心里一定有什么事。为什么不对姐姐说，嗯？"

李恂抬头看看她。世界上还有比这更关切的眼神吗？他无声地苦笑一下："月姐，要是我有事不说，我能算是你的弟弟吗？我求你今天先别问，好不好？也不是一句话能说清楚的。是关于我们行里的事。"

她不能再问了，因为已经到了梅家的门口。

倾听、询问、惊奇、叹息、猜测，梅家母女一面热情地招待他们进餐，一面让李恂重复已经讲过两遍的种种细节。她们不再担心冬月的安全，因而最有兴趣的是关于沈茜茜。李恂不能不喟叹自己语言的无力，搜遍了脑子里的中国字汇和外国字汇，也很难把沈茜茜的声音笑貌描绘得活灵活现。

梅倩留下贞月做伴。两个姑娘一起送李恂出了院门。

大半个月亮早已爬上东山头，朦朦胧胧的树影，远处迷迷蒙蒙的大海，吵得人心忙的秋虫，清凉的夜风。他走到第一次碰见梅倩的地方，不由得停住脚步。从那以后，周围发生了这么多意想不到的事情，好像过了半个世纪。

他心里很闷。眼前的问题该怎么办？必须做出决断。郑贞明讲的情况必须向宗约瑟说明白，然后，必须辞职。决不拿宗某人挖过别人墙脚的事来当自己的遮羞布。让表哥进公事房，是自己的过失。也不必拿郑某人的行为来为自己开脱，尽管自己不懂得会出这种后果。是的，是的，这一切都是清清楚楚的。只能这样办。那么要不要事先告诉舅舅呢？不要！他一定不会赞成，一定以为是孩子气。要不要告诉爸爸妈妈呢？也不要。把现得利和是非心放在天平的两端，他们是宁可要现得利的。

月姐，啊，月姐！最难办的是怎样对她说。好端端的为什么要辞职？要向她说明白，就必然要抖搂出大哥的事。“这些事本来不用告诉女人。”郑某人这话也许是对的吧？但是最使他反感和厌烦的正是这句话。不论什么事，从尘芥之微到泰山之大，怎么可以向自己最爱、最敬重、最亲近的人隐瞒呢？可以隐瞒一件事，等于可以隐瞒一万件。可是这件事他却十分、百分不愿意让贞月知道。他相信贞月会和自己的看法一样，这样岂不影响他们兄妹之间那么融洽的感情。刚才答应告诉她，不过是想时间一拖，她会忘记的。在这里他遇到另一个难解的扣。如果拿辞职的事告诉她，而不讲辞职的真实的原因，那就必须编造一个原因，这不也是向她隐瞒吗？

他在山坡路上站了很久，这才慢慢向山下走。

既然进了鱼市就必然染一身鱼腥味，最好的办法就是离开这个鱼市。是的，一定辞职，别的事以后再说。

他到家的时候快十点了。灯光下，他看见妈妈喜笑颜开的脸。妈妈这样舒心地笑，这在爸爸破产以后是很少有的。他记得的另一次是他把第一次工薪交在她手里的时候。在妈妈面前，在她的带大镜子的梳妆台上，摊开一堆钱票子、银圆和银角子。

“你怎么回来这么晚？……噢，婕妈……婕妈过上舒心的日子了，这可是去了我一块大心病。你困不困？……不困，好，来帮我查对一下，看我算的对不对。你爸爸大包大揽，到头来还不是我费力操心。我也不想让他经手……”

李恂明白了，这是替章家收上来的房租钱。章婶已经订好了船票，很快要和珊珊南下了。正在章宅的左近，有章家的一片房产，一共有上百间屋子，其中还有靠马路的十多间门脸，可供开店铺之用，自然比别的房子的租金高得多。随着城市人口的逐年增加，房子是空闲不了的。单单这一笔收入，足够章家的用度。章奶奶不能抛头露面，这一片房产一向掌握在章婶手里。麻姑姑在的时候，催房租自然是她的事。麻姑姑“死”了，这事就落在少奶奶自己身上。为她跑腿的是玲玲和明秀。现在妈妈接手这件事，等于是二房东，每个月可以从中得些好处，她怎能不喜笑颜开。

他帮妈妈查对完了房金账，回到自己的屋子。他毫无睡意，只觉得从里到外浑身烦躁。已经夜深人静，除了远远近近的虫鸣，只有一阵阵像叹息一样的海潮声。这从小听惯了的静静的潮声，一向是很悦耳的，今晚上却使他格外心烦。咆哮怒吼的海啸，来吧！他推开窗子。正在中天的大半圆月正向他展脸而笑。晴朗的天空里没有一丝云影。阴云密布的狂风暴雨，来吧！清亮的天宇，黑暗的心境，是醒，是梦？他想起第一次见到宗先生的时候，他的那个“in”（在内、入内、钻进去）字。是的，是的，他顿悟了。要钻进去的不光是海外贸易的种种业务，这些都只是皮毛。要钻进底里的是大表哥所说的那一本经。这是在学校的教科书，在任何典籍里都学不到的。甚至也不能得之于师传口授。大表哥那么直白地说出来，而且是当面传授，不是亲密的至亲骨肉他是不会这么办的。感谢上帝，他真是青眼相待了。呸，这市侩！这比三伏天更闷人的周围像瘟疫一样的市侩气。

对，一定辞职！既然爹妈可以从管房产中有些收入，更可以无牵无挂地离家出走，去闯荡江湖，生则生，死则死。

他想想从小到大所有亲近的人。爹妈可以放下。麻姑姑呢，再替奶奶送一笔钱给她，加上自己的一些，也可以放下。她在果园里干活，总多少有些收入。玲玲和明秀也放得下。她们将来的命运如何，管不了了。梅倩也放得下。她是一个女中的丈夫。月姐，啊，月姐，她有妈妈和兄嫂相依，也可以放得下。啊不，真的能放得下吗？最依恋，最舍不得离开的只有她。可是放不下也只得放下。这时忽然有一个少女的影子出现在他的眼前，啊，宗培真！她那温柔的、深沉的、信任的眼光就在脸前。对于这么一位纯真无邪的小姑娘，怎么好不辞而别？可是，又怎么能向她解说清楚呢？他解不开的扣原来只有一个，现在似乎又多了一个。

邻居中时常有人半夜里拉胡琴，有一个女人尖起嗓子唱京戏。因为不是近邻，平常他并不在意。今晚上这声音特别刺耳，特别使他心烦。他除了小学时代学的那些歌曲，不会唱别的歌子。在教会学校里，颂圣歌是盛行的。他根本不想学。同学们唱的时候，他只跟上大声叫嚷。现在，为了表示对抗的情绪，他扯开嗓子唱起颂歌。对着上帝创造的皎洁的月亮，对着美丽的天空，他大声号叫起来。以歌当哭吧。

八〇　中国不亡，是无天理！

李惆睡得很晚，也睡得很坏。天亮了，他倒睡沉了。妈妈叫他。他翻身一看，太阳早已照满窗子。看看时间，已经来不及吃早饭。他急忙穿好衣服，抹一把脸，从饭桌上抓起一个豆沙包，急急出门来。当然没有忘记已经下定的决心：辞职。

当他急急地走过门前的开阔地，走下漫坡，来到马路上的时候，听见有叫卖号外的声音。报贩子叫叫嚷嚷，因为太远，还听不真切。既然是号外，一定出了什么意想不到的大事。他放开步向前急奔了一段，这才听见："号外，号外，快看号外，日本鬼子炮轰北大营……"他心里一震，急忙跑上去，买了一张。一看大标题他就心里打颤，身上发冷，两腿发木。号外是这样写的：

日军大举侵略东三省，数大城市一旦陷落！

亡国惨祸迫在眉睫，国人其速猛醒！

本月十八日下午十一时，驻南满沿线日军一部，突然将皇姑屯北宁路拆毁，开始军事行动。十九日凌晨二时，日第二师团强占沈阳城及商埠地，恣意捣毁，省府及兵工厂粮秣厂均被焚，同时用猛烈炮火轰击北大营。

因我当局严令各军镇静，不准抵抗，故军民死伤甚重。

北大营驻军沿沈海线急退，途中遭日军截击，伤亡甚众。北大营及东北大学，已被全部侵占，交通完全断绝。同日晨八时，日海军占营口，沿线布埋地雷，阻止列车前进。长春亦已于同日晨陷落。日军铁蹄正向南向北蹂躏，到处寻衅，焚掠极惨，斯时我东北父老兄弟姐妹，正处于家破国亡之浩劫中……

他没有看完，忽然觉得两眼发黑，身软无力，就近靠在一株电线杆上。多么明丽的阳光，多么清爽的晨风。他茫茫然看见的是什么呢？几个小学生欢笑蹦跳地跑过去。一个身穿西装，跨在崭新自行车上的人飞驰去了。一辆人力车跑过去，上面坐的是一个满脸脂粉的女人。一个挑着豆浆担子，闪悠悠向前急奔的小贩。他很想抓住每一个过往的行人，问问他们知道不知道大祸临头。一队武装巡逻兵，为首的扛着明晃晃的大刀，后面的兵扛着大枪，枪尖上挑着朝阳，虎虎然走过去。他想起号外里的两句话："因我当局严令各军镇定，不准抵抗……"他又看了一遍，不错，正是这样写的。这是什么意思？中国竟有这样的事！身为中国人，竟然要束手受戮！这一队雄赳赳气昂昂的兵使他特别反感。他要狂叫，要撕裂自己。国已不国，家已非家，他将怎么办？怎么办？"中国人五分钟热血"，说这话的好像是第三者。他自己是否也是五分钟热血？

他低头往前走，不再注意周围的事物。到了行里，看见孙先生他们也正在看号外。孙先生见了他，劈头就问："你知道了？"李恂把手里揉成一团的号外扔在柜台上，没有回答。

"早知这样，当初就不该派五百童男、五百童女到日本三岛去……"

李恂斜看他一眼，很想照他的脸上重重打一记耳光。小六子告诉他有信，又说宗先生天不亮又下海去了。李恂闷声不响地进了公事房。只有两封信。一封来自新西兰的威灵顿，说明某号订单之货已收讫，但其中一箱丝光花边受潮，查装运单据证明无损，故已向船方索赔，又说新的订单日内即可寄出。另一封来自澳洲的墨尔本，探询英国毛线当前在中国的销价。他看完，把信扔在宗先生的写字台上。这些例行公事，他已经完全没有兴趣。他必须从这个蜗牛壳里挣脱出来。他想他应当弃文学武。不管多么强壮的身子，子弹也能打穿，但是要抵御外侮，东亚病夫则是万万不行的。总之，他在漫无目的地胡思乱想。“无可告者”和“无能为力”的苦恼更加重重地压迫他。周围这些人的麻木不仁更加重了他的苦恼。他像困在笼子里的猴子，抓耳挠腮的不知怎样才好。他想应当先到学校去，看看那里的动静。要是有什么举动，他一定参加进去。

他几乎不知是怎样的跑到了学校。他找留校的王家声，不在。他来到大课堂，早礼拜早已完了。各班的学生都已经去上课。监堂的老师远远坐在讲台上的桌子后面，正在看他的书。上午的课都是排得满满的，所以留在大课堂自习的学生没有几个人。因为他是悄没声地进来，没有人注意他。这么安静，像平常一样。坟墓，死人！他退出来，下楼梯的时候却正好迎头碰上王家声。

“啊，是你，你怎么来了？”王家声诧异地问。

“你们知道出了什么大事吗？”李恂大声地问。

“怎么能不知道？”

“有什么准备，有什么行动吗？”

“听说市党部、市教育局来了训令，要保持镇静……”

“我×他祖宗。”从来不骂人的李恂使用“国骂”了。“镇静，镇静，净他妈的放屁。统统死在日本的铁蹄下，就镇静了。难道你们就俯首听命？你们是怎样估计时局的？”

“怎么估计？那面是枪炮齐鸣，长驱直入，这面是偃旗息鼓，节节退缩。不是明摆着的吗？”

“学生会有什么打算？”

他们两人正站在大楼的入口外。王家声左右看看，拉李恂来到大操场的尽头。“已经背着学校，到各学校去联络了。想秘密联络好了，一起行动。”

“好，很好！有什么行动，你立刻打电话给我，我一定参加。”

“你们商行……”

“什么商行不商行。我不想干下去了，以后再和你细说。这是抛头颅、洒热血的时候，别的都是扯淡。”

他辞别了同学，下山的时候，自然要路过姨妈家的巷子口。他虽然很想见贞月，可是不愿到姨妈家。他想从此不再见到大表哥才好。东北出了这大的乱子，不知他是否还去北平。他拐弯来到梅家，梅倩在看刚刚送到的报纸，见了他，两眼直直盯住他。

“你知道了？”

“当然，当然！”李恂答。

“你怎么看？”

“你怎么看？”李恂反问。

“我看除了丧权辱国，没有别的。”

“岂止是丧权辱国。麻木不仁，浑浑噩噩，连年内战，抢地盘，刮地皮。对老百姓耀武扬威，我今天还看见武装巡逻队呐。对外国人鞠躬如也。你没看见新闻里说的吗？‘当局严令各军镇静，不准抵抗。’六百年前，是说‘金人有狼牙棒，宋人有天灵盖’。现在呢，是日本人有飞机大炮，中国人有两条腿。‘军民死伤惨重’，我没有亲眼看见，可是能想到，日本的子弹都是从中国人的背后射进去的，不是从胸前射进去的。六百年前，还有个岳飞，有个韩世忠，有个虞允文。现在，岳飞在哪儿，韩世忠在哪儿？我现在急等着听听，蒋介石会放个什么屁。我等着。照这样子，中国不亡，是无天理！梅姐，我难过极了，我苦恼极了。人生最大的痛苦，是眼睁睁无能为力的痛苦。要是有一个田横，我宁愿和他同归于尽……”

他喷射出满腔的郁积，也不管梅倩听不听得进去。他的大声叫嚷惊动了梅妈妈。她从后屋来到客堂间，刚要说什么，看见女儿向她摆摆手，把要说的话咽回去了。但是李恂已经看见了她，急忙向她请安问好。

“梅姐，对不起，我忘乎所以了。”

“不，你尽管说下去。你也用不着那么苦恼。你至少还有我这么一个知音嘛。不过你今天怎么得便，光临寒舍了？”

李恂告诉她，他到学校去了，打听学界有什么动静。当局要学生也保持镇静，学生可不管他这一套。幸亏中国大地上还有这么些火种，不然真要像《创世纪》里说的“天地无光，渊面黑暗”。他准备和学生们一起行动。正当他说着的时候，贞月来了，看见表弟这时候在梅家，很觉得奇怪。李恂已经看出她疑问的眼神，抢先告诉她到学校去了，顺路先到了这里，原准备马上去看姨妈。嘴上这么说着，心里却在骂自己。这大概是他生平第一次当月姐的面说假话。他看见贞月手里拿着一张号外，那么她也已经知道了东北的事。

梅妈妈回里屋去了。三个人落座。半晌都没有人开口。每个人心上都压得重重的。目前炮火还远，但是谁也说不上，这炮火什么时候落在自己头上。

“大哥动身了吗？”李恂在满屋子沉闷中挤出一句话。

“今天一早走的。走的时候，还不知道这件事。一上火车会知道的。北平的局势怎么样？一定也很紧张。他去了很可能是空跑一趟。”

“我目前最担心的是一件事，”梅倩说，“日本海军会不会在这里登陆。要是登陆，中国兵一定还是保持镇静，不抵抗，任人屠杀。老百姓怎么办？咱们怎么办？我是不怕，怕也没用，一命抵一命就是了。老爸爸老妈妈怎么办……”

没有人能回答这个问题，因为正是每个人心里都有却不能回答的问题。贞月想起那个报社的记者，要李恂向他打听一下。他们总是消息比较灵通。李恂答应回行里立即给他去电话。他问贞月和梅倩知道不知道“中村事件”。她们都不甚了了。李恂向她们讲了九月上旬，日本人玩了一次阴谋把戏。这其实是这次大举犯侵的先声。南京政府如果有胆识，早就应当防患于未然。灭亡全中国是日本的既定国策。中国政府如果强硬，他就慢慢来。如果软弱，他就快快来。看来镇静呀、不抵抗呀，只会促使日本人放手大干。

他的意思，希望梅倩早些做好准备，风声一紧，先和梅伯伯、梅伯母到南边去。

梅倩长叹了一声："全中国像一口烧热了的锅，蚂蚁往哪里爬？"

"往锅边上爬。得感谢老祖宗给我们留下的国土很大。"李恂苦笑一声。

贞月也苦笑一声："那么我跟妈妈、嫂嫂躲到外国去。"

"那也未尝不可。"梅倩说，竭力耐住心里的哽咽。

李恂看看时间，已经过了十点。他必须赶回商行。他想把所有应当向宗先生交代的事都准备好。辞职之前，必先尽职，这是他自定的一条守则。

他回到行里，进了办公室。出乎他的意料。培真正和小豆豆在后窗看海。小豆豆用小拳头敲玻璃窗。窗子格格地响，小豆豆也咯咯笑。姐姐也在笑。这和平欢乐的景象冲淡了他心里的烦闷。他走到他们跟前。

"你知道出了什么大事吗？"他问。

"不是日本鬼子占了沈阳吗？都在说，我能不知道吗？"

"向真呢？"

"还没有来，你问她怎的？"

"我想知道她们学校有什么动静。"

"学生有什么用？"

"怎么没有用？很有用。上街游行、示威，向人们宣传，让大家都起来和日本干，不当亡国奴。"

培真眼睛扑扇扑扇听着，点点头，忽然轻轻叹一口气："要是爸爸让我出去，我也去。他不会让我去的。我还不及那飞来飞去的鸽子呐。”

这说的一点都不错。宗先生是不会让女儿自由行动的。他同情她，甚至有点可怜她，可是什么也不能对她说。培真把小豆豆推到李恂的怀里，说有点小事，三分钟就回来。小豆豆现在硬挺多了，也已经和他很熟了，还不会说话，但是会认人了。李恂把他紧紧搂在胸前，吻他的额头，吻他的面腮，吻他的脖子。小豆豆怕痒，一碰脖子就咯咯地笑。培真回来，正听见弟弟欢乐的笑声。她抬眼看看李恂，离得这么近，连他两道眉之间的那细细绒毛都看得清清楚楚。如果她从前见了他，心里总有些惶恐不安，现在这种情绪没有了。李恂那么喜欢和亲吻她的小弟弟，她特别高兴。

“你真好。”她说，把小弟弟接在怀抱里。

“我好在哪里？”李恂不经意地问。

“谁喜欢小豆豆，谁就是好人。”

李恂开心地笑了：“这么说，当好人很容易。”

“不，是真是假，我一眼能看出来。”

“我是真是假？”

“真。”

“你怎么看出来的？”

“不告诉你。我眼睛管什么的？”

这天真无邪的眼光，这真诚信任的眼光，这深沉的期待着什么的眼光，这美丽清澈的眼光！李恂不能自持了。他把两姐弟揽在怀里，吻吻弟弟，再吻吻姐姐。他闻到她头发的气味，闻到她从弟弟身上沾来的婴孩的乳香。培真不像上次那样推开他，却紧紧地依偎在他的胸前，闭上眼睛，似乎下决心让他吻个够。李恂心里的痛苦、烦恼、矛盾，找到了一个宣泄口。他不顾一切地狂吻了她。让天地废去吧，连同人间一切的邪恶和不幸。小豆豆惊愕地瞪起眼睛，不明白这是怎么回事。李恂和培真似乎忘记了在他们中间还有一个小豆豆，直到听见外面的脚步和叫喊声。

宗先生回来了，大声招呼小六子，帮他把渔网拖到中院去晾开。培真抱着弟弟走出办公室，脸上潮红，可是心里一点也不慌乱。她期望着的实现了，她确确实实是他的了，是属于他了。她早就下了决心，今生今世这是决不能改变的。后果会怎样呢？她不想，也固执地不去想它。她抱着弟弟来到中院，看见爸爸和小六子正摊开渔网，挂在晒衣服的绳上，没有打到一条鱼，是空网而归的。

李恂站在办公室门里，向中院望着。他只能从院墙的中门看见宗先生时隐时现的身影。他已经从狂热中清醒过来，很后悔自己的孟浪和不能自制。发生了的事情似乎是他预想到的，又似乎是他一时的冲动。他没有功夫分析自己的心理状态。一件事情迫在眉睫。宗先生一进办公室，他应当立即讲出大表兄的窃取情报，立即引咎辞职。他从心里忽然打一个冷颤。刚才和培真在一起的时候，怎么没有想辞职的事。自己一去，不管有意无意，不是大大伤害了这个天真无辜的小姑娘吗？

宗先生进办公室来了，劈头就问他，知道日本出兵的事么。

李恂本来以为，对于日本的侵略，宗先生一定会说是神的意志借人的手来实行的。他没有这么说，只说日本人是恶灵，只担心日本海军会不会在这一带登陆。他考虑得很实际，但是究竟有什么对策，暂时还是他自己心里的秘密。他要小六子叫来孙先生，要他把在中国银行的所有存款都转入汇丰银行和东方汇理银行，并且要孙先生加订一份天津和一份上海的报纸。这一切办完了，才坐在他的写字台前，看那两封外洋的来信，看完就扔开了。这些都是无关紧要的。他现在最关心也最担心的是温斯顿的消息。

“宗先生，你对于时局是怎么个看法？”李恂试探着问。

“美国和英国会出来讲话的。”

“你以为他们能帮着中国打日本？”

宗先生微微摇头，沉沉吟吟地说："等着看看明后天的动静吧。打嘛，唉，宜和不宜战，要以公理取胜。噢，对了，刚才我忘了告诉孙昌家，应当马上去买几个带铁皮的箱子，把所有应当存档的东西都先装好。你这两天先别干别的，只把所有信件等等再清理一下，不必保存的统统烧掉，应当保存的归在一起，准备装箱。"

李恂答应着，一面在想，在这种情况下，应不应当对他讲大表兄的事呢？讲！既然已经想好了，就一定讲出来。

"宗先生，我有一件重要的事要告诉你。"

"嗯？"宗先生从他的圈椅里抬头，看定他。

"我已经问过我的大表哥，用某公司的名义向温斯顿去信的不是别人，是他。"

李恂以为这话一说，宗先生会勃然变色，甚至大发雷霆的。但是没有。他发出一声哑笑，淡淡地说："过去的事了，还提它作什么？"

"不，宗先生，这是我的过失，所以我想……我想我应当辞职。"

宗先生忽地从他的位子上站起来，两眼盯紧他："辞职？为什么？"

"因为事情因我而起。"

宗先生又坐下，而且笑了："孩子气，真是孩子气。这件事，我根本没拿它当什么了不起的大事。当然，不出更好。出了，也只好让他出。温斯顿是信任我们的，要不然他也不会来那封密信。"

"可是他也给某公司去信了。"

"噢，是吗？要我的话，我也会去信的。做生意，谁都会这么办的。你记得你刚来的时候，我说的什么？in！你还没有 in，远着呐。算喽。不经一事，不长一智。你照我刚才说的，快快整理信件是正经。我马上要到李先生那里去，听听他对时局的看法，商量商量该怎么办？"

李恂再也没想到，一件在他看来很严重的事，这么轻轻松松就过去了。他当然不知道宗先生心里的算盘。如果放走这么一个实实在在，又颇有灵气的人，他马上到哪里另抓一个。

宗先生去了以后，李恂坐在自己的圈椅里，一时不知干什么才好。如果最使人苦恼的是“无可告者”和“无能为力”，那么他现在第一次体验到，最可怕的是“方寸乱”。所有压在他心上的问题他一个都不能解决。既然不辞职，那么这个蜗牛壳子还要背下去，自己也只能像蜗牛一样爬呀爬呀……

小六子来告诉他，宗先生要的箱子已经买来，是不是马上拿到办公室来。他要小六子送来。文件整理是很容易的，但是哪些保留，哪些废弃，还得宗先生回来过目。

午饭以后，向真忽然来了，敲窗子要他出来。他来到院子里，看见的是和往日很不一样的向真。她满脸绯红，像连珠炮似的告诉他，各个中学已经联络好，集合地是市党部门前，送请愿书，强烈要求政府出兵，收复失地。她这一来，好像带来了一阵清风，把他的郁闷一扫而光。敢作敢为，痛快淋漓，在这一点上向真可是比培真强多了。他告诉她，宗先生不在，请她进了公事房。

“好极了，好极了。明天我也一定去。民心不可侮，民气不可抑。”

“我得赶紧回去，准备标语口号和小旗子。你呢？”

“我一时离不开。”他向向真指指两个箱子。

“啊，叔叔准备逃跑啊。愚蠢！覆巢之下，岂有完卵！”

她说完这一句，紧紧盯了他一眼，想说什么又没有说，转身出门，向后院去了。这个活跃的人儿带来的一阵清风使李恂的精神一爽。

他下班回家的时候，出乎意料，父亲和舅舅都在，正在对大烟灯。他闻着这种烟味就心烦，但是舅舅来了，不得不装出面子情。他问了好，然后靠门边站着。两个老一辈正在谈日本侵占沈阳的事。

“别瞧他小日本张牙舞爪，只要美国人出面讲一句话，他就得收回去。”

“就是，就是。”父亲附和着，“且看明天的报纸有什么消息。”

李恂听了，觉得忍无可忍，不经心地冒出了一句：“这完全是胡说！”

“什么，你说什么？”父亲翻身坐起来，怒冲冲地瞪着他。“你还有个大小没有！”

“算了，算了。”舅舅劝解着。“如今年轻人都是这样。”

“本来嘛！”李恂不管父亲的发火。“中国人自己的事，为什么等美国人说话。美国也好，英国也好，他们只能讲几句空话，不信你们等着瞧。”

“我不想听你的，你滚开！”

妈妈插进来了：“好了，好了，别说了。”她向儿子使个眼色，拉拉他的袖子，要他去买下杂面用的佐料。在舅舅面前，他也不想多说什么，和他们是什么也讲不通的。

他抱着一肚子闷气出了家门，走出胡同口的时候，迎面碰见花枝招展的李安娣。

“哟，你怎么咕嘟着嘴啊，什么事那么愁眉不展的？”

“我好好的。”

“你爸爸妈妈在家吗？”

“在。”

“我这就去。告诉你，我和你姐夫过两天就走，到南方去，也许到新加坡去。”

“啊，很好，很好。”他随口应着，转身走开了，鼻子里是这位干姐姐飘散开的香粉味。

八一　射向人群的枪声证明爱国有罪

这里好像是荒凉的村落。李恂站在一个土台上，周围挤了很多人。老老少少都仰脸向着他。他要向他们讲日本怎样侵占了台湾，怎样夺去了旅顺口和胶州湾，怎样压迫中国接受二十一条，怎样枪杀顾正红，怎样造成济南惨案，现在又在吞并东三省。悲愤填满他的胸腔，窒息了他。他声音嘶哑，好像有什么堵在喉头。他要声嘶力竭地讲，把日本的暴行一件件都讲出来。忽然响起了炮声，天边一片红光。啊，日本果真打过来了。人们惊慌地散开，乱跑，呼喊着。他张开双臂大叫：不要跑，不要乱，跑也没用。可是地面忽然裂开一道黑口子，土台往下沉落……啊！他醒过来。

天已经大亮，一丝朝阳已经抹上窗子的顶端。远处的水车在轰隆隆作响。他一时还留在梦境，在那恐怖的天地里。但是立刻想到他今天要去参加游行，而在这之前，他必须先到行里，把应当办的事交代一下。

他草草地抹一把脸就要出门。走到院子里的时候，妈妈隔窗子告诉他，章婶今天走，别忘了去送行。他只漫应了一句，就出了街门。

他想在这严重的时刻，宗先生一定不会出海。所以他必须赶到行里，赶在宗先生到办公室之前，把昨天已经检阅过的信件分类，做上标记，要他过目。然后留下一张纸条，说有急事请半天假，免得当面和他纠缠。

他来到办公室的时候，小六子正在清扫。从小六子嘴里，证实了宗先生没有出海。他按预定的计划把一切办好，又想起要给记者打电话。这正是报社电话最忙的时候，他要了三次都没有要通，只得扔下耳机，急急地走出了商行。

刚才来的时候，马路上还是冷冷清清，现在可是流动起了上班和上工的人群。他在街口正好碰见朱芸娘和肖兰云。肖兰云还是称他先生，羞羞怯怯地请他留步，告诉他阮先生走了。李恂知道他是为洪老师的事奔到省城去了。问她阮先生什么时候能回来。回答是说不清楚。眨眼间一种惆怅的情绪涌上李恂的心头。在这种时刻，去了一个可以推心置腹的人。

他想既然电话要不通，索性先到报馆转一下，当面问问明白更好，也许还有什么消息当局不许见报呐。他走过一个十字路口的时候，看见加了双岗。他因为急于赶路，没有在意。及至又走到一个路口，又看见双岗，而且平时不背枪的警察现在背起了大枪，刺刀尖上挑着朝阳。这是为什么？是对付日本人的吗？不！是准备对付游行的学生的，一定。一股怒气直往上冲，而无处发泄的怒气是窒息人的。

在报馆门前，一群大大小小的报贩子在闹闹嚷嚷。原来是报纸等最新的消息，出版晚了一两个小时。

他费了好大周折，才在报馆的后院里碰到记者。

“哟，你这是受到电流感应了吧？”身材短小的记者向他转动着黑眼珠。

李恂眨眨眼皮，不懂他是什么意思。

“我正要给你去电话呐，你倒比电流还快呐，啊哈。”

“啊，多谢。我三次电话都没有要通。怎么样了，日本的军事行动又扩大了，是不是？”

“这你看报纸，今天登出来的是最新消息。我要告诉你的不是这个。”

“那么，请问……”

“是与贵亲戚梅小姐有关的事儿……”

李恂不由得打一个冷颤，又有什么厄运落到梅倩头上？但是看记者那活转的眼珠和唇边的笑，又不像有什么大不了的事。

“哦，是吗？多谢你关心。是什么事？”

记者不答，却拉起他的胳臂，来到通前后院的过道。李恂觉得奇怪，这么神神秘秘的，究竟是什么事呢？

“请转告梅小姐，我必须面谈。”浮在他的笑里的有一丝轻佻的意味，这使李恂很不愉快。

“请你透露一点，可以吗？”

“无可奉告。”记者板起了脸。

这引起了李恂的反感。有什么了不起的消息，竟然要奇货可居吗？他也板起脸：“干脆，你要多少！”他冲口而出，马上觉得很不得体，可是收不回来了。

记者勃然变色，用白眼珠挖了他一下：“你说什么！”

“噢，我失言了，对不起。”

他的道歉使记者平复下来。“告诉你，你那位贵戚也太高傲了一点儿。我要让她知道，不是每一个记者都是敲竹杠的。”

李恂急忙赔笑向他解释，梅倩一向是以诚待人。已经是一个破落之家的人，还会有什么小姐的傲气。他请记者对于上一次的见面，不要有什么误会。又约好，由李恂转告梅倩，傍晚七时，在家等候。

李恂走出报馆门口的时候，报贩子们取到报纸，早都散去了。

报馆门旁的阅报栏里，贴出了两张。几行大字跳进他的眼里，他觉得心里一阵刺痛。

“南满惨遭日军蹂躏”

“张学良取不抵抗主义”

“日军在长春纵火，肆意屠杀市民”

“我伤兵数百人竟被活埋”

刚刚过了八点，上工上班的人流流完了。静极了。连平日的潮声都听不见。阳光照满了长长的空空的马路，光明的，升平的世界。几千里外日本兵在杀人。他扶墙站了一会儿，觉得方寸很乱。到哪里去？孤零零一个，有什么作为？是了，应当先到母校，跟同学们一道游行示威。他折过海边马路的时候，这才注意到，美国军舰一艘也没有了。海面上显得空空荡荡，只有平静的波纹跳动着闪闪的金光。没有了往日的喧嚣，这里现在像墓园一样的寂静。

他转入大马路的时候，听见远处有口号声。还听不清喊的什么，但是这喊声像疾风，像狂潮。他心里猛烈地跳动起来。他加快脚步，但是一队中学生从横马路奔出来，挡住他的去路。太阳晒着他们红红的脸腮。他们在大声起劲地叫着：“要求立即出兵收复失地！”“严惩丧权辱国失地的将领！”“打倒日本帝国主义！”“万众一心抵制日货！”这些口号也都写在他们挥动的小旗子上。这是民心，这是希望，他一时激动得泪眼蒙蒙的了。他索性跟在队伍的旁边，和他们一道向前。他问一个吹哨子带队的高个学生，知道了先到司令部门前请愿，然后再分头游行和宣传。

这时所有店铺的门前都站满了人。有的拍手，有的跟上喊口号，有的麻麻木木地在旁观。

城市上空这时响遍了呼喊声，远远近近，起起伏伏，一浪高过一浪。可能因为游行路线没计划好，横街和竖街的学生队伍纠集在一起，堵塞了。李恂还想挤到前面去。听到怒斥的喊声：“不要搅乱队伍！”看来他只能随人流流动，不可能任意行动，那么与同学汇集的念头只好打消了。

好不容易来到东西向的大马路了。再往东，过了十字路口，就能走近司令部。猛然有一面招展的旗子在他的眼前一展。这是贞德女子中学的校旗。正是贞月和梅倩的母校。一色的蓝色上衣、黑色裙的女生队伍正从对面，也就是从南北向的马路涌出来，正要往东拐弯。他急忙后退了几步，挤上一家商店门前的石阶，引颈向那边探望。女生已经不能保持四路纵队的队形，被挤得前前后后的错乱了。她们不顾队形怎样，也正挥动纷纷扬扬的小旗，在高喊口号。他逼紧了目光，在她们的队伍里搜寻。队伍过去了，过去了。正当他要收回目光的时候，他看见在队伍的尾后，夹杂在男女教师中间，有贞月和梅倩在并肩走动。她们果然离开家这个笼子，上街来了，和母校的同学们一起行动了。多好啊！他沉痛悲怆的心情忽然一变，他高兴起来了。在这危急存亡的关头，愿救亡图存的巨浪把所有人都冲激起来吧。

这时他完全不可能走近她们，只好目送她们的身影消失在人流里。

忽然出现一队武装的保安队，急急地在人流里穿行，不管学生们的叫喊斥责，只顾推推搡搡，为自己开路，由西向东而去。很明显，这是奉命赶到司令部去的。这景象又扫去了他心头的喜悦。这不是为了防备学生是为什么？

他也想乘机会跟在保安队后面，但是他究竟不能像大兵那样横冲直撞，走了几步又被堵住了。他已经是一身汗水，口渴难忍。这才想起来，从起床到现在，滴水没有沾唇。学生们的脸晒得更红了，也都张口喘息。忽然有一个学生，一手挥动小红旗，一手擎着铁皮制的扬声筒，从东面逆着人流挤过来。从他袖子上佩带的红袖标，李恂知道他是学生会的人。这人用扬声筒要同学们停下来，不要往前挤了。

“同学们注意，注意！司令部门前已经挤得水泄不通了。请大家就地休息，不要往前去了。我们的代表已经进了司令部，已经送进了请愿书。有什么消息，马上有人向同学们报告……”

他一面说着，一面又向西去，从话筒里说出同样的话。

这时口号声停止了。各校带队的人要同学们就地坐下休息。有一些店员抬来了几桶开水。又热又干的学生们登时活跃起来。李恂还是不舍弃，还是想一步步挨到前面去，看个究竟。像这样激动人心的大场面他还是生平第一次看到。学生们唱起歌来。各校各唱各的。女声和男声，童音和成年音汇合成澎湃的声波。又有一个佩戴红袖标，手持扬声筒的人从东边挤过来。学生们看见他，马上停止了歌唱。

“同学们注意。我们的代表这时还在司令部里面，还没有出来。我们的请愿书提了四项要求，刚才已经在司令部门前当众宣布了。你们离得远，没有听见。现在我向你们传达一下。第一条，要求政府立即出兵，收复失地。第二条，严惩失地辱国的将领和地方当局。第三条，抵制日货，严办不法奸商。第四……”

凄厉的枪声打断了他。一声，两声，三声……他惊呆了，成了一个手持话筒的雕像。就地坐着的学生们跳起来，也都惊呆了。李恂也惊呆了。又响起一阵枪声。远处有杂乱的声音在叫。一阵惊呆的麻木过去，人们惶恐了，乱了，四散奔跑起来。各校的教师和带队的人都高声大叫：“不要乱跑，不要乱跑……”但是已经不能维持局面。李恂看得分明，首先是围观的人狂奔起来。大人们的慌乱影响了学生们。人流在互相冲撞，有的人被撞倒在地上。

李恂的惊呆过后，满腔里填满了怒火。爱国学生请愿，军阀竟敢开枪杀人！他痛不欲生，不顾人们的冲撞，拼命往前挤，向着司令部的方向。“子弹我自当之，子弹我自当之！”他一定要奔到出事的地点，看个究竟。也还有另一种恐怖的心情在推动他。这厄运是不是又落在梅倩头上，或者是贞月……

受了惊的商店都急忙在上门板。这砰砰卡卡的门板碰击声也像枪声那么刺耳。他已经失去了思想和自制力，只有一种本能在支配他，要冲上前去。在他前面，有一个十多岁的女生被撞倒了，正有人的脚要从她身上踩过去。他奋力迎上去，有如狂怒的狮子，用自己的脊背扛住几个人、十几个人的压力，把这个女孩子从地上拉起来。女生只惊慌地看他一眼，并不清楚是他救了她的命，只顾自己顺着人们奔去。

他已经用尽了全身的力气，一下子软瘫了，就地要倒下去。但是意志，保护自己的意志还在起作用。他急忙挤着躲到墙边，瘫在一家店铺的石阶上。这家商店也已经上了门板，只留下窄窄的一扇，可供出入。

大太阳更高，更辉煌地照临大地。真是朗朗乾坤。

眼前的马路上已经空荡荡的了。又有一队武装警察跑步过去。

李恂定定心，喘息了一会儿，挣扎起来。现在长长宽宽的大马路上只剩下他一个人。好歹挣扎到司令部附近的时候，他不能前进了。保安队和警察的刺刀，五步一对，五步一对，挡住了他的去路。他恨极了，可是一点办法都没有。无能为力，无能为力！他从刺刀的空子里望过去。司令部的青天白日旗正迎着青天白日在招展。大门前很静，很静。似乎他刚才的所见所闻只是一场噩梦。“国已不国，国已不国！”他咬牙切齿地喃喃。

他回转身，想问问刚才究竟出了什么事。眼前没有一个人。为刚才的事件作见证的，只有扔了满地的红红绿绿的小旗子，踩脱了的鞋子，跑掉了的帽子、手绢、五颜六色的碎纸，还有许多在太阳下闪闪发光的碎碗块儿。光明的太阳照耀的是一个黑暗的世界。如果这时地球裂开大口，他要第一个跳下去。刚才这激昂慷慨的人群，澎湃的气势，活跃的力量，几声枪响，立刻土崩瓦解。这究竟真的是一种力量，还是一盘散沙？他深刻地怀疑了。孩子们那惊吓的眼神是很自然的。他们本来只应当受到保护，不应当受到惊扰。但是他们已经慌乱地跑得无影无踪了。这世界太可恶了，完全和人的正常愿望相悖谬。

他低着头，慢慢往前走，想起来他必得赶回商行，又想起来，他下午还得为珊珊送行。

第一个打破世界寂静的是一个叫卖吃食的挑子。民以食为天。这升平的世界上似乎一切都没有发生过。原来他还没有忘记饥饿，于是成了馄饨担的第一个顾客……

宗先生正在低头检视信件，见他回来，劈头就问："你是不是去游行了？"

"不错，游行了。"他看见宗先生不满意的眼神。

"所有的学校都去了吗？"

"不错，所有的学校。"

"那么向真也去了？"

"我不清楚。"

"打枪是怎么回事？"

问得这么平静，很使李恂反感。"不清楚。"

"小娃娃们不好好念书，跑上街胡闹，顶什么用。"

李恂很不想在这个话题上和他争论，故意扯开去："信件你过目了吗？"

"过目不过目不就是那么一回事了吗？要是打起来，还有什么生意好做。你叫小六子帮你装箱，先送到后屋去。"

宗先生没有再说什么，心事重重地离开了办公室。

啊，明白了。他也是要学生们保持镇静，安心读书的，不过没有用国家要人的口吻讲出来。李恂想起读过的古文里的两句："有恒产者有恒心，无恒产者无恒心。"宗先生是属于有恒产者这一流的。看来只要能做生意，他是宁愿息事宁人，苟且偷安的。

小六子来了。其实装箱用不了多少时间。

"先生，你知道哪里打的枪？"小六子问，一面忙着。

"大概在司令部那里。"

"不是。我刚才在街上听说，是在一家绸布店门前。"

“绸布店？绸布店怎么能打枪？”

“这可就不清楚了。”

李恂虽然不相信小六子的传闻，但是也没法确定枪声的来源和枪击的后果。不知有多少人倒在血泊里了。只好等明天的报纸。但是报纸敢不敢登，也还难说。“无冕皇帝”其实都戴着紧箍咒呐。

他耐住性子挨到下午五点之前，知道宗先生不会再来了，就离开了商行，在马路上跳上一辆人力车，出双倍的价钱要他往码头上快跑。

码头上挤满了乱嘈嘈的人群。船舷上也挤满了乘客。视线向着视线，挥动的手帕向着挥动的手帕。船上和船下的人都在大声说着什么，当然，在轮机的轰轰隆隆中谁也听不见谁，只是竭力在表达惜别的心情。李恂极力挤过人空子，来到码头边。啊，跳板梯已经撤去，船身正抖动着慢慢离开岸边。他的心一下子往下沉，沉。和珊珊连一句告别的话也说不成了。只好竭力用眼睛向船舷的人群搜寻。啊，看见了，珊珊！她穿的灰绿色旗袍，身子随着船身在微微抖动。一条藕荷色的纱巾在她的手里飞动着。她正向岸上殷切地探视。一抹夕阳的红色染上她的全身。章婶在她的旁边，也用手绢向岸上挥动。从下面往上看她，她在周围的旅客中更显得玲珑娇小，穿着却是最考究的。她好不容易才能有出外游览的机会，怎么能不摆摆阔气。李恂为了引起珊珊的注意，脱下上衣，举在头上用力摇着。珊珊终于看见了他，笑着露出整齐的牙齿，向他说着什么，更用力地挥动纱巾。她的动作引起章婶的注意。章婶也看见了他，也向他挥动手绢。他没有听她的话，跟她一起南下，她是不高兴的，但是在这离别时刻，这种情绪已经没有了。这个大孩子究竟是她从小看着长大的，如今看他赶来送行，那么起劲地摇着上衣，不免有几分惜别的心情。

轮船渐渐地远了，远了。

去吧，去吧，到那安全的地方去吧。李恂知道姨奶奶住法租界，那么她们在法国人的保护下求得屈辱的平安吧。他忽然想，如果现在英国、法国、美国等列强，标价收买移民，那么几百万几千万中国人会倾家荡产，去买一个安乐窝。可惜还没有那么大的航船出世。

轮船更远了。珊珊的身影由模糊而消失了。夕阳烧红了船身海水像血染了一般。

送行者纷纷离去。他回头，看见了妈妈、明秀、玲玲。麻姑姑如果在家，也会来送行的。想起上一次来迎接姨奶奶的那么多人，那热闹的情景，他一时黯然神伤。他告诉妈妈晚上还有急事，不顾明秀和玲玲那依依的眼神，径自一个人先走了。

他一直为贞月和梅倩的安全戚戚惶惶。他急急地赶到梅家。为他开门的正是梅倩。他见她安然无恙，高兴得眼睛一阵发黑，身子一软就靠在门边，双手捧在心口。“My God，My God！（我的上帝，我的上帝！）”其实他心里说的是“My Goddess，My Goddess！（我的女神，我的女神！）”梅倩看他一头汗珠，脸上潮红，可又显得消瘦了许多，以为他病了。

“这是怎么了，你不舒服？”

“我好好的。”

梅倩引他先看过梅伯伯和伯母，然后来到她自己的屋子。他身子一软，坐在藤椅上。

“我饿瘪了，梅姐……”

梅倩急忙为他拿来蛋糕、苹果，又为他冲了炼乳。

“梅姐，听到枪声的时候，我真吓坏了，我真怕……”

“怕什么，离我们远着呐。”

“那么，不是在司令部门前打的枪？”

“不是。这么说，你没走到司令部？”

“我给学生队伍堵住了。”

“这么说，我们的运气比你好……”

于是梅倩告诉他，她和贞月跟母校的同学一起，走到了司令部，却还离司令部大门很远。出来一个年轻的军官，要学生派代表进去。请愿书的内容由学生会的人当众宣读了。因为用的铁皮话筒，字音听不大清楚，这也是因为站得远。不知道是什么地方打的枪。人群登时就乱了。是不是他们玩的什么把戏，也还不清楚。幸亏女子中学站的地方在最外层，很快撤下来，散了。

李恂也告诉梅倩，他为她担心，不是没有原因，原因就在于他早晨见到了那个记者和他的神神秘秘。他要先去看看贞月。梅倩说她一会儿一定会来。

当李恂大口吞食着的时候，贞月果然到了。他们三个一直等到快八点，记者才来到。梅倩早已在客堂间准备下丰盛的甜食、糖果、水果。

见面的客套话过后，记者落座。不等她们问，他就说："我带给你们的是最新消息，这消息大概不能发表，因为警备司令不会同意。这消息我想梅小姐一定乐于知道，因为和你有些关系。沈茜茜女士和她的一个贴身女仆失踪了。这个丫头当然是丁冬月……"

记者卖了半天关子，最后一句话使他们三个惊呆了。三个人眨眼间变成了三座雕像。

八二　算盘珠和权力棒想到一块去了

记者去了以后，梅倩、贞月、李恂，三个人仍然坐在客堂间的方桌周围，都低眉凝目，陷入了沉思。

记者关于沈茜茜和冬月的出走，或逃跑，没有讲多少实质性的情况。消息的来源他不会泄露，当然也不好问他。沈茜茜是趁司令到省里开会的当儿溜的。茜茜除了自身的衣物，包括可以想象的体己，此外没有带走任何有价值的东西。走时留下一张字条，提供消息的人有抄件在手，但是讨价太高，不肯转让。只透露了一点儿。字条里对司令表示了感谢之意，因为是他帮助她脱离了火坑。这人讲出这一点，证明字条还有更重要的话，这样来吊报馆的胃口。

茜茜出走的消息，据报馆的猜度，司令是一定不许登报的。这是他的家丑，家丑不可外扬。但是这一消息是值钱的。如果是一个大富翁，一定可以狠狠地敲他一笔。司令当然也是富翁，不过他有枪杆子，这玩意儿可是比“竹杠”厉害得多。记者这一次来，很满意梅家对他的客气和殷勤接待，说到兴会处，把报馆想的对策也抖搂出来了。有一种玩意儿，在特定的情况下，比枪杆子还厉害些。是什么呢？舌头！舌头传入耳朵，然后再由舌头传下去，会像风一样很快刮满全城。你势力再大，你总不是向传闻开枪的傻瓜吧。你总不能割下每个人的舌头吧。你该不能无动于衷，该出面辟谣了吧。你总不能拿自己的舌头去对着成千上万的耳朵。你该利用报纸了吧。很好。老百姓谁相信要人们的辟谣。大人物的辟谣早已教育了老百姓。此地无银三百两。你愈辟得起劲，愈证明传闻的是事实。这时候，那份抄件一定大跌其价。他劝梅倩不要心急。这抄件总会弄到手的。

关于今天上午的枪声，记者说的可详细得多。出事的地点在城市的西头，那里当时没有多少学生，因为大部分都往东头，向着司令部的方向。起因在一家绸布店和一个顾客争吵。这人买布，店伙拿出来的是日本货。顾客责备他们，要他们烧掉这些日本布。双方争执起来。几个学生听见了，跑了来，问明情由，当然是站在顾客一边的，立即进店搜查，搬出不少标有东洋标记的布匹，堆在马路上，要点火。店老板指示店伙往回抢，双方冲突起来，都动了手。这时保安队赶来了，声言要抓抢劫布店的强盗。学生哪里吃这个，又和保安队冲突起来。就近的学生也都赶了来，把保安队包围了，问他们为什么保护奸商。保安队先是向天鸣枪，这更给学生的怒火加了油。保安队为了摆脱困境，向学生开了枪。听说打死两个，打伤的有七八个。究竟死伤了多少，还得进一步调查。已经知道，这家绸布店是警备司令的资本，但是坐庄当老板的是司令的姨丈。保安队里自然有不少二愣子，但是再愣也不敢向学生开枪。成群的丘九在面前，丘八不免还是有点打怵的。有一点已经清楚了。学生搬布的时候，店老板向司令部打了电话。这是一个有爱国心的店员悄悄说出来的。至于老板是怎样报告的，打枪是不是司令部的命令，还得进一步探听。

首先打破沉默的是李恂。他长叹了一声：“生而为中国人，真是不幸……”

“不幸中还有更不幸的，”梅倩说，“我担心沈茜茜和冬月给他们抓回去。”

“这不至于。”李恂说，“军阀割据，倒也有好处。都像铁路警察，管不了另一段。”

“我担心的正好是这一点。”贞月说，“要是逃出一个虎口，又掉进另一个虎口呢？”

“是啊，不是没有这个可能。”梅倩悲哽地说。

李恂苦笑一声：“能从一个虎口逃出来，难道不能从另一个虎口逃出来？人啊，只要横下一条心，什么都不怕。”

三个人又都沉默了。每个人都在自己的思路上兜圈子，就这么坐到九点多钟，不能不分手了。梅倩留贞月。贞月说没有事先告诉妈妈，怕她不放心。

李恂和贞月离开梅家，走在小巷的石子路上。九月下旬，夜里有点凉了。贞月挽起弟弟的胳臂，紧紧靠在他的身旁。山上传来微微的松吟。海那边传来絮絮的潮声。一阵阵繁忙的虫声更衬出夜的寂静。满天是密密匝匝的星星。银河在晴明的夜空更显得明亮。两姐弟不由得放慢了脚步，深深吸入微微带来松脂味的清凉的空气。贞月告诉李恂，大哥从北平来信了，说不几天就回家。这样的时局，没法好好做生意。李恂听了，立刻想到大表兄和宗约瑟是一样的。如果当前马上停战，哪怕把东三省全丢了，他们都会赞成的。他甚至于想，如果和日本人交易有利，他们也能化敌为友。

“哦，我想起来了。”贞月忽然转向弟弟，“有一件什么事你答应告诉我，还没说呐。”

这时已经到了姨妈家门口。贞月要他留下。他也以没有事先告诉妈妈为借口，推脱了向她“告发”大表哥的事。

第二天李恂一早到了商行，一见小六子就问报纸来了没有。报纸没来，倒来了一封电报。是从诺定昂来的。电文简短：“暂不能来，有信说明。温斯顿”

宗先生也一早到了办公室，看了电文，半晌哑口无言。他在想什么呢？

“这是为什么，外国人一向不失约的。”李恂故意问宗先生，其实他明知是由于时局的关系。

“这不明摆着吗？他怕打仗。”宗先生一脸阴云，又补了一句：“他国人的命比谁都值钱。”

李恂不免暗笑。“都说是死了见上帝，上天堂，可是谁都不愿意早死。”这自然是他心里的话。

宗约瑟筹备好久的计划落了空，他不能不烦恼。他和李先生一起打鱼的时候，一直情投意合，有如兄弟。为温斯顿来华，开始和李先生商谈的时候，也很融洽。但是后来，他渐渐觉得，李先生有处处压他一头的意思。他底子厚，门面大，口气也大。宗约瑟有些后悔，不该对他和盘托出。如果李先生一步步占了上风，他会不会在合作中，从拿小头到拿大头呢？他会不会鲸吞呢？宗约瑟心下明白，教谊、友谊，都抵不过交易的利益。他栽过跟头以后，一直是小心翼翼，一步步都是看准了才下脚的。这一次可是大意了。温斯顿的电报当然是不利的，但是他沉思了一会儿，觉得也有有利的一面。何不借机会和李某人说明，这一次的打算不成了，以后看情况怎样再说，这样和他来个一退六二五。

他拿起电文，向李恂说要到李先生那里去。

“要不要回电呢？”李恂问。

宗先生略一沉吟：“嗯……回也可以，就说：电悉。待信说明。”

宗先生去了以后，李恂立即打好了电文。正当他要喊小六子的时候，小六子正好送了报纸来。他交代小六子去拍电报，然后坐在自己的圈椅里看报纸。

报纸上的消息使他震怒，也使他惊奇。日本兵除向哈尔滨进攻之外，又侵占了几座城市。锦片似的江山已经满目疮痍了。他忽然很讨厌满洲这个称号。这个称号是日本最喜欢，最常挂在嘴上的，这样来证明东北本来不是中国的一部分。上海昨天全市下半旗志哀。全市各团体上万人集会，要求政府下令，凡破坏抵制日货者格杀勿论。北平的各界也在中山公园开了数千人的大会。这些消息都使李悔振奋。使他惊奇的是，搜遍各版的每一角落，关于昨天枪杀学生的事竟然一个字都没有。

他一下子跳起来，想到街上看看情形。他相信学生今天一定会有行动，可能比昨天更猛烈。接着却又一屁股坐下。除非宗先生下海，他不能随意离开办公室。宗先生回来说不定会有什么安排。端人家碗，受人家管。他再也不能忍受这种屈辱的地位。泯灭自己的意志，听别人意志的支配，这能算是一个人，一个活人吗？

这时外边传来汹涌如潮的口号声。听不真切，却分明感觉到那排山倒海的气势。啊，来了，起来了，好啊。他一下子又跳起来，不顾一切地跑出办公室，跑出商行。

他刚刚走到南北向的马路上，已经感觉到游行的气势比昨天高涨得多。远远近近的洋鼓洋号声，一阵阵像风飙一样的口号声，大小旗帜的呼啸声，此外，还有锣鼓声。啊，市民也参加游行了。好啊，扑不灭的火焰！他远远看见，已经走过去的队伍里挑起两根长竹竿，上面挂的不是旗子，却是不成形状的什么布料，也在风地里飘动。正当他竭力挤过围观的人群，想赶到前面看看明白的时候，忽然有人猛拉他。他回头，是宗向真。他想甩开她的手，但是她拉得更紧。

“不要往前去，不要往前去，前面有保安队把住了路口……”

一听这话，李悔更加想挣扎到前面去。但是向真死也不放。“你回来，回来，我有重要的消息告诉你……”

在人群里和一个女孩子拉拉扯扯太惹眼，李悔只得跟向真退出了人群，回到行里。向真问明叔叔不在，跟他一起进了办公室。这是她第二次进入这个禁地。今天是非常时期，她也就冲破这禁令了。她把揉在手里的两张纸塞给李悔，要他先看看。她自己坐在写字台前的圈椅里。啊，这是转椅。她急转了两周，享受着眨眼之间那微微的眩晕。

李悔看一张是学生会的传单。里面除了记者已经讲的，没有更多的事实。只是判明下令开枪的是保安队的排长，而这显然是奉上峰之令的。传单向全市市民呼吁，要团结一心，共赴国难，誓死保卫民众自己的爱国权利，要求当局严惩杀人凶手，交出元凶，在民众大会上公开审判等等。

另一张是警备司令部、市党部、市政府的告全市民众书。这官样文章里包括了几条：一是向死者的家属慰问，表示一待查明真相，一定严惩肇事者。二是说学生爱国热情可嘉，要相信最高当局于外交上、军事上都有办法。三是用最多篇幅告诫学生力持镇静，努力学习，说救国不专靠武力，还要靠知识。还“好心”地为学生算了一笔账。浪费一天即浪费四百八十分钟，国家即自行消耗四百八十分的力量。还警告学生，要提高警惕。目前正有赤党及各种不法分子，借故煽动，蛊惑人心，扰乱治安，一经查获，必严惩不贷等等。

李恂看完这篇奇文，气呼呼地把它撕得粉碎。“这是什么？是推卸罪责，是欺骗，是恫吓。如果赤党煽动抗日，他煽动得好。可是学生一片爱国赤诚，发自天良，是谁煽动起来的吗？要说煽动，是日本人煽动起来的，是这些卖国贼，这些欺压民众的王八蛋煽动起来的。不，我不能，我忍不住这口气，我要出去。人家是蛟龙，我却是个乌龟，是个蜗牛。”

他不顾一切地要向外走，但是向真从圈椅里跳起来，挡住他。“你不能出去，不能！我死也不能让你去。你一个人瞎闯，能有什么用？子弹是不长眼睛的。昨天牺牲的那两个同学，不是白白丧命吗？”

“牺牲的值得，让民众睁开眼看看……”

“得了吧，民众看得清清楚楚。谁相信这个政府能打日本？”一阵鸽子的铃声，还有培真呼唤鸽子就食的清亮的声音，使两个争论的人停下来。远处是沸腾的呼喊声，院子里却是和平世界。从窗子上看见上下翻飞、闪出腹部雪片似的羽毛的鸽子，看见培真仰面向天的身影，这起了一点抑制作用。

向真很不愿让妹妹看见她在办公室。“她会不会进办公室？”

“不会，没抱小豆豆。”

向真眼珠一转，想出一个主意：“你快打字，打字，听见吗？打。”

“打什么字啊。”

“打什么都行。你忙，她一定不会来。我不愿让她看见我，她会告诉叔叔的。”

李恂只好从命。打字机响起来，像远处开了机关枪。

培真喂完鸽子。向办公室这面看了一眼，向后院去了。

向真舒了一口气，示意李恂停了打字。“这个小死丫头，也不管世界上出了什么事。”

“这怎么能怪她。她爸爸管得严。她在家不像坐监牢一样吗？不像你，你有一个好爸爸。”

“是啊，这话不错。”向真回到圈椅上，左右旋转着。“我真得感谢爹娘给了我一个好体格，不怕风吹雨打，不怕受苦受难。还给了我一个好心肠，不记恨人，不嫉妒人。”但是说到这里，又长嘘了一声。“哎，这一切有什么用？生就的穷命……”

“穷？我看你一点也不穷。你心灵丰富，精神丰富，这比什么都强。”

“是吗，是真的吗？”向真问，可是心里赞成而且感激这个好人的话。

“是真的。”李恂确确凿凿地说。“世上的人都看重金钱，看重权势和地位。我最讨厌这种市侩气。我从小讨厌拜金主义。说起来是笑话，我小时候把表姐的金耳环要来，随手一扔……”说到这里他侧耳听听。刚才还隐约可闻的呼喊声没有了，静下来了。“但愿今天别出什么事才好。哦，想起来了。刚才在街上，看见竹竿上挑起的旗子不像旗子，那是什么，你知道吗？”

向真听他提到表姐，眼神忽然一暗。干吗念念不忘你那个表姐啊？真得想法见见她。难道她是谁都比不上的仙女？她走神了，竟没有听到李恂的问话。

“我问你呐！”

“啊，问什么?”向真醒过来，脸上不免微微一红。

李恂重复了一遍他的问话。

“噢，那是昨天两个学生的血衣。要让全市民众看看这杀人的证据。我在队伍里看见了你。我怕今天的事会闹大，所以溜出来，拉你回来。”

“可恨，人家那里勇往直前，你让我缩回乌龟壳里，我成了一个什么玩意儿？这是自私，婆婆妈妈！”

向真的自尊心受伤害了，她从圈椅里跳起来，涨红了脸：“什么，你说什么？你再说一遍试试！”

还不等李恂回答，随着一声小孩的呜啦哇啦，培真抱着小豆豆进来了。她抱着弟弟走到前院的时候，是想到办公室来的。她不能上街，但是听见了街上传来的鼎沸的人声。她当然知道东北出了大事，想来问问李恂。他是她在几重院落里唯一能信靠的人。她听见办公室有人说话，以为爸爸回来了，吓得止住脚步。细听一下，是个女声，再细听，是向真的口声。她觉得奇怪，不假思索地就进来了。

两姐妹相见，四目对视，一时间谁也没说什么。妹妹是觉得奇怪。这个时候姐姐在这里说什么？姐姐呢，本来发红的脸禁不住更红了。她觉得十分尴尬。如果心里毫无罣碍，她会落落大方，偏偏心里有自己的隐秘，在这种场合，这隐秘自然变成双颊的红晕。

“我们正在谈时局呐，你听听也好。”向真急忙为自己掩饰。“别光想着你那几个鸽子。世界上在打仗呐，在杀人呐。”姐姐就是姐姐，忘不了随时教训妹妹。

但是妹妹已经不是不开窍的小姑娘了，她分明看出了姐姐的不自然。“谁说的我只关心鸽子？我看报纸了，我什么都知道。就你一个人知道爱国吗？要是爸爸不那么凶，我早上街了。你为什么不和同学在一起？”

向真惊奇地瞪眼看定妹妹。这小丫头变了，变得使姐姐吃惊了。没嘴葫芦有嘴了，而且是多么厉害的一张嘴。可是姐姐怎么能示弱呢。

“我游行的时候，你还在做梦呐。”向真自己也知道，这说得有些强词夺理。在妹妹紧紧地盯视下，她有点心慌意乱了。

“好吧，好吧……”李恂想为两姐妹打圆场。这时小豆豆已经不耐烦，张开两只小手，要往后窗扑。

不需要打圆场。为这一小场活剧拉幕的人回来了。宗约瑟进了办公室，看见姐妹两人都在这里，先是不胜诧异，继而怀疑她们在听李恂的宣传。和李先生办交涉的懊恼正像一堆冒烟的干柴，这时正好碰到一个火星，一个爆发点。

“你们在这里干什么？谁叫你们来的？”从来没有过的火冒三丈，他大声斥责女儿和侄女。“你，为什么抱小豆豆来捣乱。这是个什么地方，你不知道吗？（忘记了是他自己邀请小王子进来的了）你，你不在学校好好念书，跑出来干什么？你参加游行了，是不是？”

培真怕惯了爸爸，一见爸爸进来，早吓破了胆。爸爸当着外人的面，这么大声地训斥她，这还是第一次。小豆豆吓得哭起来，紧紧搂住姐姐的脖子，脸要往她的怀里埋。培真要出去，却又不敢，只红着脸，低下头，等着更倒霉的事儿。

“走，还不快走，把小豆豆送给你妈妈！”

培真紧忙向外走，向真也想乘机会溜出去。但是叔叔叫住了她。

“你参加了游行，是不是？”

叔叔这么不客气地问她，很引起向真的反感。既然长辈这么不留情面，她也豁出去了。“不错，是去游行了。”

“和你爸爸讲过吗?”

“这是学校的事，全体学生和教师都参加游行。”向真倔强地挺直脖子。

听侄女这么顶撞他，宗约瑟更是气得涨红了脸。“但是你不该去，你们女生都不该去。游行，叫喊，全是瞎胡闹。赤手空拳有什么用?不是给人家打死了吗?”

“这时候死了也值得。今天游行的人更多，各行业公会都参加了。”

这意思很明白。既然各行业都参加了，可是你，宗老板，你怎么样?“别人怎么样你管不着。你们学生就是应当安分守己，好好读书。办外交，打仗不打仗，是政府的事。”

“就是为政府不打日本，学生才上街的。”

宗约瑟训斥女儿和侄女。李恂只好忍气听着，不好插嘴。现在听他的口吻竟然和官方一个调调，忍无可忍了：“学生爱国有什么错?错在把大片国土拱手送人的。有爱国的，有卖国的，有苟且偷安的，什么样的都有。”

宗约瑟眼睁睁看定这个青年。李恂的眼睛跳动着光点，两个嘴角微微下弯，一脸不屑的神色。宗先生虽然心里冒火，却不好向人家发作，只说了一句：“你看的那些书把你害了!”然后转脸向着向真：“你别站在这里气我，去叫你爸爸来一趟。”

向真没有答言，转身出了办公室，临出门的时候，转脸看一眼李恂。看得分明，这是赞许和鼓励的眼神。李恂竭力压下马上辞职的冲动。这一步眼下不能走，否则那姓宗的就会拿两个女孩出气。无论如何，得想法保护这一双姐妹，保护不了，想法减轻她们的熬煎也好。他猜度，宗约瑟这么一反常态，大概不完全是因为侄女游行，很可能是和李先生谈得不投机。办公室里一时死寂了。李恂坐在打字机前，漫不经心地整理着台子上的纸张。宗约瑟坐在他的圈椅里，默默无语，在竭力使自己平静下来。过了一会儿，他长叹一声："真是日久见人心，日久见人心……"

李悔不接茬，等他说下去。

"我真没有想到，十多年的交情，到节骨眼上什么都不算了……"

李悔还是不接茬儿。

"你知道李先生怎么个主张？他主张发电报请温斯顿在上海或广州见面。那里离东北远得很，他不用害怕子弹打到身上……"

"这办法不是蛮好吗？"李悔故意插问。

"好？你知道什么。他露出口风，说我办不来的他能办到。这是什么意思，你知道吗？"

李悔摇头。

"他想移花接木！"宗约瑟气哼哼地说。"知人知面不知心，知人知面不知心……"

"你们是教友，是渔友，是好朋友，他怎么能这样？"李悔这么问着，心里却暗笑。十诫里却没有不许移花接木这一条。

"我现在很后悔。当初不该和他谈合作。宁可自己多破费几个钱，买一处房子，好好修一个门面。唉，谁想到他见利忘义，想压我一头，这一次可比上一次丢了机密更难办。"

宗约瑟心里烦躁，身上也燥热。他站起来，敞开上衣的前襟，在屋子里转磨磨。

李悔看他神魂不安的神态，觉得可笑，同时也有几分同情他，他究竟是受欺的一方。"那怎么办才好呢？"李悔问，这一次是真的有些关切了。

"我已经想好了，得先发制人。不要等温斯顿来信。先发一封详细的信给他，索性把他担心的事捅破，告诉他时局会很快稳定下来。"

"这……"

"你不必担心，美国会出来讲话的。国际联盟不是在开紧急会议吗？我非常反对学生瞎胡闹，就是因为这个。自己家里先闹得不可开交，日本有了口实，人家怎么替你讲话。”

哦哦，是这样！这个生意人不约而同地和当权者想到一块去了。李恂心里十分反感，可只能不置可否，听他的摆布。谁叫你端人家的饭碗来着。

“来，你坐下，把我说的记一下，马上拟一份信稿，写出来我看看，再掂掇掂掇。”

李恂煞下性子，答应着。

八三　从十里洋场一孤魂来的召唤

宗向真走到后院，先到婶娘屋里，看她正给小豆豆喂饭。叔叔要他叫爸爸的命令，她才不想执行呐。她和婶娘三言两语之后，急忙来到培真的小屋。培真正跪在床上，双手合十，在默默地祷告呐。两行眼泪流下她的脸腮。要照平日，向真会退出去的。自从上次听李恂说了“未闻形亡而神在”的话以后，她一向不很虔诚的心更动摇了。她究竟是从小在一个宗教家庭长大的，她还没有背叛宗教的勇气。心里有一个上帝还是又安然又便当，对一切事情都很容易做出解释。一切都是上帝的安排，这多么简单明了。今天，饱尝了叔叔无理的款待，正一肚子气没处发泄，看见培真这样子，不禁又好气又好笑。她径直走到床边，拉开培真的手。培真冷不防受了一惊，瞪起圆圆的眼睛，惶惶恐恐地看定姐姐。

“傻丫头，有什么好掉泪的。”

“我惹爸爸生气了。”

“傻子，你祷告，他就不生气了吗?”

“我求主宥恕我。”

向真忍不住拍拍妹妹的头顶。“上帝没工夫管你这小丫头的屁事。”

培真看姐姐笑嘻嘻的没事人一样，很觉得她不知轻重。“告诉你，爸爸不会完的。”

“我才不怕呐。”

“当然喽，你躲回家去。我到哪儿？你不怕我怕。”

向真看她这么傻认真，更觉得好笑，伸双臂勾住她的脖子，向她的耳朵里说了一句：“你装病。”于是拿手在培真的前额摸了一下。“吁，你有点发烧，快躺下。”

培真给爸爸吓得魂不守舍，倒真的觉得是病了。向真按她躺下，给她盖上夹被，又回到婶婶屋里，说妹妹有点发烧，睡了，别去惊动她。这时听见外面叔叔的脚步声，她又一溜烟躲进培真的小屋。隔两道门听叔叔问：“培真呢？”“她有点不舒服，睡了。”“向真来过吗？”“来过，走了。”“这丫头，跟上人家满街乱跑，等大哥来了，我得要他好好管管。”“哎，各家有各家的饥荒，管自家的还管不过来呐，哪里管得了人家。呶，给你儿子。”接着又听见叔叔哄小孩的唔唔啊啊。

向真心里说：“好婶婶。”她知道叔叔抱起儿子，一时不会出来，急忙弯腰向培真耳朵里叮咛一句，很快轻手轻脚地离开了后院，出了中院，来到前院，长长舒一口气，又急忙向外走。经过办公室窗下的时候，看看前后没人，她轻轻在玻璃上敲了几下。“喂，当先生的，后院平安无事。”

李恂急忙从写字台前站起来，走出办公室。向真已经没影没踪了。他忽然觉得很惆怅，很想和向真一起谈谈，问问她和同学们还准备有什么行动。此时此刻，平安无事倒好像是不祥之兆。正在他一个人站在门口出神的当儿，小六子给他送来几封信，转身又去了。

他先逐个看看信封，其中竟然有一封是从上海来的。看那字迹，知道是唐旻的信。啊！不盼了，倒来了。他急忙拆开。密密麻麻的字写满四张信纸。他急急溜了一眼，不免又惊又喜，于是装进衣袋，准备回家再细细地看。他进了办公室，又坐回自己的椅子。

先拆一封墨尔本来的挂号信，想其中也许会有订单。不错，有一张数目不大的订单。很好。一张小小的订单也证明上帝没有忘记他的子民。宗先生会感恩祷告三个晚上的。

他又继续写信。信不难写，只是定不下心，一行里不知出几个错字，连最常用的字也忽然忘了。他索性按了铃，叫了小六子来，问他取信时街上的情况。

“我带回一张号外。孙先生正在看，看完我就送来。”

他要小六子先讲讲亲眼所见的。小家伙一开口就没完没了。大队人马早散了。路口都有保安队和警察的双岗。都没有背大枪，可不知口袋里藏没藏小枪。学生十个、八个一伙，袖子上带着红布箍，正在大街上搜查日货。不少绸布店和百货店都上了门板。学生也不客气，咕咚咕咚砸门。你没有鬼，干么关门啊。后来又都开了。可不，门能挡住人吗？邮局门口、海关门口、汇丰银行门口，都是双岗加双岗，这里可都背着长枪。他妈的，这枪是干啥的？不打日本鬼，单打中国学生。真想抽冷子给他一家伙。从滨海大道转到二马路的时候，看见远远有一处冒烟。咋的，失火喽？跑过去一看，是学生从一家布店里抱出日货，刚点上，正冒烟，还没起火头。老板娘哭喊着，不要命地扑上去。几个学生拦住她。嘿，这母老虎，又骂又抓打：杀千刀的啊，没良心啊。穿长衫的大概是老板，和两三个伙计往回拉她。她红了眼，又抓打拉她的人。这个泼妇，不少的人围着看，叽叽喳喳议论，乱哄哄。“人家也是将本求利啊。”“这一下蚀老本了。”“求利？求个什么利不行，干吗倒腾东洋货。”另外一处，学生从商店扔出很多东洋玩具。有些调皮娃娃高兴地哇哇叫，争着就地抢东西。学生又四处去追赶，可好玩呐。

李恂越听越皱起眉头。靠几个学生游行，请愿，搜查日货，可是当局者的枪口不是对外，而是对内。有什么指望挡住日本的铁蹄？上海的报纸上，有消息说大学生正发起组织抗日义勇军。唐昊的信正好是九月十八日发的，那么他现在在干什么呢？又有消息说，一些奸商把日货的商标揭下来，换上国货的商标。自己人对付自己人，倒是蛮有办法的。他摆摆手，要小六子不要说下去，快把号外拿来。

号外的大标题是触目惊心的：

国际联盟停止调停中日争端
宣告无限期休会

他不由得大声骂了一句："混蛋！"不说制止侵略，却说调停。不说日本侵犯中国领土主权，屠戮无辜，却说中日争端。两方面都成了罪魁祸首，这不是睁着眼睛混淆是非吗？公理何在，正义何在！他一转念，心里又说：好，很好，让那些眼巴巴指望英美出来讲话的混蛋看看，这个欧美列强的御用工具是个什么东西！

他已经没有心思继续写信，只觉得满脑子乱纷纷，嗡嗡直响。小六子送号外时，同时送来了刚到的上海报纸。报纸是三天以前的，没什么新消息可看。时评里都是好话，也都是空话。怎么能不宣泄一下忧国之心，又怎么能不讲空话。笔杆子走了点儿，枪杆子就来镇服。他心烦意乱地又翻广告。整版整版的都是电影大广告，压倒一切的是美国影片。什么《灵肉冲突》《驸马艳史》《有情天》《最毒妇人心》《求婚趣史》等等。又是什么"呕心沥血空前大杰作"，"缠绵悱恻，衷感顽艳、畅目醉心、荡魂夺魄"等等。

一边是炮火连天，血肉横飞，一边是纸迷金醉，歌舞升平。他忍不住高声大叫："中国不亡，是无天理！中国不亡，是无天理！"响应他的是四堵墙的回声。他比以往更觉得孤独、无告、渺小、无力。真是一刻也不情愿背这个乌龟壳或蜗牛壳了。

宗约瑟正好推门进来。"什么天理、天理的？"

李恂不答，只把号外推给他。

宗先生接来一看，吃惊得脸色发灰了。“国联不管，日本人不就要放手大干吗？”

“日本一定放手大干，不论国联管不管。国联是个什么东西？是几个霸王的工具。”

“你总有些怪想法。”宗先生不满意地摇头：“难道世界上就没有公理了？”

“强权即公理。”李恂冷冷地说，明明看出了宗先生的不满。

宗约瑟没有再说什么，知道和这个青年说不到一块，只是心事重重地沉默了一会儿。看见写字台上的几封信，他问：“有订单吗？”

“没有。啊，有，有一张，数目不大。”

“噢，是吗？你先拿所有存档的订单我看看。”

宗约瑟看了存档的订单，心里计算了一下。如果到阳历年底没有几份新的订单，过了阳历年，工人就得全部遣散，商行就只能靠进口的棉线了。他想订单总是会有的。难道因为日本打中国，外国女人就不戴发网，不用花边、台布和各种绣品了吗？最使他痛苦和没有把握的是棉线的生意。要不要向温斯顿发出新的订单，订多少？进口和出口的外汇要不要向银行定盘？定多少？在这紧急的关头；他已经不敢推测外汇市场的变化。要是时局进一步恶化，订多了棉线销不出去怎么办？如果时局松动些，订少了岂不是眼睁睁让银圆从指缝漏掉吗？几天以来，他内心的不安都倾注在祷告上，可惜没有从上帝得到什么启示。他满指望国联会出来讲话，会制止日本进兵的。宁可维持现状，承认日本的既得利益，只要山海关内安安稳稳，能做生意，就是上上大吉了。今天的号外使他对国联的希望变成失望。怎么办，怎么办？

“给温斯顿的信写好了吗？”

“还没有。”李恂有些忐忑。他一向做事不拖拉。

“先不写算了，等几天再说。”

李恂答应着，知道他心里的踌躇。

但是宗先生沉思了一会儿，又说："还是写吧，先写出来，看情况有什么变化。"

李恂也答应着，也知道他对于美国、英国还抱有一线希望。

宗先生按了唤人铃。小六子跑进了办公室。宗先生要他把晒着的渔网收起来。他要出海。

"这阵子出海，能打到鱼吗？"小六子问。

"我出海原本就不是为了打鱼。"

小六子奉命出去了。宗先生刚要起身，孙昌家却来了。"先生，商会方面来了人，说是为东北的难民募捐。"

"我们是和外国人做买卖的，又没入他那个商会，他们还找上门来？"宗先生说了，又想了一下，向孙昌家一摆手。"好吧，既然来了，给他们一百元，打发他们快走。"

孙先生奉命而去。宗先生也走了。李恂长长地吐一口闷气，觉得通体自由了。他把刚才写的信稿撕掉，想煞下心重写。他坐在打字机前，上好信纸，刚刚打了地址和年月日，有两个字键就咬在一起了。他以为这架打字机出了毛病，又换了一架，刚刚打了几行，字键也咬住了。他索性停了一会儿，让自己宁静下来。这时最使他心烦意乱的倒还不是时局，而是唐旻信中的几句话。"天狗说你左拥珠，右抱玉，前有佳丽，后有娇姝，是真的吗？如果不是，究竟是什么缠住了，使你不舍得你那个蜗牛壳，斯耐尔先生？"这种嘲讽的口吻使他心烦意乱。为什么称他斯耐尔先生？他思索再三，才想到这是英文蜗牛的音译。

最后他总算弄完了信稿。自己很不满意，聊以塞责而已。

他离开商行的时候，散了工的人流早已流完了。商店多半提前关了门。马路上冷冷清清。眼前就要到中秋节，所以糕点甜食店还大开着门，门前贴着月饼大减价的广告。是啊，正如宗先生说的，生意总是要做的。

李恂回到家门的时候，门上一把铁锁挡住了他。他这才想起来，妈妈到章家去了。原来早晨说过的，要他下了班也去。

为他开大门的自然是玲玲。见了他，小姑娘眼仁儿里放光，高兴得合不拢嘴。“哥，你怎么老也不来？人家可想你呐，哥……”她一面跟李恂向里面走，一面眼睛紧紧盯住他。真是看也看不够的亲人啊。

“我忙，你不是知道吗？我也想你。”

“骗人，哥。”玲玲故意咕嘟起嘴巴。

“骗人的是小狗。”

“哪个让你起咒，哥！”玲玲又笑了，眼仁儿更亮了，紧紧地靠近他，活像一个依偎着人的小猫。

虽然只去了一个章婶，院子里却显得特别冷落。少了一个不断发号施令的人，家里安闲多了。玲玲一面跟哥哥向中门走，一面问他：“哥，日本人能不能打到这里来？”“能，早早晚晚罢咧。”

“你怎么知道，哥？”

“明摆着嘛。一群饿狼吃人，可又没人打狼。不把你全吞了，他能住口吗？”

玲玲不由得打一个冷颤。“哥，你别说了。你说的真吓死人，哥。”停了一下，又说，“那怎么办啊？该死的婶婶！”

“婶婶能打日本？”

“她不应该把奶奶一个人扔下。”

“没有她，奶奶也许过得更舒心些。”

“可也是。哥……”

玲玲还要问什么，可是已经走到上屋门口了。

李恂先给奶奶请安问好，一如往昔。爸爸和妈妈都在。奶奶问他外面乱腾腾的，他怎么回来得这么晚。他拣宽心好听的讲了几句。老奶奶反正是抱着烟枪进坟墓的，用不着用日本打中国的事来惊扰她的灵魂。妈妈告诉他，明秀为他留了晚饭。

他来到东厢房。明秀眉开眼笑，急忙为他捧来饭菜。章婶不在，明秀活过来了，脸色红润了，动作灵活了，说话的声音也响亮了许多。她坐在李恂的对面，隔着小方桌，眼睛盯住这个弟弟，一肚子话不知从哪说起。李恂呢，也有自己的心事，没有想到这位姐姐多么希望和他谈谈心。他一面吞咽着，一面看一眼明秀。

“明姐，我看你好多了。”

一句话唤起了明秀满心的酸楚。“是啊，我好多了。能不好吗，傻吃傻睡的。”

玲玲跑进来，刚听到一个傻字。“说我傻是不是？我就知道你们两个背后嚼人。”

看她瞪圆眼睛那认真的样儿，李恂和明秀都笑了。

“小死丫头，谁教你猜疑人。我是说我自己傻。她整天说我傻，你不知道吗？”明秀向她伸出一个小指头。这自然是指的章婶。

李恂伸出食指，在玲玲的额头上点了一下：“再不许你惹明姐生气，那我可不宥你。”

“有你护着，我敢吗？”

这话更引起明秀的酸楚，可是她强忍着。“你可别冤枉她。没有这小死丫头和我相依为命，我早去跳海了。”

这句话也勾起玲玲一肚子酸水。她是说掉泪就掉泪，才不怕人见笑呐。

“哟哟，挂灯笼了。”李恂笑着拍一下她的头顶，这个亲爱的动作又引得玲玲笑了。

“啊，哥哥，妈妈说了，要你吃完饭和她一起回去。你别走了好不好，哥？”

“我刚刚接到好朋友一封信，得给他回信。”李恂说着，从衣袋里掏出唐旻的信，在玲玲的眼前亮了一下。

玲玲一扭脖子：“在这里不能写？”

“这么晚了，让妈妈一个人回去？”

这是个大理由，玲玲不好驳的。惆怅的神色立刻闪现在她的眼仁儿里。

李恂和妈妈走在路上的时候，妈妈一路唠叨。管房子可不容易呐。有些人家房钱拖三个月，跑了几趟，就是没有。撕破脸吧，人家一口一个大婶大娘的叫着。要是爸爸出面还好些，人家见了当家做主的，总畏惧三分，可是他拉不下架子。当初的大经理，怎么能挨家挨户收房租呢。

李恂一向喜欢整洁。他的习惯是每早起来，先把自己住的两间小屋清扫和擦洗一次。这些日子心绪烦乱，常规破了。桌椅器皿上都落满了尘埃。国已不国，何以家为？他同妈妈回到家里，说晚上要给同学回信，立即进了自己的屋子。天已经黑下来。他开了灯，坐在自己的书桌前，两手捧头，定了定神，竭力排除一天纷纷扰扰的印象，然后拿出唐旻的信，细细地品味。信里常常前言不搭后语，意思自然还是清楚的。

信是这样写的：

近来我的耳根时常发烧，我想一定是你在不住地骂我。我本想稍稍安定一下，再给你去信。不幸时蹇命乖。后来我也大彻大悟了，今生今世，我注定了不得安定，因而不求安定了。我说不安定的生活是正常的生活，朋友们都同意这话。南下之后我们演出了几次。说失败嘛，太苛了。总之是不成功。说不成功，并非戏不好，是不合市民口味，不上座。这意味着要枵腹演戏，长得了吗？人家要的是机关布景，变幻的灯光，而更重要的是胸脯和大腿。当然必须是女性的，又当然必须是裸露的。

我起先觉得奇怪，为什么电影放映的前排位子那么低价，舞台演出的前排却那么昂贵。目睹之后，这才明白了。你老夫子来了，不是吓死，准得气死。性的诱惑吗？不！夏娃和亚当本来是赤身露体的。因为用树叶遮身，才引起天父的震怒，才被赶出乐园的。可见人本身就应当是赤身露体的。但是人类文明在于裸与不裸露之间。这话怎讲？我得之于亲身经验之中。我坐在前排，看见看客们歪着头，专看大腿根的部分。我这个不开化的人起先很不好意思学样儿，后来也就被开化了。原来大腿根那最诱人的部分，有一种白色或粉色的什么在。哦，明白了。如果全部裸露，人们会兴味索然。必须在裸露与不裸露之间，才有吸引人的神秘性。才能激发人类数千年来日见丰富的想象力。

我现在才明白，醉生梦死要花很大的价钱。醉生梦死的王国和黄金的王国是同一个天下。我没有资格进这个王国。你当然也没有。前不久读了一本很厚的小说，什么圈里的王国，是写三角恋爱的。毫无意味，据说还是抄袭某外国作家的作品，改头换面而已，只可骗中学生的钱。此地这种骗子或混子颇多。认识了一些新朋友。有一位对我说：你既然会英语，实在应当赚钱有方。找一本外国小说，谈情说爱的、变态心理的、侦探破案的、非洲探险的，什么都行，只是情节要曲折离奇，穿插三角、四角、八角恋爱，不妨有一些性描写，但是又必须适宜于我们礼仪之邦的限度。不是翻译，是改头换面的创作。这样一出版，一定会名利双收。何乐而不为，我倒真想试试。上官知道了，把我狠狠呵斥了一番。

说到上官，我上次向你提到过的。不瞒你说，她是我生平最崇敬的女性。她的遭遇很不幸，要说三天三夜也说不完。她本来有机会出国，到瑞士、法国、英国等地去，或者深造，或者定居。她偏不去，宁肯留在我们破破落落的国土上受困苦。她是宁可安贫乐道，也不与世浮沉。我们剧团散了伙，本来这业余的玩意儿也不成什么伙。导演不知走了什么门子，去英国留学去了。上官呢，到一所中学教英语了，生活安定但是心情抑郁。她无志于此，只是暂时栖身而已。她盯着我要我上大学。我是有苦难言。正规大学我考不上，野鸡大学有什么上头。我要是有你那两下子就好了。上官若是见了你，一定会喜欢的。她喜欢深自韬晦，含而不露的人。你们会成为好朋友的。

说到这里，我不能不对于你的耐性嗤之以鼻。你那个蜗牛壳要背到几时？人的生命只有一次。在那个闭塞的城市，你不觉得呼吸窒息吗？在你那个纤尘不染的办公室，伴着几台打字机，你不觉得是浪费青春吗？哦，对了，你还记得我说的，要给你介绍一位卢小姐吗？她放弃了体育，到大学里攻英语去了。她很可能出去留学，因为她有一个好老子。你为人太板正，应当有一个泼辣恣肆的人配你才好。这叫作相反相成。不瞒你说，这位女士一直真诚地待我。起初我很厌烦，现在倒很喜欢她了。她很活跃，但是很专一。在舞台上是个不错的演员，在生活里她却不是逢场作戏。人嘛，不及梅倩那么飘逸，也许更不及你那位我很想见见却一直没这福分的表姐。但是她的风度很好，落落大方而且神采飞扬。说实在的，她的纯真使我感动，但是我不敢有非分之想。两个性格相近的相结合，不会有好结果。你可千万别骂我。我这是想入非非，并非真的要为你作冰人。这位女士化了装，在舞台上颇迷人，因此接到不少崇拜者的来信。起初她还看看，后来信封都不拆，当我的面撕得粉碎。她生这些轻薄男子的气。我劝她，不可一概视为轻薄，其中也许有真的知音。她更生气，骂我是个呆子。皇天后土，我可哪里是呆子啊。我有难言之隐，不过这些只有当你的面才能和盘托出。

噢，对了，我见到了天狗。是电影散场，在电影院门口碰见的。巧！西装革履，洋气多了。他请我在西餐馆里美餐了一顿。他好像对你有一肚子意见，说你很不够交情。说你左拥玉，右抱珠，前有佳丽，后有娇姝等等。信口开河是他的老毛病，我才不相信他这些鬼话呐。

不过你也太不开窍了。他这人是很容易相与的，你可怎么得罪了他。他的家境似乎不妙，说老头子的钱口袋愈收愈紧了。不过看他撒撒泼泼地花钱，大概是瘦骆驼反正比马大。

怎么样，斯耐尔先生？欧风美雨，你是否应当吹吹淋淋了？我在此朋友虽多，但是颇感孤独。男子汉的事，有许多是不能对女性说的。我只有一个翅膀，飞不起来。加上你的一个翅膀，咱们就能扶摇直上了。人家是打出象牙之塔，你就不想甩掉你那个蜗牛壳吗？难道天狗的话是真的？果真有什么珠呀玉呀缠住你的翅膀了吗？挣脱甲壳、枷锁、绳索，张开翅膀，飞吧，来吧！让犹豫、彷徨、退缩，都滚开！这里没有畏惧，你不入地狱谁入地狱？我站在地狱之门欢迎你……

这封信的日期正好是九月十八日。这天夜里发生的震惊全国的大事，当然他还不知道。现在，他会怎么想和怎么行动呢？他是否也会饱尝“无可告者”和“无能为力”的痛苦？是时候了，不能照老样子生活下去了，不能再困在这个小壳壳里了。

图书在版编目（CIP）数据

于敏文集．第十卷，小说．风雨入华年．中／于敏著．－－北京：中国电影出版社，2018.10

ISBN 978－7－106－04977－5

Ⅰ．①于… Ⅱ．①于… Ⅲ．①长篇小说－中国－当代 Ⅳ．①I217.2

中国版本图书馆 CIP 数据核字（2018）第 227403 号

于敏文集　第十卷　小说·风雨入华年（中）

于敏　著

出版发行　中国电影出版社（北京北三环东路 22 号）　邮编 100013
电话：64296664（总编室）　64216278（发行部）
64296742（读者服务部）　Email：cfpygb@126.com

经　　销　新华书店

印　　刷　中国电影出版社印刷厂

版　　次　2019 年 1 月第 1 版　2019 年 1 月北京第 1 次印刷

规　　格　开本/787×1000 毫米　1/16
印张/25　字数/440 千字

书　　号　ISBN 978－7－106－04977－5/I·1252

定　　价　72.00 元